UN PONT ENTRE NOUS

À propos de l'auteur

Surtout connu pour ses romans LGBTQ+, Bill Konigsberg est un auteur américain de renom récompensé par de nombreux prix littéraires. Il vit à Phoenix, en Arizona, avec son mari et leurs deux adorables labradoodles.

BILL KONIGSBERG

UN PONT ENTRE NOUS

Traduit de l'anglais (États-Unis)
par Caroline Bouet

POCKET JEUNESSE
PKJ·

Titre original :
The Bridge

Collection « Territoires » dirigée
par Pauline Mardoc

Avertissement :

Ce roman traite de thèmes sensibles qui peuvent faire ressurgir des traumatismes sur les sujets suivants : harcèlement scolaire, dépression, suicide, grossophobie.

Loi n° 49 956 du 16 juillet 1949 sur les publications destinées à la jeunesse : mai 2022.

ISBN : 978-2-266-31562-3
Dépôt légal : mai 2022

À Ned et Amy
Et à tous les êtres humains qui ont eu un jour le sentiment que le monde se porterait mieux sans eux.

17 avril, 15 h 54

Je pourrais avoir ce moment pour moi tout seul, s'il vous plaît ?

Voilà la pensée qui se grave dans l'esprit d'Aaron Boroff quand une fille en sanglots passe derrière lui. Elle a troublé sa solitude alors qu'il regardait fixement les eaux du fleuve Hudson onduler en contrebas depuis la rive sud du pont George Washington.

Il perçoit aussi intensément sa présence qu'il ressent les secousses frénétiques de la passerelle en béton sous ses pieds. Il jette un coup d'œil à droite et la regarde marcher tête baissée en direction du New Jersey. Et puis, à une centaine de mètres de lui, elle s'arrête, s'approche du parapet devant lequel elle se plante pour contempler le vide en dessous, exactement comme il est en train de le faire.

Il se retourne et la fusille des yeux. Difficile de distinguer les détails à cette distance. Elle est petite et a de longs cheveux noir de jais. Elle est clairement bouleversée. Ici pour la même raison que lui ? Probablement.

Aaron s'interroge. *Qui de nous deux va le plus mal ?* Un nœud se forme au creux de son ventre. *Elle, bien sûr. C'est tellement égoïste de ma part de penser à me foutre en l'air… On va vite m'oublier parce que les gens seront embarrassés rien qu'en pensant à moi. Je suis un raté fini et, à tous les coups, je vais même foirer mon suicide…*

En même temps, l'idée de supporter un instant de plus ce trou béant dans sa poitrine lui paraît insupportable. C'est trop, beaucoup trop. Comme quand il avait huit ans et voulait sa maman, avant de se souvenir qu'elle n'habitait plus avec eux. Aaron se met à sangloter bruyamment en y repensant et, même si les véhicules, le vent, le pont qui se déforme font plus de vacarme et de chaos que tout ce qu'il a jamais écouté à fond dans ses écouteurs, la fille tourne la tête vers le son, vers Aaron.

Ils sont en fait trop loin pour échanger un regard. Disons plutôt qu'ils partagent l'idée d'un échange de regards. Aaron se sent gêné pour eux deux.

Elle n'aurait pas pu aller un tout petit peu plus loin ?

Ce moment, c'est celui de Tillie Stanley, et il ne devrait être rien qu'à elle. Et voilà que ce garçon aux cheveux ébouriffés vient lui voler la vedette ! Grand, mince, plié comme une branche sur le point de se rompre. Elle se demande : *Qu'est-ce qu'il fait là ?*

Et se dit : *Rien à foutre de lui. J'en ai vraiment ras le bol de laisser les autres me dicter ma vie...*

Elle détourne les yeux, agrippe d'une main la rambarde métallique, passe une jambe de l'autre côté et se retrouve à califourchon sur la balustrade. S'il s'avise de marcher dans sa direction, elle lâchera prise et en finira. C'est dire si elle est sérieuse. Sa gorge est complètement desséchée. Sa poitrine est vide. Elle a un vertige d'enfer.

Et puis le garçon enjambe à son tour la balustrade. *Mais non !* pense Tillie. Soudain, ils sont face à face, comme pour une partie mortelle de « Cap ou pas cap ».

Aaron a envie de lui hurler : *Fiche-moi la paix ! Ce moment m'appartient. C'est tout ce qu'il me reste.*

Le cerveau de Tillie est parcouru de pensées contradictoires qu'elle n'arrive pas vraiment à déchiffrer. Elle sait simplement qu'elles se mettent en travers de sa route. *Grandis un peu !* s'ordonne-t-elle. *Pousse tes grosses fesses et éloigne-toi assez pour qu'il ne te voie plus.* Mais elle reste coincée là. Elle est trop loin, si loin qu'elle n'imagine pas endurer cette vie une minute de plus. Non. La seule réponse est le néant. La suite – rien, ou une bonne dose d'inconnu –, ne peut pas être pire que ça. Il est temps d'arrêter. D'en finir.

Ils restent quelques secondes dans cette position. Puis quelques secondes encore. Échangent un regard sans pourtant distinguer les yeux de l'autre.

Et puis, à 15 h 57…

Destin 1 : 17 avril, 15 h 57

Aaron regarde la fille sans nom passer l'autre jambe par-dessus la rambarde et larguer les amarres. Sous ses yeux, elle plonge, elle tombe. Sur le côté, la tête en bas. Elle tombe.

Cela ne ressemble pas à ce qu'Aaron imaginait. Cela n'a rien de beau, de noble, ni de sensé. C'est un saut à l'élastique sans câble, puis une claque dans les vagues, un trou dans l'eau, et la voilà disparue.

Aucun son ne sort de la bouche d'Aaron. Il n'arrive pas à respirer. La fille était là. Et maintenant, elle ne l'est plus.

Il n'envisage même pas de faire ce qu'elle vient de faire.

Pris de panique, il repasse la jambe du bon côté du parapet, du côté de la sécurité. Son corps entier tremble. Le vrombissement des voitures bombarde sa réalité et lui ôte toute capacité à intégrer les événements. Il était censé mourir mais n'est pas mort, alors qu'une inconnue, oui.

Est-ce que je dois alerter les secours ? Pour dire quoi ? En quoi cela aidera cette fille ?

Mais sa famille ! Ils ne sauront jamais si je ne le fais pas...

Merde ! Merde merde merde.

Il sort son téléphone de sa poche et compose le numéro.

— 911. J'écoute.

Il est obligé de hurler pour qu'on l'entende, et sa gorge est trop sèche, trop enrouée.

— Je... une fille. A sauté.

— Où êtes-vous, monsieur ?

— Pont George Washington ? crie-t-il comme s'il s'agissait d'une question.

— Ne bougez pas. À quel niveau ? Côté sud ou nord ?

Il se demande si cela arrive souvent. Très certainement.

— Niveau supérieur...

— Je ne vous entends pas. Parlez plus fort !

Il hurle sa réponse.

— Niveau supérieur ! Euh... côté sud. Je...

— Êtes-vous aussi susceptible d'être un danger pour vous-même ? demande la femme, ce qui lui fait aussitôt penser : *Bonne question.*

Il hurle :

— Je ne sais pas. Peut-être ?

— Ne bougez pas. Je vais rester en ligne avec vous. *Ne bougez pas.* Vous m'entendez ?

Rien ne le fait plus flipper que de l'entendre dire ces mots sur ce ton-là. Comme s'il allait lui arriver quelque chose.

Oh, mon Dieu. Oh, mon Dieu, oh, mon Dieu, oh, mon Dieu !

Ça y est, il saisit.

Il a presque sauté. Pour se tuer.

Vraiment failli.

Il a vraiment failli le faire.

Et elle, elle l'a *fait*.

Il se met à pleurer.

— OK, dit-il d'une voix étranglée.

Il ferme les yeux et sent le vent glacial sur les larmes qui coulent sur ses joues. Il veut un chocolat chaud. Un chocolat chaud, une couverture, et son père qui passe de vieux disques. Et une fenêtre. Une fenêtre entre lui et tout ça.

Il reste en ligne avec cette femme qui le pousse à parler, lui pose des questions. Il comprend qu'elle ne le fait que parce que c'est son travail, mais c'est quand même sympa, en plus ses réponses lapidaires ne semblent pas la contrarier et, rapidement, Aaron aime bien l'entendre respirer et faire claquer son chewing-gum – à l'orange, imagine-t-il. Il se dit qu'il pourrait lui demander comment elle s'appelle. Et s'il parlait à son chef et que cela lui valait une médaille ou autre ? Il entend des sirènes résonner au loin et imagine que l'on prévient son père. Cela le briserait. Non.

— Merde.

— Quoi, mon grand ?

— Je ne peux pas… Je vais bien. Juste… L'ambulance. C'est pas pour moi, n'est-ce pas ?

— Restez en ligne avec moi, demande encore la femme d'une voix calme.

Aaron raccroche et se met à courir. Il repart vers Manhattan en empruntant l'escalier en colimaçon en métal rouillé. Il court parce que, s'il n'est pas là, rien de tout cela ne sera jamais arrivé. Il peut essayer d'être normal, et faire en sorte que ce soit un mercredi normal.

Il la voit tomber. Il ne peut s'empêcher de la voir tomber. Il ne peut l'empêcher de tomber. Il veut arrêter ça. Il veut que ça s'arrête. Il veut tout arrêter – sauf, semble-t-il, sa propre vie.

Quand, abasourdi, il arrive dans le parc au niveau de la 178e Rue, il se dirige vers l'est pour rejoindre le métro. Il revoit la fille marcher sur le pont, jusqu'à l'endroit fatidique, sa démarche triste. Ses sanglots. Son regard, qu'il ne voyait pas clairement à ce moment-là, il se le représente clairement à présent.

Il commence à se demander :

Quel genre de personne fait ça…

Et puis, il pense :

Ah. C'est vrai…

Il remet ses écouteurs en prenant le temps d'effleurer son oreille. C'est presque une expérience spirituelle. Cette peau, ces organes. Vivant, pas vivant. La limite ténue entre les deux. Cela aurait pu se produire si facilement. Il le sait. Si elle n'était pas apparue et n'avait pas pris sa place, cette oreille vivante n'aurait plus jamais été touchée par des doigts humains. Elle n'aurait plus jamais entendu de musique, n'aurait plus jamais entendu… quoi que ce soit.

Il l'a connu, cet élan qui se serait terminé par un « plouf » puis le néant.

Aaron ne devrait plus être ici.

Il capture chaque détail de la scène qui s'offre à lui, savoure chaque sensation qu'il peut encore ressentir parce qu'il est vivant. Tout cela paraît si vague, la frontière entre vivre et mourir… et il est même attentif à la façon dont la brise, plus douce ici, loin du pont, balaie ses cheveux.

Il se met à rire, sangloter, hyperventiler. Il se plie en deux et essaie de chasser la folle énergie refoulée de tous les recoins de son corps où elle s'est nichée.

Derrière ses yeux.

Ses ongles de pieds.

Chaque parcelle de sa peau.

À l'autre bout de Manhattan, dans l'Upper East Side, Britt répète dans le salon sa chorégraphie sur « I Like it » de Cardi B. Elle se demande si Tillie rentrera bientôt. Elle a hâte de pouvoir montrer à sa sœur aînée les nouveaux mouvements qu'elle a travaillés. Il y en a un où elle détourne son corps comme si elle était timide, avant de faire volte-face et de danser une sorte de shimmy. Tillie va trop adorer ! Quand sa sœur la regarde créer ses enchaînements, elle fait toujours semblant d'être une dénicheuse de talents qui essaie de déterminer si Britt est à la hauteur. C'est rigolo. Et puis Britt, qui est en sixième, a entendu en cours d'arts plastiques une nouvelle blague qui fera rire Tillie, et la faire rire, c'est génial, parce que ça fait ressortir ses fossettes, Britt ne peut pas s'empêcher d'être heureuse, elle aussi. Quand ça arrive, sa sœur est la seule personne avec qui elle ressent cela, et elle s'efforce vraiment de lui rendre la pareille.

OK, pense Britt. *On reprend l'enchaînement.*

Elle veut qu'au retour de Tillie sa choré soit parfaite.

À l'autre bout de la ville, Molly Tobin, qui est dans son lit confortable, dans sa maison confortable, dépérit. Elle s'ennuie ferme et semble très énervée. Elle n'a pas pu sortir de chez elle de toute la journée, car c'est ce qui arrive quand on est exclu de l'école.

Son lycée, Spence, applique une politique de tolérance zéro en matière de harcèlement. Mais qu'est-ce que Molly a fait ? C'était absolument pas du harcèlement ! Si elle rit dans cette vidéo, c'est pour dire : *C'est vraiment pas bien,* pas pour faire de la vie de cette fille un enfer sur terre.

Elle essayait simplement de… bref. Elle était là, Gretchen et Isabella aussi, et ensuite le phénomène de groupe a agi. C'est comme ça qu'il y a eu les nazis, se rend-elle compte, et elle déteste être aussi influençable, mais surtout, elle ne se remet pas de l'injustice de la situation. La vidéo sur laquelle Gretchen joue les filles sexy n'a jamais fuité, et elle était carrément gravos. Bien pire que celle que Molly a faite quelques minutes plus tard.

Bon sang. C'était tellement tentant. Quelle idée de composer un slam dans lequel on se compare à une vache quand on est une fille légèrement ronde ! À plus forte raison quand on est carrément en surpoids… Et maintenant Molly est exclue, et adieu fac de Brown, adieu université du Michigan (probablement).

Si c'était à refaire, on ne l'y reprendrait pas, évidemment.

Mais ce n'est pas comme si on lui offrait une seconde chance…

Dans le quartier de l'Upper East Side, Amir Rahimi regarde fixement un point sur le mur de sa chambre.

Demain, il le fera. Il ne fera pas LE truc. Non, ça, jamais. Ça tuerait sa mère. Mais il peut en revanche envoyer un SMS à Tillie. Elle mérite au moins ça. Et cela aidera peut-être Amir à avoir moins honte, parce que ce sentiment est insupportable.

Il peut lui confier la vérité sans crainte, non ?

Après tout, c'est une fille très cool. La plus cool qu'il ait jamais rencontrée.

— Comment s'est passée ta journée ? demande le père d'Aaron quand il rentre à la maison après le travail, à 20 h 45.

— Bien.

Aaron mange un bol de Froot Loops.

— Tu as dîné ?

Aaron pointe le doigt vers son bol, et son père roule des yeux.

— Je voulais dire quelque chose ayant un quelconque intérêt nutritionnel ?

Aaron secoue la tête.

— Ai-je eu tort de congédier Magda ?

Magda était la dernière en date d'une ribambelle d'étudiants en licence à qui le père d'Aaron avait offert gracieusement le gîte et le couvert à condition qu'en échange, ils surveillent son fils. Magda était originaire d'Israël, sentait le melon cantaloup, et avait un jour interrompu Aaron alors qu'il faisait ses devoirs pour lui annoncer : « Je sors avec mon coquin. À pluss tard ! » Désormais, parfois, quand Aaron et son père sortent, ils s'envoient par texto : « Je sors avec mon coquin. »

— Nan ! répond Aaron.

Il est concentré sur l'ultime Froot Loop survivant qu'il essaie de sauver du lait. Il frémit en pensant à la fille sans nom quelque part dans l'Hudson. A-t-elle sombré tout au fond du fleuve ? Son corps a-t-il été repêché ? Est-il possible qu'elle soit encore en vie ? Y avait-il la moindre chance qu'il lui ait sauvé la vie avec ce coup de téléphone ?

Sois pas idiot, se sermonne-t-il. *Elle est morte. Toi non. Tu n'as pas su la sauver. Reste à voir si tu as su te sauver, toi.*

Il prend son téléphone et tape une nouvelle fois dans le moteur de recherche les mots suivants : *sauvetage fille Hudson pont George Washington saut*. Toujours rien. Toutes les tentatives de suicide ne sont pas forcément relayées dans les médias ? Il y en a peut-être trop ? Et qu'est-ce que cela révèle au sujet de notre monde de merde ?

Son père soupire, pose sa serviette sur la table de la cuisine et lance :

— Débriefing ?

Aaron hoche la tête. Depuis qu'il a participé à ce « week-end des guerriers » il y a deux ans, son père tient à ces débriefings. Il en est revenu rempli de passion pour la vie et de regrets pour toutes les fois où il avait fait passer son travail avant son rôle de père. Il a immédiatement démissionné de son poste à la banque et repris des études pour travailler dans le social. À présent, Aaron et son père n'ont pas beaucoup d'argent mais toujours un toit au-dessus de la tête, et ils débriefent chaque soir.

Bien entendu, Aaron ne lui raconte rien. En tout cas pas le genre de choses qui mènent à avoir envie de sauter d'un pont.

— Tu commences ? demande son père.

Aaron secoue la tête. Alors son père cède et se lance en premier.

— Physiquement : éreinté. Qui aurait cru qu'un maudit stage me saignerait plus que la banque d'investissement ? Franchement, j'ai hâte d'avoir mon propre cabinet. Émotionnellement : joyeux et en colère. Surtout joyeux, mais ce connard en BMW a grillé le feu alors qu'on était une centaine à attendre au passage piéton et qu'on était sur le point de traverser. Tu sais bien que les conducteurs stupides et égoïstes me donnent des envies de meurtre. Spirituellement : plutôt connecté. J'ai fait de la méditation pendant ma deuxième pause, mais pas toujours facile de rester zen jusqu'à la fin d'un groupe de parole avec des ados boulimiques. Mentalement : plutôt en forme je trouve, alors qu'il est presque 21 heures. Et toi, coco ?

Aaron pose sa cuillère et fixe le front de son père. Il ne peut pas croiser son regard trop longtemps sans être mal à l'aise, mais il s'assure d'établir un contact de façon intermittente parce que, sinon, David lui posera des questions. Aaron n'est pas en mesure d'y répondre aujourd'hui.

— Physiquement : tout roule. J'ai les jambes qui grattent. Sûrement mon allergie à l'herbe car je suis allé au parc de Riverside après les cours. Juste pour traîner et écrire un peu.

Son père décoche son inimitable sourire : sa fossette droite se soulève peut-être deux millimètres plus haut que sa fossette gauche, sans que pour autant son œil droit bouge – une séquelle de la paralysie de Bell qu'il a eue vers vingt ans.

— Émotionnellement : Bien. Ça va. Joyeux et un peu triste, je dirais.

— Un peu ?

— D'accord, triste, précise Aaron en roulant des yeux.

Son ton est blagueur. C'est du grand n'importe quoi. Il se dégoûte.

Triste ?

Triste – c'est quand vous entendez parler aux infos d'une personne qui a sauté d'un pont.

Triste – c'est quand cela n'arrive pas sous vos yeux.

Triste – c'est quand vous n'êtes pas persuadé que cela aurait dû être vous.

— Continue, demande son père avec un sourire malicieux.

— Spirituellement : pareil qu'hier. Je ne sais pas trop en quoi croire. Mentalement : affûté comme une lame de rasoir. Voilà. *Fini**[1].

Le mot « fini » reste coincé dans sa gorge sèche. Il est accompagné d'une série d'images de la fille qui tombe et du bruit que son corps a fait quand il est entré en contact avec l'eau ; une claque qui en réalité était tout sauf faible. Son père le regarde droit dans les yeux. Aaron détourne la tête.

Son père se rapproche de lui et dépose un baiser au sommet de son crâne.

— Mon radar de papa s'affole sans que je sache pourquoi. Est-ce que je projette ? Tu es sûr que ça va ?

Aaron hausse les épaules.

— Je ne sais pas encore pour *Avenue Q*, tu sais, la comédie musicale au lycée… Je pensais avoir la réponse aujourd'hui, mais toujours rien. Et de toute façon, je ne suis pas sûr…

Son père le regarde, attend qu'il termine. Aaron n'en dira pas plus. Il en est incapable. C'est trop proche de la vérité. La raison stupide pour laquelle il s'est retrouvé sur ce pont.

Bien entendu, ce n'est pas à cause d'une chose seulement. Et encore heureux, parce que se tuer sous prétexte que quelqu'un ne vous a pas aimé dans un rôle relèverait d'un égocentrisme pathologique. Mais, grosso modo, cela a été la goutte d'eau. Dans le métro en rentrant chez lui après les cours, quand Sarah Palmer a mentionné l'adaptation de *Rent* par

1. Les mots en italique suivis d'un astérisque sont en français dans le texte. *(Toutes les notes sont de la traductrice.)*

la troupe du lycée, bêtement – ce qu'il était bête ! –, Aaron lui a demandé si la pièce lui avait plu.

« Ça… va », a-t-elle répondu.

Le train traversait le fleuve Bronx pour entrer dans Manhattan.

« C'est tout ? »

Elle a alors passé sa main dans ses longs cheveux châtain.

« J'ai trouvé Kelly Jameson vraiment géniale. »

Kelly Jameson jouait Mimi, et lui, Roger. Kelly était bien partie pour intégrer très prochainement l'académie américaine de musique et d'art dramatique. Tout le monde savait qu'elle déchirait. Face à la réponse évasive de Sarah, un mec normal aurait arrêté de creuser. Mais Aaron n'était pas normal, interpréter la communication non verbale n'était pas son fort, et puis surtout, il ne voulait pas se prendre la tête toute la nuit si Sarah avait simplement omis de saluer sa prestation. Ils étaient assez amis, après tout. Et tout le monde lui avait dit qu'il avait fait un très bon Roger. D'après Marissa Jones, son duo avec Kelly sur « Without You » était presque meilleur que celui de l'album de la comédie musicale de Broadway. Alors il a insisté.

« Et moi ? »

Sarah a fait sa bouche en cul de poule.

Avec ça, il aurait dû comprendre, mais non. Il lui en fallait toujours plus, et Aaron se détestait à cause de cela.

« Quoi ? J'étais… naze ? Je m'en fiche. Tu peux me le dire. »

Sarah a pris une grande inspiration et a tapé ses doigts contre la vitre.

« Je ne t'ai pas trouvé extra. Ta voix est correcte, sans plus. Je pensais que tu le savais. Désolée. Je veux juste être honnête avec toi. »

Aaron a ri. Il riait toujours quand il était vexé. Et aussi parce que c'était la goutte d'eau qui faisait déborder le vase, elle l'ignorait peut-être, mais c'était le cas. Aaron pensait : *Génial. Formidable. Merci, Sarah. Je ne peux plus encaisser une seule chose de plus. Merci beaucoup.*

Au lieu de quoi, il a sorti :

« Ouais. Je sais. J'ai joué comme un pied. »

Sarah a semblé soulagée.

« Ça vaut ce que ça vaut, mais j'ai trouvé presque tout le monde mauvais. »

Ça ne valait pas grand-chose et, quand il s'est levé pour descendre à la station Pont George Washington, il s'attendait à ce que quelqu'un lui demande pourquoi il s'arrêtait là alors qu'il habitait bien plus au sud. Mais personne ne lui a posé de question. En gravissant les marches vers la rue, il s'est dit : *Personne ne doit jamais savoir que ça a été la goutte d'eau. Que je me suis suicidé parce que Sarah Palmer ne m'a pas trouvé bon dans* Rent. *C'est trop pathétique.*

Il n'y avait pas que cela. Il y avait d'autres trucs. Des tas de trucs.

Il en avait marre d'être autant écœuré par lui-même et par son abruti de cerveau.

Il était fatigué de systématiquement tout louper.

Il ne croyait pas que cela changerait un jour.

Le monde l'ignorait tellement qu'il avait compris que, s'il ne se pointait pas au rendez-vous de la vie un matin, cela n'aurait absolument aucune répercussion.

Il était naze même dans les domaines où il se croyait bon.

En témoigne la grosse contre-performance de la vidéo qu'il a postée hier soir sur YouTube. Insignifiante, mais symbolique dans son insignifiance. Le morceau s'intitulait « Marcher seul ». En l'enregistrant, Aaron avait eu le sentiment qu'il y avait enfin tout ce qu'il fallait dans cette chanson. Les paroles étaient sincères et résonnaient profondément en lui. C'était peut-être un peu rétro… mais les gens aimaient le rétro, non ? Ce morceau le ferait percer sur Spotify, intégrerait le top 50 des titres les plus partagés. Il le sentait dans sa chair.

Il avait écrit le texte dans un moment d'inspiration.

Passer du temps en solitaire,
c'est tout ce que j'peux faire.
Marcher, juste moi,
parce que j'peux pas être avec toi.

Parfois, ses paroles le prenaient aux tripes. Aaron en était venu à reconnaître quand il écrivait quelque chose qui devait absolument être entendu par autrui. Il en était venu à comprendre que ces instants étaient réels. Voilà pourquoi sur les quelque deux cents chansons qu'il avait écrites, il n'avait composé de musique que pour douze d'entre elles.

Celle-ci en faisait partie.

Il a ouvert GarageBand et, au bout d'une heure environ, il avait la musique. En deux temps, trois mouvements, il a composé sur le piano numérique une lente mélodie, sombre et mélancolique, puis il est passé d'un tempo rétro de 120 bpm à 75, et le résultat sonore était… envoûtant. Il a alors ajouté une ligne de basse, et puis sa voix. Certains disent qu'il chante comme Bob Dylan. (Il sait ce que cela signifie : sa voix n'est pas naturellement belle mais, pour beaucoup de gens, ce côté brut est une qualité, alors ça lui va.) Dans la partie chantée, il percevait une faim dévorante qui lui donnait immanquablement des papillons dans le ventre. Si les gens l'entendaient, s'ils le voyaient vraiment, alors ils comprendraient qui il était lui, Aaron. Ils l'admireraient.

Ce soir-là, comme son père faisait une nocturne à Montefiore, ils n'allaient pas discuter longuement dans sa chambre, et Aaron ne pourrait pas non plus partager ce nouveau morceau avec lui. Or, il fallait que cette chanson soit entendue immédiatement. Alors Aaron est allé sur sa chaîne YouTube et l'a passée, avant d'avoir une idée de génie : il a enregistré une harmonie et a chanté dessus en *live*. C'est cette version-là qu'il a publiée sur sa chaîne. Ensuite, il a envoyé un e-mail à absolument tous ses contacts pour leur annoncer qu'il avait enregistré sa meilleure chanson.

C'était comme ça que ça marchait. Comme ça que vous vous retrouviez dans le top 50 des titres les plus partagés. Vous composiez une bonne chanson, des gens en parlaient sur YouTube, vous payiez pour la diffuser sur Spotify, vous reteniez l'attention d'un créateur de playlists influent, et boum ! vous étiez Ed Sheeran.

Ensuite, Aaron a attendu. Pendant des heures. Il y avait soixante-quatorze personnes dans sa liste de contacts. Et sa chanson avait été jouée combien de fois ? Six. Dont quatre ou cinq étaient probablement de son fait à lui, c'était sûr.

Parmi ces soixante-quatorze contacts, une ou deux personnes avaient peut-être cliqué sur « Jouer ». Et il n'avait pas eu droit à un seul commentaire ni au moindre « like ».

Était-il mauvais à ce point ? Que savaient donc les autres à son sujet, que lui-même ignorait ? Cette absence de commentaire et de « likes » l'a transpercé de l'intérieur, a traversé ses organes et l'a vidé jusqu'à la moelle.

Il se revoit hier soir, allongé sur son lit, à regarder fixement un point sur le mur de sa chambre, le mur beige, tellement banal, tellement « il faut que quelque chose change mais rien ne change jamais ». Il a regardé ce point encore et encore en pensant : *Ce n'est pas normal.* Parce que jamais auparavant il n'avait regardé fixement un point pendant des heures, et que, s'il avait pu bouger, il serait allé chercher sur Internet *regarder fixement un point sur un mur pendant des heures*, mais il était incapable de bouger. Lorsque son père est rentré et s'est arrêté devant la porte de sa chambre restée ouverte, Aaron a fermé les yeux et a fait semblant de s'être endormi en laissant les lumières, puis, quand son père les a éteintes, il a rouvert les paupières pour fixer de nouveau le même point qu'il ne voyait plus désormais, et il s'est demandé s'il manquerait à quelqu'un s'il disparaissait de la surface de la terre.

— Aar… ? l'interpelle son père.

— Qu… Ouais.

— Où es-tu, Aaron Boroff ?

Aaron plaque un sourire sur son visage. Un sourire auquel même lui croirait. C'est dire l'étendue de ses talents d'acteur !

— Aux Bermudes, répond-il. Désolé, je pensais à un truc marrant.

Son père sourit.

— Bon. Tu es sûr que ça va ?

Aaron penche la tête sur le côté et regarde son père du coin de l'œil. Son père rit.

— D'accord. Je voulais juste en être sûr. Do-do ?

— L'enfant do, l'enfant dormira bien vite, complète Aaron.

Son père rit de nouveau, le serre dans ses bras, dépose un baiser sur sa tête avant d'aller dans sa chambre.

Aaron reste seul en se demandant quelle aurait été la réaction de son père si c'était lui qui avait sauté.

Destin 1 : 18 avril

La nouvelle tombe finalement dans la nuit. Quand Aaron consulte son téléphone à son réveil, elle est là, sur le site du *Daily News* :

Une élève d'un lycée privé saute d'un pont

Une élève d'un lycée privé de l'Upper East Side a été déclarée morte après avoir semble-t-il sauté du pont George Washington mercredi après-midi.

D'après la police, le corps de la jeune fille de dix-sept ans a été retrouvé mercredi soir dans l'Hudson à proximité du pont. Ses blessures corroborent l'hypothèse selon laquelle elle aurait sauté du haut de l'édifice.

La police de Port Authority est en train de se rapprocher de la famille. Le nom de l'adolescente n'a pas encore été divulgué.

Au cours des quatre premiers mois de cette année, on a dénombré onze suicides sur ce pont. Parmi les victimes, sept adolescents.

À la fois sonné par la nouvelle et agacé par le manque d'informations, Aaron tente sa chance sur le site Heavy.com, qui tend parfois à révéler davantage de détails que les médias traditionnels. Il lui faut son identité. Il ne trouve rien au sujet d'une personne ayant sauté ces dernières vingt-quatre heures. Il tente sa chance sur Twitter en tapant le nom de différents lycées privés avec le mot « suicide ». Lorsqu'il écrit « Spence », un post s'affiche, publié quinze minutes auparavant.

LYT @lyt_tenor
C'est une fille de Spence qui s'est suicidée. OMG je ne la connaissais pas. Tillie quelque chose ?

Et une réponse :

MoseDuBose @mosedubose
@lyt_tenor Ça craint trop. Je la connais pas non plus

Aaron écrit *Tillie Spence suicide*, et tout un tas de tweets apparaissent.

SammiLovesLemon @SammiQ10028
OMG camarades de Spence. Le suicide de Tillie Stanley. Pauvre Molly ☹ Ça va la tuer j'y crois pas

Et puis cette réaction :

Dehors Natasha ! @mikedropnatNYC
@SammiQ10028 je rêve ou t passé en 2 secondes sur la mort de Tillie et tu t'inquiètes pour Molly

Tobin, alias la responsable ? Putain, t'es carrément la personne la plus grave au monde

Et :

SammiLovesLemons @SammiQ10028
@mikedropnatNYC Primo RIP Tillie Stanley. Deuxio personne te parle. Jamais. Ne l'oublie pas.

Suivi de :

Dehors Natasha ! @mikedropnatNYC
@SammiQ10028 Ça. Ça, là, c'est un exemple charmant du genre de harcèlement en ligne qui a tué Tillie, alors… bravo. #personnelaplusgraveaumonde

SammiLovesLemons @SammiQ10028
@mikedropnatNYC donc quand tu me traites de personne la plus grave au monde c'est pas du harcèlement en ligne mais moi si ? Parce que j'ai des amis et toi non ? #cpaslabonnepersonnequiasauté

Aaron ferme les yeux. Tillie Stanley. Il ne l'avait pas vue de près, mais la fille sur le pont ne ressemblait pas à quelqu'un qui s'appelle Tillie Stanley. Était-il possible qu'une autre personne ait sauté le même jour ? Il tape le nom complet de Tillie sur Google images et l'une des photos qui apparaît montre trois adolescentes à un bal ou à une espèce de gala. L'une des filles est noire et affiche un grand sourire. Une autre est blanche, petite et maigre, et a les cheveux blond clair. La troisième est asiatique, petite et costaude, et elle était sans doute au beau milieu d'une phrase quand la photo a été prise parce qu'elle ouvre à moitié la bouche. Le cœur d'Aaron se fracasse dans son estomac quand il se rend compte que c'est elle, c'est la troisième fille. Il la regarde droit dans les yeux et articule silencieusement : *Désolé, Tillie Stanley, repose en paix.* Pourquoi pourquoi pourquoi n'a-t-il pas juste... dit quelque chose ? N'est-il pas allé la voir ? Arrête d'être aussi horriblement égoïste tout le temps. Il est tellement égoïste, tellement nul.

Son père frappe à la porte, avec son toc-blanc-toc-toc-blanc-toc-toc-toc habituel.

— Comment va Aaron ?

Aaron grogne. Il a l'impression d'être en pilote automatique. Il joue un rôle. Celui de l'ado fatigué et paresseux. Mais, aujourd'hui, le cœur n'y est pas.

— Tu es bientôt prêt pour l'école ?

— Oui, répond Aaron en se souvenant qu'il n'a fait aucun de ses devoirs hier parce que, eh bien... J'arrive !

Silence de l'autre côté de la porte, et il n'entend pas son père s'éloigner.

Aaron se lève, se rue vers son placard ouvert et enfile un peignoir dépenaillé qu'il met parfois. Il ouvre la porte de sa chambre.

— Bien le bonjour, très cher père.

Son père fronce le nez et approche son visage pour flairer l'air.

— Aaron. Faut que tu laves ce machin. Immédiatement. Ou que tu le brûles. Il est impératif que je trouve une nouvelle Magda, pas vrai ?

— Je sais faire la lessive, papa.

— Oui, en théorie. Sauf que tu ne la fais pas. Et désolé. Ce n'est pas une façon de saluer quelqu'un. Je te prie de m'excuser. Bonjour, très cher fils.

Aaron s'incline avec respect. À l'intérieur de sa cage thoracique se trouve le vestige de ce qu'il vient de lire, mais il l'enfonce tout au fond, le dissimule dans ses tripes parmi toutes les autres choses d'hier.

Son père le scrute avec à peu près la même expression que la veille au soir.

— Quelque chose ne va pas. J'en mettrais ma main à couper. Tu es déprimé, fiston ? Tu sais que tu peux m'en parler, n'est-ce pas ? Tu sais que je ferais tout pour t'aider, quel que soit le moment, quels que soient les moyens nécessaires ? Que j'arrêterais le monde pour toi ?

— Ouais. Tu arrêterais le monde, je sais.

C'est ce mot. Dépression. Il comprend, il sait que, vingt-quatre heures auparavant, il a failli mourir. Mais le mot ne paraît pas… pertinent. Si dépression signifie tristesse, eh bien oui. Il y a la tristesse. Sauf qu'il y a aussi la joie, par moments, l'insouciance, très souvent, l'étrangeté, quasiment tout le temps. Ses sentiments lui sont propres. On ne peut pas les faire entrer dans une case avec une jolie étiquette bien nette. Si certaines choses se passaient, il irait mieux. Par exemple, si les gens commentaient ses chansons ou riaient quand il dit des trucs. Il en a fait l'expérience. Un rire, se retrouver plié en deux ? Oubliée, la tristesse. Ce n'est pas ça, être déprimé. *C'est être Aaronesque*, pense-t-il. Quoi qu'il en soit, la dépression, c'est intérieur. Il le sait de son père. Ce truc, c'est… sa vie est cassée. Pas son cerveau.

Son père est en train de l'observer comme s'il était un sujet scientifique, quelque chose qu'il aurait fait croître dans une boîte de Petri.

— Je vous ai à l'œil, monsieur, dit-il.

Aaron ferme l'œil gauche et plisse le droit.

— Et je vous ai à l'œil, madame, réplique-t-il.

Son père a un petit sourire en coin et lève les yeux au ciel.

— Petit déj ?

— Pain caramélisé à la cannelle. Jus d'orange, deux petits glaçons. Les ronds.

Son père lui fait une révérence – Aaron sait que c'est un clin d'œil à l'un de ses gestes emblématiques.

— Tu te douches. Et brûle ce peignoir, tu veux bien ? Je t'aime, tu sais ?

Aaron rit. S'il y a bien une chose au monde dont il ne doute pas, c'est de l'amour de son père.

— Et moi, toi aimer, répond-il façon Yoda.

Nouveau petit sourire de son père, qui le laisse seul avec ses pensées et son peignoir odoriférant.

Sous la douche, son cerveau fait son truc à la Aaron, c'est-à-dire qu'il saute d'une pensée à une autre, raison pour laquelle il ne sera jamais ni scientifique, ni médecin, ni avocat, ni n'importe qui tenu d'avoir des pensées convaincantes, normales et carrées. Il songe à Tillie Stanley, et un frisson le parcourt en dépit de l'eau chaude qui coule sur son dos, alors son esprit passe à M. O'Mahoney, son prof de sport du collège, sur lequel il a toujours fantasmé, notamment grâce à son inoubliable short gris, il pense à *Avenue Q*, et puis, aujourd'hui, on repart de zéro, et il va enfoncer toutes ces choses affreuses tout au fond de lui, et personne ne saura jamais, jamais pour hier, heureusement qu'il n'y est pas arrivé et, simultanément, il regrette de ne pas y être arrivé, parce qu'il n'a pas rédigé sa rédac pour le cours d'écriture créative, et Mme Hooper va prendre sa mine déçue, l'expression qu'il aime le moins chez elle, et M. O' Mahoney qui se penche pour ramasser un ballon de foot, et oh, la vache, on devrait sculpter ça dans du marbre pour en faire un monument, et est-ce qu'un jour il couchera vraiment avec quelqu'un, et… savon ! Il est debout sous la douche, mouillé mais sans savon. Comment ça se fait qu'il oublie parfois le savon ? Ce qui pourrait se révéler être un léger problème s'il veut coucher un jour avec quelqu'un dans la vie réelle, et est-il possible qu'Evan Hanson soit gay ? Pas le Evan Hansen de la comédie musicale[1]. Le vrai Evan Hanson du lycée. Vous imaginez, vous avez un nom, et soudain, c'est le titre d'un spectacle. Pour le restant de vos jours, chaque fois que vous rencontrez quelqu'un, on vous demande : *T'es le Evan Hansen de la comédie musicale ?* Aaron changerait *carrément* de nom mais, bref, Evan Hanson, élève de terminale, comédien à ses heures perdues, et ce trajet en taxi vers l'ouest quand ils sont rentrés ensemble de la soirée de Cecil, ils étaient tellement mal à l'aise et, en même temps, c'était si délicieux, peut-être teinté d'une légère tension sexuelle ? Difficile de savoir. Mais Tillie, Tillie Stanley qui tombe, c'est quoi la suite, qu'est-ce qui se passe après ? Sa mère – qu'aurait-elle pensé s'il avait

1. *Dear Evan Hansen*, comédie musicale de Benj Pasek, Justin Paul et Steven Levenson.

sauté – se serait-elle sentie coupable ? Il faudrait vraiment que son père sache que ce n'était pas…

On frappe à la porte de la salle de bains, et Aaron redescend sur terre, se rend compte qu'il ne sait absolument pas depuis combien de temps il est sous la douche à se faire bombarder par l'eau.

— Ça va, là-dedans ?

— Euh, ouais. Au poil !

— Les tartines à la cannelle sont en train de ramollir.

— OK !

Aaron termine. Il essaie de se concentrer. Mais chaque fois, il revient à la photo de Tillie, en boucle dans sa tête.

Alors il laisse son esprit s'égarer à nouveau.

À l'autre bout de la ville, Winnie et Frank Stanley sont assis immobiles sur leur canapé.

Winnie a l'impression qu'en lui annonçant cette nouvelle, la police lui a ouvert l'abdomen et en a sorti ses organes un à un, réservant son cœur pour la fin. Elle n'est pas certaine de pouvoir un jour se lever de ce canapé. Peut-être vivra-t-elle ici, désormais.

Frank est silencieux. Winnie n'est absolument pas étonnée.

Pour sa part, il retient son souffle. Il ignore la désolation logée dans son torse, les décombres de sa gorge et de son cou, et refuse de respirer. Il faut qu'il sorte d'ici. Dès que possible.

Britt est dans sa chambre, les yeux scotchés sur son téléphone qui n'est pas allumé. Peut-être que, si elle continue de garder les yeux rivés sur son portable, le monde reviendra en arrière, avant l'arrivée de la police. Avant *ça*. Avant ce qui n'a aucun sens. Elle veut que son père entre dans sa chambre et lui dise que ce n'est pas vrai. Que c'est juste une mauvaise blague. Une farce. Elle veut que sa mère fasse disparaître tout ça.

Personne ne vient. Elle continue à fixer du regard l'écran vide.

Dans le métro, Aaron est assis à côté de Topher Flaherty, qui n'arrête pas de parler de ses groupes préférés et d'une rave dont Aaron se contrefiche. Sarah monte à la 86e Rue et s'installe à côté de lui.

— Hé, t'as fait tes devoirs d'espagnol ? demande-t-elle.

Aaron secoue la tête en obligeant son cerveau à oublier ce qu'elle lui a dit hier au sujet de sa prestation dans *Rent*.

— Merde, dit-elle. Quoi, t'as joué toute la nuit ou quoi ?

Il se gratte le nez.

— Un truc du genre.

— Peut-être que Mme Higuera ne vérifiera pas.

— Tout ce que j'espère, c'est qu'elle nous gratifiera d'une des tenues florales dont elle a le secret !

Sarah laisse échapper un rire.

— Y a des chances.

— C'est peut-être la tendance chez les vieux ? D'avoir de gros lys orange et roses à la place des seins ?

Sarah rit encore.

— Sûrement.

— J'imagine une collection de vêtements pour garçons, des pantalons avec une gigantesque tulipe à l'entrejambe.

— Mets tes tulipes sur mon entrejambe, lance Topher.

Sarah et Aaron le dévisagent, l'air de dire : *T'as vraiment dit ça ?*

Plus ils approchent de la 242e Rue, plus la rangée de sièges en face d'Aaron se remplit d'élèves de Fieldston qu'il aime bien. Et il sourit car, pour l'instant, il se sent plutôt à l'aise, et n'éprouve absolument pas le vide au creux de son ventre. Lorsque ce vide n'est pas là, c'est comme s'il n'avait jamais existé.

Sortir du métro et attendre la navette qui va au lycée le ramène toujours à la réalité parce que presque tous ses camarades prennent un bus privé au départ de Manhattan. Son père ne peut pas se le permettre financièrement. Les autres élèves sont trop sympas pour regarder ouvertement de haut un gamin boursier, mais Aaron perçoit néanmoins le fossé entre eux. Il fait partie de *ceux qui prennent le métro*.

Les rues du quartier de Van Cortlandt Park et ses lignes de métro surélevées recouvertes de graffitis, ses pizzérias et ses magasins de fumette deviennent rapidement les rues paisibles de banlieue bordées d'arbres de Riverdale, et voilà qu'il est arrivé : un jour de plus dans l'une des écoles privées les plus chères du pays.

Une fois, pendant l'été après la troisième, alors qu'il se trouvait à Cape Cod chez sa mère, celle-ci a feuilleté l'album de sa promo et secoué la tête.

« Ces gamins ressemblent tous à des mannequins. Ça doit être dur pour toi, non ?

— Euh…, a répondu Aaron en grimaçant.

— Oh, chéri. Toi aussi, tu es mignon. Je dis juste que… ces gamins-là sont tous tellement magnifiques !

— Tu t'enfonces. »

Sa mère a balayé sa remarque d'un mouvement de la main.

Tandis qu'Aaron traverse la cour intérieure en direction du bâtiment principal, cette disparité se métamorphose et se démultiplie dans les miroirs déformants de son cerveau. La seule raison pour laquelle ils habitent dans un chouette appartement de la 78ᵉ Rue avec vue sur l'Hudson est que sa grand-mère l'a légué à son père à sa mort, quand Aaron avait dix ans. La seule raison pour laquelle il fréquente l'école privée la plus chère du pays est que son père a tiré les bonnes ficelles et lui a obtenu une bourse qui prend pratiquement toute sa scolarité en charge. Il n'a rien de fabuleux, n'a pas réellement sa place là-bas, n'est pas à la hauteur, c'est un crétin blaireau geek naze pauvre type nul nul nul.

Tandis qu'il se rend dans la salle où sa classe se réunit tous les matins avant les cours, il passe devant une affiche d'*Avenue Q* et ne voit toujours pas la liste des acteurs – ça craint. Et puis il aperçoit une feuille pour s'inscrire à un concours de talents qui se tiendra dans trois samedis. Il s'arrête et regarde fixement le bout de papier. Il rit et lève les yeux au ciel. *C'est ça, oui. Vous n'êtes même pas fichus d'écouter une chanson que je vous envoie. Je ne vais pas perdre mon…*

Une deuxième pensée se prend les pieds dans la première. *Mais ils ne l'ont même pas entendue !* Il y a eu si peu de clics, alors ce n'est pas comme si les gens l'avaient rejetée. Ils ne l'ont juste pas écoutée…

Et à ce moment-là, alors qu'il regarde fixement le feutre qui pend au bout de la ficelle attachée à l'arrière de la feuille, il a un fantasme. Il est sur scène, en train d'interpréter « Marcher seul ». Le public est captif tandis qu'il chante le refrain : « Marcher, juste moi, parce que j'peux pas être avec toi… » Son regard croise celui d'Evan Hanson, et il se passe quelque chose, comme quand le rideau se lève entre deux personnes, et son cœur vibre parce que quelqu'un le voit, le voit vraiment, et il entend la voix d'Evan : *Toi, Aaron Boroff. Tu es fait de strates. Tu es bien plus complexe qu'ils ne le pensent. Est-ce que le « toi » de la chanson, c'est… moi ? Est-ce que cela peut être moi, s'il te plaît ?* Et Aaron sourit bêtement, parce qu'il a conscience que ce n'est qu'un fantasme, mais un fantasme délicieux tout de même, et il n'en faut pas plus pour qu'il ajoute son nom à la liste.

La mère de Molly Tobin annule son cours de Pilates pour rester avec sa fille.

— Ça va, ma chérie ? demande-t-elle alors qu'elle est assise à son chevet.

Molly la contemple avec des yeux rouges. Il y a « ne pas se rendre compte » et « ne pas se rendre compte ».

La fille dont elle s'est moquée, ce qui lui a valu d'être exclue, son ancienne meilleure copine de sixième, vient de sauter du haut d'un pont. De se suicider. Elle est *morte*.

On peut dire sans trop s'aventurer que Molly ne va pas tout à fait *bien*.

Un peu plus loin au nord, au lycée Browning, un garçon est assis dans le noir sur la scène du théâtre, abasourdi. Il allait lui envoyer un texto. Aujourd'hui. Pourquoi, oh, pourquoi a-t-il attendu, bon sang ? *Pourquoi ?*

Quand son copain Mike lui a envoyé le lien – *C'est elle ???* –, Amir Rahimi était en cours de lettres.

Mike était là quand Amir a rencontré Tillie. Il ne connaît que quelques détails : elle est tombée amoureuse de lui et ensuite il l'a ghostée.

Mais si on demandait sa version des choses à Amir, il aurait plus à dire. Bien plus.

Et oui, c'était bien elle. Il a cliqué sur le lien et s'est ensuite précipité hors de la salle de classe. À quelques mètres à peine des toilettes, il a projeté du vomi partout sur le sol. Ensuite il a regardé d'un côté puis de l'autre, a vu qu'il était seul dans le couloir et s'est engouffré dans le théâtre pour pouvoir se retrouver seul avec le choc écrasant et la honte.

Il avait eu l'intention d'arranger les choses. Il attendait juste le bon moment. Que la trouille retombe. Pour jouer franc jeu avec elle. Pourquoi ne lui avait-elle pas laissé un jour de plus ?

Parfois, quand on ghoste une personne, on ne la ghoste pas vraiment, songe-t-il assis dans ce théâtre, le front au creux de ses mains. Parfois, alors qu'on donne l'impression de se débarrasser brutalement de quelqu'un, de l'ignorer activement, la réalité est tout autre.

Mais sa version à elle, il ne la connaît pas. Et ne la connaîtra jamais.

Et c'est vraiment le truc le plus merdique dans cette histoire.

Dès qu'il arrive à l'hôpital pour sa garde, un sentiment de malaise envahit Michael Boroff.

« Tu te sens triste ? » a-t-il demandé à son fils alors qu'il connaissait déjà la réponse.

Aaron n'était pas un si bon acteur qu'il le croyait.

Michael appelle Morris, son « frère guerrier », c'est un truc de leur groupe d'amis.

— Tu as deux minutes ? demande-t-il en se cachant dans une armoire à fournitures. J'ai besoin de ton avis.

— Je suis sur mes sudokus matinaux. Quoi de neuf ?

— Je n'arrive pas à faire parler Aaron. Il ne me dit rien. Il me tient à l'écart.

— J'entends. Qu'est-ce que tu ressens ?

Si le groupe de paroles des guerriers l'a beaucoup aidé, parfois, leur rhétorique donne à Michael des envies de meurtre.

— Ben je ressens que c'est carrément merdique !

— C'est bien d'en avoir conscience.

Morris reste calme.

— Développe, poursuit-il.

Michael s'autorise à formuler les choses en criant :

— Je ne contrôle rien ! J'ai l'impression de naviguer à vue, et je déteste ça !

Les deux hommes font des exercices de respiration ensemble. Et Michael se sent tout de suite mieux. Pas bien, mais mieux. Il rit. Morris également.

— Ouais, dit celui-ci. Merci. Je veux bien te croire !

Une forme d'apaisement s'empare de Michael. Son cœur est ouvert. Dieu merci. Pendant des années, le monde de la finance l'a scellé. Le fait de ne pas ressentir les choses a failli le tuer. Il ne s'en était même pas rendu compte. Et maintenant. Pas facile. Presque jamais facile. Mais tellement mieux. Tellement plus vrai.

— Merci, dit Michael. Et merci de ne pas me donner de conseils. Parce que, si tu m'avais donné un conseil, je t'aurais pourchassé et tué.

Sa remarque amuse Morris.

— Oh là ! Qu'il est agressif.

Les deux hommes rient.

— Merci, répète Michael, d'une voix bien plus douce. Merci d'être là.

— Pas de souci, frère.

Aujourd'hui en cours d'écriture créative, c'est le travail d'Aaron qui est soumis à la critique. Si l'on veut voir le bon côté des choses, cela signifie qu'il n'a pas oublié de lire le travail d'un camarade hier soir. Côté négatif : il n'a rien écrit de nouveau. Heureusement, il a quelque chose à présenter parce que c'est Aaron et que, bien sûr, il a quelque chose sous le coude, alors il l'envoie par e-mail à la classe pour que tout le monde puisse suivre, et commence à ressentir dans la gorge une espèce de nervosité qui le prend chaque fois qu'il s'apprête à être au centre de l'attention, parce qu'il adore, adore, adore ça et ne dira jamais au grand jamais à personne à quel point il *adore* ça.

Pendant que les camarades d'Aaron ouvrent le document, Mme Hooper lui sourit et vient le voir au premier rang. Elle pointe son doigt vers lui tout en l'agitant.

— J'ai vraiment adoré ta dernière chanson. Ouah !

Aaron sent que son visage chauffe. Mystère résolu quant aux deux autres personnes qui ont écouté son morceau.

— Euh, merci. J'ai conscience qu'elle est assez mauvaise.

— Pas du tout. Au contraire. J'aime ta façon d'exprimer tes émotions dans des chansons. C'est un excellent exutoire pour toi !

Aaron déglutit. Il sait que ce n'est pas forcément le genre de commentaires que l'on sert aux futures légendes de la musique, mais il est trop fatigué pour se concentrer là-dessus, alors il sourit et focalise son attention sur le « Ouah ! ».

— Merci.

Il lit ce qu'il a écrit. C'est assez différent de ce qu'il fait habituellement. Quasiment tous ses textes s'inspirent de son vécu, sont des versions à peine déguisées de choses qui lui sont arrivées ou qui lui ont traversé l'esprit. Comme ce texte au sujet d'un garçon qui avait peur de faire son coming out : Aaron y exprimait ce qu'il était incapable de formuler dans la vraie vie. Tout le monde l'a vraiment soutenu à l'époque. Trois filles sont venues le voir après, l'ont serré dans leurs bras et lui ont proposé de déjeuner avec elles le midi. Ils n'ont mangé ensemble que deux fois mais, aujourd'hui encore, Aaron est reconnaissant de la façon qu'ont eue ses camarades de se rallier à lui. Et il a fait son coming out peu de temps après, alors c'était bien.

Le texte d'aujourd'hui est plus amusant. Pour ses dialogues, il s'est directement inspiré de son père chelou, qui fréquente un groupe de parole réservé aux hommes et se forme pour travailler dans le social. Il lit ensuite un monologue intérieur sans queue ni tête mais marrant qu'il a eu dans le métro : un ami balance avec désinvolture une blague qu'Aaron juge vraiment bizarre, et à laquelle il répond dans sa tête par : *T'es autiste ou quoi ?*

Une fois l'histoire terminée, place aux critiques. Staci Raimey lève la main.

— Ça m'interpelle qu'Aaron exige qu'on soutienne et accepte inconditionnellement son homosexualité, mais que, genre, l'autisme soit pour lui un objet de plaisanterie, dit-elle en enroulant une mèche de ses cheveux châtains crépus autour de son doigt.

Aaron n'est pas censé parler, mais cette remarque le prend de court.

— Quoi ? lâche-t-il.

C'était une réplique du tac au tac, sans arrière-pensée.

— Je…

— Vous n'avez pas la parole quand c'est votre travail qui est critiqué, l'interrompt Mme Hooper.

— C'était super offensant, insiste Staci. Employer le terme « autiste » comme si c'était une insulte.

Aaron sait qu'il a commis une erreur idiote. Il a écrit ça sans réfléchir, et quand Kwan raconte que les gens sont vraiment méchants envers son frère atteint du syndrome d'Asperger, et souligne à quel point les mots peuvent blesser, chose qu'Aaron devrait savoir, celui-ci sent mourir une petite part de lui-même.

Quand il va en cours d'espagnol, il a l'impression d'être une horrible personne. Et c'est le cas. Parce qu'il a été méchant, ce qui indique qu'il a dû se perdre en cours de route, car rien chez lui n'a jamais été vraiment méchant, et il n'accepte pas de se voir comme quelqu'un qui blesse plutôt que quelqu'un que l'on blesse, comme quelqu'un qui a laissé une fille sauter d'un pont et pas quelqu'un qui saute. Mme Higuera lui demande *cómo está*, et il répond *bien*, mais non, il ne va pas « bien », c'est tout le contraire et, pendant le restant de l'heure, il n'entend pratiquement rien.

Il s'assied tout seul pour déjeuner. Un brouillard noir s'installe au-dessus de lui, ses pensées s'enfoncent dans un abîme qui lui rappelle le pont d'hier. Comment des sentiments peuvent-ils bien blesser son corps ? Pourtant, c'est exactement ce qui se produit. Ils appuient contre sa cage thoracique telle une bulle démoniaque, et Aaron respire difficilement.

Kwan pose son plateau et lui demande :

— Je peux m'asseoir ?

Aaron hoche la tête.

— Bien sûr, répond-il tout bas.

Il n'arrive pas à pousser davantage sa voix.

Kwan agite la main et, aussitôt, Ratiya Song, Ebony McClendon et Josh Porter se joignent à eux. Une terreur envahit soudain la poitrine d'Aaron. Il ne va pas être en mesure de gérer la suite, quelle qu'elle soit. Absolument pas.

— Bon, au club de la diversité, commence Ratiya, on a une politique « aïe/oups ».

— Ouais, poursuit Ebony. Quand il y a micro-agression, une personne intervient, dit « aïe », puis justifie ce « aïe ». Ensuite, le micro-agresseur a la possibilité de dire « oups » et de se rattraper.

— Oups, lance Aaron à la table devant lui en évitant de croiser le regard de ses camarades pour qu'ils ne voient pas qu'il en a presque fini.

Avec la vie. Avec tout. Tout lui paraît étriqué. Ils l'ignorent, et ce n'est pas une chose qu'on peut dire aux gens. Qu'ils devraient être gentils avec un micro-agresseur parce qu'il a failli sauter du haut d'un pont la veille et qu'il se sent de nouveau d'humeur à sauter. Ce n'est pas une chose qui se dit et, de toute façon, il ne mérite pas de traitement de faveur.

Tandis que ses camarades lui parlent, Aaron hoche la tête encore et encore, répète qu'il est désolé jusqu'à ce qu'ils finissent par s'en aller environ une minute après qu'il sent son système lâcher, comme un ordinateur qui rame et rame tellement que vous êtes obligé de l'éteindre, et il a le tournis, les choses semblent ne plus respecter la perspective, par exemple les murs de la salle penchent légèrement à gauche et il a l'impression qu'il pourrait trébucher sur le sol accidenté sous ses pieds.

Dans le couloir de travers qui donne le tournis, il évite de croiser le regard des autres, convaincu que tout le monde sait qu'il a écrit quelque chose de blessant et en parle en ce moment. Si Aaron avait sauté hier, les gens diraient des trucs sympas à son propos. Au lieu de quoi, il est toujours vivant et tout le monde le déteste, déteste, déteste, et que racontent-ils au juste à Spence sur Tillie, c'est sûrement globalement sympa, et pourrait-il avoir droit au même traitement sans pour autant mourir, pourrait-il bénéficier de la gentillesse d'autrui même quand il est méchant, même quand il a tort ?

Tillie, est-ce que c'est mieux où tu es ? As-tu enfin trouvé la paix ? Est-ce que ça valait le coup ? Ça a marché ?

En cours de physique, Aaron a du mal à être attentif, la différence entre centripète et centrifuge lui échappe totalement. Il ne percute pas, et se rend compte qu'en fait il fiche à présent. Cela lui échappe purement et simplement. Et quand la sonnerie retentit, un truc très bizarre se produit.

Il ne bouge pas.

Aaron contemple le tableau blanc. Une fissure dans le quart en haut à gauche dessine pratiquement une ligne diagonale, va pratiquement jusqu'au coin en haut à gauche, mais pas tout à fait. C'est imparfait et arbitraire.

— Aaron ? l'interpelle M. Sengupta à l'entrée de la salle.

Celle-ci est peut-être vide, ou en train de se vider. Aaron ne sait pas. Il n'arrive pas à bouger la tête.

Hmm, pense-t-il. *C'est nouveau. C'est intéressant.* Aaron aime les choses nouvelles et intéressantes, mais pas dans le cas présent. C'est terrifiant parce qu'il est littéralement dans l'incapacité de bouger, et s'il lui restait des sentiments, il se sentirait profondément effrayé. Mais ses sentiments ont disparu.

— Aaron ? répète M. Sengupta, et Aaron a l'impression qu'il regarde un film sans le voir.

Il sait qu'il y a une salle de classe, qu'il se trouve à l'intérieur, mais il ne voit pas vraiment la scène, et son esprit lui dit : *Il vaudrait peut-être mieux pour toi que tu te lèves et que tu sortes de cette salle car il y aura des répercussions*. Mais cela lui est impossible. Il ne peut pas. Bouger.

Les quinze minutes qui suivent se distinguent par le fait qu'un nouveau cours ne débute pas en dépit de la sonnerie. Quelque chose, quelqu'un doit être en train de retenir les élèves hors de la salle de classe. M. Sengupta et quelqu'un d'autre lui parlaient, puis ne lui parlaient plus, essayaient de le faire bouger avant d'accepter cet objet impossible à bouger qu'était Aaron Boroff, qui est tellement, tellement bizarre, et cela ne va pas aider sa réputation, mais, une fois encore, il s'en fiche. Il n'y arrive pas.

Le brancard lui paraît nouveau. Une nouvelle forme de transport pour quitter la salle de physique. Et tandis qu'on le fait sortir de la pièce tel un roi égyptien compliqué, la pensée qui lui vient à l'esprit est qu'il vaudrait mieux qu'il ne reprenne pas conscience tout de suite parce que rien ne pourrait sans doute l'alarmer davantage que ce qui se passe en ce moment même – sauf que cela ne lui arrive pas vraiment, n'est-ce pas ? Il a l'impression que cela arrive à quelqu'un d'autre. Son cerveau est nimbé d'un nuage blanc. Ses yeux sont bien ouverts mais ne voient pas. Ses oreilles sont bouchées de l'intérieur par un amas de papier toilette qui obstrue le canal.

L'ambulance existe.

Le couloir de l'hôpital aussi. Existe.

Le temps ondule, devient cuivré. Puis blanc argenté.

Les questions que les médecins lui posent ne s'adressent pas à lui, et il semble au ton qu'on emploie pour lui parler que cela est admis, comme un postulat en maths, quand on admet que X est un nombre entier positif, peut-être. Trouvez Y. Y, c'est lui. Quelqu'un est là, avec lui, et la présence de cette personne est une couleur, bleu délavé, un peu grisé, qui ternit dans les coins et n'emmènera jamais personne au bal de fin d'année. Personne n'aime ce bleu ni ne l'invite à traîner devant le Muséum d'histoire naturelle le vendredi soir.

C'est Topher ? M. Sengupta ? Le proviseur adjoint ? Qui a un nom, aussi ? Eux ?

Papa ?

Destin 1 : 19 avril

— Bon, il paraît que vous avez passé une sacrée journée hier, dit le Dr Laudner.

Aaron hoche la tête, mais il est ailleurs. Pas ailleurs comme hier, où il n'était vraiment pas présent. Ailleurs dans le sens de « contemplatif, las ». Il est assis dans un petit cabinet médical défraîchi aux murs gris, tellement rempli de fougères que ce type aurait peut-être dû envisager d'être horticulteur et ouvrir une serre au lieu de choisir la psychiatrie. Le Dr Laudner, un grand homme dégingandé à la barbe blonde bien taillée, est installé en face d'Aaron dans un fauteuil en cuir beige à dossier haut et le considère d'un œil où l'on perçoit de la bonté.

Aaron a l'impression d'avoir pris des vacances loin de sa vie. Ne pas aller en cours vendredi, son père qui pose sa journée, c'est comme les grandes vacances mais sans la chaleur. Il s'est aventuré en dehors des limites de ce qui est habituel, et cela lui fait un peu un effet de fin du monde. Et il n'est pas certain que cela s'améliore vraiment jamais un jour.

— Aaron ?

— Désolé.

— Alors, ces deux derniers jours. Racontez-moi.

Aaron repasse dans sa tête l'expérience du mieux qu'il peut, et cela se révèle extrêmement épuisant à revivre. Il laisse de côté la partie sur Tillie ; ce n'est pas une chose qu'il a envie de partager. Quand il en vient à celle où on le transporte en dehors de la classe sur un brancard, il est obligé de s'arrêter. Pas parce qu'il s'apprête à pleurer, non, il est bien trop hébété pour cela. Disons plutôt qu'il est très, très fatigué. De parler. De tout.

Heureusement, le Dr Laudner n'insiste pas. Tous deux se contentent de rester assis dans son cabinet en silence. Puis le médecin prend sur son bureau un porte-bloc qu'il tend à Aaron.

— Et si, pour le moment, vous remplissiez ce document ? suggère-t-il.

Aaron décide à cet instant que le Dr Laudner lui plaît bien.

L'homme lui remet un questionnaire à choix multiples qui comprend dix-huit questions, chacune proposant six réponses type : *Pas du tout*, *Un peu seulement*, *Assez*, *Modérément*, *Plutôt beaucoup*, ou *Vraiment beaucoup*. Même dans son état comateux, Aaron trouve un charme fou à ces formules subtiles. Il regarde quelques instants dans le vide avant de se mettre au travail.

La première est facile. Il se rend compte qu'il regarde l'affirmation *Je fais les choses lentement* depuis un bon bout de temps, donc *Vraiment beaucoup* s'impose.

Son avenir lui paraît-il désespéré ? Quel avenir ? Bingo. *Vraiment beaucoup.*

Le plaisir et la joie ont-ils disparu de sa vie ? Bingo. S'ils étaient là avant, ils ont totalement disparu à présent. *Vraiment beaucoup.*

Il regarde fixement la colonne des *Vraiment beaucoup*, et soudain, le mot *Beaucoup* semble mal orthographié, ou n'a pas l'air d'être un mot, ou paraît ne plus avoir de sens.

La huitième question est la première à laquelle il ne répond pas par *Vraiment beaucoup. Je suis agité et je n'arrête pas de bouger dans tous les sens.* Euh, non. *Pas du tout.*

Mais le reste n'est qu'une succession de *Vraiment beaucoup*, et quand il arrive à la question numéro 15, qui demande s'il passe beaucoup de temps à réfléchir à comment il pourrait se tuer, ses mains se mettent à trembler et il coche en remplissant complètement le rond. *Vraiment beaucoup.*

Au total, il a quinze *Vraiment beaucoup*, un *Beaucoup*, un *Modérément* et un *Pas du tout.* Il tend le porte-bloc au Dr Laudner qui bondit de son siège pour le récupérer. Puis le médecin se rassied et fait les comptes au stylo bleu.

Une fois qu'il a terminé, il lève les yeux vers Aaron.

— Bon, vous avez un total de 82.

— C'est bien ?

— De 0 à 9, on n'est pas déprimé. Tout score au-dessus de 54 indique une dépression sévère.

— Ça me ressemble bien, ça, de choisir le plus mauvais moment pour avoir une note potable.

Sa remarque fait rire le Dr Laudner, *vraiment beaucoup*, et Aaron, malgré lui, retrouve la pêche, *un peu seulement*.

— Bon, parlons, propose le médecin.

Aaron lui raconte *un peu*. Ce qu'il a ressenti en grimpant sur ce pont et en décidant de ne pas sauter. Et son père qui sanglotait à l'hôpital en apprenant la nouvelle : Aaron avait eu l'impression d'être une personne abominable. S'était senti super coupable. Et tout le contexte de sa vie. Les faits, rien de plus, m'sieur. Son père et sa mère. Le divorce quand il avait huit ans, qui avait en gros multiplié par deux ses cadeaux au moment des fêtes. Habiter avec papa pendant dix mois de l'année, les visites à maman au cours de l'été et à Noël, ce qui est logique vu que sa mère est chrétienne et son père juif. Le médecin hoche la tête quand il le faut, et Aaron a la sensation d'être plutôt à l'aise, à vrai dire. Pour un type qui un jour avant était complètement catatonique et qui vient de tout déchirer au test des grands dépressifs, parler, juste parler, ça fait du bien, comme un pull bien chaud et une belle flambée dans la cheminée chez sa mère à Sandwich, écrire une chanson ou peut-être une nouvelle amusante. *Hygge.* Un mot que son père lui a appris.

— Bon, parlez-moi de votre mère, dit le médecin en croisant les jambes.

Aaron presse sa langue contre son palais comme pour empêcher son cerveau de se figer. Il se mord la lèvre.

— C'est une personne, commence-t-il.

— Eh bien, voilà qui est rassurant.

Aaron décoche un petit sourire.

— En effet.

— Parlez-moi d'elle.

— Pas grand-chose à dire, déclare Aaron et, pour une raison étrange, il pense à cette histoire de plage.

Il a huit ans. C'est une belle journée d'été, ensoleillée. À l'époque, son père travaille encore à la banque. C'est juste avant la séparation, avant le grand changement de son père, et maman est à la maison – l'une de ces journées décousues dans le quartier de Forest Hills, avec sa mère aux commandes, qui se rend de temps à autre à des auditions mais passe le plus clair de la journée à traîner. Ils ont leurs petites habitudes. Céréales au chocolat, croissants industriels qui gonflent dans le four, les dessins animés en DVD – *Ren & Stimpy,* le préféré de sa mère – qu'ils regardent sur le canapé du séjour. Ensuite, direction le parc sur le trottoir d'en face, où il se joint à d'autres gamins qui courent autour de l'arroseur pendant que sa mère reste seule, à l'écart des autres mères qui se retrouvent près des mêmes rangées de bancs tous les jours. La mère d'Aaron n'est pas le genre de personne à bien s'entendre avec les autres mamans. Aaron adore ces journées-là. Le côté prévisible de ces heures infinies dépourvues de toute obligation.

Mais ce jour-là, ils ne prennent pas leur petit déjeuner habituel. Maman le réveille tôt. Ses yeux sont gonflés et rouges.

« Viens, dit-elle. On va prendre le train. »

Aaron s'illumine. Il adore sa mère, et rien de tel qu'une bonne aventure.

Le train part de Penn Station. Sa mère dit qu'ils vont à Jones Beach. Aaron pousse un cri de joie, et se demande : *Où sont nos affaires ?* Sa mère ne porte aucun sac or, pour la plage, il faut généralement une couverture, des maillots de bain, des serviettes, peut-être un seau et une pelle pour jouer, la crème solaire gluante dans ce flacon orange qu'on presse.

« On n'a pas besoin de trucs ? demande-t-il.

— C'est une aventure. Arrête de t'inquiéter. »

Dans le train, maman commence à dire des choses qu'elle n'a jamais dites auparavant.

Elle pose une main sur son genou.

« Je m'ennuie à mourir, Aaron. Tu sais ce que ça fait ?

— Non.

— J'espère que tu ne connaîtras jamais ça. C'est de la torture. »

Ils prennent un train puis un bus bondé. Une fois sur la plage, ils marchent sur le sable, encore et encore, sans but. Aaron remarque des tas d'endroits qui seraient bien pour construire un château de sable, mais ils ne s'arrêtent nulle part, et il jette tout le temps des coups d'œil à la dérobée à sa mère, elle paraît juste vide. Fatiguée, peut-être. Finalement, sans crier gare, elle s'effondre dans le sable telle une marionnette désarticulée. Aaron regarde autour de lui en se demandant si quelqu'un va leur apporter une couverture ou des serviettes.

« Qu'est-ce qu'on fait ? On peut aller dans l'eau ou construire un château, propose-t-il. On peut dessiner dans le sable ! »

Elle hoche la tête sans répondre, le regard perdu à l'horizon, assise sur ses mains dans le sable chaud légèrement humide. Elle fume une cigarette, ce qu'il ne l'a jamais vue faire. Aaron s'assied à côté d'elle et inhale les émanations crayeuses. Il commence à creuser un peu et tout à coup, il a soif, sa tête est en feu à cause du soleil, mais c'est marrant de creuser, creuser, alors il creuse et commence à sentir la chaleur dans ses joues et se souvient de la fois où il s'est pris un coup de soleil quand il avait cinq ans à Cape May et qu'ils ont dû lui mettre de la crème et que sa peau a pelé pendant une semaine.

Au bout d'une heure et demie, sa mère se lève et époussette ses genoux et ses mains.

« C'est bête, dit-elle. Maman a merdé. »

Ils retournent à pied jusqu'au bus, loin de l'eau dans laquelle il ne sont jamais allés jouer.

« Parfois, on essaie de nouvelles choses, déclare-t-elle. Occasionnellement, elles fonctionnent. »

Aaron se rappelle très clairement avoir regardé fixement le sable tandis qu'ils avançaient en essayant de marcher dans les pas de gens plus grands que lui. *C'est à chacun de se créer sa fête* – voilà ce qu'Aaron s'est dit à ce moment-là. Ce qui lui semble toujours très vrai, se rend-il compte, et il sourit, croise les bras sur sa poitrine.

— À quoi pensez-vous ? lui demande le médecin.

— À rien, répond-il en se souvenant que quelques minutes auparavant, il a remarqué que le cabinet était *hygge*, et il veut de nouveau son *hygge*.

Il sourit, les lèvres pincées.

— Un bon souvenir.

Son père est dans la salle d'attente quand Aaron sort avec une ordonnance et des cartes professionnelles, ce qui est étrange : comme si le médecin voulait qu'il les distribue au coin de la rue ou genre. Il les tend à son père.

— Il veut me voir tous les jours de la semaine prochaine. Je lui ai dit que je ne savais pas si c'était possible parce que…

— Tu peux. Bien sûr. C'est la seule chose qui compte dans l'immédiat. La seule chose qui compte est de faire en sorte que tu ailles mieux.

— Et puis je crois que je vais avoir un traitement parce qu'il a un dépressiomètre dans son cabinet et que j'ai explosé le compteur. On lui doit de l'argent parce que chez lui la règle, c'est « tu casses, t'achètes ».

Son père le serre fort contre lui et enfouit son menton dans la nuque d'Aaron.

— Je suis vraiment désolé. J'ai vraiment l'impression de t'avoir laissé tomber. Comment tu as pu monter là-haut – comment ai-je pu passer à côté d'un truc pareil ?

Aaron ne répond pas. Il ne sait pas quoi dire. Il pense à Tillie. Si son score à lui est de 82, quel était le sien ?

Même si le corps est à peine reconnaissable, à peine ce qu'il était, ils doivent tout de même choisir des vêtements pour l'enterrement.

Winnie demande à Frank de s'en charger. Frank accepte avant de recevoir un coup de fil professionnel qu'il doit prendre, et il est vraiment navré, mais est-ce que ça la dérange, et Winnie répond que bien sûr, elle le fera, bien sûr. Quand elle entre dans la chambre, elle en a le souffle coupé. Elle est obligée de s'agripper au chambranle de la porte. Elle a l'impression d'être entrée en collision avec une vraie barrière physique qui l'a frappée à l'estomac.

Comment font les gens ? Comment peut-on demander à un parent de… ?

Et soudain, Britt est là, debout à côté de sa mère, et cela se passe sans mots. Britt entre, peut-être les a-t-elle entendus dire qu'il fallait choisir des vêtements ? Elle se dirige vers le placard et passe en revue son contenu. Même à cet instant, alors qu'elle n'a jamais aussi peu compris Tillie, elle essaie d'imaginer dans quelle tenue celle-ci aimerait être enterrée.

Du noir, se dit Britt, ça paraît logique. Tillie aimait le noir. Et le rose. Le blanc, c'est pour les mariages. Mais peu importe ce qu'elle porte, car ce n'est pas vraiment elle. Elle est dans une boîte mais n'est pas dans une boîte. Elle portera des vêtements mais elle est morte.

Rien de tout cela n'a de sens.

Le texto provient d'un numéro que Molly n'a jamais vu avant.

T'es contente maintenant ?
Tu sais que tu as tué Tillie, pas vrai ?

L'air reste coincé dans la gorge de Molly, et puis il se passe une chose étrange : elle revoit sa vieille copine de sixième, la Tillie avec des couettes et des chouchous roses, et imagine ensuite que c'est cette fille-là, et pas la personne chelou devenue si différente de cette gamine, qui saute du pont. Les yeux de Molly s'emplissent de larmes.

Elle ne répond pas au texto. Que peut-elle dire ? L'expéditeur a raison, mais il ne vaut mieux pas se montrer officiellement d'accord avec ce genre de propos. Est-ce qu'elle pourrait aller en prison ?

Un deuxième SMS arrive, émis par le même numéro.

Tu dois mourir pour ce que tu as fait.

Molly coupe son téléphone. Comme s'il suffisait d'éteindre son portable pour que ce truc – une menace ? – cesse d'exister.

— Ça te tente, une virée chez Sephora ? lui demande sa mère à travers la porte.

La fureur reste bloquée dans sa gorge. Comment sa mère peut-elle penser à du maquillage dans un moment pareil ?

— Non merci, répond Molly d'un ton aussi neutre que possible, en espérant que sa mère s'en aille.

Après son départ, Molly décide qu'il est temps pour elle d'adopter un nouveau look.

Ses beaux cheveux blonds. Ils ont toujours été son atout. Ils sont naturels, ils sont magnifiques, et elle ne mérite plus de les avoir.

Elle va dans la salle de bains de sa mère et fouille dans le tiroir jusqu'à ce qu'elle trouve la tondeuse électrique. Elle ôte la sécurité. Elle est sûre de vouloir sa lame contre son cuir chevelu.

Son premier coup de rasoir traverse son crâne en plein milieu, et elle regarde ses cheveux disparaître comme si elle regardait le jardinier tondre la pelouse à East Hampton. Et tandis qu'elle passe et repasse le rasoir, et qu'un immense tas se forme à ses pieds, elle pense : *Moi. Ma faute. C'est moi qui ai fait ça à Tillie.*

Amir n'a jamais été collé auparavant. Mais il n'a aucun regret.

Bien sûr qu'il a mis un coup de poing dans la figure de Jason Mathes et lui a cassé le nez. Tout le monde aurait fait pareil.

« T'as niqué cette fille et elle est morte, mec. »

Quelle idée de balancer un truc pareil ?

Évidemment qu'il lui a flanqué un coup de poing. Bien obligé, non ?

Heureusement, les élèves qui avaient assisté à la scène étaient plus sensés et avaient convaincu Jason et son père de ne pas porter plainte.

Donc Amir est assis dans la classe de M. Boswell, avec pour toute compagnie M. Boswell. Il n'arrive pas à se concentrer sur ses devoirs. Il a essayé, mais chaque fois qu'il sort son livre d'algèbre, les mots nagent sur la page tels des poissons blasés dans un aquarium.

Il sort une feuille de papier et essaie d'écrire quelque chose. Quelque chose, n'importe quoi, pour exprimer, même approximativement, la culpabilité qu'il ressent.

Une fille est morte.
Une fille que j'aimais bien est morte.
Parce que je suis un lâche.

Il lit ce qu'il vient d'écrire et écrase la feuille dans son poing. Poubelle. Les mots ne pourront jamais exprimer même de loin ce qu'il ressent. Et de toute façon, il ne pourra jamais le dire maintenant. Il a causé bien assez de problèmes comme ça.

S'il fait son coming out maintenant, il sera le garçon qui a tué une fille parce qu'il était trop trouillard pour être lui-même.

Aaron et son père vont déjeuner chez Barney Greengrass au croisement de la 86e Rue et d'Amsterdam Avenue. Un petit extra, dit son père. Depuis qu'il a quitté la banque pour travailler dans le social, les restaurants sont devenus un luxe. En ouvrant la porte, Aaron est assailli par des effluves de pastrami, d'ail et de chou, auxquels se mêlent les cris des clients qui essaient d'être entendus au comptoir du deli où règne une folle effervescence. Il suit son père jusqu'à l'accueil qui se trouve à l'entrée de la salle du restaurant. Ses sens sont étourdis par les odeurs, le boucan, les vieux juifs qui grignotent des bagels et du saumon, et c'est beaucoup, beaucoup.

Le vieux monsieur à la barbe poivre et sel et à la voix éraillée leur demande de patienter cinq minutes, alors ils restent plantés là, calés entre le comptoir bruyant de l'épicerie fine et la salle bondée du restaurant, et Aaron se sent pris au piège, a l'impression de ne plus pouvoir respirer, et essaie d'aller ailleurs, n'importe où.

— Papa m'emmenait ici, lui raconte son père. C'est marrant.

Aaron hoche la tête et sourit du mieux qu'il peut, mais les murs se referment sur lui et il ferme les yeux.

— Il te détestait ? demande Aaron.

Son père le scrute.

— C'est trop pour toi ? Je suis un imbécile ? Je pensais vraiment que…

— Ça va. C'est beaucoup mais ça va.

Son père semble peiné et jette un coup d'œil vers la porte mais, à ce moment précis, le monsieur barbu de l'accueil les appelle.

— Tu es sûr de vouloir y aller ? lui demande son père.

Aaron hausse les épaules.

— Allons nous créer de nouveaux souvenirs dans un delicatessen juif !

Ils suivent l'homme à travers le restaurant, parmi les tables collées les unes aux autres comme une voiture remplie de clowns – avec eux dans le rôle des clowns. L'hôte les emmène dans le coin tout au bout, et ils sont obligés de s'arrêter devant une tablée de gens incroyablement âgés qui bloquent le passage. Un vieillard assis en face de son épouse lève la tête et rit.

— On dirait bien que je suis le gardien du temple ! lance-t-il en se levant lentement.

Aaron sent son estomac se nouer. Tandis qu'il suit son père et l'hôte qui contournent le vieil homme, il ne perçoit que les pulsations de son cœur, ce qui l'interpelle parce que, oui, il est déprimé, mais il a l'habitude des foules. Il n'a pas de problème avec les foules. Tous les ans jusqu'à l'année dernière, il a obligé son père à l'accompagner sur Colombus Avenue pour regarder le gonflage des ballons géants la veille de la parade de Thanksgiving parce qu'il trouvait l'odeur de marrons et de chocolat chaud agréable, et que la masse de gens lui donnait l'impression d'être en vie. Mais, soudain, c'est tout le contraire, il est cassé et se demande quel serait son score de claustrophobie à présent : 166 ? 49 ? Les échelles sont indéterminées et tout va de travers sans qu'on puisse y remédier.

Il s'assied dos au mur, face à la multitude brouillonne de clients. Ensuite, il regarde fixement son menu en espérant calmer le tambourinement dans sa poitrine.

Le soda à la cerise l'aide un peu, les pickles aussi. Aaron s'efforce de camoufler sa toute nouvelle claustrophobie.

— Hors de question que je prenne les *latkes*[1], affirme son père.

— Non ?

1. Galettes de pommes de terre typiques de la cuisine d'Europe de l'Est.

— Jamais de la vie. Je leur répétais toujours : « On ne traite pas les crêpes comme de vulgaires patates ! » Ta grand-mère me croyait fou. Elle me les imposait. Pendant des années, j'ai été incapable de déjeuner à la même table que quelqu'un qui mange une substance similaire à un *latke*.

Aaron rit, mais le cœur n'y est pas.

— Où est Aaron ? lui demande son père.

Aaron regarde autour de lui de façon théâtrale, sauf qu'aujourd'hui le petit jeu de ping-pong comique avec son père ne prend pas vraiment. Il n'est pas là. Point à la ligne. Mais il le fait malgré tout, par habitude.

— Aaron est dans l'un des cercles de l'enfer : on vous installe tout au fond, à une table où chaque fois que le serveur veut venir vous voir, un homme qui tient à peine debout doit se lever et, à un moment dans l'histoire, Aaron et son père meurent de faim.

Son père fait une grimace.

— C'est sombre.

— Sombre la période est, psalmodie Aaron façon Yoda.

Son père baisse la tête et la secoue, ce qui n'est pas la réaction à laquelle Aaron s'attendait. Il croise les bras sur sa poitrine.

— Je…, balbutie son père d'un ton hésitant.

— Tu ?

— Je ne comprends pas. Pourquoi tu ne me l'as pas dit. Je t'ai posé la question. Après que tu es monté sur le pont. Hier matin. Je t'ai posé la question un millier de fois. Pourquoi ne pas m'en avoir parlé ?

Est-ce que tu pensais ne pas pouvoir m'en parler ? Je… Aide-moi à comprendre, Aaron. Aide-moi…

Aaron sent la peur dans sa gorge, son instinct lui dit de crier, mais ce ne seraient pas des mots, plutôt une espèce de hurlement d'exaspération parce que c'est trop, beaucoup beaucoup trop. Ici dans ce palace fétide de pastrami, dans ce chaos cacophonique de chou. Il est un raté. Il a compris. Il fait tout de travers. Il a vraiment, vraiment compris.

— Que se passe-t-il ? Aaron ? Ça va ? Est-ce qu'on doit sortir ?

Son père est au-dessus de lui et le regarde bizarrement, ça lui rappelle le ballon Morticia Addams qu'il a vu une fois, on était en train de le gonfler pour la parade de Thanksgiving, et il semblait le regarder de tout là-haut en disant : *Hé-ho ? Hé-ho ?* C'était difficile à expliquer mais ça l'a fait marrer, et soudain son père est Morticia, et Aaron rigole, et ce rire est guttural, ou plus grave, ou mobilise tout son corps, le fait trembler, et son père n'arrête pas de le regarder d'un air super inquiet, et c'est encore plus drôle, Aaron glisse par terre comme si c'était la chose la plus drôle qui lui soit arrivée, son corps tremble, et oh, bon sang ! Deux ! Deux jours d'affilée de trucs corporels chelous ! Qu'est-ce qui lui arrive, à son corps, ces jours-ci ? Ce serait tellement poilant de raconter ça à Sarah dans le bus, et elle rirait mais non, non, non. Ce n'est pas si drôle que ça en fait, et il pleure sur le sol poisseux du restaurant jonché de taches de moutarde, il serre contre lui le pied de la table en bois, et il veut disparaître de ce monde. Pour toujours.

Son père arrive et essaie de s'asseoir à côté de lui, enfin il s'adosse plutôt contre la chaise de la dame octogénaire, s'agenouille et tient tendrement la tête d'Aaron contre sa poitrine. Alors, sentant que son père veille sur lui, Aaron se détend peu à peu, respire doucement, doucement, tandis que son père lui offre la litanie la plus triste et la plus gentille qu'il ait jamais entendue.

— Je suis désolé. Je suis désolé. Je suis désolé.

Après l'enterrement, Britt se terre dans sa chambre et joue à Candy Crush.

Tillie n'a même pas dit au revoir, pense-t-elle avant d'exploser une rangée de bonbons violets en imaginant que c'est le visage de Tillie.

C'est nul de ne pas dire au revoir. Et si Tillie était triste, elle aurait dû le dire. Britt aurait pu lui remonter le moral. En la serrant dans ses bras.

Éclate trois rangées de pastilles au citron. Dégomme-les. Elle ne pleurera pas. Pas comme maman.

Papa n'a pas pleuré comme un bébé à l'enterrement, et elle non plus, ne pleurera pas. Papa s'est contenté de rester debout, et puis il a fait ses bagages et il est parti en voyage d'affaires. Il a déposé un baiser sur la tête de Britt avant de s'en aller avec sa valise parce que c'est son boulot en tant que papa. Ce qui est normal. Comporte-toi normalement, comme papa. Ne sois pas toute triste comme maman.

Elle sourit. C'est son boulot. Alors, tandis qu'elle éclate ces stupides bonbons, elle plaque un sourire forcé sur son visage.

En ce premier vendredi soir post-médocs, allongé dans son lit, Aaron regarde fixement le plafond. Il a l'impression d'avoir intégré un club dont il est le seul membre : le Club de la fin du monde.

Il pense à la fille qui aurait compris, qui aurait pu elle aussi faire partie de ce club. Tillie Stanley. Il éprouve de la curiosité à son égard, mais redoute d'en savoir plus à son sujet. De découvrir que c'était une personne extraordinaire et solaire, bien plus indispensable au monde que lui. De comprendre qu'il aurait dû mourir, et elle, vivre. Jamais il ne pourra effacer ce qu'il a vu, ce moment, et moins il en sait sur son incroyable personnalité, mieux il se porte, en quelque sorte.

Aaron a toujours voulu que les choses changent, mais pas de cette façon-là. Soudain, il a un traitement qui circule lentement, très lentement dans son sang, il ignore quel effet ce médicament aura sur lui, et ne sait même pas s'il se reconnaîtra dans quelques jours, une semaine, voire trois, d'après le Dr Laudner.

Faut être sadique pour imaginer un traitement censé aider les gens en crise émotionnelle, mais qui n'agit qu'au bout de trois semaines, non ? Est-ce une phase normale que les autres ont eux aussi traversée ? Faut-il simplement attendre en espérant se réveiller sans avoir envie de mourir ?

Il prend son téléphone. Beaucoup de textos. De Sarah. De Marissa Jones. Un autre d'Ebony.

Slt Aaron. Je me sens trop mal.
J'étais pas au courant. Remets-toi vite,
et on se voit bientôt.

Aaron écrit :

Merci. T'as rien fait de mal c'est moi.

Pas de réponse tout de suite, alors Aaron repose son portable, puis le reprend et l'éteint.

— Comment ça va ?

Son père passe une tête dans sa chambre. Il vient le voir régulièrement en lui apportant du thé ou du bouillon de poulet, comme si Aaron avait la grippe et pas un cerveau cassé.

Aaron reste allongé.

— Comme quelqu'un qui vient juste de remporter le prix de la critique décerné à la personne la plus géniale.

Son père dépose un baiser au sommet de son crâne, lui ébouriffe les cheveux et s'en va. Aaron soupire et prend le carnet que son père lui a offert après son effondrement au restaurant.

— Écrire, ça te fera peut-être du bien, lui a dit son père en lui donnant le carnet. La prochaine fois que tu te sentiras dépassé par les événements, ce sera peut-être pas mal d'avoir un endroit où noter ce qui te passe par la tête.

Aaron a acquiescé, tout en pensant : *Le temps où j'écrivais est révolu. Tout le monde s'en fout.*

Mais voilà qu'il regarde l'emplacement réservé au titre, et une idée lui vient : *Aaron Boroff : Chansons de tout là-haut, qui jamais ne chuteront.*

Il relit et rit. Cela lui rappelle l'adage de son père : « Fais semblant d'y arriver jusqu'à ce que ça marche. » Généralement, son père lui sort cette phrase quand Aaron se sent trop inadapté socialement pour aller à une soirée. C'est un bon conseil qui foire parfois complètement, comme lors de la fête sur le thème années soixante-dix de Chloé Vick, pour laquelle Aaron a pensé que ce serait super poilant d'arriver déguisé en septuagénaire plutôt qu'en quelqu'un des années 1970, et que son père lui a recommandé d'assumer, d'y aller avec assurance. Ça ne s'est pas bien passé. Rien de pire que de débarquer à une soirée habillé en personne âgée, de se diriger, le sourire aux lèvres et armé d'une assurance bidon, vers quelqu'un comme Kiersten Haas, et de voir les gens regarder votre déguisement, dire : « D'accord… » et s'éloigner de vous. Cela avait été pire que s'il était resté lui-même. Il avait poireauté tout seul devant la porte des toilettes dans son déguisement ridicule en se sentant mal à l'aise.

Il ouvre le carnet et décide d'écrire une chanson sur la première page blanche :

Allongé dans mon lit
la tête en vrac

Il lève les yeux au ciel. Pas tout à fait le genre de tube qu'on trouve dans le top 50 de Spotify.

Si seulement il arrivait à écrire la bonne chanson… Il pourrait être le prochain Ed Sheeran. C'est tellement frustrant. Pire encore. C'est le fait se sentir tellement… seul.

Il retente le coup.

J'reste assis seul
dans mon coin.
J'reste assis seul
dans mon coin.
J'reste assis seul.
La dépression me ronge la gueule.
J'appellerai personne.
Faudrait que j'm'achète un trône
pour pouvoir rester assis seul
dans mon coin.

Il regarde ce qu'il a écrit et se dit : *Ouais. Pas mon meilleur texte. Pas vraiment ce que les gens ont envie d'entendre. Je pourrais intituler mon album :* Achevez-moi, s'il vous plaît. Il a l'impression que son cerveau est en gélatine et que ses pensées ne se connectent pas entre elles, mais pas dans le genre : la vache, quel incroyable artiste torturé. Plutôt façon mec qui casse l'ambiance. Rien ne lui paraît intéressant.

C'est la première soirée de sa vie depuis qu'il a commencé à prendre des cachets. Il a désormais en lui une pilule de Petralor. On dirait le nom d'une héroïne de roman post-apocalyptique, une fille dont toute la famille a péri et qui, pour se nourrir, doit sillonner la ville en quête de vermine morte.

Aaron comprend qu'une grande partie de sa vie se passe dans sa tête. Ironie du sort, il vient d'être diagnostiqué malade mental.

Bon sang. S'il ne peut pas se fier à son cerveau, à quoi peut-il se fier ?

Destin 1 : 21 avril

Dimanche matin, le père d'Aaron se rue sans frapper dans la chambre de son fils.

— Tu es prêt ?

Aaron est resté alité pendant presque l'intégralité de ces dernières trente-six heures et, quand il s'assied, sa tête se met à tourner.

— Prêt pour quoi, exactement ?

Ses bras et ses jambes ont la bougeotte, comme si Aaron voulait faire un truc, n'importe lequel, qui lui permettrait de sortir de sa tête. Les autres parties de son corps, en revanche, semblent plutôt d'accord avec l'idée de continuer à éviter indéfiniment le monde réel. Hier, il a dit à son père qu'il était prêt à s'aventurer à l'extérieur, alors ils ont décidé d'aller voir un film mais, sous la douche, les pensées négatives l'ont assailli, Aaron a commencé à voir sa carrière musicale comme appartenant au passé, a compris que les gens le brossaient probablement dans le sens du poil, savaient tous qu'il était archi nul, bref, il se retrouvait pris à son propre piège. En sortant de la douche, la seule chose dont il se sentait capable était de retourner se coucher. Son père n'a pas semblé particulièrement surpris lorsqu'il est entré dans sa chambre. Il s'est contenté de s'asseoir sur le lit et de frotter sans rien dire les tempes d'Aaron jusqu'à ce que celui-ci se rendorme.

Mais aujourd'hui, apparemment, une nouvelle journée commence.

— Il est temps de réinstaurer la Journée d'Aaron ! lance son père.

Aaron lève les yeux au ciel.

La Journée d'Aaron était une tradition née juste après le départ de sa mère : Aaron avait le droit de choisir le programme qu'il voulait sans que son père puisse y opposer son véto. À l'époque, Aaron avait tout de suite compris que c'était le genre de combines que les parents inventaient pour contrebalancer le fait d'avoir divorcé, mais il adorait malgré tout cette journée et se souvient encore de leur orgie de sucreries, des huit magasins de bonbons différents dans lesquels ils avaient fait le plein de ses friandises préférées. Mais maintenant, il a dix-sept ans et il est dépressif, et il n'est pas sûr d'avoir la force de faire un choix – encore moins six ou dix.

— T'es sûr que c'est aujourd'hui ?

Son père lui sort alors son petit numéro de « Papa Cool », pour une raison qui échappe complètement à Aaron, il est persuadé que ça fonctionne. Il fait semblant de dégainer un flingue côté gauche, puis même chose côté droit, avant de tirer des balles fictives en direction d'Aaron comme si la vie était un western.

— Allez, camarade. Pense au bon moment qu'on peut passer avec toi aux manettes. On peut se faire un road-trip jusqu'en Pennsylvanie. On peut… assister à un cours de poterie. Aller voir des tas de films étrangers au Lincoln Center.

Aaron éclate de rire.

— Tu me connais bien, je crois.

Son père sourit.

— Allez. File sous la douche. Cette fois-ci, on va y arriver, d'accord ?

Aaron se lève doucement. Le sang descend de sa tête, et il a momentanément le tournis.

— OK.

Et cette fois-ci, contrairement au jour précédent, ils parviennent à franchir le seuil de l'appartement.

Au Time Warner Center, Aaron se prend deux Oreo de la taille de la main fourrés à la ganache au chocolat blanc à la place de la garniture habituelle. Une fois les biscuits géants engloutis, parce que c'est sa journée et qu'il est apparemment censé faire des trucs inhabituels, il demande à son père de s'arrêter acheter deux hot-dogs avec supplément choucroute à un vendeur ambulant. Tandis qu'ils marchent vers la fontaine Bethesda dans Central Park, ils les engloutissent en s'en mettant partout.

— Maman est au courant ?

— Je l'ai appelée plusieurs fois vendredi et hier, mais je n'ai pas eu de nouvelles, répond son père en évitant une jeune femme qui a l'air de participer à une compétition de marche nordique alors qu'elle a un casque sur les oreilles et écrit des textos.

— Classe…

— Tu sais bien qu'elle n'écoute jamais ses messages.

Aaron dit presque : *Tu sais ce qui pourrait attirer son attention ? Lui dire qu'elle a failli perdre son fils dans l'Hudson.* Mais il se garde de prononcer ces mots. Il y a du soleil, il est enfin dehors, et il n'a pas l'énergie de se battre.

C'est chouette que tes parents aient cette possibilité, dit Tillie dans sa tête. *Les miens n'ont pas pu choisir de l'apprendre ou pas.*

Aaron frémit. Son père ne s'en rend pas compte.

Quand ils arrivent à la fontaine Bethesda, avec son ange vaillant surplombant toute l'agitation en contrebas, un concert impromptu a commencé. Un musicien de rue se tient au centre d'un cercle brun-roux entre la place et la fontaine, entouré de New-Yorkais. Il a une guitare, une harpe, deux instruments à vent, et un clavier diffuse une rythmique.

Ils s'arrêtent pour écouter. Le type enregistre des boucles de chaque instrument, un à la fois, de sorte que la rythmique s'étoffe rapidement : d'abord une flûte, la guitare vient ensuite amplifier le son, une harpe ponctue le tout avec une harmonie, et enfin sa voix, semblable à celle de l'ange de Bethesda derrière lui – elle palpite, plonge, monte. Aaron baigne dans des sons qui font se dresser le duvet couleur pêche sur ses bras.

En regardant son père qui se balance au rythme de la musique, comme en transe, Aaron est empli d'un amour palpable et d'autre chose lui évoquant la grâce, comme si, l'espace d'une seconde, il était sacrément heureux de ne pas être mort quatre jours auparavant, drôlement soulagé, et il veut mémoriser le profil de son père, la légère courbe de son nez, car là, tout de suite, tout cela paraît si fugace, si aléatoire – il sait qu'un autre choix aurait pu altérer cet instant et tous les instants suivants pour toujours. À l'instant T, il pourrait très facilement ne plus être. Et à quoi ressemblerait l'expérience qui consiste à cesser d'être ? Peut-on cesser d'exister et le savoir malgré tout ?

Submergé, Aaron passe un bras autour de la taille de son père avant de le serrer fort contre lui, et son père, comme s'il savait, comme s'il comprenait exactement pourquoi cette musique a conduit à cette étreinte, se tourne vers lui, et soudain, sur Bethesda Terrace, un père et un fils se cramponnent l'un à l'autre comme on s'accroche à la vie, si chère et précieuse.

Et la vie est belle.

Mais alors, du coin de l'œil, Aaron aperçoit un type qui doit avoir un an ou deux de plus que lui et regarde dans leur direction en murmurant à un copain coiffé d'une casquette des Yankees quelque chose qui fait rire ce dernier.

Une grande tristesse s'empare d'Aaron.

Il ne le veut pas. Il a besoin que cela n'arrive pas, mais c'est comme s'il avait autorisé les autres à le voir et qu'à présent on le jugeait, comme si ce sale gamin voyait la terrible vérité d'Aaron et de son père, et son estomac descend jusque dans son aine et il lâche son père, détourne le regard, et toute la beauté de cet instant, jugée stupide, ringarde, faible, disparaît.

Tandis qu'il se détourne Aaron sent les yeux de son père sur lui et veut s'éloigner. Il veut partir. Le monde est vraiment affreux, une chose très pure a été ternie, et il a envie de crier, mais peut-on seulement imaginer ce que ce gamin dirait de ça ?

— On y va, décrète Aaron.

— Quoi ? Qu'est-ce qui se passe ? demande son père, incrédule.

Et Aaron ne le dira jamais. C'est tellement gênant d'être lui. Alors il se contente de répondre :

— Il faut que j'y aille. Maintenant.

Sur le chemin du retour, l'humeur d'Aaron dégringole dans ce lieu bien trop familier où il a l'impression que personne ne peut le toucher – il est intouchable, injoignable, dans un vide impénétrable.

Son père lui parle doucement.

— J'ai été confronté à la dépression quand j'avais ton âge. Un peu plus vieux que toi. Je suis rentré de la fac à la fin de la première année et Nan a veillé sur moi pendant un temps.

Aaron ne le regarde pas.

— Je ne savais pas.

— Je ne te l'ai jamais raconté. Je ne voulais pas t'accabler avec ça, mais… oui.

— Est-ce que tu…

Sans même le regarder, Aaron sent que son père secoue la tête.

— Mais j'y ai pensé. J'avais le sentiment d'avoir été triste pendant toute ma vie, et que cela n'allait jamais s'améliorer. C'est la dépression qui fait ça. Elle altère ton cerveau et te pousse à croire des choses qui sont fausses.

Aaron pense : *Quelles choses ? Peut-être les trucs sur ma musique ? Que, genre, je suis naze ?*

— J'ai toujours eu peur que tu traverses ça aussi.

— Eh bien, répond Aaron d'un ton monocorde. On y est.

Le soir, une fois de retour chez lui et en lieu sûr dans son lit, Aaron remarque une tendance. Les journées commencent mieux et se terminent plus mal.

Il se sent de nouveau oppressé et ne comprend pas pourquoi ; il ne sait pas ce qu'est un cœur brisé car il n'a jamais vécu ça avant. Il n'a jamais été amoureux, en tout cas ça n'a jamais été réciproque.

C'est du grand n'importe quoi, pense-t-il allongé dans son lit en contemplant le plafond. Son père lui tient compagnie. Il est assis sur la chaise à bascule bleue à l'autre bout de la pièce et lit un recueil d'essais. *Ce truc ? C'est bidon*, se dit Aaron. Le Dr Laudner lui a demandé de répondre à un questionnaire et a établi un diagnostic en s'appuyant sur ses réponses. Il aurait carrément pu, à cent pour cent, avoir répondu autrement, et le diagnostic aurait alors été différent.

— Tu crois que, peut-être, je simule ? demande-t-il à son père.

Celui-ci lève les yeux. Ses lunettes lui donnent un faux air de chouette.

— Quoi ?

— Je simule peut-être. Si je m'efforçais un peu plus d'être normal et que je n'avais pas ce… penchant pour le mélodrame. Je fais peut-être comme si le problème était plus grave qu'il n'est.

Son père pose son livre et enlève ses lunettes.

— Qu'est-ce que tu racontes ? Tu es dépressif, Aaron. Tu es dépressif depuis un moment. Même toi, tu n'es pas assez bon acteur pour ça. Pourquoi tu penses que tu exagères ?

— Je ne sais pas. Simplement… je n'y crois pas.

— Tu ne crois pas en tes émotions ?

— Eh bien, quel genre de dieu tolérerait que les gens aient un cerveau qui les dévalorise et aille jusqu'à les pousser à se tuer, même ? Ça n'a pas de sens.

Son père se penche en avant.

— J'entends bien. Quelle est l'émotion qui domine en toi ? Que ressens-tu, Aaron ?

Aaron résiste à l'envie de grogner. Parfois, son père ne peut s'empêcher de ramener son travail à la maison.

— Je ne sais pas. De la tristesse. Parce que, bon, qui a envie de vivre dans un monde avec un dieu aussi cruel ? C'est tellement… décevant.

— Décevant ?

Les yeux d'Aaron s'emplissent de larmes.

— Je n'ai pas envie d'être ici. Dans ce genre de monde. Tout est tellement glauque…

La chaise à bascule grince tandis que son père la rapproche tout près d'Aaron.

— C'est de la dépression, Aaron. Ce que tu viens de dire. C'est ton cerveau en dépression. Je le sais. J'ai connu ça, fiston. Ça craint.

Aaron se contente de regarder fixement les draps au motif cachemire en dessous de lui.

— Ça craint carrément.

Son père penche la tête et lui adresse ce sourire de soutien intense qu'il devrait vraiment faire breveter.

Aaron lui rend son sourire et sait, sans le voir, que son sourire à lui doit paraître triste. Et soudain, tous ces non-dits semblent lui chatouiller la luette.

— Je suis désolé, lâche-t-il quand il ne peut plus se taire.

— Désolé de quoi ?

— C'est injuste que tu aies un fils avec un cerveau cassé. Tu n'as pas signé pour ça.

Son père dépose un baiser sur sa tête et prend ses mains dans les siennes.

— Oh que si, j'ai signé pour ça.

Aaron sait que c'est la vérité.

La façon qu'il a de lui serrer la main le convainc que c'est vrai. Mais cette vérité, il la perçoit tout juste.

Destin 1 : 22 avril

Lundi, lors de sa séance, Aaron apprend que le Dr Laudner célèbre de drôles de choses.

Le médecin lui remet le même questionnaire que vendredi. Aaron s'efforce de répondre aux questions aussi précisément que possible, parce qu'il veut croire en son diagnostic – il en a besoin. Il n'est toujours pas convaincu que tout cela soit réel.

Il remet sa copie au médecin barbu, le regarde faire les totaux cette fois-ci, observe sa façon de bouger les lèvres en lisant. Puis Laudner lève les yeux, sourit et lui rend la feuille. Tout en haut se trouve le score : 37.

— Dépression modérée, déclare-t-il en affichant un grand sourire. En trois jours, c'est une énorme différence. Immense, à vrai dire. Les médicaments mettent souvent des semaines avant d'agir. Félicitations !

Aaron imagine une fête, une banderole à l'entrée de chez lui sur laquelle on peut lire : *Félicitations ! Vous souffrez de dépression modérée !*

— Youhou, dit Aaron, pince-sans-rire.

Le Dr Laudner a un petit sourire en coin. Il serait bon public si Aaron devait jouer la comédie devant lui.

— Bon, comment vous sentez-vous aujourd'hui ? demande le médecin tout en arrosant la fougère qui se trouve juste à sa droite.

Il a fait la même chose vendredi. Aaron imagine que c'est un tic nerveux, que son médecin fait ça au début de chaque rendez-vous. Il imagine une fougère gorgée d'eau qu'on emmène chez le médecin sur un brancard à roulettes.

— Mon émoji serait… pas un visage triste. Enfin. Je suis toujours plus ou moins triste, mais… peut-être plutôt un visage constipé.

Sa remarque fait rire le médecin.

— Est-ce que c'est un effet secondaire courant ?

Aaron hoche la tête de façon théâtrale.

— Il arrive que le Petralor ait ce genre d'effet. Je peux vous prescrire quelque chose.

Aaron joint ses mains et incline la tête pour le remercier.

— Bon, parlons de l'école. D'un plan pour la suite. Si vous m'aviez posé la question vendredi, je vous aurais dit que vous n'y remettriez pas les pieds avant longtemps. À présent, je dois avouer que je ne sais plus. Pensez-vous vouloir y retourner cette semaine si vous continuez à vous sentir mieux ?

— Ouais. J'en sais rien. Peut-être ?

— Votre réponse recouvre tous les cas de figure, souligne le Dr Laudner.

— Je ne voudrais pas qu'une réponse se sente lésée.

— Vous êtes un garçon plein d'esprit, n'est-ce pas ?

— Je l'avoue ! Mes notes ne le reflètent pas, mais mon manque d'enthousiasme pour les devoirs y est sans doute pour quelque chose.

— Ah. Et que préférez-vous faire à la place de vos devoirs ?

— Rien. Juste, ne pas faire mes devoirs.

— Ah. Et pendant que vous ne faites pas vos devoirs, vous restez assis sagement à méditer ?

— Parfois, j'écris des chansons.

— Ah. D'accord. C'est super.

— Eh bien… tout dépend de la personne à qui vous en parlez.

— Développez…

Aaron croise les bras sur sa poitrine.

— Alors… Mon père aime mes chansons. Quand il les écoute, en tout cas. Je suis un peu injuste, là, parce qu'il les écoute généralement, il ne l'a juste pas fait cette nuit-là, pour la première fois, la nuit avant… vous savez. J'ai envoyé un clip YouTube avec un nouveau morceau à tout un tas de gens, genre soixante-dix. Deux personnes ont regardé la vidéo.

— Aïe.

La réaction du Dr Laudner a un drôle d'effet sur Aaron. C'est comme s'il s'attendait à ce que le médecin cherche des excuses aux gens – dise qu'ils sont trop occupés, ou autre – et, comme il ne le fait pas, Aaron sent sa mâchoire se contracter.

— Bon, en temps normal, j'ai plus de clics que ça. Je veux dire, je suis pas totalement un tocard. Je ne suis pas...

— Pouvez-vous développer ? Pensez-vous que je pense que vous êtes un tocard ? Parce que ce n'est pas le cas.

Aaron fait basculer sa tête en arrière tant il est frustré.

— On oublie, OK ?

— OK, mais j'aimerais qu'on y revienne ultérieurement, d'accord ?

— Ah, bien.

Le médecin sourit à nouveau, ce qui contribue à ce qu'Aaron se sente un peu plus compris, au moins.

— Bon... Le retour à l'école. Comment vous sentez-vous par rapport à cette perspective ?

Aaron hausse les épaules.

— J'ai peur.

— Alors attendons de voir comment vous vous sentez demain. Nous prendrons la décision à ce moment-là. Parfois, le retour à la vie normale est la voie à suivre. Le plus tôt étant le mieux. Mais parlons de la peur. Quelle est cette peur ? Craignez-vous que ce qui s'est passé se reproduise ?

Aaron se frotte le front.

— J'ai surtout peur de devoir affronter les réactions des autres par rapport à ce qui s'est passé. Tout le monde va savoir que je suis fou.

— Vous n'êtes pas fou. Vous souffrez de dépression, comme beaucoup, beaucoup d'autres gens. Vous avez vécu un épisode effrayant au cours duquel vous avez failli faire une tentative de suicide. En réalité, si je m'appuie sur l'expérience de mes autres patients scolarisés dans le privé, voici ce qui vous attend : toute la journée, les gens vont vous traiter comme leur confesseur personnel ou comme leur thérapeute.

— Ah, bien. Ça a l'air fendard...

Le Dr Laudner boit une gorgée de café. En le voyant croiser les jambes, Aaron ne peut s'empêcher de se demander s'il est gay. Aaron pense au fait que le médecin a un pénis dans son pantalon et un derrière de l'autre côté, et dire que tous les hommes qu'il croise dans la rue ont les deux, trop chelou, comment font les hommes pour gérer les choses, et puis c'est quoi le sexe, d'abord ? Et comment font les autres pour ne pas prendre feu, ce désir curieux, c'est tellement bizarre, et son père aussi doit beurk beurk beurk, et bon sang ce serait bon, si bon de pouvoir enfin... et les gens normaux sont tellement pervers, et les pervers tellement normaux, et tout ça suffit presque à vous rendre fou.

— Alors, que se passe-t-il dans votre esprit fascinant ? demande le médecin.

Aaron hausse une nouvelle fois les épaules.

— Je pense qu'il est temps de vous pousser un peu. Nous avons parlé de façon assez générale jusqu'à présent, mais je veux maintenant aller plus en profondeur. Les médicaments ne sont que l'un des outils dont nous disposons. Ils sont là pour aider la chimie de votre cerveau. Nous pratiquons aussi la thérapie analytique. Et jusqu'à présent, vous n'avez manifesté... aucun intérêt particulier de ce côté-là. Pourquoi, selon vous ?

Aaron balaie le cabinet du regard. Le Dr Laudner a tant de livres dans sa bibliothèque. Celui sur lequel ses yeux se posent sans cesse s'intitule *Le chemin sans voyageur*, et parce qu'il est Aaron et qu'il est incorrigible, il n'arrête pas de déformer le titre et lit *Le voyageur sans chemin*, et imagine que c'est l'histoire d'un voyageur qui refuse d'emprunter des routes. Ce qui l'amène à penser aux autoroutes, à différents États, et il se demande si, d'un État à l'autre, on n'a pas les mêmes sensations quand on fait l'amour. Et puis il lève la tête, se rend compte qu'un médecin le regarde fixement, alors il se gratte la tempe gauche.

— Eh bien, déjà, ça ne rime à rien.

— Quoi donc ?

— La thérapie analytique. Vous m'avez dit que j'avais une maladie. Vous prescririez un traitement à un patient atteint de cancer, après quoi vous lui demanderiez de vous parler de sa mère ?

Laudner rit.

— Peut-être. Est-il étrange qu'un médecin pose à son patient des questions personnelles ?

— Un peu, oui. Parce que bon, en quoi parler de la relation qu'un patient atteint de cancer entretient avec sa mère absente l'aidera à aller mieux ?

En entendant cette question, Laudner se redresse et regarde fixement Aaron, comme s'il attendait que celui-ci en dise plus. Non. *Pas plus,* pense Aaron. *C'est épuisant et c'est trop pour moi.* Il imagine la tête de Laudner quand celui-ci fait l'amour à son mari/sa femme/son partenaire/lui-même. Cela lui donne la trique.

Le médecin brise le silence d'Aaron :

— Eh bien, je ne sais pas. Votre question n'est pas dénuée d'intérêt. En quoi, selon vous, cela pourrait-il l'aider ? Et voyez-vous des différences entre le cancer et la dépression ? Quelles différences pourraient exister ?

Aaron se gratte le genou à travers son jean et bâille. Trop de questions. Aaron commence à avoir l'impression d'être le gamin dans ce vieux film de karaté, que Laudner est son sage *sensei*, et que lui n'a pas de réponses aux énigmes sans fin du médecin.

C'est épuisant.

À la suggestion de Marie France, Winnie vient avec Britt à leur rendez-vous. La petite fille s'assied par terre, les jambes en M.

— Bon, Britt. J'ai beaucoup entendu parler de toi, commence Marie France d'une voix chaleureuse et agréable.

Britt la dévisage. Pour Winnie, le changement chez Britt est plus que saisissant. Deux semaines auparavant, Marie France aurait eu droit à un câlin.

— J'ai cru comprendre que tu aimais danser ?

Haussement d'épaules.

Marie France croise et décroise les jambes.

— Je sais que ta famille a reçu une très mauvaise nouvelle.

Britt gratte le parquet avec un ongle.

— Souhaites-tu en parler ?

Même pas un haussement d'épaules cette fois-ci. Winnie regarde Marie France, dont les yeux lui répondent : *Je comprends. Ce n'est rien.*

— Britt, aimes-tu dessiner ?

Hochement de tête toujours baissée.

— Aimerais-tu dessiner ?

Demi-haussement d'épaules, demi-hochement de tête.

Marie France sort un bloc de papier à dessin et des feutres magiques de son tiroir. Elle les pose par terre devant Britt.

— Tu veux aller sur la table ou ici, ça va ?

— Ici, ça va.

Marie France retourne à son bureau et les deux adultes observent Britt assise par terre, qui, munie d'un feutre rouge, regarde fixement la page blanche.

Tillie est partie, pense Britt. *Elle ne m'a même pas laissé un mot d'au revoir.*

Cela veut dire qu'elle ne m'aimait pas.

Pourquoi les gens vous disent qu'ils vous aiment si ce n'est pas vrai ? Pourquoi les gens s'en vont sans dire au revoir ?

La dame avec la jolie jupe noire veut que je dessine. Je n'en ai pas envie mais je vais le faire quand même.

Je dessine une maison. Elle est carrée et rouge. Je la barbouille de peinture. Je mets des nuages gris au-dessus et un peu d'herbe verte en dessous.

— Qu'est-ce qu'on a là ? demande la dame.

— Une maison.

— Et qui habite dans cette maison ?

C'est juste un dessin, a envie de lui répondre Britt. *Personne n'habite dedans. J'ai seulement envie de faire la sieste.*

— Moi et mon père, répond-elle.

Elle pense à son papa, parti en voyage d'affaires. Il n'était pas là hier soir et ne sera sans doute pas là non plus ce soir.

Quand elle lève la tête, la dame et sa mère se regardent. Maman s'essuie les yeux. De nouveau.

— Et puis maman, ajoute Britt en espérant que sa mère arrêtera de pleurer.

Elle déteste quand sa maman pleure. Elle a pleuré quand elle a expliqué à Britt ce que Tillie avait fait, et Britt n'a pas du tout aimé ça. Son père n'a pas pleuré et c'était bien. Britt voulait juste faire semblant. Faire semblant d'être avant que Tillie se suicide, quand sa maman n'était pas tout le temps triste.

Mais sa mère n'arrête pas de pleurer. Britt est désolée pour son dessin. Elle trouvait qu'il était trop petit pour trois personnes. Elle ne connaissait pas les règles.

La mère d'Amir est horrifiée que son fils ait été exclu. Horrifiée au point de lui avoir à peine adressé la parole de tout le week-end.

La seule chose qu'elle lui ait dite : « Comment as-tu pu tout mettre en péril ? »

Il a essayé d'expliquer, en vain. Elle n'a rien voulu entendre.

Il a passé une grande partie du week-end dans sa chambre, allongé dans son lit, parce que sa mère lui a confisqué son téléphone, son ordinateur portable, tout. Pas le droit à la télé.

— Je veux que tu réfléchisses vraiment à cette question : est-ce là le genre d'homme que tu souhaites devenir ? lui lance-t-elle lundi matin avant de sortir pour faire visiter un appartement situé sur East End Avenue.

À présent, il est assis dans le salon, dans le noir. Il sait que la télé n'est pas à l'ordre du jour, et le plus drôle, c'est qu'il est content qu'elle lui ait confisqué des trucs.

Elle devrait lui en confisquer encore plus.

Molly ose allumer son téléphone pour la première fois en trois jours, et c'est pire que ce qu'elle pensait.

Quarante-trois textos. Dont quarante et une menaces de mort ou messages dans ce goût-là. Les deux autres viennent de Gretchen.

Hé, quoi de neuf ? demande le premier.

L'autre : **Très bien, tu veux la jouer comme ça. Au fait, tout le monde ici te déteste.**

Quelque part, ce message la blesse encore plus que les menaces de mort, qu'elle ne lit pas, pour la plupart. Enfin, elle en lit quelques-unes. Regarde si elles sont signées. Une seule l'est. Elle vient de Sammi Petrowski, qui est une « Emma », le surnom que Gretchen, Isabella et elle ont toujours donné aux filles qui ont des B et seraient prêtes à écraser les autres pour décrocher des A, parce qu'elles s'appellent presque toutes Emma. Sammi a toujours été une espèce de requin aux abords de leur clique, leur tournant autour en attendant que le sang coule.

Voilà ce que contient son message : **Bon, c'est gênant… qu'est-ce qu'on dit à un assassin ? Déso pas déso.**

Molly sent son cœur se serrer, comme si on vidait l'air de ses poumons. Elle a le tournis. Elle a le tournis et elle a froid, parce qu'elle est chauve désormais.

Elle envoie un SMS à Gretchen.

Salut. Je t'ignore pas. Pas vu tes SMS parce que je reçois des menaces de mort. Sympa hein ?

Elle attend. Qu'une bulle se forme pour signaler qu'une réponse arrive. Pas de bulle.

Et puis si. Son cœur s'emballe.

Mais la bulle disparaît et Molly fixe l'écran encore et encore, en attendant qu'elle revienne. Parce qu'il le faut. Parce que, sans Gretchen, il ne lui reste plus personne.

Dans l'après-midi, Aaron reste dans sa chambre, l'ordinateur allumé sur GarageBand. Il improvise sur le synthé en se disant que des groupes comme Vicetone ne sont pas brillants, en tout cas pas comme lui l'est. Ils ont juste des rythmiques incroyables.

Il pourrait peut-être s'en inspirer ?

Il tente un rythme synthé années 1980 et accélère le RPM jusqu'à ce que le tempo rapide paraisse quasi hypnotique. Il a alors une idée. Pour « Marcher seul », il a choisi une cadence lente pour coller aux paroles. Et pourquoi pas un morceau à la fois sombre et *speed* ? Il a commencé à écrire une chanson, « Dans mon coin ». Peut-être faudrait-il vraiment la travailler et en faire une célébration ?

Il sourit. Oui. Voilà le genre d'idée folle et archi fortuite qui rend les gens célèbres.

Il prend son carnet en laissant le rythme effréné jouer pour l'inspirer. Son stylo reste immobile sur le papier un bon bout de temps. Ça le fait rire. Ouais, pas facile d'écrire de la dance triste.

J'reste assis seul
dans mon coin.
J'reste assis seul
dans mon coin.
J'reste assis seul.
La dépression me ronge la gueule.
J'appellerai personne.
Faudrait que j'm'achète un trône
pour pouvoir rester assis seul
dans mon coin.

Il relit son texte et, contrairement à l'autre jour où il avait trouvé le morceau naze, cette fois-ci, la chanson lui met du baume au cœur et il sent une chaleur traverser sa poitrine et lui redresser les épaules. C'est le refrain, comprend-il. Il a besoin d'un couplet. De plusieurs couplets. Et peut-être d'un pont.

J'ai remarqué que ces derniers temps
le monde me passait devant.
Ça va trop vite, j'ai le sentiment
qu'essayer c'est perdre mon temps.
Ce qu'j'dis sur c'que j'ressens, c'est sincère,
mais crois-moi les gens partent ventre à terre

quand je dis ce que je dis
d'une autre manière.

Un frisson lui traverse la poitrine. Il trouve la mélodie avec une telle facilité qu'il est obligé de se demander si elle n'existe pas déjà, mais aucune autre chanson ne lui vient à l'esprit. Son morceau est juste… pas si mal.

Et si son rêve n'était pas mort, après tout ? Peut-être que le Top 50 de Spotify est à sa portée. Il s'allonge dans son lit, et entre dans une transe joyeuse en écoutant la boucle au rythme frénétique, il chante encore et encore dans sa tête les paroles en imaginant le synthé, et à ce que ça donnerait avec cette mélodie. Ensuite il imagine son discours aux Grammy Awards, lorsqu'il recevrait son prix pour « Dans mon coin », et la tête de Sarah quand il se retrouverait en quarante et unième position du Top 50, les élèves cool comme Chloe à la même table que lui à la cantine, qui regarderaient la vidéo sur son téléphone par-dessus son épaule, et Evan Hanson qui dirait : « Hé, je peux te parler d'un truc ? » Il se voit faire l'amour avec Evan dans un placard à balais dans le hall d'entrée du bâtiment principal du bahut…

Les paroles lui viennent tout de suite. Ça arrive parfois. À quoi est-ce dû ? Pourquoi certaines fois ne peut-il pas écrire un traître mot, et parfois, comme aujourd'hui, des couplets déjà formés lui viennent et ils sont géniaux ? Celui-ci n'est composé que de deux vers, avec une répétition à la fin du premier, et ça marche… c'est tout !

L'autre jour j'ai essayé de m'faire un ami.
Mais j'déteste les perdre
parce qu'allez réparer un cœur brisé.
Ce qu'j'dis sur c'que j'ressens, c'est sincère
mais crois-moi les gens partent ventre à terre
quand je dis ce que je dis
d'une autre manière.
Alors j'reste assis seul
dans mon coin.

Il commence à l'enregistrer et se rend compte qu'il est moins déprimé, car pour la première fois depuis des jours – des semaines, en fait –, il imagine vraiment à nouveau un avenir, et celui-ci n'est pas totalement terne, et il sait qu'il est spécial, que sa vie a quelque chose de différent qui n'est peut-être pas flamboyant mais qui est là.

Il trouve la mélodie, accélère son tempo pour qu'elle soit tripante et enjouée, et rit en créant sa chanson à toute vitesse, puis vient une ligne super subversive à la guitare basse, et il imagine raconter comment il a eu l'idée de cette rythmique hallucinante. *Oh, j'étais sévèrement déprimé et j'avais fait une tentative de suicide quelques jours auparavant. C'était un sacré truc.*

Son père frappe à la porte.

— Quelqu'un pour toi au téléphone.

Le cœur d'Aaron s'emballe. Bizarrement, il sait. Il se lève lentement, prend le téléphone des mains de son père et s'assied dans son fauteuil à bascule.

— Allô.

— Aaron !

La voix de sa mère se fêle et il devine à son ton plaintif qu'elle pleure. Il ferme les yeux et a l'impression d'être un moins-que-rien.

— Salut, maman.

— Ne fais pas ça, OK ? Tu ne sautes pas du haut d'un pont. Tu as ton père. Tu m'as, moi. Tu peux m'appeler n'importe quand, hein ? Tu le sais, pas vrai ?

— Ouais.

Mais dans sa tête, il se dit : *Ça s'est passé il y a cinq jours et tu ne m'appelles que maintenant, alors...*

— Est-ce qu'il faut que je vienne ?

Son cœur s'accélère d'une façon qu'il sait être instinctive, biologique. Maman ours et bébé ours. La promesse d'une proximité. Aussi nécessaire que l'oxygène.

— Pourquoi pas. Si tu veux.

Sa mère marque un temps d'arrêt.

— Eh bien, as-tu besoin de moi ? Je veux dire, si tu as besoin de moi... je devrai, euh, annuler. Bon, les répétitions viennent à peine de commencer, et ce n'est pas vraiment le rôle principal. C'est un second rôle, avec tout de même quarante-trois répliques, donc un second rôle important. Mais oui, bien sûr. Je laisserai tomber la pièce. Ce n'est rien. Ou en tout cas, je me débrouillerai. Je vais me débrouiller. Oui. Ce n'est pour ainsi dire pas un problème. Rien n'est jamais réellement calamiteux, quand on y pense. Même si je devais être blacklistée de la communauté théâtrale de Boston...

— C'est pas grave.

— T'es sûr ?

— Oui.

— Bien, écoute. Tu as tellement de raisons de vivre. Ta musique ! Pas vrai ? Tu adores ta musique.

Son œsophage se contracte, et une couverture pesante drape ses épaules et l'entraîne vers le bas. C'est ce « tu ». Dans sa bouche, on sent que c'est vraiment au singulier, ce qui est le cas. Ce « tu » signifie toi, et toi *seul*.

— Tu es une belle personne, Aaron. Vraiment. Je suis tellement contente de la personne que tu es devenue. Si j'avais pu choisir mon enfant, je t'aurais choisi, toi. Enfin, sans la dépression. Je ne choisirais pas ça, bien sûr.

— Merci.

— Simplement… tu seras ici dans quelques mois, et je te promets, vraiment. Pas de grosses productions. Je resterai en retrait jusqu'à l'automne. Parce que bon, ça ne me pénalisera pas au point de ne pas pouvoir… pour toi, je ferais n'importe quoi.

— Merci, maman.

— Et merde ! Je suis en retard. Je t'aime tellement fort. Tu es parfait comme tu es. OK ?

— OK.

Il raccroche et va au lit, sous la couette bleue à motif cachemire, le visage tourné vers le mur. Il sent le matelas bouger quand son père s'assied. Il est prêt pour le discours. Les attentes. Les limites. Le narcissisme. Pas personnel. Il l'a mémorisé.

Mais il ne l'entend pas, pas plus qu'il n'entend le moindre mot. Il n'y a qu'une main robuste sur son ventre. Ce que l'on appellerait des obliques s'il n'était pas aussi paresseux et s'il lui arrivait de faire de la muscu.

Cette main vaut mieux que tous les mots, alors il ferme les yeux et s'autorise à disparaître dans le sommeil.

Quand sa mère rentre du travail, Amir l'attend à la table de la cuisine. Le moment est venu. De lui dire. Même si elle risque de le flanquer dehors. Peut-être a-t-il envie qu'elle le fasse. Il mérite d'être puni.

Elle entre en trombe, pose sur la table les clés et le courrier qu'elle passe en revue et se sert un verre d'eau. Tout cela sans adresser la parole à Amir.

— Maman. Il faut que je te parle. De quelque chose.

Elle s'arrête et le regarde.

— Inutile de me parler sauf pour t'excuser.

Il se frotte la tête.

— Maman. Arrête. Il y a quelque chose que je dois te…

Elle boit une gorgée d'eau sans le regarder.

— Cette exclusion est dans ton dossier. Et si Georgetown annule ton admission ? Comment as-tu pu faire une chose pareille ?

— Tu sais ce que ce type m'a dit ?

— Vraiment, je m'en moque, Amir. Rien ne justifie un tel geste. Rien.

— Une fille est morte, maman.

Elle repose la lettre qu'elle avait dans les mains. Soudain, il a son attention.

— Quoi ?

— Une fille. Est morte. La fille avec qui je sortais. Tillie. Elle s'est suicidée.

Sa mère en reste bouche bée.

— Et tu vois, elle s'est sûrement tuée parce que je l'ai plaquée. Enfin, pire. Je ne l'ai pas plaquée. J'ai été trop lâche pour le faire.

Les larmes d'Amir se mettent à couler.

— Elle s'est tuée parce que j'ai été très lâche et que je ne lui ai même pas envoyé de texto de rupture. Et ensuite, au lycée, Jason Mathes vient me voir genre le lendemain et me sort : « Tu as *biiip* cette fille et elle est morte. » Alors ouais. Je lui ai flanqué mon poing dans la figure. Je n'ai pas pu faire autrement. Et maintenant, ma vie est fichue, pas à cause de ce qui pourrait se passer à Georgetown, mais parce que j'ai tué une fille avec mon secret…

Sa mère s'approche de lui. Elle le serre dans ses bras. Ce n'est vraiment pas son genre, et ça fait tout drôle à Amir, mais c'est agréable aussi. Nécessaire. Elle ne semble pas avoir entendu ce qu'il a dit sur le secret.

C'est maintenant ou jamais, comprend-il. Il faut qu'il continue. Qu'il arrache vite le pansement. Qu'il lui explique pourquoi. Pourquoi il a ghosté Tillie.

— Oh, Amir. Mon Dieu ! Ça fait beaucoup, Amir.

Ces mots ressemblent à de la gentillesse. Amir s'accroche coûte que coûte à cet instant, ravale la chose qu'il doit absolument lui dire car il sait que cela risque de lui ravir cet instant. Or, dans l'immédiat, il ne supporterait pas de le perdre.

Destin 1 : 24 avril

Le jour où Aaron revient pour la première fois au lycée est Bizarre, avec un B majuscule.

— Ma meilleure copine de colo, Paige Johansen, est sous antidépresseurs, lui confie Sarah tandis que le métro arrive à la station 110e Rue.

— Ah, répond Aaron en se disant que Paige Johansen ne serait peut-être pas très fan d'apprendre qu'une amie raconte à tout le monde ses histoires personnelles, et que dans peu de temps, la même Paige Johansen saura qu'Aaron Boroff prend lui aussi des antidépresseurs – le scoop.

— Ouais, et ça l'aide carrément. On est tous au courant à la colo, et on la soutient à fond.

— Cool.

Aaron hoche la tête en pensant que ça lui rappelle vaguement la période « J'ai des potes gay » qui avait suivi son coming out l'année dernière.

Leur échange est morcelé car Aaron a du mal à se concentrer. L'idée de repasser les portes du bâtiment principal de Fieldston le rend fébrile. Clairement, tout le monde est au courant de ce qui s'est passé en cours de physique. Ce genre de ragot circule comme des médocs pendant une teuf.

— Eh bien, vois le bon côté des choses, poursuit Sarah tandis qu'ils abordent la 168e Rue. Tu as une semaine de trois jours. Je serais prête à mourir pour ça, moi !

— Absolument. Bon côté des choses atteint, répond Aaron en regrettant que le verbe « mourir » qu'elle a employé le frappe en plein plexus solaire et lui rappelle les photos de Tillie Stanley qu'il a vues sur Internet.

— Je ne voulais pas…

Il sourit.

— C'est rien, Sarah. Je te charrie. Ça va bien, en fait. Je suis stressé, mais ça va.

Elle pose la tête sur son épaule, ce qui est un peu trop intime pour leur degré d'amitié, et Aaron se rend compte que ce geste est en quelque sorte lié à sa dépression sans qu'il sache trop en quoi.

— Je suis juste contente que tu ailles bien.

— Merci.

— Et au fait. Le truc que je t'ai dit ? Sur *Rent* ? Ce n'était pas…

Il rit.

— Ouais, j'ai fait une dépression nerveuse parce que tu m'as balancé que je chantais trop mal…

— Tu ne chantes pas si mal que ça. Simplement…

— Sarah. Gros, les salue Topher.

Aaron n'avait pas remarqué qu'il était assis à côté de lui. Ou, s'il l'avait remarqué, il l'avait oublié.

— T'inquiète, la rassure Aaron.

Puis il regarde fixement une pub pour un garde-meubles au-dessus des sièges en face de lui en pensant que ce serait carrément super d'avoir de la place pour tous ses trucs quand on grandit.

Alors qu'il se rend en salle commune avant les cours, Aaron est intercepté par M. Flores, dont le sourire Ultra brite est trop éblouissant. Il serre la main d'Aaron comme si celui-ci était un candidat dans un jeu télé, ou comme s'ils venaient de conclure une transaction immobilière et qu'Aaron était désormais l'heureux propriétaire d'un charmant studio dans Tribeca. Puis il fait signe à Aaron de venir dans son bureau.

Les murs sont marron, légèrement plus foncés que les rayonnages bien garnis de sa bibliothèque, à peu près de la même couleur que le fauteuil en cuir derrière le bureau en acajou et que la chaise en bois sur laquelle Aaron se glisse. Pas de doute, Flores fait une fixette sur le marron.

— Je voulais simplement reprendre contact avec vous, dit-il en s'asseyant en face d'Aaron.

Sur son bureau se trouve une photo de lui devant la tour Eiffel en compagnie d'une femme blonde dont les dents sont aussi un peu trop blanches.

Aaron réprime son désir de répondre : « Contact établi ». Il observe la pièce autour de lui en se demandant si les proviseurs adjoints d'écoles privées sont riches. Il n'est jamais venu dans son bureau auparavant. C'est bizarre. Tandis qu'il regarde les différentes affiches sur la lecture et les « zones protégées », il se demande si être proviseur adjoint serait une bonne solution de repli s'il ne parvenait pas à faire le buzz avec sa musique sur le Net.

— Je vais bien, déclare Aaron.

M. Flores boit une gorgée de son café marron dans sa tasse marron et décoche un sourire tout blanc.

— Ici, on vous soutient. Si vous avez besoin de quoi que ce soit, venez me voir. Allez voir Mme Marshall. Elle est au courant de la situation. Nous sommes vos deux alliés, d'accord ? Nous savons à quel point faire son coming out est difficile, à quel point être différent est compliqué.

Aaron se fige. Attendez, quoi ? Mais il hoche la tête parce que, ouais, il a vu *Love, Simon*. Il sait que c'est dur d'être gay. Pas tant que ça à Fieldston jusqu'à présent, en ce qui le concerne. Il l'a dit aux gens dans l'espoir qu'un autre gay ait envie de sortir avec lui mais, pour l'instant, il est gay de façon entièrement théorique, et tout le monde semble se foutre royalement de savoir avec qui, en théorie, il pourrait coucher.

M. Flores semble attendre qu'il dise quelque chose, alors il balbutie :

— Euh, merci. C'est cool. Merci.

— Faut-il y consacrer une assemblée générale ?

Aaron se fige à nouveau. Une assemblée générale ? À son sujet ? Parce qu'il est dépressif ? Quoi ? Pourquoi ?

— Euh, ça va, merci.

M. Flores fronce les sourcils.

— Vous pouvez m'en parler. S'il y a des comportements problématiques et qu'il faut faire de la sensibilisation, devenir de meilleurs alliés de la communauté LGBTQIA+, nous le ferons. Nous reverrons l'ordre du jour de l'assemblée de demain.

— Euh… j'en sais trop rien, répond Aaron en toute franchise. Probablement pas…

— En réalité, j'ai déjà programmé la venue d'un intervenant, alors je pense que nous devrions le faire. Il y a certainement un problème, et vous savez que nous avons dans cet établissement une politique de tolérance zéro envers le harcèlement des élèves LGBTQIA+. Vous le savez, n'est-ce pas ?

Je n'ai jamais été autant harcelé à cause de ma sexualité qu'à cet instant, pense Aaron, qui ravale cependant son sourire et s'efforce d'adopter la même expression sérieuse que M. Flores.

— Honnêtement ? Je crois que j'ai une tristesse d'un genre ordinaire. Je fais une dépression. Mais je trouve que cette école est formidable vis-à-vis de mon identité gay. Vraiment, sincèrement. Zéro problème. Aucune assemblée n'est nécessaire.

M. Flores hoche la tête. Ses yeux se font distants et son sourire Ultra brite faiblit légèrement. Aaron se dit : *Génial. J'ai déçu quelqu'un parce que je n'ai pas été harcelé à cause de mon homosexualité.*

Quelque chose cloche dans la façon dont Winnie est maquillée. Pendant qu'elle se préparait, elle a eu la sensation de vivre une expérience extracorporelle. Elle est sortie du lit pour Britt, parce que maintenir une forme de normalité est tout ce qui compte en ce moment pour sa fille. Mais la plus grande part d'elle-même est encore au lit, et y restera longtemps. Peut-être pour toujours.

Rester pour toujours au lit semble être une bonne chose à ce stade.

— Du yaourt ou un œuf ? demande-t-elle à Britt, qui joue à Candy Crush attablée dans le coin repas.

— D'accord, répond Britt.

La part de Winnie qui n'est pas un zombie a envie de prendre le téléphone de Britt, lui arracher des mains et hurler : « C'est normal d'avoir des sentiments ! C'est normal de les exprimer ! »

La part de Winnie qui est un zombie interprète ce « d'accord » comme signifiant « yaourt », parce que le yaourt, c'est plus simple. Elle lui en sert une bonne cuillerée. Elle lui apporte le bol jusqu'à la table. Britt l'ignore. Elle continue à jouer à son jeu.

— Britt, as-tu des questions ?

Pas de réaction.

Alors, Winnie tient silencieusement compagnie à sa fille jusqu'à ce que vienne le moment pour elle de descendre prendre le bus, la serre contre elle au moment du départ, une étreinte qui reste à sens unique, puis rejoint sa chambre à pas lourds, se déshabille en chemin, se couche et règle son réveil trente minutes avant l'heure à laquelle Britt rentre de l'école.

Cela lui laissera le temps de ramasser ses vêtements dans le couloir, de se remaquiller, de jeter le yaourt et de faire en sorte que tout paraisse à nouveau normal.

Et avant de sombrer dans le sommeil, elle mobilise toute l'énergie qu'il lui reste pour envoyer un SMS à son mari.

Elle ne peut s'empêcher de penser à quel point elle préférerait envoyer un SMS à Tillie…

Dans le couloir, Aaron a droit à des regards. Beaucoup de regards. Ils vont de super sympas à proche de la pitié. M. Sengupta l'entraîne en dehors de la classe juste avant le cours de physique pour lui demander s'il pense que, cette fois-ci, tout se passera bien.

Non. Je suis revenu au lycée parce que je trouve que la catatonie en cours de physique, c'est drôle et rafraîchissant. J'espère remettre ça très prochainement !

— Promis ! répond-il.

Le prof lui adresse un regard qui sous-entend *J'aimerais vous croire, mais j'ai du mal.* C'est contrariant.

À midi, il déjeune à la même table que Wylie Jones et Marissa Jones. Pas de lien de parenté. Il l'espère en tout cas. Ce sont des fanas de musique, ils s'aiment, et Aaron se demande ce qui se passe quand deux personnes a priori sans lien de parenté qui portent le même nom se marient. Deviennent-ils des Jones-Jones ? Ou bien un seul Jones, mais ils doivent pour le restant de leurs jours composer avec le fait qu'aucun n'a pris le nom de l'autre ? Il doit y avoir des inconvénients à cette situation. Lui par exemple ne sortirait pas avec un autre Boroff. Courir le risque de s'appeler Aaron Boroff-Boroff, non merci. Aaron considère

Marissa et Wylie comme le genre de personnes avec qui il serait ami s'il devait avoir de véritables amis.

— Comment tu vas ? demande Marissa, devenant ainsi la trente billionième personne à lui poser cette question.

Aaron se surprend à répondre sincèrement. Il ne sait pas pourquoi exactement. Peut-être est-il fatigué de faire semblant.

— Épuisé.

— Épuisé ?

— Aujourd'hui, j'aurai repoussé les limites de l'humiliation…

Marissa et Wylie échangent le genre de regard qu'ont les gens intimes. Cela donne envie à Aaron de leur exploser la figure avec un gros objet.

— L'humiliation, répète Marissa.

Elle ferait une excellente choriste si on créait un groupe de doo-wop comme dans les années 1960, se dit Aaron.

— Généralement, les gens ne s'intéressent pas à moi. Aujourd'hui, j'ai l'impression d'être l'attraction qu'on place au bord de la route pour attirer les touristes dans une foire au suicide.

Nouveau regard entre Marissa et Wylie, et Aaron sent son cœur se serrer.

— Désolé, s'excuse-t-il. Seulement… C'est vraiment touchant que les gens s'inquiètent, mais tout ça me dépasse un peu, je crois.

— Je comprends, dit Wylie.

Et Marissa, parce qu'elle est une choriste fantastique, répète :

— Je comprends.

Et ajoute :

— On est nombreux à s'être grave inquiétés pour toi.

Aaron ouvre la bouche pour dire quelque chose, mais les mots lui manquent. Jusqu'à ce qu'ils lui reviennent.

— Euh, vraiment ? Je ne pensais pas réellement que…

— Quoi ? s'étonne Marissa et, gentiment, elle vient s'asseoir à côté de lui, tellement près qu'Aaron sent son parfum – il sent la plage et l'argent.

— C'est juste que je n'ai pas envie de… J'ai des amis, mais. Personne de proche.

Nouvel échange de regards.

— Vous avez la permission de vous exprimer librement, dit Aaron. Sérieux. Genre, qu'est-ce que les gens pensent de moi ?

Quatrième échange.

— Les gens t'aiment bien, répond Marissa. Je ne connais personne qui ne t'aime pas. Simplement…

Cinquième échange.

— Quoi ? demande Aaron. S'il vous plaît, je suis réellement curieux.

— Tu ne laisses personne voir qui tu es vraiment. Tu es un bon chanteur et un bon acteur et tout et tout, mais c'est comme si personne ne savait ce qui te fait vibrer. En dehors de la scène, je veux dire. T'es genre une page blanche. Je n'ai jamais rencontré quelqu'un de notre âge qui soit aussi insaisissable que toi.

— Waouh, répond Aaron, sincèrement heureux d'entendre cette information. Merci, Marissa. Ça m'aide carrément. Je veux être moins insaisissable.

— Tant mieux ! s'exclame-t-elle avec un chouïa trop d'enthousiasme.

— Mais mes chansons sont nazes, n'est-ce pas ?

— J'adore tes chansons ! s'écrie Marissa. Ah oui, comment s'intitule celle que t'as chantée au concours de talents avant les vacances d'hiver ?

— « Pour toi je mentirais » ?

— C'est quoi l'air, déjà ?

Les yeux d'Aaron vont vers le plafond puis vers la gauche. Ce n'est pas facile, parce que cette chanson n'a pas de refrain.

— « J'ai ta photo dans ma tête ? J'l'affiche pas sur mon mur ? »

Marissa ne semble pas reconnaître le morceau, mais continue à le regarder fixement comme si elle voulait qu'il poursuive. Il rougit un peu parce que c'est bizarre de réciter les paroles qu'on a écrites à quelqu'un dans la cafét'. Mais il continue en se concentrant sur la partie qui est peut-être plus mémorable ou accrocheuse.

— « Reste dans ma salle de projo, dans mon fantasme c'est chaud. Ça t'dit d'entendre ta voix depuis l'intérieur de moi ? »

— Peut-être, répond-elle avec scepticisme.

— « Même si tu trouves ça marrant, toi, et qu'jamais tu r'garderais un mec comme moi, je te veux juste à côté… pour t'embrasser de la tête aux pieds. »

Enfin, les yeux de Marissa s'illuminent.

— Oui ! Oh, la vache, Aaron !

Elle ferme les yeux.

— Et ensuite, ça donne un truc du genre : « Je suis un menteur, mais j'arrêterai pour toi » ? lance-t-elle.

C'est au tour d'Aaron de s'illuminer. Il sent comme une lumière chaude se répandre dans sa cage thoracique.

— « Encore un mensonge mais, pour toi, j'aurai enfin une raison. »

— Oui ! Oh là là ! J'ai trop kiffé ! L'air est accrocheur. T'as tellement de talent. J'aime que tu n'aies pas une voix lisse de minet genre Troye Sivan. Ta voix est beaucoup plus… vraie, brute. J'en ai parlé pendant des jours après le concert.

— Je confirme, dit Wylie en la regardant. Elle n'a pas arrêté de me bassiner avec ça. J'ai été un poil jaloux.

Aaron retient sa respiration dans l'espoir que cela empêche son visage de devenir rouge pivoine.

— Merci, dit-il.

En réalité, il a la sensation qu'il pourrait quitter la cafét' en volant, que plus jamais ses pieds ne toucheront terre.

— C'était sur qui ? demande Marissa avec un furtif et discret sourire en coin. La romance entre hommes, c'est ma passion. Tu peux me raconter. Enfin… s'il te plaît. Allez, raconte !

Aaron baisse le menton.

— Sincèrement ?

— Oui !

— Personne.

— Quoi ?

— Personne. Ça parle d'un fantasme. Du sentiment qu'on a quand on veut quelque chose. Enfin, je crois que je veux plutôt dire quelqu'un. Je ne pensais à personne…

— Waouh ! s'exclame Marissa.

Wylie hoche la tête.

— Cool.

— Donc tu kiffes personne ?

— Eh bien, Evan Hanson, évidemment, répond Aaron avant de pouvoir empêcher les mots de sortir de sa bouche.

Et puis il rougit à nouveau.

— Quoi ? Arrête ! Evan est trop, trop, trop mignon. Il est gay ? demande-t-elle en murmurant soudainement.

— Ben, probablement pas, mais… On a fait le meilleur trajet silencieux en taxi de tous les temps. L'automne dernier.

Elle rit.

— Oh, mon Dieu ! Toi et Evan ensemble, j'adore ! Je vous vois tellement bien en couple !

— Moi aussi, clairement, dit Aaron.

Ils décident de déjeuner de nouveau tous les trois le lendemain, et Aaron quitte la salle sur un nuage. Cela semble si simple. Presque trop. Comment ne s'est-il pas rendu compte plus tôt qu'une conversation avec des gens sympas pouvait lui apporter autant ? Ou que cette chanson était importante ? Et il s'aperçoit d'un truc. Ça y est. C'est en train de se produire ! Que son père aime sa musique, c'est une chose. Mais que quelqu'un d'extérieur aime sa chanson sans qu'il le sache… Et depuis tout ce temps. Il a failli mourir à cause de ça. Comment en est-on arrivé là ?

Et comment Tillie a-t-elle pu… Il ignore pourquoi elle a fait ce qu'elle a fait, mais se demande si une simple conversation aurait pu l'aider à sentir que la vie valait la peine d'être vécue.

Mais il ne le saura jamais. Parce qu'elle est morte. Et que c'est un aller sans retour.

Cette pensée fait frémir Aaron. Énormément.

Les yeux de Frank s'ouvrent doucement lorsqu'il sent la petite tape sur son épaule.

— Monsieur Stanley ? Il semblerait que vous vous soyez endormi par terre.

C'est une voix de femme à l'accent européen non identifié. Il répond par un grognement.

— Êtes-vous certain de vouloir que je remplisse de nouveau le bar ? Il est peut-être préférable de permettre à votre corps de se reposer.

Frank lève les yeux vers elle. Il veut que quelqu'un l'emmène chez lui. Fasse tout disparaître, améliore tout. Que quelqu'un le lave, le nettoie et répare ce qui s'est passé. Le répare afin qu'il n'ait pas à le faire, parce que c'est irréparable.

La femme le soulève et, conscient d'être totalement répugnant – pas lavé, imbibé de l'équivalent d'une semaine d'alcool –, il détourne les yeux.

— Vous pourriez m'emmener sous la douche ?

Il s'avère que non.

L'après-midi de son troisième et dernier jour d'exclusion, Amir et sa mère vont à Central Park pour faire une course de voiliers miniatures.

C'est à des années-lumière de tout ce qu'ils ont l'habitude de faire ensemble, mais bon, jamais sa mère ne sèche le boulot non plus. Et puis, normalement, elle n'est pas très marrante. Elle a toujours subvenu aux besoins de la famille et su garder Amir sur des rails. En revanche, se montrer fun et détendue ? Presque jamais.

Mais, encore une fois, il n'y a rien de normal, même de loin, depuis le suicide de Tillie. Amir a encore mal, comme s'il avait une lame plantée au milieu du dos qui n'arrêtait pas de tourner. Sauf que, depuis qu'Amir s'est confié à sa mère, l'amour et le soutien de celle-ci l'ont clairement aidé à alléger cette horrible douleur.

— Le mien n'obéit pas, crie sa mère en inclinant à fond la télécommande vers la gauche, comme si cela pouvait déplacer le bateau.

— Comment ça ? Tu fais des cercles.

— Quoi ? Non… Et zut ! s'exclame-t-elle en riant. Je croyais que j'avais le bleu !

Amir rit à son tour et pose sa tête sur son épaule.

— Oh, maman. Tu ne passeras probablement jamais pro…

Elle appuie sa tête sur celle d'Amir, et le garçon a envie de mémoriser ce qu'il ressent. Cet amour inconditionnel. Le plus ironique dans cette histoire est que son exclusion les a énormément rapprochés. Jamais il n'aurait pu imaginer une chose pareille.

— Je peux être honnête avec toi ? demande sa mère.

Amir entend les mots vibrer dans sa tête tandis qu'elle les prononce.

— Carrément.

— Pour tout te dire, je suis soulagée. Tu es tellement secret. Je crois que je me demandais si tu n'étais pas gay. Je suis vraiment désolée pour ton amie, ton ex. Crois-moi, Amir. Mais je suis franchement contente de savoir que tu avais une copine.

— Ah.

— Il paraît que ça court dans les familles, et tu sais, tata Nava… C'est quelqu'un d'absolument super, vraiment. Ne va pas me prendre pour un monstre. Je pense juste qu'il faut qu'elle grandisse et arrête de… Bref. Pas important. Et de toute façon, tu n'es pas gay, alors…

Amir bouge la tête, ce qui oblige sa mère à la relever aussi. Son regard se pose sur les bateaux miniatures, sur l'eau placide. Son cœur lui semble lourd, et il sait. Il le sait, c'est tout.

Même si cela risque de mettre un terme à ce bel instant, il ne peut pas… ne pas…

Et cela ne changera rien. Sa mère est beaucoup de choses : déterminée, terriblement pragmatique. Mais elle est aussi une mère formidable. Il a exagéré, il le sait, et maintenant, contre toute attente, il va découvrir la suite de l'histoire. Parce que… Oh, mon Dieu. C'est en train d'arriver.

— Mais si, je le suis, dit-il sans tourner son visage vers elle.

Elle rit.

— Tu es quoi ?

— Gay, murmure-t-il.

L'atmosphère change. Il le sent. L'après-midi, qui les entourait tels des oreillers bien moelleux, se durcit. Comme le souligne une bouffée d'air avalée abruptement.

Sa mère se lève. Amir ne la regarde pas. C'est comme s'il en était incapable. Mais il perçoit son jugement.

— Oh, putain de merde, Amir !

Sur ce, elle s'en va. En fait, elle l'abandonne. Et Amir reste assis sur le banc en béton avec les deux télécommandes, en essayant d'ignorer cette petite part de lui qui a l'impression d'avoir tout juste subi une agression.

— Alors… cette reprise ? commence le Dr Laudner tandis qu'Aaron s'installe sur son fauteuil confortable habituel.

— Oui. Ma reprise.

— Quel est le verdict ?

— Le confessionnal ultime. J'aurais peut-être dû ramener un chapelet ou autre. Et je suis à moitié juif, alors…

Le Dr Laudner rit. Aaron rit. Il se sent – c'est difficile à expliquer, à vrai dire. Il y a une semaine seulement, il était au trente-sixième dessous, et voilà que, grâce à un seul compliment bien placé sur sa musique, il a l'impression de ne même pas pouvoir imaginer que sa vie prendra fin un jour – ni de l'avoir jamais voulu. Est-ce l'effet du Petralor ? Il ne perçoit pas de lien. Il ne comprend pas comment un médicament pourrait le changer à ce point. Mais un compliment ? Il ne comprend pas plus. C'est magique. Quelle que soit cette chose, il faudrait qu'il la mette en bouteille pour la vendre. La paix mondiale serait obtenue en une demi-minute, et il deviendrait multimilliardaire.

— Faut-il que… Oui. Répondez au questionnaire, s'il vous plaît. J'aimerais connaître votre score.

Aaron considère la feuille que le Dr Laudner lui remet, et le document lui semble différent. Il a du mal à se rappeler à quoi il ressemblait cinq jours auparavant.

La vérité est qu'il prend ce traitement et que les nuages se dissipent. Et même le lien lui échappe, ce doit être ça. C'est un peu troublant, vraiment. Toute sa vie, sans le savoir, il a vécu sous un nuage. Le truc dans son ventre, ce truc qui était toujours enroulé en petite boule compacte de douleur, n'est pas normal. Tout le monde ne l'a pas. Et il ne pensait pas pour autant que tout le monde a une petite boule dans le ventre. Non, disons plutôt que, jusqu'à présent, il n'avait jamais remarqué l'existence de celle-ci. Les choses étaient comme ça, un point c'est tout. Alors que, depuis le début, c'était une maladie ? Et oui, il avait entendu son père parler de dépression des tas de fois. Mais il avait toujours eu l'impression d'écouter quelque chose de théorique, pas de réel, et certainement pas pour lui.

Maintenant, il comprend, et il a l'impression d'en être sorti à quatre-vingt-dix pour cent. Et pas facile de ne pas pleurer de gratitude, parce que sa vie… il va avoir une vie ! Et tout ne sera pas que souffrance.

Le Dr Laudner lui sourit et lui dit :

— Je le vois, vous savez.

Et Aaron est obligé de lui demander d'expliciter. Parce qu'il le sait. Lui aussi, il le voit.

Cette fois-ci, il observe le médecin qui note ses réponses tout en le regardant dans les yeux. Dans son ventre, une attente fragile.

Le Dr Laudner lève la tête, sourit et lui rend le questionnaire.

Le score est inscrit tout en haut de la page : 19.

— Proche d'un état dépressif, déclare-t-il. C'est incroyable, Aaron. Absolument incroyable. Cinq jours. Vous vous en sortez comme un chef… La route est encore longue, mais je dois dire que… vous êtes sur une belle lancée !

Comment voulez-vous qu'Aaron ne soit pas un peu fier de ça ?

Tandis qu'il marche sur West End Avenue après sa séance, Aaron se surprend à apprécier ces bâtiments à l'architecture ancienne et leurs auvents. Ces immeubles sont comme de vieilles connaissances du collège qui n'exigent pas grand-chose de vous. Il salue mentalement chaque édifice, et joue distraitement à ne marcher sur aucune ligne du trottoir. Il se surprend à glousser un peu. Jamais il n'aurait cru qu'il se sentirait mieux un jour. Eh ouais… il se sent bien ! Il se sent… neuf ! Il se surprend à sourire à des passants et à avoir une pensée positive pour chacun d'eux. Et pour les taxis jaunes qui défilent dans un sacré vacarme. Et pour le type qui essaie de garer sa Tesla sur une place trop petite. Et pour les voitures derrière lui qui klaxonnent sans arrêt, comme si cela pouvait l'aider à avancer plus vite. Les bruits de la vie new-yorkaise.

Toute sa vie durant, tout a été terriblement difficile. Et à présent, c'est si simple ! Une grande part de votre existence dépend de votre approche, se rend-il compte au niveau de la 83e Rue, et il a été sous le joug de croyances pendant tellement longtemps. Il a cru être insignifiant. Ne rien valoir. Ne pas être digne d'amour. Et soudain, le voile a été levé, et ce qu'il aperçoit derrière le rideau est bien ! Il n'est pas insignifiant ! Il est parfaitement bien ! Il est absolument digne d'amour, et un jour, le bon garçon – ou, qui sait, la bonne fille, pourquoi se fermer des portes ? – apparaîtra sur son chemin et Aaron sera prêt, il traitera cette personne si merveilleusement qu'elle l'aimera exactement pour celui qu'il est. Il aura un Wylie ou une Marissa avec qui échanger des regards. Il confiera ses secrets les plus intimes à cette personne, qui lui confiera à son tour les siens, et ce sera tellement, tellement le pied, et oh, mon Dieu ! il fait si beau aujourd'hui ! Le soleil et le pavé luisant de West End Avenue ! Aaron tournoie littéralement sur le trottoir parce qu'il éprouve une immense reconnaissance envers ce sentiment qu'il ne saurait nommer. Parce qu'il aime ça, aime ça, aime ça ! Tellement !

Il se met à chantonner. Une de ses compositions. Pas « Dans mon coin », parce que cette chanson est trop sinistre pour ce moment formidable.

Si on devait être séparés
pour l'éternité
je compterais les jours sans toi.
En moi, tu serais toujours là.

D'abord il chante tout bas, puis un sentiment grandit en lui. Il a l'impression que c'est son tour d'honneur, qu'il a réussi. Qu'il a une nouvelle chance dans la vie. Le deuxième couplet et le refrain viennent avec enthousiasme, comme s'il se moquait de qui pouvait l'entendre. Et il s'en moque vraiment.

Parce que pour moi t'es le soleil,
sans toi je brille pas pareil.
Et tous nos souvenirs
sont mon avenir.

Parce que j'peux pas oublier ton sourire.
Tu sais qu'y a que lui que je vois.
Jamais je n'oublierai ton sourire
maintenant que t'es une part de moi.

Et le « maintenant », qui va du *ré* au *sol*, l'oblige à pousser sa voix très haut, et parfois elle se brise quand il fait ça, car c'est la partie la plus aiguë du morceau. Mais en traversant la 82e Rue, il y arrive parfaitement, il sort un *sol* magnifique, et le sent au plus profond de lui. *MAINTENANT !*

— Chante ! lui crie un type.

Il est posté à l'angle de la 82e Rue et attend que le feu passe au vert pour rejoindre le côté est de West End Avenue. Le gars a vaguement une allure de hippie. Âgé d'une trentaine d'années ou un peu moins, blanc, il est coiffé d'une queue de cheval touffue et arbore un éclatant sourire béat. L'Aaron d'avant l'aurait peut-être trouvé bizarre, mais sa nouvelle version améliorée a tant de sympathie envers l'humanité qu'elle s'esclaffe – oui, elle s'esclaffe – et tope dans la main que l'inconnu a levée à cet effet.

— Elle est géniale, cette chanson. C'est quoi ?

— C'est moi qui l'ai écrite, en fait.

— Quoi ? T'es sérieux ? C'est un tube ! Rétro. Un truc d'auteur-compositeur des années 1980 ou 1990. Ce genre de son me manque tellement, mec !

— N'importe quoi !

Pourtant, le type secoue la tête, comme pour signifier : *Allez, mec, pas la peine de jouer les modestes ! Avoue !*

Alors Aaron ajoute :

— Merci.

— Chanter dans la rue. Tu sais qu'il paraît qu'il est impossible d'être malheureux quand on chante ? Véridique.

— Ça me paraît logique.

Le feu passe au vert.

— J'admire les gens qui n'ont pas peur de montrer qu'ils sont heureux. C'est comme ça que les choses vont changer, dit le type, qui commence à traverser tout en continuant à parler, alors Aaron le suit.

— Ouais. J'ai toujours l'impression de pouvoir rendre le monde meilleur en étant simplement plus gentil avec les gens. Par exemple dans la rue.

Même s'il n'a jamais eu cette impression avant aujourd'hui, cela lui semble vrai à présent.

— Grave ! Et tu sais quoi ? Nous, les New-Yorkais ? Malgré notre sale réputation, on est des gens sympas. Suffit de pas rester planté en plein dans le passage. Mais bon, ça, c'est une question de bon sens !

Le type se met à rire, alors Aaron l'imite. Il a l'impression de connaître cet homme, qu'il devrait le connaître. Il devine que c'est quelqu'un de bien. Intégralement. Bien, tout simplement.

— J'essaie un nouveau truc, confie Aaron. En gros, une nouvelle façon d'être. Avant, j'étais vraiment timide. Mais aujourd'hui, je me suis dit : stop ! Fini la timidité. À partir de maintenant, je vais chanter dans la rue. Et parler aux gens. Parce que comment connaître les autres si on ne leur parle pas ? Si on ne tente pas sa chance.

Le type s'arrête net, se tourne vers Aaron et esquisse un sourire gentil en retroussant la partie gauche de sa lèvre supérieure.

— Ce que tu dis me plaît beaucoup, mec. Il est peut-être temps de lancer un mouvement. Un mouvement de gens qui parlent à d'autres gens dans les rues de Manhattan !

Des passants marchent peut-être à côté d'eux. Regardent peut-être ce drôle de tandem adulte-ado. Ou pas. Pour une fois, Aaron s'en moque.

— Oui. On devrait carrément faire ça ! hurle presque Aaron.

Il a l'impression de pouvoir se défaire d'un bond de sa peau, se sent incroyablement bien.

— Et cette chanson ! Je produis. Ça fait un bail que je n'ai rien produit, mais avant, je produisais. Et si… Nan…

— Quoi ?

— Et si on faisait quelque chose de cette chanson ? Qu'on introduisait des percussions, qu'on ajoutait de la guitare. C'est le genre de morceau… Je dis ça comme ça.

Aaron s'imagine monter sur scène et recevoir sa récompense pour « Comment oublier ton sourire » aux American Music Awards. Quel pied d'imaginer ça ! Il remercie son père et ses amis, tous ses amis formidables, surtout Marissa et Wylie, les Jones-Jones, et puis ce type…

Mais non.

— En fait, j'en ai une autre qui est mieux.

— Vraiment ?

— Oui. Elle s'intitule « Dans mon coin », et elle est assez triste, mais… Bon. Je vais te parler de mon idée. Je peux te faire confiance ?

Le type hoche la tête. Il est tout ouïe.

— De la dance triste, déclare Aaron.

— Quoi ?

Aaron craint de l'avoir perdu alors il se met à parler très vite.

— L'idée est peut-être naze, j'en sais rien, c'est… un nouveau genre. Des paroles déprimantes sur un rythme de dance ? Laisse tomber, c'est naze.

Le type rit.

— Ce n'est pas naze. Ça me plaît, en fait. Elle ressemble à quoi, ta chanson ?

Le cœur d'Aaron palpite. Quelqu'un veut entendre son morceau.

— Sérieux ?

— Tu chantais y a une seconde. Allez. Je t'écoute.

Ils sont au croisement de Broadway et de la 82e Rue, devant le Barnes & Noble, et les passants se pressent parce que c'est l'heure de pointe. Et bizarrement, rien de tout cela n'a d'importance. Alors Aaron prend une grande inspiration et chante la version lente.

— La vache ! s'exclame le type quand Aaron a terminé.

Aaron rougit et baisse les yeux vers l'asphalte sous ses pieds. Il donne un coup de pied dans une vieille trace de chewing-gum.

— C'est nul, je sais, c'est nul.

Le type lui touche le bras, ce qui surprend Aaron. Un frisson lui parcourt l'échine.

— C'est tout le contraire de nul. J'adore, putain ! Et avec, genre, une rythmique ? Disons 120 BPM, comme de la house, peut-être ? Je crois vraiment que tu tiens un truc extraordinaire, là. Comment tu t'appelles ?

— Aaron.

— Moi, c'est Darrell. Justement j'envisageais de reprendre la production. Et tu sais quoi ? Les meilleurs trucs sont le fruit du hasard. Comme ça. Tu vois ce que je veux dire ?

— Carrément. C'est aléatoire.

Et ils rient tous les deux.

Le type sourit et sort son poing pour qu'Aaron le tope.

— Bon. Alors. On le fait ?

Aaron est soufflé. Complètement. Tous les rêves qu'il a pu avoir, tout, tout a conduit à cet instant. Et incroyable mais vrai, c'est en train de se produire. Il décrispe son visage, et le plus grand sourire qu'il ait jamais fait lui donne un sentiment de victoire – comme un instant tellement croustillant qu'il est juste. Tellement mal qu'il en est bien. Et lui qui a toujours cru être le mec le plus laid au monde. Mais il est certain, à cet instant, que son sourire exprime l'essence de sa beauté intérieure d'une toute nouvelle façon.

— On va grave le faire, répond-il.

Destin 1 : 25 avril

Jeudi matin, Aaron se réveille bien plus tôt que d'habitude et se précipite sur son téléphone.

T réveillé ?

Darrell répond immédiatement à son texto.

Ouais, mec. J'suis à fond.

Moi aussi ! Hâte d'être à demain !

Grave ! Plus vite on enregistre
cette chanson, plus vite elle sera diffusée
et ensuite on passera à la phase 2.

Frissons…

Lol monde prépare-toi !
Aaron Boroff débarque !

Pourquoi t aussi sympa avec moi ?
J'ai l'impression que notre rencontre,
c'est le genre de chose qui arrive
une seule fois dans une vie.

Mec. Te rencontrer c trop ça.
Pour moi ! Prépare-toi
parce qu'on va changer le monde !

Allongé dans son lit, Aaron fantasme sur six choses à la fois. *Est-ce que Darrell est gay ? Comment le savoir ? Et si ce n'est pas le cas ? Et si c'est le cas ? C'est comment chez lui ? Que vont penser tous les gens du lycée quand je deviendrai célèbre ? Est-ce que je serai toujours sympa avec eux ou est-ce que je leur sortirai un truc du style :* « Vous n'aviez pas de temps à me consacrer avant, et soudain, vous êtes mes meilleurs potes ? Je ne crois pas, non ! » *À part Marissa et Wylie, bien entendu. Ils seraient invités aux American Music Awards, évidemment. Et le vainqueur dans la catégorie Meilleur nouveau talent est… Aaron Boroff !*

Il ne peut s'empêcher de glousser et de se contorsionner dans son lit. Il n'a pas encore pris son Petralor, mais, la vache, il en a envie, parce que c'est comme ça que la vie devrait être !

Le matin où Amir est censé retourner en cours, Lexington Avenue lui semble particulièrement froide et solitaire.

Il se sent gelé depuis des heures. Depuis qu'il est rentré à la maison et que sa mère ne lui adresse plus la parole, allant jusqu'à prendre ses repas dans sa chambre sans rien lui laisser à manger. Et puis ce matin, tandis qu'ils s'affairaient tous les deux – sa mère se préparait pour faire visiter un appartement et lui pour ce qui s'annonçait comme un retour trop bizarre au lycée –, il a eu la sensation d'être invisible.

À plusieurs reprises, il a envisagé de dire quelque chose, de demander si sa mère allait bien. De présenter ses excuses, même. Parce que s'il pouvait revenir en arrière ? S'il pouvait ravaler la folie passagère qui l'a poussé à faire son coming out auprès de sa mère ? Il le ferait. Sans hésiter une seconde.

Ensuite, quand il monte dans le métro, bien sûr, il voit Stu Beesmeyer et sa clique, et se prépare à un assaut de stupidité. Après tout, c'est Stu qui l'a vu chez Oath Pizza le jour de la bagarre, avant que tout dégénère, qui a sorti des conneries sur la bouffe halal avant de confondre le Pakistan et l'Iran. Amir se prépare aux âneries qui vont s'abattre sur lui, et puis… rien. Ils l'ignorent. Ne le remarquent même pas.

Il ne sait pas trop pourquoi c'est pire, ni si ça l'est.

Tout ce qu'il sait, c'est que quand le métro arrive à l'arrêt de la 68e Rue, il ne descend pas. À la place, il reste, puis prend une correspondance pour la gare de Penn Station. Hébété, conscient de ce qu'il fait tout en ne laissant pas le sérieux de cet instant pénétrer complètement son esprit, il pense à sa tante Nava et à ce qu'elle dira. Ce que lui, lui dira. Tout ça. C'est trop pour un seul cerveau.

— Un aller simple pour Washington, demande-t-il au guichetier.

À l'heure du déjeuner, Aaron se précipite à la table de Marissa et de Wylie, pose brutalement son plateau avec deux parts de pizza à l'ananas, et leur lance un « salut » qui ne lui ressemble pas.

— Salut, Aaron, dit Marissa avec un sourire gentil et sincère.

— J'ai GRAVE la baraka. Ma dissert' sur Toni Morrison est ouf. J'ai compris ce que racontait Sengupta, ce qui est une IMMENSE victoire, étant donné mon niveau habituel de compréhension en physique, et maintenant, je suis capable d'écrire des textos plus vite que mon ombre. Tu sais qu'avant aujourd'hui, je n'avais jamais, jamais échangé de textos pendant un cours ? Et maintenant, je pige ce qui se raconte en classe ET je reste en contact avec... eh bien, quelqu'un de vraiment cool. J'ai l'impression d'avoir trouvé les clés du château, tu vois ce que je veux dire ?

Pendant quelques instants, un ange passe. Il connaît Marissa et Wylie grâce à leur grande discussion de la veille, mais les autres gens assis autour de la table, il ne les connaît qu'en théorie, Jonas Campbell par exemple, qui est du genre taiseux – comme lui, comme lui avant, oh, il pourrait être son mentor ! –, et Dora Sanchez, avec qui il a travaillé sur un exposé de lettres en troisième. Ils avaient eu une note pourrie.

— C'est… génial, Aaron, dit Wylie. T'es plus le même !

— Mais grave ! J'ai l'impression que pendant tout ce temps-là, je n'ai pas laissé les autres me connaître réellement, et je ne sais vraiment pas de quoi j'avais peur. Parce que bon, on est tous des gens, c'est tout, pas vrai ? Et d'après moi, la vie consiste notamment à dire bonjour aux gens dans la rue. T'imagines si on faisait ça ? À quel point le monde changerait ? Je pense qu'on devrait tenter. À partir de maintenant, je compte le faire. Personne n'est un inconnu. Personne.

— Eh bien, c'est… chouette, sort Marissa.

Quelque chose dans sa façon de le dire le fait rire, s'esclaffer, plutôt, car une pensée lui traverse l'esprit.

— Oh la vache ! Les gens vont commencer à s'apercevoir qu'ils me préféraient quand j'étais déprimé !

Tout le monde se met à rire, et il se sent mieux parce que, oui, il a la cote maintenant, et c'est beaucoup mieux que de sauter d'un pont ou d'être incapable de bouger en cours de physique, et ses nouveaux amis le savent, et ils seront à ses côtés désormais, il ne sera plus jamais seul, et c'est beau.

Aaron n'a jamais autant ri qu'au cours de ce déjeuner, il recrache presque du lait par le nez quand Wylie raconte que Marissa et lui ont eu droit à un contrôle d'identité dans une boîte, et c'est tellement, tellement bon de faire partie de quelque chose, combien de fois il est resté assis tout seul, et oh ! il devrait envoyer un SMS à Darrell, non ? Oh ! il devrait… si !

— Bon, je peux vous montrer un truc ? C'est un secret et c'est carrément excitant. Ça explique sûrement pourquoi je suis dans cet état en ce moment. Et je n'en ai parlé à personne.

Ses camarades se penchent vers lui. Ils mangent tous dans sa (belle) main – une de ses chansons s'appelle comme ça –, et il adore, adore, adore.

— C'est quoi ? Raconte ! demande Wylie.

— Alors j'ai rencontré un producteur…

— Quoi ? s'écrie Marissa, presque aussi excitée qu'Aaron.

— Je sais ! J'étais en train de chanter une de mes chansons dans la rue…

— Genre comme un musicien de rue ? l'interrompt Dora.

— Non ! Ha ! Je chantais juste. Parce que j'étais super content.

— Oh ! s'exclame Marissa.

— Bref, il s'appelle Darrell et, truc de ouf, il est producteur ! Il m'a entendu chanter, veut m'aider pour l'arrangement et enregistrer le morceau. Il trouve que mon son fait auteur-compositeur rétro des années 1980 ou 1990. J'en sais rien. Ensuite je lui ai chanté une autre chanson, celle sur laquelle je bosse en ce moment et qui est carrément mieux, et il a kiffé, et il a kiffé aussi le côté dance triste. Alors demain, après les cours. Ou j'en sais rien, pendant les cours. On n'a pas encore vraiment décidé. Je vais dans son studio sur la 44e Rue, au niveau de la Neuvième Avenue, et on va enregistrer des morceaux.

Autour de la table, tout le monde le regarde. Un peu comme hier avec les Jones-Jones, mais Aaron a trop le tournis pour réussir à interpréter leur expression, peut-être parce qu'il a plus d'assurance aujourd'hui, il ne sait pas trop. Il se contente… d'attendre.

— C'est quoi, de la dance triste ? demande Dora.

Un froid glacial règne dans l'église quand Molly Tobin y fait son entrée, l'obligeant à s'emmitoufler dans son manteau en tweed rose tellement elle est frigorifiée.

Le froid est en partie dû à la température, bien entendu. Mais l'intérieur de l'église est aussi gigantesque, et où que ses yeux se posent, d'imposants vitraux la regardent de toute leur hauteur.

Molly n'est pas croyante. Sa famille pense que Dieu est pour les gens faibles, et elle n'a jamais remis en cause ce point de vue. Mais aujourd'hui, à cet instant ? Elle se sent comme l'une de ces personnes faibles. Particulièrement faible, et même si elle n'est pas catholique, elle a l'impression que l'heure de la confession a sonné.

Le confessionnal est exigu, tapissé de rouge velours, et sent la soupe salée. Il y a une toute petite fenêtre entre elle et, devine-t-elle, le prêtre. Elle ne sait pas trop comment tout cela fonctionne – et comme rien ne se passe, elle se demande pendant quelques instants quel est le principe.

— Euh, commence-t-elle.

La fenêtre s'ouvre en glissant.

— Oui ? dit une voix âgée et légèrement impatiente.

— Je… euh…

— C'est votre première confession ?

— Je ne suis pas… catholique.

— Vous souhaitez vous convertir ?

— Euh ? Peut-être ? Je ne sais pas ?

La voix derrière l'écran expire de façon théâtrale.

— Alors, pourquoi êtes-vous ici ?

Molly sent des larmes au fond de sa gorge. Elle les ravale.

— J'ai fait quelque chose.

— Qu'avez-vous fait ? demande la voix.

Et Molly prend ses jambes à son cou en claquant la porte derrière elle, se précipite hors de l'église sans se retourner.

Winnie s'arrange pour que Britt aille chez son amie Carly après l'école, et elle profite de ce temps libre pour une séance d'urgence chez Marie France.

— Je n'arrive pas à être avec les autres en ce moment, déclare Winnie.

— Pourquoi ?

Winnie lève les mains au ciel. Elle pense à Luna, qui lui a téléphoné pour savoir comment elle tenait le coup.

« Je peux prendre rendez-vous pour toi avec mon acupunctrice. Quand maman est morte, je suis allée la voir, et je t'assure que, sans elle, j'aurais mis beaucoup plus de temps à m'en remettre », lui a-t-elle dit.

Ou à Patti, la mère de Carly, qui lui a sorti :

« Dans un moment pareil, il est important de te souvenir que tu as une deuxième enfant. C'est l'occasion de te rappeler à quel point tu as de la chance d'avoir Britt. Déverse tout ton amour sur elle. »

Winnie regarde Marie-France.

— Tout le monde a une réponse. Je ne veux pas de réponse, putain ! Tout le monde veut que j'aille mieux. Je sais que leurs intentions sont bonnes, mais en réalité, j'aimerais leur rouler dessus avec un 4 × 4.

Marie France hoche la tête.

— Je comprends parfaitement.

— Merci. C'est tout ce dont j'ai besoin, sincèrement. J'ai l'impression que tout le monde me demande de ne rien ressentir, ou veut m'expliquer comment réparer ça. Je ne veux pas réparer ça. Je veux faire le deuil de ma fille. Tillie. Elle était… compliquée. Elle avait tout le temps des difficultés, mais elle était… elle était tout. Tout pour moi. Comment je fais, moi, pour passer de « j'ai tout » à « je n'ai rien », pour que ce soit acceptable ? Réparé ? Je ne peux pas. Je ne le ferai pas.

Le sourire qu'esquisse Marie France donne à Winnie l'impression d'être comprise.

— Bon, et sinon, c'est fini. Avec Franck. Il a… complètement démissionné. Disparu, et non, ce n'est pas un voyage d'affaires. Je sais bien que non. Il s'obstine à utiliser des cartes de crédit auxquelles j'ai accès, alors je sais parfaitement qu'il a pris une chambre au Trump International.

— C'est une habitude ?

— C'est déjà arrivé mais, honnêtement, cela ne me dérange pas qu'il ait besoin d'un petit break de temps à autre. On en a tous besoin, non ? Mais notre fille vient de mourir. Alors non. Ça ne passe pas. Même pas un peu. J'aime Britt au-delà de tout, et finalement, est-ce vraiment mieux pour elle d'avoir Frank à la maison ? Je veux dire, il n'est pas ici. Littéralement.

Marie France hoche la tête encore et encore.

— Eh bien. C'est quelque chose. Êtes-vous sûre ?

Winnie passe la main dans ses cheveux et se mord la lèvre.

— Oui, j'en suis sûre.

— J'ai l'impression en vous écoutant que vous savez ce qu'il vous reste à faire.

Winnie rit.

— Eh bien, il y a une semaine, j'avais une fille – deux filles – et un mari. Maintenant, j'ai...

Elle se met à pleurer.

Marie France lui tend une boîte de mouchoirs.

Nava ressemble davantage à une sœur aînée qu'à une tante. Alors peut-être que cela n'a rien d'étrange qu'à l'arrivée d'Amir elle et sa copine Ciena soient en train de regarder Netflix en chemise de nuit au beau milieu de la journée.

— Bien sûr que tu peux rester ! s'exclame Nava en serrant Amir dans ses bras. On a un futon.

Alors le garçon s'assied avec hésitation à côté de Nava et de Ciena sur le canapé, et tous les trois regardent ensemble une espèce de documentaire sur des meurtres.

Pendant un long moment, Amir ne dit rien. Jusqu'à ce que cela lui paraisse bizarre. Parce que, euh... Il est adolescent et vit à New York, et qu'il vient de débouler sans prévenir chez sa tante, où il n'a pas mis les pieds depuis l'âge de sept ans.

— Elle a découvert que j'étais gay et elle m'ignore, explique-t-il.

Nava appuie sur pause.

— Putain de Laleh ! s'exclame-t-elle en secouant la tête. Si je peux me permettre, ta mère est horrible.

Non, pense Amir. Mais il le garde pour lui.

Après l'école, la mère de Carly emmène sa fille et Britt chez Dylan, un bar à bonbons dans la même rue que le grand magasin Bloomingsdale's – une petite gâterie.

— Prends tout ce que tu veux, d'accord ? Tout, ma chérie.

Britt sait que c'est comme ça que les adultes parlent aux enfants quand il s'est passé quelque chose, comme si le fait d'être très gentil avec vous pouvait régler le problème. Ce n'est pas le cas. Mais là, ce sont des bonbons, alors… Britt hausse les épaules, empoche les deux billets de vingt que la mère de Carly lui donne, et se dirige vers les bacs du rez-de-chaussée. Elle fait le plein de bandeaux acides, de cerises et de pêches qui piquent et d'oursons roses. Tandis que Carly court partout en tenant Britt informée de sa prochaine destination – « Viens ! On va aux Jelly beans ! On peut prendre une brochette de licornes ! » –, Britt glane en silence mais avec détermination un peu tout ce qui lui plaît.

Et puis elle aperçoit les toutes petites bouteilles en chocolat enveloppées dans du papier aluminium coloré que papa range dans le grand placard du salon. L'un d'eux est doré et on lit dessus : JIM BEAM. Un autre est rouge orangé et porte l'inscription COINTREAU.

Ça serait drôle de... ? pense-t-elle.

La caissière, elle, ne trouve pas ça drôle du tout.

— Ouais, dans tes rêves, lance-t-elle à Britt.

Elle doit être un peu plus âgée que Tillie ne l'était, avant sa mort.

— Il y a de l'alcool, là-dedans.

— Oh, dit Britt en payant le reste.

Et puis, avant d'aller retrouver Carly et sa mère à l'entrée du magasin, elle fait un crochet par les petites bouteilles emballées dans de l'aluminium. Elle prend trois Jim Beam et une Cointreau qu'elle fourre dans la poche de sa doudoune au moment où personne ne regarde.

Quand elle s'apprête à sortir avec Carly et sa mère, elle est assez surprise que la dame en charge de la sécurité l'arrête.

— Excusez-moi. Pourriez-vous vider vos poches, s'il vous plaît ?

Après les cours, Aaron téléphone au cabinet du Dr Laudner pour prévenir qu'il ne pourra pas venir. Il laisse un message.

Pourquoi s'enquiquiner avec un médecin ? Il se sent formidablement bien ! Et c'est peu de le dire ! Il est quasiment sûr de ne plus avoir besoin de séances de thérapie, merci !

À la place, il se rend à Riverside Park et se poste sur les bancs verts face au terrain de terre et d'herbe où il jouait à chat en CE2, face à West Side Highway, et au-delà, à l'Hudson glacial, où... Quelle différence en moins d'une semaine ! Il pense à la fille qui tombe, à Tillie, et secoue la tête – non. Pas le temps pour ces sentiments-là dans l'immédiat. Il se débarrasse de sa veste et laisse le vent frais hérisser les poils blonds qui commencent à pousser sur ses bras. Ils murmurent qu'il devient un homme, qu'il aura une toison, comme son père. Si seulement celui-ci était là avec lui pour le voir empli d'une assurance toute nouvelle, s'il pouvait voir le nouvel Aaron en train de devenir un homme, et, debout sur le banc, il entonne « Dans mon coin » à tue-tête, par-dessus le bruit des voitures sur l'autoroute, les aboiements des chiens, les cris des enfants dans l'aire de jeu close plus bas, à trois cents mètres. Il espère à moitié que quelqu'un lui demandera ce qu'il fabrique. Pour pouvoir répondre : *Je m'entraîne. Pour le studio demain. Ça va tout déchirer. Attendez de voir. Souvenez-vous de cet instant !* Pas grave que personne ne lui pose la question, mais il aimerait bien.

Une fois de retour à la maison, il prépare le dîner pour son père. Ce n'est pas dans ses habitudes, mais il décide de tenter un amuse-bouche, et passe au micro-onde deux pizzas baguette. Il laisse à son père celle avec des champignons parce que beurk.

— Alors, c'est quoi, tout ça ? lui demande son père.

Aaron est venu l'accueillir à la porte avec une serviette rentrée dans sa chemise, sa façon à lui d'incarner un maître d'hôtel.

— *Bonjour, monsieur**. Bienvenue chez Boroff ! lance-t-il sans lésiner sur l'accent français.

Son père rit en secouant la tête.

— Va falloir qu'on baisse tes doses, mon gars. Au fait, tu as zappé ton rendez-vous ? Ton médecin m'a téléphoné.

— J'ai dû rester après l'école, ment Aaron.

Son père est sur le point de se lancer dans un discours sur les priorités, de lui dire que rien n'est plus important en ce moment que d'aller mieux, mais il voit alors son fils et l'expression dans son regard, cette expression qu'a Aaron quand il joue, et qu'il n'a pas vue depuis un bon moment. Il le serre dans ses bras, et il doit presque le soulever tellement le garçon résiste à son étreinte. Et pourtant, Aaron a envie de cette étreinte, d'une certaine façon.

À la place, il dit avec un accent français :

— Posez votre sacoche. Le dîner est par ici.

— Cet accent ! lance son père. J'ai l'impression d'être à Paris. À Paris, Texas.

— *Ah oui ! J'aime les cow-boys !**

— Ça promet ! s'exclame son père en gloussant.

Il suit Aaron jusqu'à la table du dîner.

— En entrée, nous avons ce qu'on appelle en français soupe à l'oignon.

Son père baisse la tête. Dans un bol, Aaron a réchauffé la moitié d'une conserve de soupe à l'oignon, qu'il a recouverte, faute de mieux, d'une tranche de fromage américain. Celui-ci flotte avec incertitude, tel un imposteur à moitié fondu qui a peur d'être démasqué.

— T'es trop, toi ! dit son père en riant.

Et Aaron est content parce que, oui, c'est censé être une blague et, pendant une minute, il a cru avoir loupé son coup, mais il voit maintenant à quel point c'est drôle. Et son père rit encore, et leur joie mutuelle fait ricochet jusqu'à ce qu'ils s'asseyent tous les deux et tentent de manger leur soupe pas vraiment française.

— Bon, qu'est-ce qui se passe au juste, fiston ? Tu as tellement changé en un jour ou deux. As-tu parlé au Dr Laudner de ce changement d'humeur ? Dois-je m'inquiéter ?

— T'inquiéter ? Parce que je suis heureux ? Je crois pas, non. Je me sens trop bien, papa. J'ai l'impression de devenir...

Aaron sent des larmes derrière ses yeux et avale de l'air pour essayer de se ressaisir. Tant d'émotions. Il les aime et les redoute parce qu'il n'arrive pratiquement pas à les garder en lui.

— Quoi ? demande son père. Que deviens-tu ?

— Un homme, répond Aaron.

Sa voix couine lorsqu'il prononce le mot « homme », ce qui les fait rire un peu plus tous les deux, et ainsi va la conversation, et Aaron, qui envisageait de parler à son père de Darrell, décide de lui raconter plus tard. Après.

Ce sera quelque chose à fêter.

Winnie se sent complètement abattue et humiliée quand la mère de Carly lui ramène Britt.

Patti n'est que gentillesse. Quelle garce. Vas-y, essaie d'avoir une fille morte, un mari déserteur et maintenant, semble-t-il, une voleuse. Winnie prend un maximum sur elle et n'a qu'une envie : effacer ce sourire affecté sur le visage de Patti.

— Ce n'est pas surprenant, déclare Patti tandis que Britt file dans sa chambre.

Winnie hoche la tête en détournant le regard – pas parce qu'elle va pleurer, mais parce qu'elle va hurler, putain.

— Merci. Elle n'a jamais…

— Elle s'exprime. Tu sais ce que tu devrais faire ? Prévoir une journée au spa. Je peux rester un peu plus, comme ça les filles pourront…

— S'il te plaît, va-t'en.

La première larme se met à couler. Mieux que le cri qu'elle retient.

— Bien sûr. Appelle. Quand tu veux. Vraiment, Winn.

Winnie hoche la tête. Après le départ de Patti, elle compte jusqu'à vingt puis pousse un gémissement comme si elle accouchait de nouveau. Elle gémit, plaque la tête contre le mur et se dit que, peut-être, Tillie a eu raison. Parce qu'elle non plus n'a aucune envie d'être ici.

Elle se reprend, frappe à la porte de Britt et entre avant que sa fille ait pu répondre.

Elle est allongée sur son lit et mange des rubans acidulés. Elle ne lève pas la tête. Ne dit pas qu'elle est désolée. Elle reste allongée là, comme s'il ne s'était rien passé.

Winnie le remarque à nouveau, un peu plus clairement cette fois-ci. Elle sait à qui Britt lui fait penser. Et cela la terrifie.

Destin 1 : 26 avril

Quand Aaron se réveille vendredi, il a un début de rap dans la tête.

J'suis comme j'suis
et c'est important, tu vois.
Ton avis sur moi
passe grave après ça.

Il n'est pas un rappeur. En fait, quand il le dit à voix haute, ça sonne carrément bidon. Comme un gamin (relativement) privilégié qui s'approprie la culture de quelqu'un d'autre – ce qu'il est en train de faire. Et c'est dommage, parce qu'il a toute une histoire dans sa tête, il serait le premier rappeur blanc gay. Est-ce que c'est vrai, ça ? Il va devoir faire une recherche sur Google, mais il n'a clairement jamais entendu parler d'un rappeur de ce genre. Bon, il sera peut-être le premier rappeur blanc gay populaire et célèbre.

Alors ce n'est pas forcément pour lui, mais pourquoi pas un passage de rap qui se grefferait à « Comment oublier ton sourire », peut-être entre le refrain et le troisième couplet ou, comme son morceau n'a pas de pont – certaines de ses chansons en ont, d'autres non –, cela pourrait servir de pont, et il visualise le truc tel qu'il serait présenté sur Spotify : Aaron B. feat. X, X étant le nom du rappeur, d'ailleurs à qui pourrait-il demander au bahut ? Vonte Mendoza ? Ce serait tellement cool d'être le genre de personne qui offre la célébrité à quelqu'un d'autre. Ce serait génial ! Et non, il ne sait pas trop comment « J'suis comme j'suis » se relie à « Comment oublier ton sourire », mais y a forcément un angle, y a toujours un angle.

On frappe à la porte.

— T'es réveillé ? Tu te prépares pour l'école ?

— Oui et oui ! crie Aaron.

— Bien. Je veux te parler avant que tu partes, d'accord ? Tu peux venir ? Maintenant, ou dans cinq minutes ?

— Dans cinq minutes, répond Aaron.

Il se lève, scrute son corps dans le miroir. Il n'a jamais fréquenté de salle de sport mais il est mince et sec, il devrait peut-être commencer à faire de la muscu ? Il bande ses muscles et rien ne se passe. S'il faisait un peu de sport, il serait encore plus mignon, et Darrell, Darrell pourrait l'aimer plus s'il… Minute ! Darrell l'apprécie peut-être tel qu'il est. Après tout, il l'a abordé dans la rue, il n'est peut-être même pas gay, mais peut-être que si, et cet aspect-là de l'intrigue rend la journée d'aujourd'hui tellement excitante que c'en est presque intolérable, et il agite ses hanches devant le miroir, sourit et essaie d'imaginer une couv d'album avec le visage d'Aaron Boroff dessus.

Le père d'Aaron l'attend quand il passe une tête à l'extérieur de sa chambre.

— Ça fait dix minutes, lui reproche son père.

— Pardon.

— Tu t'es douché, au moins ?

— J'ai été pris par d'autres trucs.

— Aaron… j'allais t'en parler hier, mais tu avais organisé tout ce dîner. Ce que je vois m'inquiète un peu.

— Quoi ? Pourquoi ? Je suis juste passé de déprimé à pas déprimé en, genre, trois minutes. Tu devrais être super content. Moi, je le suis, évidemment. J'ai l'impression d'être né une seconde fois dans la peau d'une nouvelle personne, et j'ai des projets pour le monde, de vrais projets. Et tu sais quoi ? je n'avais jamais eu de projets avant, je… Tu penses que c'est possible que mon destin, ce soit d'être célèbre ? Pour ma musique. Je veux dire, est-ce que ça irait ? Je serais le même. Si j'étais connu, je ne te traiterais pas différemment, cela ne changerait en rien notre relation. Je serais juste Aaron, mais connu.

— Quoi ? Qu'est-ce que tu… ? Bon, ce n'est pas facile pour moi, mais tu sais que je suis toujours sincère avec toi, n'est-ce pas ?

Aaron le dévisage. Il a la poitrine serrée, se sent ratatiné et prêt à attaquer.

Son père poursuit.

— J'ai peur que tu sois en phase maniaque. Je vois toute cette énergie et, en règle générale, l'énergie, c'est une bonne chose. Mais là, ça paraît extrême. Je trouve. Est-ce que tu comprends ce que je suis en train de te dire ?

Aaron regarde son père comme s'il le voyait pour la première fois.

— Tu te fous de ma gueule ?

— Aaron !

— Tu te fous de ma gueule ? J'ai failli sauter du haut d'un pont la semaine dernière. Tu devrais te réjouir ! Moi, je me réjouis, papa. Parce que, pour la première fois de toute ma foutue vie, je n'ai pas envie de sauter du haut d'un pont. Il y a des gens qui… tiens, cette fille que je connais, elle n'a pas su se sentir comme ça, alors elle a sauté. Je ne veux pas ça. Alors tu pourrais peut-être arrêter de chier sur ma bonne humeur et te réjouir avec moi ?

— Aaron.

— Parce que, bon, j'essaie des nouveaux trucs. C'est un crime ? Tu préférerais que je traîne mon cafard comme je l'ai fait toute ma vie ?

— Je… non. Je veux que tu sois heureux.

— Et je le suis ! T'aurais dû me voir au lycée hier. J'ai des amis, papa ! Tu le savais ? Je n'ai jamais vraiment eu d'amis, parce que c'est chiant d'être avec moi, alors être moi… Mais, maintenant, je suis nouveau. Différent.

— Je le vois bien, seulement…

— Ne me coupe pas, tu veux bien ?

Aaron détourne immédiatement le regard. « Ne me coupe pas dans mon élan », voulait-il dire, mais c'est sorti comme s'il reprochait à son père de lui couper la parole, ce qui lui donne des airs de gros con et ne lui ressemble pas. Sauf qu'il est lancé et ne va pas s'arrêter là.

— Ouais, ajoute-t-il. Ouais.

Son père semble abattu. Un peu comme s'il venait de recevoir un coup de poing dans la poitrine. Aaron trouverait son visage comique s'il ne s'agissait pas de son père, qui est son plus proche « tout ». Alors c'est simplement triste. Que son père soit pris dans un casse-tête concernant quelque chose qu'il ne pourrait même pas comprendre. Il n'est même pas au courant pour Darrell. La musique. Aaron veut lui faire la surprise et n'a pas envie qu'il s'inquiète. Ça lui paraît plus malin comme ça.

— Bon, je dois, tu sais, filer, là. Pour le lycée. Et toi. T'inquiète pas autant. C'est peut-être un effet boomerang. Et je sais que je suis différent. Mais c'est bien, différent, parce qu'être le même m'a presque été fatal. Tu piges ?

Son père hoche la tête. Il reste sans voix.

Une fois Aaron parti, son père passe un coup de fil qui lui donne le sentiment d'être au bord d'un gouffre.

— Il est en phase maniaque, pas de doute.

— Et que veux-tu faire ? demande Morris.

— Je ne sais pas. C'est tellement plus facile quand c'est le gamin de quelqu'un d'autre…

— Est-ce que je peux t'aider ?

— Non, ça va. Il faut juste que je me bouge les fesses et que j'appelle son médecin. Il n'est pas dans son état normal, je le sais.

— Alors, fais-le, dit Morris.

— Oui.

Aaron marche sur Broadway en direction du sud pour rejoindre le métro, passe devant le marché aux fruits en plein air de Westside avec ses tomates bien rouges et ses tangelos orange vif. Il passe devant des magasins spécialisés qui vendent du matériel de rasage haut de gamme, des pâtisseries françaises et du parfum de luxe – imaginez toute une boutique qui vend de l'air ! Il pourrait devenir un magnat de l'oxygène ? Aaron se sent bizarrement sale, pas douché. Il a l'impression d'être réveillé depuis trente heures, une voix plaintive dans sa tête réclame à grands cris son père et sa mère, et il la repousse au fond, loin, parce que *non*. Désormais, il est comme ça, il n'a besoin de rien ni de personne. Il a juste besoin de... ça. La célébrité naissante, sa tête sur des affiches, arriver au lycée avec une garde rapprochée, peut-être, Evan Hanson qui le couvre de compliments. Il glousse et cache sa bouche avec ses mains même si personne ne le regarde. Bientôt, on le regardera.

Il prend le métro en direction du sud et non du nord avec un sentiment de dangereuse liberté, comme s'il était au bord du précipice – *attendez voir, attendez voir* – dit dans sa tête la voix de Lin-Manuel Miranda, dans le rôle de Hamilton. L'histoire a les yeux rivés sur lui[1], oh là là !, et pour une raison étrange il pense à sa mère, et à ce jour dans Central Park, au base-ball, classe de CM2. Il soupire parce que... quel souvenir idiot.

Son père n'avait pas pu se libérer, et sa mère devait être là. Et il y avait eu cet instant la veille au soir, quand elle l'avait embrassé pour lui souhaiter bonne nuit, et c'était comme si Aaron avait su qu'elle n'avait pas envie de venir. Qu'il était trop insignifiant pour qu'on le regarde. Et il avait eu envie de lui dire que ce n'était pas grave. Qu'elle n'était pas obligée, qu'il savait qu'il était nul au base-ball. Mais il ne l'avait pas fait, et le lendemain, assis sur un banc, il a vu la maman de Manny Sanchez, le papa de Corey, les mamans de Yanni. Tous les parents, lui a-t-il semblé. Mais sa mère n'est pas venue, et il s'en moquait complètement. S'en contrefichait. Il n'a pas senti de lourdeur dans sa poitrine, n'a pas pensé : *Je suis tout seul et ils s'en moquent.* Parce qu'il était un fardeau, et que de toute façon il était juste assis avec son cul squelettique sur un banc en métal glacial, à agiter ses jambes de brindille comme un tocard. En bref, il n'était personne en particulier, et de toute façon, cela n'avait pas d'importance.

Le métro grince en entrant dans la station 50e Rue, et tous les passagers « new-yorkent ». Il y a l'étudiant qui joue sur son téléphone. Le juif orthodoxe qui lit son journal en hébreu. La vieille dame noire

1. « *History has its eyes on you* » est également une référence à la comédie musicale *Hamilton*.

qui enroule un chapelet anti-stress autour de ses doigts, le regard perdu dans le vide.

Personne ne voit rien. Personne ne regarde. Et Aaron en a marre. Marre de ça. Il voit les autres. Il les salue dans la rue désormais. Il mérite qu'en retour on le regarde, et il peut difficilement attendre une seconde de plus que le monde se rende compte qu'il devrait *voir* Aaron Boroff. Qu'il mérite qu'on lui prête de l'attention.

Et soudain Aaron est devant le bâtiment du 430 Ouest 44e Rue. C'est un bâtiment en grès couleur brique, situé juste à côté de l'Actors Studio[1]. Cela ne ressemble pas à un studio d'enregistrement, et une flèche acérée traverse les tripes d'Aaron. Et puis il se souvient : *Mais oui, il m'a dit que c'était un studio qu'il avait aménagé chez lui.*

Aaron gravit les marches du perron et passe en revue les noms sur l'interphone. Pas de Clancy. Darrell Clancy. Il a beaucoup pensé à ce nom depuis deux jours, et sait que c'est le bon grâce à Facebook.

Il envoie un texto à Darrell.

Salut ! Je suis là.

Il attend que l'apparition de la bulle montrant que Darrell écrit.

Elle apparaît, et d'autres bulles se forment… dans la gorge d'Aaron et dans son œsophage.

Et puis la bulle disparaît.

---

1. Organisation associative américaine consacrée à l'art dramatique qui a formé bon nombre d'acteur·rice·s mondialement connu·e·s.

Aaron résiste à l'envie de réexpédier son message ou d'envoyer des points d'interrogation. *Patience*, se dit-il.

Il se le répète au bout d'une minute. Et de deux. Puis de quatre. L'aigreur revient.

Salut, Darrell ! Je suis là ! Trop hâte !

Pas de bulle, cette fois-ci.

Jamais Darrell n'a omis de lui répondre. Pas une seule fois.

Aaron s'assied sur le perron et regarde son téléphone fixement. On est vendredi, il est 11 h 36, il sèche les cours et fait le pied de grue devant une adresse dans le quartier de Hell's Kitchen. Darrell ne répond pas. Combien de temps est-il supposé attendre ? Aaron éclate de rire parce qu'il n'a nulle part où aller, de toute façon. Il attendra ici pour l'éternité si nécessaire.

Il n'y a pas de plan B. Ils vont enregistrer cette chanson aujourd'hui. Tout son être est suspendu à cette session.

Il faut qu'elle ait lieu.

Mais 11 h 36 devient 12 h 12. Pas de réponse. Il appelle le numéro et tombe directement sur la messagerie, comme quand quelqu'un rejette votre appel. Aaron se rabat sur les textos.

Darrell. Que se passe-t-il ? Je suis là.
Réponds-moi juste stp.

Rien.

J'ai fait un truc qu'il ne fallait pas ?
T'as changé d'avis ?

Aaron remonte la fermeture Éclair de sa doudoune et enfonce ses mains gantées dans ses poches bouffantes. Il repense au jour où sa mère est entrée dans la pièce pour lui annoncer la nouvelle.

Il était assis par terre en train de faire un puzzle. Quel genre de gamin de huit ans fait un puzzle tout seul par terre ? Un gamin comme Aaron. Sa mère est entrée. Elle portait un jean skinny. Ça ne lui faisait absolument pas un look de « maman ». Il l'a remarqué, l'a noté dans un coin de sa tête, sans pour autant savoir pourquoi ni en quoi c'était important. Pourtant, ça l'était.

Elle s'est assise par terre. Comportement pas très typique d'une maman non plus. Sa cascade de cheveux blonds était vraiment, vraiment belle. Sa mère ressemblait à une star de cinéma, presque.

« Bon, je vais m'installer à Boston », a-t-elle lancé comme si elle lui annonçait juste qu'elle allait faire les courses.

Aaron a hoché la tête. Il avait assez de jugeote pour ne pas demander pourquoi. Mieux valait ne pas avoir de réponse à certaines questions. À la place, il s'est contenté de sortir :

« Ah !

— Tu viendras me rendre visite. Genre tout le temps. Probablement en été. Peut-être la moitié de l'été. Au moins un mois, sûrement. J'en sais rien. On verra.

— D'accord.

— Parfois, on change tout dans sa vie. Il faut que ça change ! Quand tu seras plus grand, tu comprendras. »

Aaron a hoché la tête encore et encore, elle lui a dit qu'il était un gamin super, et il savait que c'était sincère. Mais il se demandait : est-ce qu'un jour il comprendrait vraiment ? Parce que, fondamentalement, il ne comprenait pas. Mais il ne poserait pas la question, non, mauvaise idée.

Neuf ans plus tard, il ne comprend toujours pas. Ou alors si, plus ou moins.

Il y a des niveaux d'éclat, dans le monde. Il y a ce qui étincelle, qui éblouit et vous donne l'impression d'observer le miroitement de milliers d'éclats de soleil. Il y a le lustre d'un gâteau au chocolat dans la vitrine d'une pâtisserie, le glaçage au chocolat à l'aspect laqué, vous vous dites que c'est presque trop brillant pour être mangé, et pourtant, bon sang, ce que vous aimeriez croquer dedans. Il y a le rayonnement normal, comme les gens dans Central Park, et en fonction de l'angle du soleil, un front peut renvoyer la lumière ou pas, l'indignité peut être révélée à la faveur de l'ombre. Et puis il y a le terne. Les choses, les gens sur qui le soleil ne brille jamais. Les invisibles.

Sa mère aime les choses qui brillent. Le monde aime les choses qui brillent.

Il est invisible. Mais il va devenir brillant même s'il doit mourir pour ça.

Redoutant une issue tout simplement intenable, il change de tactique avec Darrell.

Tu peux me faire ce que tu veux
si tu enregistres cette chanson...
Ça ne me dérange pas.

Une bulle apparaît de nouveau. Le cœur d'Aaron fait une embardée. La bulle disparaît. Ses espoirs s'effondrent.

Aaron écrit :

Ce que tu veux, je le fais.

Pas de bulle, rien.

Son père lui téléphone. C'est bizarre parce que, normalement, il ne lui téléphone pas pendant les heures de cours. Aaron regarde fixement son portable. Son index hésite, puis rejette l'appel.

Nouveau coup de fil. Il ferme les yeux et fait à son père ce que l'on vient de lui faire. Il le rejette. Son manque fondamental de lustre pulse en lui, et il sait que dans cette rue de New York personne ne le remarque, car tous les New-Yorkais sont occupés à new-yorker.

Un SMS :

Aaron, où es-tu ? Le lycée dit que tu es absent. Je suis inquiet. Dis-moi où tu es stp, je viendrai te chercher et je ne serai pas fâché, promis.

Une larme s'écoule de l'œil gauche d'Aaron. Il est sur les marches d'un bâtiment en grès devant lequel il ne devrait pas être, et il ne serait pas là s'il n'était pas si terne, nul, crédule et... chaque sentiment positif de ces dernières quarante-huit heures s'échappe de sa circulation sanguine jusqu'à ce qu'Aaron se retrouve exsangue.

Et il se sent encore plus déprimé.

Il pense à Tillie et a l'impression de comprendre. De comprendre ce qu'elle a dû ressentir lorsqu'elle a sauté. Cela a été un cran au-dessus de ce qu'Aaron a ressenti à ce moment-là, et voilà qu'à présent il ressent la même chose. Il sait.

La douleur du vide, à l'intérieur, celle qui semble capable de vous avaler tout entier, est de retour, plus féroce que jamais, et cette fois-ci elle est lestée d'une ancre et il ne peut pas bouger. Comme si ses jambes étaient bloquées. Pourquoi est-il aussi paumé ? En plus tout le monde le sait au bahut, et... bon sang. Il n'a pas arrêté de raconter qu'il était en passe de devenir un chanteur célèbre à ses camarades hier, et cet orgueil démesuré : ils le savent. Ils le savent. Il était probablement impossible à comprendre à la cafétéria quand il n'arrivait pas à se la boucler. Impossible à écouter. Pire : impossible à regarder. Et son père sait exactement qui il est, et ses mots pour lui dire à quel point il est formidable, spécial ? Juste une tactique pour le maintenir en vie, la honte totale. Être Aaron Boroff est une expérience humiliante à l'échelle cellulaire.

Je t'en prie, Aaron. Tu es ce qu'il y a
de plus important dans ma vie.
Si tu te faisais du mal, je serais anéanti.

Dans tous les cas, je t'aiderai.
Laisse-moi juste le faire.

Je t'en prie !!!

Je t'en prie !!!

Mais, pour Aaron, aucune aide n'est possible. Il est trop tard. Il n'y a pas de solution. Demander à son père de l'aider n'est pas une solution. Il ne mérite pas qu'on l'aide.

Le monde mérite de continuer de tourner sans cette infamie qu'est Aaron Boroff.

Michael parvient enfin à parler au Dr Laudner.

— Donc vous pensez que le Petralor l'a précipité en état d'hypomanie ? demande le médecin.

— Maniaque, hypomaniaque. Je n'en sais rien. Simplement… ce que je vois n'est pas normal. Je suis inquiet. Il a séché les cours aujourd'hui.

— C'est… très inquiétant. Une idée d'où il peut être ?

Michael est incapable de répondre. Il est incapable de prononcer les mots.

Oh, mon Dieu.

Le pont.

Molly regarde fixement le miroir de la salle de bains.

Elle a envie de s'arracher le visage. Ou plutôt, elle a envie de le remettre en place.

Comme il était avant.

Avant cette stupide vidéo. Avant de perdre ses amis, sa réputation.

Et si… non.

Elle n'a pas envie de mourir, pas vraiment.

Et si elle pouvait presque mourir ? En prenant assez de pilules pour perdre connaissance. Sa mère la retrouverait en rentrant de son cour de Pilates et…

Molly se regarde droit dans les yeux et se rend compte que cette idée est vraiment tordue. Et qu'elle-même est vraiment paumée. Et elle veut que ça s'arrête. Il faut que ça s'arrête.

Elle saisit son téléphone.

Rentre à la maison, maman. S'il te plaît.
Ça ne va pas.

Debout dans le métro, Aaron s'interroge sur la suite.

Sur ce qui se passera une fois sur le pont. Une fois qu'il aura sauté. Une fois submergé. Il frémit. Il gémit presque en pensant à l'instant où il passera de « ON » à « OFF ». L'instant où l'inconnu le submergera. Que se passera-t-il ? Tillie sera-t-elle là, à l'attendre ?

Et qu'arrivera-t-il à son entourage ? Son cœur lui fait mal quand il pense à son père. Ce n'est pas sa faute si Aaron est terne, s'il ne mérite pas de vivre, s'il est dans une impasse. Et son père connaîtra la souffrance. Une telle souffrance.

Une vieille dame toute grise monte dans le métro. Ses paupières semblent tomber jusqu'à ses chevilles. Elle est à l'image de ce que ressent Aaron. Il lui faut un siège, c'est une évidence. Le wagon est rempli de jeunes. Des gens de l'âge d'Aaron, qui sont assis. Certains jouent sur leur téléphone, d'autres, écouteurs sur les oreilles, regardent dans le vide. Personne ne lève les yeux pour la voir, ou bien ils s'en fichent. Ils new-yorkent. C'est ce que l'on fait ici. Le métro est si profondément sous terre qu'aucune lumière ne l'atteint, et ainsi s'achève la partie pour les sans-éclat. Tout le monde s'en fiche.

Aaron s'emmitoufle dans sa doudoune pour l'une des dernières fois. Le monde est un endroit froid. Il est d'une méchanceté inacceptable.

Pour la première fois depuis l'enterrement de sa fille, Frank rentre chez lui. Il ouvre brusquement la porte qu'il ne prend même pas la peine de fermer derrière lui.

— Hé-ho ? crie-t-il.

Winnie marche nonchalamment dans le salon et se dirige vers lui avec un calme olympien. Elle porte un col roulé couleur crème et son plus beau jean skinny. Quand il lui a envoyé un texto pour lui dire qu'il rentrait, elle a mis de l'eyeliner, du blush et du rouge à lèvres. Elle a pris tranquillement sa douche et s'est faite toute belle. Uniquement pour ce moment.

— Où est Britt ? demande-t-il en regardant derrière elle.

Elle écrase son poing au sommet de son crâne.

Frank pose ses mains sur sa tête et recule, mais cette fois-ci, elle ne le laisse pas s'échapper. Elle empoigne sa chemise crasseuse et le jette au sol derrière elle, avant de le chevaucher et de le rouer de coups avec ses poings, avec ses mains, sur son visage, sur son torse, partout.

Il ne lutte pas. On dirait qu'il comprend. Il sait qu'il le mérite, et il lui est presque reconnaissant de lui offrir cette libération physique.

Elle frappe encore et encore jusqu'à ce qu'elle soit fatiguée, puis roule sur le côté et rampe vers le mur, contre lequel elle s'assied.

— C'est fini, dit-elle. Tout est fini.

La montée des marches jusqu'au pont paraît presque trop facile à Aaron. Il a du mal à croire qu'on ne l'arrête pas, mais il n'y a personne pour le faire. Chaque fois qu'il fait un pas, chaque fois qu'il agrippe la rampe miteuse – c'est une dernière fois. La dernière fois qu'il sent le froid traverser ses gants. La dernière fois qu'il est un peu essoufflé en montant un escalier. La dernière fois qu'il pousse sur ses orteils pour gravir la dernière marche.

Qu'est-ce qui remplace les sensations du corps, dans l'après ? Les choses matérielles ? Et s'il ne sent plus jamais ses poumons inspirer de l'air ? Comment est-ce possible ?

Et comment éviter ça ? *Je suis comme ça alors que je suis sous médicaments*, pense Aaron. *Je suis incurable.*

Il ressent la présence de Tillie Stanley. Elle l'appelle. Elle l'exhorte à la rejoindre. À venir au pays des gens non viables. Ces âmes sans éclat qui n'ont pas assez de force pour s'en sortir, pas dans ce monde. Pas dans le monde tel qu'il est.

Le monde dans lequel il ne sera jamais une star parce que… Ne l'a-t-il donc pas vu ? Sur leur visage ? Marissa, Wylie et tous les autres ? Il l'a vu, si, mais a choisi de ne pas l'assimiler. Ils étaient gênés pour lui.

Il ne sera jamais un musicien célèbre parce qu'il n'est pas bon. Et ceux qui deviennent célèbres dans le monde de la musique sans être des musiciens sont sexy et populaires, et lui n'est ni l'un ni l'autre. Il est bizarre, idiot, indigne – et c'était qui, la dernière superstar bizarre, idiote et indigne ? Ce n'est pas comme ça que ça marche.

Il se tient exactement au même endroit qu'il y a neuf jours, quand il était tellement triste et que la fille, Tillie, a sauté avant lui. Il regarde en direction du sud, jusqu'au nouveau World Trade Center, le gratte-ciel d'où ont sauté tous ces gens parce qu'il y avait le feu et que les tours allaient s'effondrer, bien avant sa naissance. Il tremble en pensant que ces pauvres gens seraient sûrement en colère de le voir choisir ce qu'ils ont été contraints de faire. Mais eux, ils avaient la force de vivre. Ce dont il manque. Il pense à Wylie et Marissa et à eux tous, au fait qu'ils se poseront toujours la question. Ils se diront : « La veille, il riait, était vivant. Et puis il a sauté. Putain ! Comment… » Il repense à sa dernière conversation avec son père, à l'inquiétude de celui-ci, au fait qu'il lui a dit de ne pas se faire de souci – et Aaron a pensé : *Ouais. Inquiète-toi de ce que je sois trop heureux. Inquiète-toi…*

Bon sang.

J'ai peur que tu sois en phase maniaque.

Maniaque.

Sincèrement, il a toujours pensé que la manie, c'était une blague. C'est drôle, vraiment, quand on y réfléchit. Qui saute du haut d'un pont parce qu'il est trop heureux ? Aaron, debout sur le parapet, tremble du bout de ses orteils à la pointe de ses cheveux.

Il est trop fatigué pour faire face. Peut-être devrait-il seulement…

Mais et si…

Et si ce n'était que mon cerveau ? Et si c'était la pire, la plus grosse, la plus terrible erreur que je commette jamais ? Et la dernière ?

Merde. *Et si je dois endurer encore ce calvaire à cause de cette pensée que je viens d'avoir ? Et le vivre est tellement, tellement douloureux ?*

Épuisé, Aaron plonge la main dans sa poche et en sort son téléphone. Il le fait en regardant le ciel d'un azur incroyable, et l'allée bleu-vert en dessous de lui, l'Hudson, qui grouille de bateaux commerciaux, de kayaks et de… c'est quoi, ça ? Des bateaux touristiques de la Circle Line ? Des gens qui profitent du monde tandis que lui se tient là, debout, aux prises avec d'insondables tourments.

Au téléphone, il y a un dernier texto de son père : **s'il te plaît ?**

Il ne dit rien d'autre.

C'est le côté minuscule de ce message qui touche Aaron. Sa douceur.

Sa main tremble et il se cramponne à la rambarde devant lui comme pour se prémunir d'une chute, puis il se penche complètement de l'autre côté pour que son téléphone ne tombe pas non plus. Et avec un seul doigt, en agrippant son téléphone le plus fort possible, il écrit :

Papa !

Aaron !

Papa, je suis désolé !

T'es où ???

Je suis sur le pont GW.

Aaron !

Je ne veux pas mourir, papa.

Ne saute pas ! Rejoins-moi !

Où ??

En bas des escaliers, fiston. Je serai là aussi vite que je peux. Je t'aime, Aaron ! Tellement, tellement !

Je t'aime aussi.

Et il marche, lentement mais sûrement, s'éloigne de l'endroit le plus triste au monde. L'endroit qui a presque été sa fin. Vers l'inconnu, qui sera, il le sait, douloureux à bien des égards. Parce qu'il en va toujours ainsi. Mais est-ce qu'il a le choix ?

Destin 1 : 27 avril

Plutôt beaucoup et *Vraiment beaucoup*, en effet.

Aaron est tenté d'éviter de donner ces deux réponses aux questions du nouveau document que le Dr Laudner lui soumet, mais les indications écrites **EN GRAS** tout en haut de la page rendent la chose impossible.

AU COURS DE CETTE DERNIÈRE SEMAINE, est-il spécifié.

Et donc les réponses à *Mon esprit n'a jamais été aussi affûté* et à *Je parle tellement vite que les gens ont du mal à suivre* ne peuvent être *Pas du tout*, alors que c'est ce qu'il ressent maintenant.

Actuellement, il n'est certainement pas en phase maniaque. C'est carrément sûr. En fait, il se sent encore plus mal qu'avant, si une telle chose est possible.

La phrase qui le définit le mieux, cependant, est : *J'ai des projets personnels pour le monde.*

Est-il possible que les gens qui ont rédigé ce questionnaire vivent dans son cerveau ?

Avant, il avait des projets personnels et, quand il y repense à présent, il se sent idiot et naïf. Il croyait que ce qui se passait dans son cerveau était spécial et chouette, alors que c'était tellement typique que des psychiatres qu'il n'a jamais rencontrés savaient exactement ce qu'il ressent.

C'est la définition même de fade. De sans éclat.

Quand le Dr Laudner lui donne le résultat du questionnaire, Aaron découvre qu'il n'est pas, d'un point de vue comptable, aussi maniaque qu'il a pu être déprimé – 69 comparé au 82 des débuts. Néanmoins, ce chiffre suffit à le ranger dans la catégorie des gens gravement maniaques.

— C'est relativement rare, dit le Dr Laudner d'une voix légèrement éteinte.

Il est venu travailler un samedi parce que Aaron est une urgence et, très clairement, il préférerait être en train d'arroser ses plantes ou de faire les trucs que font les psychiatres quand ils ont du temps libre.

— L'état maniaque ou hypomaniaque est un effet secondaire très rare lorsqu'on commence un traitement. Surtout sous ISRS comme le Petralor.

— Ah ! s'exclame Aaron, tout en pensant : *Cela aurait été bien de me prévenir pour que je n'aie pas à traverser ça sans savoir ce qui m'arrivait…*

Comme s'il lisait dans ses pensées, le Dr Laudner ajoute :

— Je suis vraiment désolé, Aaron. Quand vous avez annulé hier, j'ai téléphoné à votre père, mais j'aurais dû faire plus. Je comprendrais que vous m'en vouliez. M'en voulez-vous ?

Aaron hausse les épaules.

— Eh bien, vous avez le droit. Et le plus important est que vous soyez ici, et que vous soyez sain et sauf. Je suis tellement soulagé que vous ayez écrit des textos à votre père au moment où vous l'avez fait, Aaron. Cela dénote une incroyable maturité chez vous.

Aaron a trop honte de raconter l'histoire en détail, alors il contourne les choses. Il décrit de façon un peu vague les raisons qui l'ont poussé à se retrouver sur le pont, préférant évoquer comment ça s'est passé au lycée et avec son père.

Les trous dans son récit n'échappent pas au Dr Laudner.

— Vous savez que ce que vous me confiez ici est confidentiel. Je ne dirai rien à votre père. S'est-il passé quelque chose, Aaron ? Que vous ne m'auriez pas raconté ?

Aaron regarde fixement le tapis.

— Je n'ai pas envie d'en parler.

Le Dr Laudner hoche la tête.

— Peut-être que, plus tard, vous pourriez envisager de le faire ?

— Peut-être. Pas aujourd'hui.

— Entendu. Bien que je me doive de vous demander : vous êtes-vous mis en danger d'un point de vue légal ou de la santé ?

Ces questions arrachent Aaron à sa contemplation du tapis.

— Quoi ? Non.

— Eh bien, cela peut arriver. Pendant un épisode maniaque, les gens font toutes sortes de choses susceptibles de mettre leur vie en danger. Ils perdent des fortunes au jeu, ont des rapports sexuels non protégés, provoquent les autres…

— Rien de tout ça. J'ai juste été bête. J'ai honte, OK ?

— Je comprends. Mais, Aaron, il n'y a rien dont vous ayez à avoir honte. C'était la chimie de votre cerveau. Elle a agi de manière inhabituelle.

— Et vous ne trouvez pas que ça fout la honte ? Je me sens grave humilié. Je me suis conduit comme un abruti au lycée et quand j'ai… Bref, passons.

— Je comprends. Aujourd'hui, vous allez commencer un nouvel antidépresseur. Spécialement conçu pour les gens bipolaires.

Bipolaire. Aaron a entendu ce mot de nombreuses fois. La plupart du temps, pour blaguer, à vrai dire. Dire de quelqu'un qu'il était bipolaire était une façon de dire que la personne en question était un peu bizarre, un peu dérangée. Maintenant il sait. Cela n'a rien d'une blague.

— Alors cela pourrait encore arriver ? Genre, n'importe quand ?

— Probablement pas avec le bon traitement. Nous allons surveiller les choses de près, d'accord ? Je vais vous donner mon numéro de portable afin que vous puissiez m'appeler si quelque chose ne vous paraît pas normal. N'importe quand, d'accord ? Vous avez vécu beaucoup de choses, Aaron. Je ne sais pas ce qui va se passer, mais je peux vous assurer que je prends votre cas très au sérieux. Et votre père… Il serait tellement chagriné si quelque chose vous arrivait.

Alors s'il vous plaît. Travaillons main dans la main, vous voulez bien ?

Aaron pose une main sur son visage. Il donnerait tout pour effacer ces dernières quarante-huit heures. Mais c'est impossible.

C'est vraiment ça, le pire.

Winnie n'imagine même pas combien elle va devoir à Marie France ce mois-ci. Sans doute assez pour que celle-ci puisse acheter un petit pays. Mais cela en valait absolument la peine. Où serait-elle sans Marie France ? De toute façon, cette facture sera le problème de Frank.

Elle s'assied sur le divan qui commence à prendre l'empreinte permanente de son derrière et raconte à Marie France toute la folie de ces deux derniers jours.

— Alors, comme ça, vous avez disjoncté, dit Marie France.

— Oui ! J'ai disjoncté. Et j'ai l'impression qu'il faudrait peut-être que je continue.

Marie France lui sourit.

— Bien. Je partage votre impression.

— Simplement… J'ai besoin de savoir comment surmonter ce chagrin.

— Donc vous voulez le code secret.

— Oui, s'il vous plaît.

— C'est impossible, Winnie. On ne surmonte jamais un tel chagrin. On réorganise sa vie autour de lui. Il y a cette chanson de Mary Chapin Carpenter. Je ne me souviens plus du titre, mais elle dit qu'elle se sent « tranquillement réorganisée ». Voilà la clé,

Winnie. Le temps ne guérit pas réellement toutes les blessures.

— Eh bien, c'est peu réjouissant, constate Winnie en regardant fixement le carrelage en damier bien usé sous ses pieds.

— Le chagrin est quelque chose de rude. Il y a cependant une chose que je peux vous dire au sujet du temps : il ne guérit pas les blessures, mais vous permet de réassembler votre vie autour d'elles.

Aaron est de retour dans son lit, et il y a du bon et du mauvais là-dedans.

Il est exténué par les mauvais sentiments qui l'obligent à y rester. C'est sûr. S'il ne ressentait plus jamais ce vide béant dans sa poitrine, là où est censé se trouver son cœur, ce serait vraiment, vraiment chouette. Et à présent, ce nouveau médicament. Il a pris le premier cachet il y a une heure, et a la tête qui tourne un peu. Ce qui n'a rien d'étonnant, vu que son esprit semble en permanence sur des montagnes russes ces derniers jours.

Mais ici, il se sent en sécurité. Il est dans son lit, son père est tout près, ce qui signifie qu'il n'est plus sur le pont.

Allongé dans son lit, Aaron a conscience que ce sera là son chez-lui dans un avenir proche, parce qu'au moins il n'y est pas en danger, et qu'on ne peut sans doute pas trop lui faire confiance pour ce qui est de rester en sécurité.

Il pense à ce qu'il veut dans la vie. Ce qui lui vient à l'esprit est inédit.

Ce qu'Aaron veut plus que tout dans la vie, c'est le réel. Il veut que tout ce qu'il ressent – la joie, la souffrance – soit aussi réel que le bouton sur son menton, aussi vrai que le fait qu'il souhaite écrire des chansons qui fassent chanter le monde entier, mais pour l'instant, il doit probablement s'efforcer d'apprendre à jouer du piano, apprendre le solfège.

Cette pensée lui arrache une grimace. Oh là là ! Wylie, Marissa et tous les autres. Il leur a dit qu'il allait être célèbre… Comment revenir en arrière après ça ?

Peu importe. Ça s'est passé. C'est terminé. Ce n'était pas réel. Maintenant, il veut du réel.

Avant, il n'était pas fan de réel. Cela lui paraît tout nouveau. Imaginer une vie sage et trop tranquille, sans trop de hauts ni de bas, voilà quelque chose qui est susceptible de devenir ennuyeux et de l'effrayer. Mais, allongé dans son lit, il parvient aussi à imaginer une vie où les pics et les creux de son signal sinusoïdal diminueraient, s'étendraient horizontalement. Il a toujours flippé à cette idée, celle de ne plus avoir ces pics qui l'aident à tenir pendant les creux.

Mais ouais. Allongé dans son lit avec un nouveau traitement dans la tête et son père assis à ses côtés au cas où on aurait besoin de lui, Aaron comprend pour la première fois que c'est l'axe x qui est réel. Rester proche de l'axe x pour l'instant. C'est ce qu'il veut plus que tout.

— Je peux mettre une chanson ? demande son père.

Aaron, qui regarde le plafond, n'est pas sûr d'avoir envie d'écouter de la musique.

— OK, répond-il malgré tout.

Son père tripote son téléphone, et des percussions discrètes commencent à jouer, puis un clavier d'ambiance. Vient ensuite une voix angélique de femme, la voix d'une fille qui sait absolument, à cent pour cent, que la souffrance existe.

Aaron écoute, d'abord la tête sur l'oreiller, en contemplant le plafond. Puis il se tourne et pose les yeux sur son père, qui le regarde.

— Quand je suis rentré de la fac, à l'époque où j'allais très mal, Mamie m'a passé ce morceau. Ce n'était pas trop ma came. Je veux dire, à l'époque, c'étaient les débuts du grunge, et aimer la pop archi sentimentale de Wilson Phillips n'avait rien de cool. Mais… cette chanson m'a transpercé, tu comprends ? Je l'ai écoutée encore et encore. *Hold on for one more day.* Je restais assis sur la banquette devant la fenêtre du salon, celle qui surplombait l'Hudson, pendant que mamie s'affairait. Vois-tu… j'ignore si elle l'a su avant de mourir, car je suis pratiquement certain de ne lui avoir jamais dit, mais cette chanson… m'a sauvé la vie.

La voix de son père, pareille à du miel par-dessus cette chanson camomille, apaise ses os de maniaque, et Aaron le sait. Il sait que c'est l'un de ces instants dont il se souviendra toute sa vie, et cela lui plaît énormément.

Destin 1 : 4 mai

C'est étrangement chouette d'être de retour au lycée pour le concours de talents et, en même temps, Aaron ressent une sorte de malaise. Il a peur qu'on le juge, comme quelqu'un qui serait trop malade pour aller en cours mais pas pour jouer au base-ball, ou quelque chose dans ce goût-là.

— T'es certain de vouloir le faire ? demande Marissa.

Aaron est assis au deuxième rang, pris en sandwich entre Wylie et elle. Une part de lui en est complètement sûre, l'autre, pas du tout.

— Ça va, répond-il.

Sa seule certitude, c'est qu'il peut compter sur Wylie et Marissa, qui lui ont fait un câlin de groupe dès qu'ils l'ont aperçu devant l'auditorium. Très clairement, les gens étaient au courant. Les gens parlent, Aaron s'était comporté bizarrement avant de disparaître, et puis allez savoir comment se passent ces choses-là… Ça s'était su. Il en a eu la certitude à l'instant où Marissa lui a demandé s'il allait bien, juste après l'avoir salué. Dans sa question, il y avait un sous-entendu : *La dernière fois qu'on t'a vu, ça n'allait pas fort du tout.*

— Je suis grave gêné que vous m'ayez vu quand je… n'étais pas en forme, dit-il maintenant.

Marissa lui serre le bras.

— T'as pas à l'être. On a plus ou moins compris que quelque chose ne tournait pas rond. Ce n'est pas grave. Vraiment. On est soulagés que tu aies reçu de l'aide.

Ils ne sont pas au courant pour le pont. Peut-être qu'ils ne l'apprendront jamais. Qui sait ?

— Pourquoi ne pas m'avoir dit que vous pensiez qu'un truc clochait ? se surprend à demander Aaron.

Wylie et Marissa se regardent, et Aaron a la vague impression d'être une bête de foire, ce qui n'a rien de très agréable.

— On n'était pas sûrs qu'il faille, euh, interrompre une personne en plein épisode maniaque, explique Wylie.

— T'as dû confondre avec les somnambules qu'il ne faut jamais réveiller.

Marissa éclate de rire en entendant la remarque d'Aaron puis pose la tête sur son épaule.

C'est étrange, cette connexion avec des gens qui sont de vrais amis, ou peut-être des amis potentiels. C'est comme une langue qu'il ne sait pas encore parler, mais l'idée lui plaît énormément.

Et à présent, dévoiler quelque chose de réel : « Dans mon coin ». Pas la version disco glauque, à laquelle Aaron ne peut penser tant elle fait partie de sa maladie. Mais genre, la vraie version, chantée lentement. Il a apporté un accompagnement, et a déjà remis la piste à la fille en charge du son, et ses papillons dans le ventre ont des papillons qui ont des papillons. Une jolie transposition au pays des insectes de la poupée russe dans la poupée russe, etc., etc. Tout ça dans sa poitrine.

Il s'était dit qu'une chanson lui permettrait de revenir au lycée avec sincérité et émotion. Il est à la maison depuis une semaine, en hibernation. Il se sent affreusement mal la plupart du temps, mais parfois, ça va. Séance chez le psy tous les jours. Le Dr Laudner l'a beaucoup interrogé sur la pertinence de faire son retour avec une chanson. Aaron lui a répondu : « Ça va aller. Ça sera bien. » « Dans mon coin » est sans doute un morceau un peu déprimant, mais ce n'est pas grave non plus. Sa dépression sera révélée au grand jour. C'est ce qu'il veut, car il souhaite que les gens sachent qui il est.

— T'es sûr que ça va ? demande Marissa, alors qu'il fixe le vide depuis un bon bout de temps.

— Oui, non, peut-être.

C'est bien tout le problème. Il a plus de questions que de réponses, et à part traîner à la maison plusieurs semaines ou mois jusqu'à ce que son état se stabilise, il doit juste, semble-t-il, accepter les questions et les incertitudes du moment.

— Je suis convaincue que cette chanson est super, Aaron. Mais rien ne t'oblige à la chanter maintenant. Tu peux te contenter de revenir. Tu peux…

— Laisse-le faire, intervient Wylie. Je veux dire, s'il le veut…

En effet, c'est une vraie question, mais Aaron n'a pas la réponse. Uniquement une bonne dose de peur. Dans sa gorge. Dans ses tripes et ses poumons.

Il sait qu'il redoute un nouveau fiasco public, qui étofferait le mythe naissant d'Aaron Boroff, le garçon à l'étrangeté légendaire. Mais quelque chose d'encore plus retentissant tourne dans son cerveau.

Une plus grosse peur. La peur de ne pas tenir jusqu'au moment où il ira mieux.

Cette pensée le travaille depuis peu. Il la classe dans les sujets à aborder avec son père. Son père sait toujours quoi répondre. Et peut-être aussi le Dr Laudner. Ouais, peut-être. Peut-être qu'il va commencer à parler plus pendant ses séances de thérapie.

Cette idée lui apporte un peu de réconfort.

Et puis vient son tour. Il monte les marches, les gens applaudissent, il est debout devant le micro et il a un mauvais pressentiment. Mauvais. Mauvais.

Alors quand les premières notes de piano retentissent, Aaron prend une grande inspiration, se penche maladroitement vers le micro et dit :

— Arrêtez. Arrêtez la musique, s'il vous plaît.

La musique s'arrête. Debout devant le micro, Aaron regarde l'océan de visages dans l'expectative. Certains sont plus amicaux que d'autres.

— Il paraît qu'après un certain temps toutes les tragédies se transforment en comédies. Je me demande si ça s'applique aux épisodes maniaques… surtout quand ça fait pas tant de temps que ça.

Quelques rires. Incluant notamment Marissa et Wylie.

Heureusement qu'il y a les Jones-Jones. Il sourit et baisse les yeux.

— En tout cas, pas assez de temps pour que les gens trouvent formidable une chanson à peine potable.

Il rit, d'un rire sincère, à moitié nerveux. Le public l'imite, et cela l'encourage à poursuivre.

— Tiens, d'ailleurs, est-ce que je suis la personne qu'on imagine le moins être maniaco-dépressive ? Je suis un gamin archi standard, sauf qu'en fait non, vraiment, vraiment pas. Ça me place dans une position pas facile. En me voyant, les gens pensent : « Oh, il est tellement sympa et discret. » Et pendant ce temps-là, dans mon cerveau… AAAARRRGGGHHHH !

Aaron imite son cerveau en train d'exploser, et le public rit. Et lui aussi, parce qu'à vrai dire il trouve cela très drôle. C'est beaucoup de choses à la fois. C'est sacrément triste. Mais c'est aussi marrant, ce masque qu'il portait tout le temps.

Et son instinct serait de continuer à parler de tout ça, parce que les gens riraient, parce qu'ils percevraient l'humour, et les meilleures blagues sont celles que l'on fait à ses propres dépens, et puis bon sang, il y en a, des comédiens dépressifs et certainement maniaques, non ? Tout cela traverse son esprit en une nanoseconde.

Mais ensuite, son instinct s'en mêle.

Il n'a pas besoin de se prêter à ce jeu, en fait. De recevoir les rires. De descendre de scène en étant le plus populaire, le plus drôle, le plus ceci ou cela.

Il sourit, puis retrousse les lèvres.

— Donc, euh… Je reviens en cours lundi. Ce sera bizarre, je crois, parce que *je* suis bizarre. Donc je flippe un peu. Mais… je vais faire de mon mieux, j'imagine. Merci de m'avoir écouté. Vraiment.

Et tandis qu'Aaron quitte la scène, une chose incroyable se produit. Un tonnerre d'applaudissements. Des sifflets. Plus qu'aucune de ses chansons ou interprétation ne lui en a jamais valu. Il ferme les yeux et baisse la tête, parce qu'une part de lui aime ça… un peu trop, probablement. Son instinct lui dit que la meilleure chose à faire pour lui dans ces conditions est de garder la tête baissée et d'écouter cette ovation sans l'absorber complètement. De profiter de cet instant sans s'embarquer dans un énorme fantasme sur ce que tout cela signifie.

Destin 2 : 17 avril, 15 h 57

Tillie n'est pas prête pour ce qui se produit ensuite.

Le garçon passe par-dessus la rambarde et s'assied sur le rebord comme sur une balançoire, oscillant dans le vent, sauf qu'il n'y a pas de balançoire, juste une mince corniche de métal sous ses pieds. Elle se dit : *Non, attends. Attends-moi.*

Mais il n'attend pas.

Il n'est plus là.

Le mystérieux garçon devant lequel elle a marché était là. L'instant d'après ? Disparu.

Elle ferme les yeux. Elle ne peut pas le regarder tomber. Quand elle entend un claquement très lointain, elle garde les yeux bien fermés.

Quoi ? Que vient-il de se passer ? Qu'est-ce que c'est que cette… ?

Elle est tellement, tellement idiote. Elle est passée devant ce garçon, qui avait à peu près son âge, et elle a cru qu'il était poète ou peintre et admirait la ville, la mémorisait pour son art. Sérieux, c'est ce qu'elle a cru parce qu'elle était complètement obnubilée par ses propres problèmes. *Idiote et égoïste,* pense-t-elle. Elle aurait dû dire quelque chose, ça l'aurait dissuadé de le faire. *Tellement, tellement égoïste.*

Et puis : *Hors de question de sauter maintenant. Qui sauterait en deuxième du pont George Washington ?*

Lentement, elle marche vers l'endroit où se trouvait le garçon il y a une minute à peine. Elle a la tête qui tourne, comme quand elle avait huit ans et qu'on l'a agressée. Un truc énorme vient de se produire, et son corps ne sait pas comment réagir. Ça lui paraît si bizarre, si aléatoire. Si elle était venue une heure plus tôt, elle serait morte. Mais elle ne l'est pas, contrairement à cet inconnu. On dirait qu'il lui a sauvé la vie – allait-elle vraiment sauter ? Se noyer dans l'Hudson ? Alors qu'il y fait un froid glacial ? À cause de ça ? De cette imbécile de Molly Tobin et de sa vidéo cruelle ? De ce connard d'Amir ? En valait-il la peine ?

Elle pose la main sur la rambarde déglinguée, à l'endroit approximatif où le garçon a posé la sienne. Aucun point n'y est particulièrement plus chaud qu'un autre. C'est comme si ce garçon était un fantôme. Dans le vent qui souffle fort, il n'y a plus aucun signe de son existence. Si elle part et ne dit rien, personne ne saura jamais. Garçon évaporé.

Il l'a regardée droit dans les yeux, avant de sauter. Ils se sont dévisagés. Elle a été la dernière personne qu'il ait vue sur cette terre. Et elle n'est vraiment pas digne de ce rôle.

Qu'est-ce qui l'a poussé à le faire ? Sûrement un truc bien pire que ce qui lui arrive à elle.

Elle repart en direction de Manhattan et descend l'escalier. Totalement hébétée, sans savoir ce qu'elle doit faire, elle marche tel un zombie jusqu'à la station de métro au croisement de la 175ᵉ Rue et de Fort Washington Avenue.

Une fois là-bas, la chaleur qui règne dans la station n'empêche en rien ses dents de claquer.

Un garçon est mort dans l'eau.

Elle est quasiment certaine que ses dents vont continuer de claquer pendant un petit moment encore.

Britt est en train de répéter sa choré sur Cardi B dans le séjour quand Tillie entre d'un pas lourd et laisse tomber son sac à dos par terre. Sa petite sœur a bien saisi les mouvements, mais l'esprit n'y est pas du tout, ce qui est une bonne chose parce que Britt a dix ans et que Tillie trouve carrément flippant que maman et papa ne soient pas gênés que sa sœur de dix ans balance ses hanches de façon aussi provocante. C'est très clairement pour ce genre de raison que ce monde est merdique, et elle en a une preuve, dans son salon.

Et dans un emballage tellement adorable, bon sang ! Tout le monde adore Britt. Comment lui résister ? Longs cheveux blonds, bras et jambes fins comme des brindilles, silhouette longiligne, fossettes. Tout le contraire de Tillie, qui n'a jamais été comme ça et ne le sera jamais. En regardant sa petite sœur secouer son minuscule derrière, elle a envie de la détester, mais en est incapable. À la place, elle la soutient à fond. Dirige son fan-club. Tillie est plutôt d'accord avec son père, qui estime clairement que les Stanley n'auraient jamais dû adopter une petite fille coréenne brune et joufflue. Un jour, vous n'arrivez pas à concevoir, et le lendemain, surprise ! C'est devenu possible. Oh, quel jour heureux !

— Regarde, Tillie ! crie Britt par-dessus la musique. J'ai ajouté cette nouvelle partie !

Tillie prend ce qui vient de se produire et en fait une minuscule boulette qu'elle range dans la poche de sa veste. Elle sourit à sa petite sœur et la regarde. Britt s'accroupit et ondule son corps entier des genoux à la tête. Elle projette une sacrée personnalité, quand elle bouge. Le résultat déchire. Est sensas. On s'en moque, non, que Britt ne comprenne absolument pas ce sur quoi elle danse ni ce que signifient les mouvements ? On s'en moque, non, que Tillie ne se connecte vraiment à sa fibre artistique qu'à travers la poésie ? Puisque ce n'est même pas « joli » et que tout le monde s'en tape…

— Canon ! s'exclame Tillie.

En entendant son commentaire, Britt sourit. Et ensuite, comme si elle avait trop d'amour pour que son corps minuscule puisse le retenir et qu'il fallait que ça sorte, elle bondit en direction de Tillie, se précipite vers sa grande sœur qu'elle serre très fort contre elle. Trop bizarre que cette gamine qui ne mange que des bonbons soit aussi mince.

— À toi, maintenant ! lance Britt en tirant sur le bras de sa sœur.

— À moi ?

Britt pose les mains sur ses hanches étroites et penche la tête de côté.

— J'ai besoin de danseuses pour m'accompagner, patate !

Tillie ne peut s'empêcher de rire. D'où Britt tient-elle sa personnalité ? Sacré mystère. Leur père n'est pas vraiment une célébrité YouTube, et impossible d'imaginer sa mère jouer les divas – jamais.

— Je ne suis pas sûre d'avoir le physique pour ça, dit Tillie.

— C'est à la portée de tout le monde ! rétorque Britt. Il faut juste…

Et à ce moment-là, la fillette se met à onduler des hanches d'une façon telle que Tillie est certaine de ne pas pouvoir le reproduire.

— … *sentir* le rythme !

Elle prononce le mot « sentir » en accentuant le « s ».

Tillie roule des yeux, essaie d'oublier ce qui se trouve dans sa poche et palpite – le fait qu'elle vient d'assister à la mort d'un garçon. Quel genre de personne danse après ça ? Après avoir failli…

— Allez ! chouine Britt en tirant sur le bras de sa sœur.

— OK. Juste une fois, répond celle-ci en enlevant sa veste qu'elle pose par terre.

— Bravo ! la félicite la petite de dix ans, et Tillie pouffe de rire.

Britt se précipite pour remettre la musique, et quand la partie rap commence, Britt entame sa chorégraphie, que Tillie imite du mieux qu'elle peut. Elle se sent sale, comme si son âme était souillée. Tout en se trémoussant sans enthousiasme, elle sent qu'elle pourrait pleurer, comme si elle avait quitté son corps et que rien ne devait jamais plus être comme avant.

Britt se retourne et la regarde. Elle secoue la tête d'un air frustré.

— Non, non, non ! crie-t-elle par-dessus le refrain. Comme ça !

Elle se précipite vers Tillie et pose une main sur son bassin et son derrière. Elle essaie plus ou moins de dégonder le bassin de sa grande sœur en l'obligeant à onduler de manière exagérée. Tillie, momentanément choquée, baisse les yeux, tandis que Britt, la bouche ouverte et l'air déchaîné, lève les siens et en une milliseconde, Tillie comprend que Britt l'a bien eue, qu'elle est d'une drôlerie incorrigible et sait que son aînée n'est pas la reine du twerk, alors les deux sœurs se regardent et tout ce que Tillie ressentait se volatilise, et le rire part d'un coup.

Britt s'effondre par terre. Tillie se penche avec précaution et donne un faux coup de poing dans l'épaule de sa sœur. Celle-ci se tient le bras comme si elle venait de recevoir un coup mortel. Pour se venger, elle positionne les doigts de sa main gauche en V puis fait semblant de crever les yeux de son aînée. Celle-ci tombe sur le dos et attrape son visage en faisant mine d'agoniser. Elle entend Britt s'agenouiller à côté d'elle.

— Oh non ! Encore une chamaillerie entre danseuses qui tourne mal ! gémit Britt.

Tillie lève les yeux vers sa petite sœur, et la tête qu'elle a, si théâtrale, la fait rire, pour de vrai. Britt abandonne son personnage, éclate de rire et se laisse tomber sur l'ample buste de Tillie, qui l'enlace.

Les sœurs rient aux larmes, et Tillie sent qu'à l'autre bout de la pièce la chose dans la poche de sa veste palpite. C'est sa presque mort, et elle essaie, essaie, essaie d'oublier. De faire comme si ça n'était jamais arrivé. Pour pouvoir rire avec sa sœur, tout simplement.

Qui aurait… quoi ? Si Tillie était morte ? Elle repousse cette pensée et essaie de se fondre dans l'instant.

Britt place sa bouche sur la chemise de Tillie juste à côté de son nombril et y dépose un bisou-prout.

— Espèce de sale gosse !

— Sale gosse toi-même ! réplique Britt. T'es virée. Tu danseras plus derrière moi ! Tu te la ramènes trop, tu réponds et tu n'écoutes pas les instructions.

— Oh, la diva ! rétorque Tillie en feignant l'indignation.

— Tu sais ce qu'elle te dit, la diva !

À ces mots, Britt s'allonge à côté de sa sœur, et toutes les deux reprennent leur souffle. Tillie pose les yeux sur Britt, qui sourit de toutes ses dents. Elle est tellement contente. Et pourquoi ne le serait-elle pas ? Pourquoi ne peut-elle pas juste…

— À table ! crie leur père depuis la salle à manger.

On a l'impression qu'il mâche déjà quelque chose.

Ah oui. La voilà, la raison pour laquelle elle est à bout de forces, elle avait failli l'oublier…

Tillie est assise en face de Britt qui, de temps à autre, lui fait des grimaces rigolotes. À la droite de Tillie, il y a sa mère, qui est une force de la nature. Le respirateur artificiel de Tillie, qui parfois lui semble être aussi son pouls. Et à sa gauche, un immense vide intersidéral. Un trou noir dans sa vie.

Avant, c'était son père. Elle se souvient de la période avant Britt, quand il jouait à l'avion avec elle. Il s'asseyait jambes pliées, relevait les genoux sur lesquels elle se mettait debout, prenait ses petites mains dans les siennes, si grandes, avant de s'allonger, et Tillie volait comme Superman, bras tendus devant elle, et ils se regardaient dans les yeux et riaient, et la nuit venue, quand elle se tortillait dans son lit, elle repensait au grand huit dans son ventre – son père l'aimait tant ! À l'époque déjà, l'amour de maman était stable comme un pouls régulier, une locomotive, et celui de papa ? D'incroyables pics et, lorsqu'il était en voyage d'affaires, de profonds creux. À l'époque, elle était vraiment la petite fille à son papa.

Et ensuite est venue Britt, que l'on n'attendait plus. « Un don du ciel », a-t-elle entendu sa mamie Stanley dire tandis qu'elle était debout avec bébé Britt dans les bras. C'était la première fois que Tillie voyait sa grand-mère depuis qu'elle était bébé. On aurait dit qu'il avait suffi que Britt arrive pour que, soudain, Tillie ait des grands-parents. Jamais elle n'avait compris pourquoi.

Papa a commencé à changer. D'abord doucement, puis très vite. Fini l'avion, et pas de partage équitable de son temps entre elle et sa sœur, ce qui n'était pas grave, parce que le regarder rendre Britt heureuse rendait Tillie heureuse aussi. Mais ensuite, pendant ses années adolescentes, papa était parti, quasiment. Au début, c'était subtil. Il était là mais pas là. Des questions sur sa journée à l'école quand ils étaient tous attablés à l'heure du dîner, mais fini le grand huit. Le grand huit était exclusivement réservé à Britt. Et parfois, elle avait l'impression qu'ils étaient colocataires, pas père et fille, et elle le voyait coucher Britt, et le sol se dérobait sous ses pieds, elle était seule au monde, même avec sa mère la locomotive qui était toujours là, toujours présente. Et ensuite, Amir, la grosse dispute, et son père qui ne voulait plus entendre parler d'elle.

— Comment se présente cette chorégraphie ? demande son père sans lever les yeux de son pudding de maïs.

— Bien, répond Britt et, pendant un quart de seconde, Tillie a envie de pousser Britt du haut du pont George Washington.

Et puis elle se rend compte que c'est horrible et repousse cette pensée, qu'elle fait disparaître.

— Génial, lance son père avant d'enfourner une grosse cuillerée dans sa bouche.

Tillie l'observe du coin de l'œil. Elle est à court d'idées. Comment survivre à cette guerre froide ? Celle qui se joue, sans mots, chaque soir, à la table du dîner. Cette guerre dont le sens lui échappe totalement. Elle repense alors au garçon qui tombe, et cela ne fait qu'empirer les choses. Soudain, elle ne peut plus respirer. Involontairement, elle prend une profonde inspiration, et heureusement que Britt n'arrête pas de parler du concours de danse – elle espère que sa chorégraphie permettra à son équipe de décrocher la première place –, parce que personne ne semble remarquer.

Mais ensuite sa mère pose doucement sa main sur son poignet. Tillie a envie de se dégager. *Non, pas ça. Ne t'attache pas trop à ce poignet, s'il te plaît. Tu es déjà trop attachée. Il ne sera peut-être plus là demain.* Elle se crispe un peu et sent sa mère resserrer légèrement ses doigts.

Ce geste signifie : *Je vois bien que c'est dur. On en parle après le dîner, OK ?*

Sa mère. Winnie. La seule raison pour laquelle Tillie est encore de ce monde. Et même avec l'amour de sa mère, Tillie a bien failli ne plus l'être. Elle va finir par lui raconter ce qui s'est passé, et ça va barder. Tillie n'a pas de secrets pour sa mère.

Tillie regarde son père. Elle est navrée pour lui, en quelque sorte. Elle était le plan B, et sept ans plus tard, le plan A est arrivé, et le plan B en question était tellement loin de ce pour quoi il avait signé… Dommage que les agences d'adoption ne puissent pas dire des trucs comme : « Bon, autant vous prévenir, cet adorable nourrisson deviendra un jour archi sombre et profitera de concours de talents pour faire des monologues où il sera question de relations sexuelles et se comparera à une vache, et vous serez hyper mal à l'aise devant les autres parents friqués. On poursuit la démarche malgré tout ? »

Tillie essaie de communiquer avec lui par télépathie. De graver dans la tête de son père qu'elle est vraiment désolée d'être si difficile, qu'elle sait qu'elle l'a perdu, et d'ailleurs cette perte n'est pas facile à gérer, et elle changera, elle fera tout s'il l'aime à nouveau. Il lève les yeux vers elle. Visage impassible. Son regard la traverse. Ne voit rien. Et son corps entier frémit parce que cela la ramène de nouveau sur ce pont.

Dans l'Upper East Side, une fille prénommée Molly paresse dans sa chambre en trouvant vraiment naze que cette politique de tolérance zéro sur le harcèlement ne soit pas un peu plus nuancée.

Bien sûr que c'est mal de se moquer d'une personne parce qu'elle est grosse, mais ce n'est carrément pas ça, le sujet. Le sujet, c'est qu'il y avait trois filles là-bas ce jour-là. Les trucs de Gretchen et d'Isabella étaient bien pires, mais n'ont pas fuité.

La vidéo de chaudasse de Gretchen se payait carrément la tête de Tacy Evans, et même si Tacy est une garce, mais pas d'une façon positive pour les femmes, plutôt genre « ton absence de principes a un impact négatif sur toutes les autres femmes » – elle se tape des hommes mariés, alors bon –, c'était quand même bien abusé, et Molly s'en est rendu compte. C'était bien pire que ce qu'elle-même a fait quelques minutes plus tard. Et entre-temps, le truc d'Isabella sur Savanya dépassait carrément les bornes, mais elles ne l'ont pas filmé, heureusement. Honnêtement, Molly était gênée d'être dans la pièce tellement c'était gravos.

Sauf qu'ensuite son tour est venu. Et ouais, se moquer du poids de quelqu'un, ce n'est clairement pas cool, mais la vidéo n'était pas destinée à être diffusée, d'accord ? En gros, c'était à qui en ferait le plus. Alors. Au revoir, université de Brown. Adios, Michigan. Et tout ça à cause d'une vache à la con.

Dans le Bronx, au centre médical Montefiore, Michael Boroff termine de prendre des notes après un entretien avec une fille qui souffre de boulimie sévère quand il reçoit le coup de fil. C'est un numéro qu'il ne reconnaît pas, et généralement, ce sont des démarcheurs. Bizarrement, il décroche quand même.

— Vous êtes Michael Boroff ?

Il lève les yeux au ciel. Qu'est-ce qu'ils vendent, cette fois-ci ?

— Tout dépend de qui cherche à lui parler.

— Bonjour, monsieur. Je suis l'inspecteur Jonathan Riggs du commissariat de quartier. Nous sommes chez vous, et il semblerait que vous n'y soyez pas. Puis-je vous demander où vous vous trouvez ?

Il rit parce que la première pensée qui lui vient n'est absolument pas pertinente, complètement à côté de la plaque même. Il imagine son fils, Aaron, en train de voler des magazines cochons, ce qui est en réalité un souvenir de son adolescence à lui, à l'époque où les magazines cochons étaient un sacré truc. Idée absurde. Bref, Aaron n'est pas du tout le genre de gamin qui…

— Monsieur Boroff ?

— Ah. Oui. Euh. Pouvez-vous au moins… Est-ce que mon fils a des ennuis ? Qu'a-t-il fait ? Il n'a jamais rien fait de…

— Monsieur Boroff. Pourriez-vous rentrer chez vous, s'il vous plaît ? Nous pouvons vous envoyer une voiture. Qu'en dites-vous ? Souhaiteriez-vous que nous vous envoyions une voiture ?

Michael Boroff perd un peu le contrôle de ses jambes. C'est si soudain, drastique et inattendu.

Sa tête et son corps fonctionnent tous deux indépendamment. Ses jambes se dérobent, sont comme du coton, puis il rit, et son rire se transforme en un son que Michael n'a jamais entendu sortir de son corps. C'est un cri de protestation, comme s'il s'opposait à ce qui est en train de se passer, à cet appel non sollicité à cause duquel ses jambes font une chose, sa bouche une autre, son cerveau une autre encore.

— Quoi ? Que se passe-t-il ?

— Où êtes-vous, monsieur Boroff ? Nous allons venir vous chercher et vous ramener chez vous.

— Non. Dites-le-moi. Il le faut. Que se passe-t-il, s'il vous plaît ?

— Où êtes-vous, monsieur Boroff ? Dites-moi, s'il vous plaît, où vous vous trouvez. Nous venons à votre rencontre, d'accord ?

Après le dîner, Tillie va dans sa chambre, se glisse sous ses draps et cache son visage sous la couverture. À l'abri de ce petit cocon, elle essaie d'imaginer où est le garçon en ce moment. Au fond de l'Hudson ? Son âme est-elle partie ? Est-elle dans le cosmos ? Dans une espèce de paradis ?

Cela pourrait tout aussi bien être moi. Cela aurait dû être moi.

Dix minutes plus tard, elle entend la porte s'ouvrir puis se refermer doucement, et entend sa mère s'asseoir à sa place habituelle, sur la chaise du bureau, qu'elle rapproche du lit. Winnie doit le faire tellement souvent ces derniers temps que c'en est devenu embarrassant. Tillie a dix-sept ans, et sa mère doit toujours lui parler comme à une petite fille. Lui dire qu'elle est aimée, appréciée. Pourquoi Tillie n'imprime-t-elle pas ?

Tillie baisse la couverture et regarde le plafond. Elle se tait pendant environ une minute. Elle ne dit rien, évalue ce qui se passera si elle ne parle pas – ce qui se passera si elle le fait. Elle finit par lâcher le morceau :

— Je suis allée sur le pont George Washington après les cours et j'ai envisagé de sauter.

— Til' !

Sa mère grimpe à côté d'elle sur le lit et la serre fort sur le côté. Tillie ne le sent pas. Elle ne sent rien.

C'est le bon ton, le bon geste. Mais ce que ressent Tillie est complètement inapproprié.

Elle aime sa mère à mourir et sait que sa mère l'aime tout autant. Alors pourquoi a-t-elle l'impression d'être la fille dans la bulle, la fille que personne ne peut toucher ?

C'est quoi, son problème ?

— Tu as vraiment fait ça, Til' ?

— Oui, répond-elle d'un ton monocorde.

Sa mère se met à pleurer. Tillie en est incapable.

— Je... Je ne sais pas quoi faire, mon ange. La Dr Brown t'a-t-elle été d'une aide quelconque ?

La Dr Brown. Tillie trouve génial que sa psy porte le même nom que son soda à la vanille préféré. D'ailleurs, elle lui a été à peu près aussi utile qu'une bouteille de soda pour l'aider à gérer ce qu'elle qualifie de « croyance profonde » de ne pas mériter l'amour.

Tillie hausse les épaules.

— Je me demande s'il faudrait qu'on te fasse admettre quelque part. Qu'on t'hospitalise, je veux dire.

En réaction à ce propos, Tillie s'assied dans le lit.

— Non, proteste-t-elle. Non.

L'idée de perdre sa liberté est… inconcevable. C'est absolument rédhibitoire. Prodigieusement injuste. Comme s'il ne suffisait pas qu'elle vive sa vie sous l'eau. Apparemment, il faudrait aussi qu'on lui dise quoi manger, quand manger. Qui voir, quand dormir. Plutôt mourir qu'être internée. Martha Sorenson a été hospitalisée pour sa boulimie. Maintenant, deux fois par semaine minimum, Tillie tombe sur Martha qui vomit le contenu de son estomac dans les toilettes du deuxième étage.

— Il nous faut un plan d'action.

Effacer ce qui s'est passé avec Amir ? Effacer cette vidéo ? Peut-être trouver comment faire pour que papa se décide à arrêter de m'ignorer ?

Le fait que son père ne veuille plus avoir affaire à elle ? La goutte d'eau. Pendant sa pause déjeuner, Tillie a envoyé un texto à ses parents pour leur dire qu'elle avait eu un A - à son exposé sur la Prohibition. Sa mère a immédiatement répondu par un « Youhou ! ». Pas de réaction de son père. Ce qui en soi ne veut rien dire, parce que, bien sûr, la guerre froide, et qu'elle ne savait pas trop s'il se contenterait de lui écrire « bravo » ou l'ignorerait, sans compter que, parfois, il est accaparé par son travail. Mais ensuite, elle est allée sur Facebook, et devinez qui était en train de poster des photos de Britt prises pendant leur sortie du week-end au phare de Barnegat ? Genre trente minutes après le SMS de Tillie ? Et puis, une heure plus tard, quand Tillie est retournée sur Facebook après le cours d'algèbre, une réaction au commentaire de quelqu'un soulignant à quel point Britt était belle ?

« Lumière de mes jours », a-t-il répondu à Oncle Gorman.

Sympa, a pensé Tillie. Mais non. Pas sympa. Parce que, parfois, ces choses rendaient Tillie sombre, et parfois, quand Tillie devenait sombre, elle s'asseyait dans le couloir entre la salle des terminale et le réfectoire, et gribouillait sur une feuille de papier, parce que, si elle s'arrêtait, si elle levait son stylo un centimètre au-dessus de la page, elle avait peur de se mettre debout, d'aller quelque part et de commettre un acte bien plus grave. Parce que ce sentiment de vide au creux de son ventre la tourmentait, engendrait une souffrance démesurée bien plus intense qu'elle n'aurait dû l'être – tout ça parce que son père ne l'aimait pas autant qu'il aimait sa « vraie » fille. C'était pour ce genre de raison que les gens faibles se faisaient du mal. Pendant que les gens forts allaient à la guerre et voyaient leurs meilleurs amis se faire pulvériser la tête sans que cela les traumatise. Elle avait lu un livre sur les filles soldats pendant la Seconde Guerre mondiale et avait pensé près d'un million de fois : *Voilà. C'est pour cette raison que je suis naze. Parce que ces filles déchirent vraiment, alors que moi, j'aurais été capable de me précipiter sous les balles de l'ennemi pour mettre un terme à tout ça.*

Elle détestait sa faiblesse.

— Quel genre de plan ? demande finalement Tillie.

Sa mère presse son visage entre ses mains, comme pour empêcher sa tête d'exploser.

— Juste… quelque chose qui t'aidera à traverser cette période difficile. Peut-être t'emmener chez un psychiatre ? Voir s'il te faut un traitement ?

Tillie se met à rire, légèrement soulagée au moins que ce plan n'engendre pas de perte de liberté. Mais tout de même. Non. Apparemment, une psy comme la Dr Brown ne suffit pas ; elle va avoir besoin d'un psychiatre qui peut prescrire des médicaments. Tout le monde ne jurait que par eux. Combien de ses amis prenaient de la Ritaline, du Zoloft ou du Wellbutrin ? *Oh, Mandy est triste, donnez-lui un cachet ! Oh, Tonya est nerveuse quand elle a une présentation orale. Bourrez-la d'anxiolytiques !*

— Non, répond-elle.

Sa mère dit quelque chose qu'elle dit rarement, et d'un ton qu'elle n'emploie jamais.

Sa mère crie :

— Non !

Elle a désormais toute l'attention de Tillie.

— Non, Tillie. Non à ton « non ». Ce n'est plus possible pour moi. Je ne peux pas entendre chaque jour que tu es suicidaire et ne pas te garder sous ma surveillance. Je sais à quel point tu souffres, ma chérie. Mais as-tu la moindre idée de la frousse que j'ai au quotidien, quand tu vas en cours et que je suis obligée de croiser les doigts pour que tu rentres à la maison ?

Tillie jette la couverture par-dessus son visage. Elle ne peut pas laisser sa mère voir son visage se déformer en entendant ces mots. Elle ne peut laisser personne le voir. Plus jamais. Elle aimerait mieux être sous l'eau dans l'Hudson. Elle aimerait mieux être n'importe où sauf ici.

Sa mère essaie d'enlever la couverture, mais Tillie est trop rapide. Elle s'y agrippe.

— Tillie ! l'implore sa mère.

Non. Elle gardera la couverture sur sa tête jusqu'à ce que sa mère s'en aille.

Plus personne ne reverra jamais son visage.

Destin 2 : 18 avril

Le cabinet de la Dr Brown se trouve au sous-sol, accolé à l'entrée d'un élégant immeuble d'avant-guerre situé sur Park Avenue. Le portier noir et maigrichon qui arbore un petit pin's avec le drapeau américain sur le revers de son col adresse un hochement de tête à Tillie. C'est systématique et elle se demande quelle dose de folie il voit, et à quel point il doit la trouver privilégiée, parce que bon, elle ignore combien coûte exactement une séance avec un psy de Park Avenue, mais elle est presque sûre que c'est plus que ce que gagne un portier en un jour, peut-être même en deux. Tout ça pour pleurnicher pendant une heure auprès d'un médecin qui n'en a rien à battre.

— J'aimerais que tu demandes à la Dr Brown si je peux me joindre à vous pour les quinze dernières minutes, dit sa mère en farfouillant dans son sac à main.

Tillie ne répond pas. On a l'impression qu'elle s'en moque, alors qu'en réalité elle est concentrée, car elle est occupée à calculer : « Dr Brown » plus « Winnie » égale « une séance de *brainstorming* pour élaborer un plan ».

— Mon ange ?

— OK, marmonne Tillie.

— Je sais que c'est difficile, dit sa mère en passant autour de sa taille un bras fin et musclé qui, à cet instant précis, ressemble un peu trop à un serpent. Mais il faut qu'on t'aide à aller mieux.

Tillie sort son téléphone et ouvre Snapchat, tout cela pour s'apercevoir qu'elle n'a aucune envie de voir des images ou de communiquer avec qui que ce soit dans le monde entier. Elle éteint son portable et jette un coup d'œil à sa mère. Le visage de Winnie ressemble à ce qu'on s'attendrait à voir chez un soldat stationné en Afghanistan. Chez quelqu'un qui a vécu une longue guerre. Quelqu'un qui a vu d'horribles choses. Au moins, Tillie fait désormais partie de cette guerre. C'est un résultat malheureux. Elle détourne le regard. Elle se sent dépassée par les événements.

La Dr Brown ouvre la porte et sort sa tête pâlotte.

— Tillie ? Ah, bonjour, Winnie, comment allez-vous ?

La mère de Tillie lui offre un sourire contrit.

— Je veux vraiment faire partie de cette discussion, si cela vous va. Il nous faut un plan.

La Dr Brown regarde Tillie. Tillie regarde le sol.

— Laissez-moi discuter un peu avec Tillie. On verra où tout cela nous mène, répond la psy de sa voix de Bouddha zen à la noix.

Tillie, tête baissée et sans se retourner pour regarder sa mère dont la simple présence est en train d'asphyxier le monde, suit la Dr Brown en zone dangereuse.

— Alors, comment allez-vous ? lui demande celle-ci en s'asseyant.

Comme elle demande toujours.

— Plutôt bien, répond Tillie en s'asseyant à son tour.

Comme elle répond toujours.

— Votre mère m'a appelée pour me raconter, alors je ne pense pas du tout que ça aille « plutôt bien », rétorque la Dr Brown d'une façon tout à fait inédite.

— Ah.

— Que se passe-t-il sous le capot ?

Tillie ravale une grimace. Elle n'aime pas qu'on la compare à une voiture. Déjà, ça lui donne l'impression d'être grosse. Et puis, elle est un être humain. Elle n'a pas de capot.

— Je n'en sais rien.

La Dr Brown hoche la tête encore et encore. Elle n'arrête pas de regarder fixement Tillie d'une façon énervante, et note quelque chose dans son carnet. Tillie gigote sur le fauteuil inclinable douillet en cuir rouge.

— Eh bien, commençons par ce que vous savez.

Tillie prend une grande inspiration et résiste à l'envie de lever les yeux au ciel.

— Je suis allée sur le pont. Le pont George Washington. Je ne sais pas pourquoi. Je n'allais pas réellement sauter, je ne crois pas. C'est comme… Comme si j'étais une artiste sans toile, ou quelque chose comme ça.

En classe, le mois dernier, ils ont lu *Sula* de Toni Morrison, et c'était ce qu'elle avait retenu : *Comme tout artiste dénué de moyen d'expression, elle devint dangereuse.* Voilà ce que disait la citation et, quand Mme Cruz les a interrogés, Tillie s'est redressée. Elle a eu l'impression que ça parlait d'elle – c'était avant la vidéo satirique qui a mis un terme définitif à sa carrière de performeuse.

— Une artiste sans toile, répète la Dr Brown, et la phrase sonne complètement faux dans sa bouche.

Tillie a juste envie de dire : *Oui. Ma toile m'a été retirée. Maintenant, je suis dangereuse.*

C'est tellement typique de la Dr Brown de ne pas développer. Elle n'élabore presque jamais. Elle ne donne aucun conseil utile alors que, parfois, Tillie aimerait bien que quelqu'un lui dise quoi faire. Elle a l'impression que la Dr Brown ne sert qu'à lui extirper toutes les choses vraiment mauvaises, comme si les formuler pouvait les faire disparaître.

Alors, la Dr Brown n'ajoute rien, et écrit une nouvelle fois dans son carnet. Tillie a beau détester parfois la Dr Brown, elle donnerait n'importe quoi pour avoir cet ouvrage entre ses mains pendant une heure. Peut-être renferme-t-il toutes les réponses.

Finalement, tandis que Tillie s'enfonce dans le silence, la psy reprend la parole :

— Donc vous vous êtes rendue sur le pont, sans avoir cependant l'intention de sauter. Que faisiez-vous là-haut ?

Tillie croise et décroise les jambes. Elle s'agite sur son siège. Elle est incapable d'expliquer cette partie.

Elle n'avait pas d'autre choix. C'était exactement ce qu'elle avait ressenti. Elle ne savait littéralement pas quoi faire d'autre de cette douleur tapie tout au fond de sa gorge. La tension est telle qu'elle ne peut même pas lutter.

— J'y ai réfléchi, OK ? J'y ai réfléchi, et cela n'en valait pas la peine.

— Qu'est-ce qui vous a arrêtée ?

Tillie a une boule dans la gorge. Elle ignore pourquoi, mais elle ne peut pas parler du garçon qui a sauté. Elle a l'impression que cela lui appartient à elle, et à elle seule. Est-ce que le fait de ne pas l'avoir rapporté à la police constitue une sorte de crime ? En tout cas, cela prouve bien qu'elle est trop égoïste pour mériter de vivre.

— Je ne sais pas.

La Dr Brown penche la tête sur le côté comme si elle essayait de comprendre Tillie.

— Eh bien, dites quelque chose à ce propos. Une chose que vous avez ressentie là-haut. Ou une pensée que vous avez eue.

— Que ma mère en mourrait. Que Britt serait triste.

La Dr Brown sourit.

— Bien. Oui. Et votre père ?

Tillie hausse les épaules et fixe le plafond des yeux. Non. Depuis sa dispute avec son père, la Dr Brown essaie toujours de pousser Tillie à aller sur ce terrain. De réduire cette relation à quelque chose de compréhensible, ce qu'elle n'est certainement pas.

— Pensez-vous qu'il aurait été triste, si vous étiez morte en vous suicidant, Tillie ?

Tillie se mordille les ongles.

La Dr Brown poursuit.

— Vous savez ce que je pense ? Je pense qu'il aurait été terriblement triste.

La gorge de Tillie se noue. Elle retient son souffle. Non. À ce moment-là, la Dr Brown fait une chose qu'elle ne fait pratiquement jamais. Elle donne son avis.

— Je crois que vous vous racontez une histoire au sujet de votre père, et que c'est très difficile parce qu'une partie de cette histoire est vraie. Les réactions de votre père ne sont pas celles que vous espérez, et je pense que vous vous sentez terriblement seule, comme s'il y avait un fossé entre vous. Et je veux que vous sachiez que j'entends. Votre père n'est pas présent comme vous le souhaiteriez.

Les yeux de Tillie s'emplissent de larmes. Non. Ses dents délaissent ses cuticules pour aller sur son doigt. Elle les serre un peu trop fort. Aïe.

— Tillie ?

Tillie regarde droit devant elle.

— Vous risquez de vous mordre jusqu'au sang si vous continuez.

Tillie ouvre la bouche, en sort son doigt, le considère. Pas de sang. Elle regarde l'horloge à côté de la Dr Brown.

— Combien de temps il nous reste encore aujourd'hui ?

La Dr Brown soupire.

— Parfois, vous donnez l'impression de ne pas être vraiment là. Êtes-vous en colère ? Contre moi ?

Tillie a envie de rire. Typique des adultes. Ils rapportent tout à eux. Tout. *Il ne s'agit pas de vous, Dr Brown. Partez en week-end prolongé avec votre famille parfaite dans les Hampton. Gavez-vous de chips de kale arrosées d'eau enrichie aux électrolytes en roulant vers l'est dans votre voiture électrique sur Long Island Expressway, Dr Brown. Espèce de connasse.*

— Êtes-vous en colère ? répète la Dr Brown.

— Non. Ne vous inquiétez pas.

La Dr Brown sourit un peu.

— Mais si, je m'inquiète. Mon sentiment, que votre mère partage, est qu'il faudrait vous extraire de cette situation en attendant que vous vous sentiez un peu plus stable. Puis-je l'inviter à entrer afin que nous en discutions ?

Tillie grimace. Elle ne devrait jamais baisser la garde. Vous baissez la garde et, soudain, vous voilà en route pour un horrible asile dans le Minnesota. S'ils comptent réellement la faire enfermer, elle se jettera sous les roues du premier taxi qu'elle croise…

— Je vais bien, dit-elle en regardant la Dr Brown droit dans les yeux. Enfin, non. Ça se voit. Mais hier, j'ai… je crois qu'hier, c'était un test, et j'ai réussi. Ou raté. Enfin… tout dépend du point de vue qu'on adopte. Une part de moi ne va carrément pas bien, mais l'autre ? C'est une battante, OK ? Je ne vais pas me tuer. Je veux juste que les choses soient…

Elle déglutit. Les sentiments ont sauté sur son menton et elle ne veut pas qu'ils soient là. Elle veut les enfouir, mais c'est trop tard, elle sent le goût de ses larmes salées dans sa gorge.

— Allez-y, l'encourage la Dr Brown. Laissez les choses sortir, Tillie. Laissez les choses sortir.

Non. Non. Elle ne peut pas. Elle ne le fera pas.

Elle va déglutir pour les avaler encore, encore et encore jusqu'à la fin des temps.

— Je vais bien, répète-t-elle en plaquant de force sur son visage un sourire qui lui fait l'effet de la mort.

La Dr Brown note quelque chose dans son carnet, et Tillie se jure de passer le restant de la séance ailleurs, dans sa tête. Dans un endroit plus joyeux. Parce que, franchement, cet endroit ? Pratiquement insupportable.

— Je vais faire entrer votre mère à présent, l'informe la Dr Brown. Nous devons réfléchir ensemble. J'entends ce que vous dites. Vous dites que vous n'avez pas fait de tentative de suicide hier, et que vous étiez sur le pont faute de mieux. Mais c'est un problème aussi. Comment savoir que vous n'allez pas vous retrouver de nouveau là-haut ? C'est une période difficile pour vous, Tillie. Et, comme je l'ai déjà souligné, je pense qu'il faut que nous vous protégions, dans l'immédiat. Qu'on vous remette sur des rails. Je connais un endroit qui pourra à coup sûr vous accueillir aujourd'hui. Dans le Vermont. C'est une clinique privée, mais je sais que vos parents sont partants et que votre sécurité n'a pas de prix. Puis-je faire entrer votre mère ?

Elle entend déjà la voix de son père : *Qui va payer tes foutues factures de psy ?*

Tout le corps de Tillie est paralysé. Elle s'imagine ce soir dans un autre lit que le sien, dans le Vermont, sans ses affaires, et c'est tout bonnement…

impossible. Tillie a l'impression qu'en quelques mots, la Dr Brown a anéanti ce qu'il restait de son univers, elle a des fourmis dans les pieds, les jambes, les bras, les mains, elle ne les sent plus, et sa tête est emplie de friture.

Voilà. Sa plus grande peur se réalise.

Elle est seule au monde.

— Tillie ?

— J'aimerais..., répond-elle d'une voix quasi inaudible. Je dois d'abord lui dire quelque chose.

— D'accord, finit par répondre la Dr Brown. Bien sûr. D'accord.

Tillie traverse la pièce. Une part d'elle-même souhaite qu'une bombe atomique explose. Tout son être prie pour que sa mère ait miraculeusement disparu, qu'un trou noir l'ait engloutie au cours de ces quinze dernières minutes.

Elle ouvre la porte, gagne la salle d'attente.

Bizarrement, sa mère n'y est pas.

Peut-être un trou noir ?

Plus probablement aux toilettes.

Tillie n'hésite pas. Elle sort du cabinet, s'engage dans Park Avenue, passe devant le portier squelettique avec son pin's de drapeau américain, et se dirige vers le sud, sans destination précise.

N'importe où sauf ici.

Molly est en manque de son amour secret, et son idiote de mère ne part pas.

Elle traîne à la table du petit déjeuner alors que Molly pense : *Va-t'en ! Pitié, va à ton cours de Pilates, femme !* Elle fait tourner une myrtille bio dans son bol de céréales tandis que sa mère déguste son œuf niché dans son coquetier en étain. Dans la tête de Molly, il est question d'interruptions.

Les gens ont des secrets. Bon nombre de ces secrets concernent les drogues, l'alcool, les infidélités. Celui de Molly… n'entre pas dans cette catégorie.

Le secret de Molly est vraiment, vraiment *ringard.*

Assis dans la chambre de son fils, Michael Boroff contemple l'aquarium.

Britraie Spears. Tina Thoner. Carpi B.

Il le fixe des yeux jusqu'à ce que sa vision se trouble. Il enfouit son visage dans ses mains et se met à pleurer en silence.

Son ex arrive du Massachusetts tout à l'heure. Il l'a appelée. Pas une discussion sympa. Pas la personne qu'il a envie de voir. L'autre parent raté de cette équation.

Quand ses mains sont trempées de larmes, il s'oblige à lever la tête et prend une profonde inspiration. OK. OK.

Il saisit la petite boîte remplie de nourriture pour poissons et saupoudre quelques flocons dans l'eau.

Le moins qu'il puisse faire est de maintenir en vie les poissons de son fils.

Sarah Palmer sanglote dans la cantine. Elle est entourée de ses amis, et de la morve dégouline sur son visage.

— Pourquoi je ne lui ai pas juste dit : « T'étais bien » ? On aurait cru un chiot blessé, et moi... Tu vois, j'aimerais pas me considérer meilleure que je ne le suis, et il avait l'air de croire que Kelly et lui avaient genre autant de talent, et ce n'était pas le cas, mais... Pourquoi je n'ai pas juste dit...

Renee Hampton passe son bras autour d'elle.

— Tu ne savais pas. Personne n'aurait pu se douter...

— T'es sûre de ça ? souligne Sarah.

— De qui il était le plus proche ?

Personne ne répond. Le truc avec Aaron, c'est que tout le monde s'entendait bien avec lui. Et qu'il n'avait pas vraiment de meilleurs amis. Il était le genre de mec super sympa, plutôt drôle et un peu geek. Il se donnait à fond dans ses chansons. Comment ne pas aimer un gars d'une telle sincérité ? À qui cela ne semblait pas poser de problème de se livrer pleinement... Enfin. Peut-être que non. Visiblement, ce n'était pas le cas.

— Cette conversation va tourner dans ma tête pour toujours, dit Sarah.

Le texto de Mike lui parvient en cours de lettres.

Déj-matage ?

Amir Rahimi sourit et frissonne. Le « matage » en question concerne des filles. Cela consiste à traîner à deux pâtés de maisons au nord de Park Avenue, devant Hewitt. Si les filles de ce bahut semblent tolérer les garçons de Browning, elles ne connaissent probablement pas leur système de points, ignorent que

Mike en est à quarante-huit et qu'Amir a fini par décoller de zéro en se mettant avec Tillie. Elles ne savent pas qu'Amir s'est senti trop mal après, qu'un petit bout de son âme meurt chaque fois qu'il doit rester debout devant le lycée en feignant de s'intéresser à ce à quoi tout garçon normal semble s'intéresser.

Grave.

Dans la vie, on doit faire des choix. Des sacrifices. Être gay, ce n'est juste pas… normal. Ou, même si c'est normal, ce n'est malgré tout pas… acceptable. En tout cas pas pour ses amis, et certainement pas pour sa mère. Alors ce n'est pas une chose qui arrivera. Certaines choses ne sont tout bonnement pas possibles.

Et si le prix à payer est de vouloir sortir un peu de sa peau chaque jour, qu'il en soit ainsi. Et si le prix à payer est de faire du mal à Tillie, qu'il aime vraiment, sincèrement, il est prêt à le payer.

Semble-t-il.

Tillie se hâte dans Park Avenue, presque en apnée, le visage paralysé dans la bise glaciale du matin. Elle dépasse des coureurs en pantalon en lycra, une vieille dame qui promène son carlin et deux filles en jupe longue et blazer orné de l'écusson de Loyola. Tillie se demande comment se seraient passées les choses si elle était allée dans ce lycée mixte. Les filles de sa classe auraient peut-être été plus sympas…

Cette idée la fait rire. Ouais. Comme si les filles étaient plus sympas pendant les bals mixtes. Comme si elles n'avaient pas transformé en compét' la chasse aux garçons mignons et n'avaient pas balancé à la figure de Tillie qu'elle avait fini sur la touche avec Marcia Fishbaum et Savanya Booker ! Comme si elles ne les avaient pas surnommées les trois nonnes ! Connasses…

Tillie ne sait pas trop où elle va, mais une chose est sûre : elle ne va pas rester et accepter d'être internée ou autre.

Son portable vibre dans sa poche. Deux fois. Trois fois. Son corps entier frissonne. À cause d'elle, sa mère est dans tous ses états, et c'est horrible. Elle le sait. Mais on lui force la main. Instinctivement, elle s'apprête à prendre son téléphone puis s'arrête. Il faut d'abord qu'elle s'éloigne le plus possible pour qu'on ne puisse pas la retrouver. Ensuite, elle pourra décrocher.

Quand elle se retrouve dans une petite rue à quelques encablures de là, sous un de ces échafaudages en métal qu'on voit partout à New York – les chantiers sont-ils jamais terminés dans cette ville ? –, Tillie sort son téléphone. Elle a déjà reçu quatre textos.

Tillie ! Ma chérie ? Où es-tu ? Je t'en prie, réponds-moi !
Tillie ! J'ai si peur. Tu ne PEUX PAS me faire ça !
S'il te plaît ? S'il te plaît ?
Ma chérie !

Le cœur de Tillie se tord dans sa cage thoracique. Elle est quelqu'un d'affreux, affreux. Mais elle se rappelle alors ce qu'elle fuit. Et elle sait qu'à un certain niveau, elle a raison de fuir.

Je suis désolée, maman.
Je ne vais pas me faire de mal.
J'ai besoin de temps pour réfléchir.
Juste un peu de temps, OK ?
Je ne veux pas être internée. C'est non.
Laisse-moi une journée pour réfléchir.

Sa mère lui répond immédiatement :

Je t'en prie dis-moi où tu es.
Laisse-moi réfléchir avec toi, OK ?
Je veux te protéger et je ne peux pas le faire
si je ne sais pas où tu es. S'il te plaît !

Tillie répond :

J'ai besoin de faire ça, maman.
J'ai besoin de temps. Ça va aller. Je te promets.

Sa mère ne répond pas tout de suite et Tillie regarde son téléphone fixement. Elle attend. Et le message arrive.

La Dr Brown et moi pensons que tu dois
suivre un traitement. Dès aujourd'hui.
Ce n'est pas négociable, Til'. Ta sécurité
en dépend. Reviens nous parler,
nous te donnerons les détails.
Tout ira bien, Til'. Tu as besoin d'aide.

Une fois de plus, Tillie se retrouve paralysée. Elle ne répond pas et, face à son silence, sa mère écrit encore.

Ne fais pas ça, Tillie. Ne m'oblige pas à venir te chercher. Ne m'oblige pas à appeler la police pour qu'ils te ramènent. Fais ce qui est bon pour toi. Reviens, OK ?

Quelque chose dans ces mots pousse Tillie à scruter son écran plus attentivement. C'est à ce moment-là qu'elle voit l'icône bizarre. Juste à côté de celles de la batterie et de la géolocalisation. Des petites lunettes noires qu'elle n'a jamais vues auparavant.

Merde.

Sa mère a dû installer un traceur sur son téléphone la nuit dernière, après que Tillie est allée se coucher. *Du Winnie tout craché,* pense-t-elle. *Elle ne fait jamais confiance…*

Bon. Eh bien.

Tillie coupe son téléphone avant de se rendre compte que cela ne suffit sans doute pas. Merde. Coup d'œil à droite, coup d'œil à gauche. Elle se trouve entre Park Avenue et Lexington, sur la 83e Rue, sous un échafaudage qui paraît semi-permanent à ses yeux avertis de New-Yorkaise. Elle repère un trou dans la chaussée, derrière un poteau de l'échafaudage. Il s'enfonce à dix centimètres sous le bitume. Elle grimace en pensant à ce qui vit là-dessous. Elle jette de nouveau un coup d'œil alentour. Personne ne la regarde. Incapable d'imaginer une vie sans téléphone, elle a un mouvement de recul. Mais il lui est encore plus difficile d'imaginer sa vie dans une institution froide, privée de sa liberté. Merde. Elle se baisse et place précautionneusement son portable dans le trou. Il ressort à peine. *Au revoir, téléphone. Tu vas me manquer. J'espère te revoir plus tard ce soir. Mais tu ne seras probablement plus là.*

Elle court vers Lexington Avenue, sa jupe beige soufflée par le vent. Elle se sent dangereusement et merveilleusement libre. Elle a le cœur serré, et ses yeux furètent partout pour voir si on l'a démasquée, comme si elle était une espionne ou une agente secrète dans un film.

Personne ne la retrouvera. Pas aujourd'hui.

Une fois que sa mère est enfin partie, Molly attrape en vitesse son ordinateur portable, met sa conscience sous le tapis et regarde la dernière vidéo en date de Jasmine. Elle va directement à la quatrième minute, regarde pendant vingt secondes abominables en sentant la bile remonter le long de son œsophage puis sort son téléphone.

Elle envoie un texto à Gretchen.

Ouah ! L'ombre à paupières
que Jasmine a utilisée dans sa vidéo
était tellement parfaite !

Gretchen lui répond tout de suite.

Grave !
T'es dég que Drew et Lizzie cassent ??!?!

Molly avale de la bile.

Trop ! Passe le bonjour à Isabella, OK ?

Elle ne pose son téléphone qu'une fois convaincue d'avoir fait le nécessaire pour ne pas se retrouver jetée au rebut à Spence. Un sourire se dessine sur son visage. Un vrai sourire. Rare depuis l'histoire avec Tillie.

Elle sort le livre de sous le matelas.

Molly va enfin faire ce qu'elle aime tant : rester allongée dans son lit, confortablement installée dans le monde d'Adarlan[1].

C'est la partie qu'elle préfère : quand Keleana Sardothien se scinde en deux, et qu'il y a d'un côté la fille coriace, l'assassineuse badass, et de l'autre la fille archi-sexy dont le prince est dingue, et le lecteur sait que c'est réciproque. Les frissons qu'elle ressent en lisant ce bouquin ne sont pas normaux, mais bon sang ! Elle donnerait tout pour laisser sortir la Keleana qui sommeille en elle !

Juste une fois.

Elle lève le nez de son livre. Qu'elle repose. *Non.* Elle ne peut pas. Elle est déjà passée par cette phase l'année dernière. L'année dernière, elle a commencé vers février, bien décidée à y aller enfin et puis, en avril, elle s'est dégonflée. Elle a passé le jour J à déambuler, furieuse contre elle-même d'être chez Sephora avec Isabella et pas au Marriott Marquis.

Est-ce possible ? Devrait-elle vérifier ? Non. Oui. Non.

Et puis zut. Elle prend son téléphone et tape les mots clés. Rapidement, elle voit une date, dans deux semaines et un jour, et une liste d'invités.

---

1. *Keleana, L'assassineuse*, Sarah J. Maas, La Martinière jeunesse, 2020.

Et évidemment, elle sera là.

Sarah J. Maas. Au FanCosCon, le plus gros et le plus geek des rassemblements de cosplayers fantasy de New York.

Molly s'imagine qu'en la voyant costumée en Keleana Sarah J. Maas viendrait la voir et la serrerait dans ses bras. Elle imagine le selfie qui résulterait de cette rencontre, une photo de seulement elles deux. Alors, ouais, elle n'aurait peut-être personne à qui la montrer, pas un seul ami qui rirait autrement que méchamment en la voyant. Mais elle, elle aurait cette photo.

Serait-elle capable de trouver le courage d'y aller seule ?

Elle regarde la pièce autour d'elle et repense à ses amies. Ses épaules s'affaissent.

Bien sûr que non. Redescends sur terre. Molly Tobin à un truc qui s'appelle le FanCosCon ? Dans tes rêves !

À l'angle de Lexington et de la 83e Rue, Tillie aperçoit le store rouge d'un restaurant Tal Bagels. Un panneau noir est accroché au-dessus de la porte. APPÉTISSANTS, peut-on lire dessus. Elle a du mal à savoir si c'est une pub pour les bagels ou si ça fait partie du nom du resto. Appétissants Tal Bagels ? En temps normal, elle chercherait sur son téléphone, mais… Eh bien tant pis.

Elle entre et commande un bagel au sésame avec du fromage frais à la fraise et un grand café. Elle s'assied au fond et essaie de réfléchir à la prochaine étape. Comment fait-on quand on doit passer incognito ? Quand on n'a plus qu'un jour ?

Aujourd'hui, elle va être différente, meilleure, plus affûtée, plus vive, plus...

Son cœur se serre. Qui essaie-t-elle d'embobiner ? A-t-elle déjà été capable de changer ?

Elle rit quand l'idée d'aller en cours lui traverse l'esprit. Elle s'imagine entrer en deuxième heure d'algèbre et s'asseoir comme si de rien n'était. Passer la journée comme d'habitude, puis rentrer à la maison. Et quand sa mère se précipiterait vers l'entrée en s'écriant : *Ma chérie ! Je me suis fait un sang d'encre !* Tillie pourrait dire : *Pourquoi ? Y a un problème ?* Et sa mère répondrait : *Ce matin... Chez la Dr Brown.* Et Tillie : *Maman. On n'est pas allés chez la Dr Brown aujourd'hui. J'étais en cours. Toute la journée. J'ai des preuves.*

Elle secoue la tête et a un petit sourire. Nan.

Avant, l'école était... supportable. La cinquième était un cauchemar, bien sûr. La quatrième, pas vraiment mieux. Mais ensuite, il y a eu le lycée[1], et l'option théâtre de Mme Dawson, qui la cernait réellement. Vraiment, on la voyait pour la première fois.

Mme Dawson s'est intéressée à ses monologues. Tillie jouait et écrivait, et ouais, certaines filles la trouvaient bizarre. Et alors ? Mme Dawson approuvait. Mme Dawson applaudissait. Mais ensuite, Mme Dawson est partie, et Tillie s'est retrouvée de nouveau seule.

Jusqu'à cette année. La première. Mme Cruz, la prof de lettres, l'a à son tour encouragée à écrire des

1. Aux États-Unis, le lycée commence en classe de troisième.

monologues et, pour la première fois depuis longtemps, on la voyait. Ce qui était bien et pas bien à la fois. Car Tillie savait d'expérience que, quand on est visible, de mauvaises choses tendent à se produire.

La vidéo de Molly, une dague plantée dans son cœur. Quel genre de personne s'inspire des traumatismes de quelqu'un pour les tourner en dérision ? Qui fait ça ?

Molly Tobin. Ex-meilleure amie, d'une époque qui semble remonter à une autre vie. Et Tillie a failli mourir hier, juste parce que… quoi ? Parce que Samantha Quinn est passée à côté d'elle alors qu'elle était assise toute seule au réfectoire à l'heure du déjeuner, a posé le dos de sa main sur son front et a lancé de façon théâtrale : « Va, vache » ?

Tout a commencé deux semaines plus tôt lors du concours de talents. Les traditionnelles interprétations sexy de chansons en play-back assorties de leur chorégraphie y ont eu la part belle. Kat Lopez a fait un numéro de stand-up accueilli avec tiédeur, et deux filles ont chanté avec un accompagnement au piano. Le numéro de Tillie était le seul dans son genre.

Elle avait écrit un monologue que Mme Cruz avait qualifié de « puissant ». Tillie l'avait rédigé dans un accès de colère, après la débâcle Amir. Amir, le connard de Browning. Curieusement, le compliment tout simple d'un enseignant avait mené à la décision de monter sur scène pour interpréter son texte. Et vous savez quoi ? Elle l'a super bien interprété. Elle l'a amélioré et, au fil de la performance, elle a senti la puissance dans ses jambes, dans ses bras. Il n'y avait que sur scène qu'elle se sentait aussi vivante, et elle savait, ouais, qu'il était dangereux de donner des munitions aux filles. Elle savait qu'il y avait là de la vulnérabilité. Mais elle croyait que certaines choses étaient plus importantes que ça. Et que si une chose était bien, et réelle, elle méritait de connaître son heure. Elle croyait encore, alors que tout lui prouvait le contraire, que les gens étaient foncièrement bons et que, s'ils voyaient de la douleur mise en avant sur une scène, ils la verraient, l'entendraient et l'honoreraient pour ce qu'elle était.

Alors Tillie s'est tenue sur la scène et a beuglé les mots. Elle leur a donné vie !

On dit : Pourquoi épouser la vache
quand on peut avoir le lait gratuitement ?
Eh bien, croyez-en la vache...
C'est ce qu'il a fait. Il l'a pris.
Mon lait.
Mon innocence.
Mon émerveillement.
Je ne m'émerveillerai plus jamais,
parce que cela a disparu.
DISPARU.
Il a pris mes pis et a pressé, FORT.
Il a pris mes pis comme s'ils étaient là
pour être pris.
Et c'est ma faute, aussi,
et c'est ça qui est difficile maintenant.
C'est difficile parce que je l'ai laissé faire.
Personne ne m'a obligée à lui sourire,
à l'approcher en lui demandant s'il était

basique. Ce qu'il a pris pour
une permission.
Ensuite, putain, j'étais TRISTE
parce qu'au moment de vérité,
il a fermé les yeux
et j'ai su qu'il n'était pas avec moi.
Il était avec lui.
C'était lui tout le temps
et il s'est servi de moi.
De mon corps.
Un substitut pour sa main.
Un jouet qu'on achète et qu'on revend
Sur le marché de l'amour.
Parce qu'on a tellement dépassé l'inégalité
entre les sexes.
PAS VRAI ?
Alors je suis debout devant vous :
une vache.
Qui souffre.
Et je ne vais pas me marier de sitôt.
Non que j'aie envie de me marier.
N'empêche.
Je vais devoir penser à la valeur sacrée
que j'accorde à mon lait
à partir de maintenant.

Elle a rejoint la salle tout de suite après son monologue. Presque instantanément, elle l'a ressenti. Le malaise. De sa vie. Qui s'était insinué dans l'auditorium. Sous les fauteuils, dans le cœur des filles et des parents qui regardaient. Elle l'a ressenti et a immédiatement voulu se cacher. Il lui a fallu mobiliser toutes ses forces pour quitter la scène lentement, sans courir, sans se précipiter, sous les quelques applaudissements gênés.

Sa mère, bien sûr, l'a accueillie triomphalement en coulisse en la serrant dans ses bras. Britt aussi.

— Ma chérie ! Oh, mon Dieu ! C'était tellement, tellement, tellement bien ! Tellement puissant.

Britt s'est drapée autour du buste de Tillie comme une robe moulante et a dit : « Meuh ! » Malgré elle, Tillie a esquissé un sourire.

La jeune fille a regardé autour de la tête de sa mère qui se trouvait dans son champ de vision. Où était papa ? Elle l'avait vu dans le public. Où était-il, à présent ?

Et puis il était là. Les trois femmes Stanley ont quitté les coulisses pour rejoindre l'auditorium. Et son père était là, à trifouiller quelque chose sur son téléphone.

— Allô, Frank, ici la Terre, a lancé sa mère, et il a levé les yeux.

On aurait cru un inconnu. Il arborait un sourire poli, du genre de celui qu'on sert lorsqu'on rencontre le petit ami de quelqu'un à une soirée et qu'on s'en tamponne, par exemple. Il a tapoté légèrement sur l'épaule de sa fille. Comme pour signifier : « Désolé d'apprendre la mort de votre grand-tante, ô vous, personne que je connais à peine. »

Pendant le trajet du retour le long de la 90e Rue arborée qui les a fait passer devant le musée Cooper Hewitt, devant d'immuables immeubles d'habitation en grès semblant souligner l'invincibilité collective des New-Yorkais, Britt est restée collée à leur père, l'implorant de la porter sur son dos car elle était trop fatiguée pour marcher. Sa mère a passé son bras sous le sien et ne l'a pas lâchée. Mais Tillie ne pensait qu'à une chose : *Qu'ai-je fait pour le décevoir ? Comment revenir en arrière ?*

Les jours suivants, Tillie a senti qu'il s'éloignait. Au petit déjeuner, attablé au coin repas, il la saluait à peine d'un hochement de tête avant de fixer des yeux son téléphone comme s'il était un adolescent souffrant d'un trouble de l'attention, et elle le parent. Sa soudaine invisibilité avait une voix, dans son oreille intérieure, qui lui disait la Vérité, à savoir qu'elle méritait ce traitement. Elle méritait d'être exclue. Et chaque fois qu'elle le voyait assis sur le canapé avec Britt à côté de lui, à regarder *American Ninja Warrior,* elle avait envie de se taper la tête contre le mur mauve du séjour à cause de ce qui faisait qu'il ne l'aimait plus.

Et puis, un après-midi de la semaine dernière, Tillie a oublié de sortir la poubelle dans le compacteur à déchets. Son père, qui était bien le dernier à se préoccuper des tâches ménagères, a frappé à sa porte en lui demandant de venir dans le salon.

— La poubelle. Elle est censée être où ? lui a-t-il demandé.

Il était calé dans le canapé, l'air tendu, mais désorienté aussi. Tillie ne l'avait jamais vu dans un tel état.

— Désolée, s'est-elle excusée en baissant la tête et en s'attardant dans la pièce.

Elle avait besoin de plus, avait tant de questions à lui poser sur son comportement et sur ce qui l'expliquait. Quand il avait frappé à sa porte, elle avait eu ce drôle de sentiment dans la poitrine, comme si quelque chose allait s'abattre. Mais la poubelle ? Cela n'avait pas de sens.

— Ton « Désolée » ne suffit pas. Tu dois mieux faire, Tillie. Tu dois… mieux faire. C'est tout.

Elle s'est mordu la lèvre.

— Euh… OK. Désolée.

Son père a secoué la tête.

— Ça devient une habitude. Tu sèmes ta merde et tu laisses les autres payer les pots cassés. Je ne veux pas avoir à voir… Je ne veux pas rentrer à la maison après une longue journée de boulot et voir tes affaires traîner partout. Pas à leur place. Dans le salon. Tu me déçois. Je pensais que tu grandissais. Je pensais que tu devenais plus mûre avec le temps, mais où que je regarde, j'ai l'impression qu'il y a… ton linge sale.

Tillie regardait fixement un point à droite du visage de son père. Elle était abasourdie. Qu'est-ce qu'il racontait ?

— Désolée, a-t-elle répété pour la troisième fois. Mais, euh… de quoi tu parles ? De quel linge sale ? Je ne laisse pas…

— Eh bien en fait, si.

Son visage était rouge. Il a soupiré, serré son poing gauche qu'il a posé sur son front.

— Tu dois arrêter de laver ton linge sale.

— Hein ?

— Certaines choses sont privées, bon sang ! Et toi tu les déverses à un concours de talents, devant toutes tes camarades ? C'est humiliant, voyons !

Ah. C'était donc ça, le problème. Tillie a regardé son père fixement. Soudain, elle le détestait, tout en étant parfaitement incapable de le détester parce qu'il était la personne dont l'amour avait toujours le plus compté.

— Nous, on gère nos merdes. Nos trucs. Et toi, non. Au lieu de gérer, tu... les étales. C'est fini tout ça. Je suis sérieux. Fini.

Tillie a croisé les bras sur sa poitrine.

— C'était une performance. C'était de l'art. C'est ça, l'art. Tu t'inspires de ta vie. Tu l'exprimes...

— Arrête, Tillie. Arrête ! C'est sacrément humiliant.

— Mais...

— Qui va payer tes foutues factures de psy ? a-t-il hurlé.

Ce qu'elle a entendu était un craquement, comme un os qui se brise. Nettement. Sous le choc, elle a regagné discrètement sa chambre, a refermé doucement la porte et s'est glissée sous ses draps en retenant sa respiration. Elle espérait juste... cesser d'être.

Ce n'était pas uniquement ce qu'il avait dit ; il y avait aussi ce qu'il n'avait pas dit. Pas un instant, il n'avait parlé comme un père : « J'ai entendu ce que tu as dit sur scène. Tu as eu le sentiment qu'un garçon avait abusé de toi. Tu veux qu'on en parle ? Est-ce que ça va, Tillie ? »

Ainsi a débuté la guerre froide chez les Stanley, et sa mère, qui se retrouvait inconfortablement au milieu de tout ça, essayait de calmer le jeu. Tillie lui en était reconnaissante, et avait aussi envie de casser des choses.

Et puis il y avait eu les vraies voix de ses camarades de classe, dans les couloirs. Ils beuglaient. Lui demandaient : « T'as du lait ? » à la cantine.

Ne voyaient-ils donc pas l'impact que leurs mots avaient sur elle ? À quel point ils s'immisçaient dans sa poitrine et lui déchiraient le cœur ?

Maudit soit son besoin idiot de monter sur scène. Et tout ça pour quoi ?

Mais est-ce que ça valait la peine de mourir pour autant ? Combien de fois Tillie et sa mère ont-elles réfléchi à ce sujet ? Qu'est-ce qui vaut la peine et qu'est-ce qui ne la vaut pas ? Assise dans le resto de bagels où elle mange sa dernière bouchée, Tillie se rend compte qu'elle a jeté à la poubelle sa seule alliée au monde – ses deux alliées, en incluant Britt –, et qu'il fait froid dehors. Le monde ne la connaît pas, et n'en a rien à faire d'elle. Elle détourne les yeux lorsqu'elle sent les larmes monter à nouveau.

Non. Non. Non.

Et pire. Molly. Molly la connasse. Qui a poussé l'insulte au plus haut degré. Qui aurait tout aussi bien pu dire : « Tiens, Tillie. Pourquoi ne pas regarder ça et ensuite te tuer parce que tu sers à rien ? »

Tillie se souvient. Jeudi dernier. Le SMS de Natasha, qui n'était pas une amie à proprement parler, mais qui se souvenait parfois de l'existence de Tillie pour lui demander les devoirs de français.

T'as vu ?

Vu quoi ?

Ah. Hum.

Vu quoi ?

Natasha lui a envoyé un lien en s'excusant d'avance. La gorge de Tillie s'est resserrée. Quoi encore ? a-t-elle pensé. Une fois, l'automne dernier, elle était allée sur Insta et avait vu un lien vers un sondage des classes de première. Sa mâchoire s'était contractée parce qu'elle savait, et quand elle avait ouvert le lien, ce n'était pas si terrible finalement. Marcia Fishbaum avait été élue fille ayant le plus de chances de mourir pucelle. Savanya, celle ayant le plus de chances de mourir seule entourée d'une centaine de chats.

Elle, on ne l'avait élue rien du tout. Et elle en avait été soulagée, mais ça l'avait aussi énervée, parce qu'une fois de plus on l'avait oubliée. Tillie avait liké le post dans lequel Rhiannon Kelly disait que ce sondage était méchant. Ils étaient onze à avoir liké, et c'était sa façon à elle de protester. Rien de plus.

Alors que, cette fois-ci, on s'était souvenu d'elle. La vidéo montrait Molly dans sa chambre. Tillie se rappelait la pièce à l'époque du CM2, quand elles étaient encore copines et faisaient des soirées pyjamas. À présent, les murs n'étaient plus roses, mais d'un blanc satiné parsemé de petits points. Molly était tout en noir, et avait visiblement mis un coussin sous son tee-shirt, au niveau du ventre. Elle n'avait pas juste l'air grosse, mais difforme. Toute recroquevillée sur elle-même, elle affichait un air docile, et son visage arborait un masque de douleur feinte – parce que Molly n'avait pas la moindre idée de ce qu'était véritablement la douleur, n'est-ce pas ? Tillie a senti son cœur se serrer, parce qu'elle savait ce qui allait suivre, et cela lui paraissait une insulte par-dessus une insulte par-dessus une insulte, trop injuste pour être réelle. Il y avait beaucoup de rires en arrière-fond sonore – était-ce Isabella ? Gretchen ? Et puis la partie vraiment horrible est arrivée :

Meuh.
Je suis une vache.
Je suis une vache triste, triste.
Qui a donné son lait
à un garçon. Le seul qui a voulu en boire.
Parce que je suis dégueu.
Et tellement, tellement triste. Regardez-moi !
Regardez ma souffrance !
Vache triste je suis.
Je suis une vache triste.
Meuh.
Merci ! Merci !

Elle a fait une timide révérence, dans laquelle Tillie a reconnu une imitation très cliché d'une personne asiatique. Derrière, Gretchen et Isabella hurlaient de rire. La vidéo s'est arrêtée.

Comme le cœur de Tillie pendant un instant. Elle a refermé doucement son ordinateur et est allée se coucher. Et quand, plus tard, Natasha lui a écrit un texto qui disait juste « ?? », comme s'il revenait à Tillie de réagir, comme si elle devait sortir quelque chose comme : « Ouais, ça fait grave mal », Tillie a posé son téléphone et décidé de ne pas retourner à l'école avant un bon moment.

Quand elle y est retournée, beaucoup d'élèves sont venues la voir pour lui dire : « C'était carrément pas cool, ce truc. » Et puis, comme s'il y avait une vague d'amnésie collective, soudain, le jour d'après, alors même que Tillie n'avait émis aucun commentaire sur le sujet, marche arrière. Le récit n'était plus le même. Les gens sont venus la voir pour lui balancer des trucs comme : « Tu sais, si tu comptes faire des performances, va falloir t'endurcir. »

Comme si elle s'était plainte. Ce qui n'était pas le cas. Mais la vérité importait peu. Seule l'histoire comptait.

Et même à ce moment-là, Tillie n'a rien dit, parce que même si elle ne s'était pas plainte, peut-être que ses camarades avaient globalement raison, peut-être était-elle faible et trop sensible. Elle aurait dû rire, mais n'en était pas capable, elle ne savait pas vraiment comment être la fille qui se bidonne avec tout le monde quand on se paie sa tête et qu'on la traite de meuf chelou, et lorsque les beuglements ont repris mercredi – merci, Samantha, merci beaucoup –, Tillie a décidé qu'elle s'en moquait. Qu'elle se moquait de tout. Car rien n'avait d'importance.

— Terminé ?

L'homme qui lui pose la question porte un uniforme Tal Bagel.

Elle hoche la tête.

— Est-ce que vous embauchez ? demande-t-elle.

— Je ne sais pas. Vous voulez que je me renseigne ?

Tillie imagine prendre un boulot chez Tal Bagel pour la journée. Avoir un endroit où rester. Il fait chaud ici. Elle est en sécurité. Si elle travaillait ici, elle ne finirait pas sur un pont – bizarrement, c'est l'endroit où elle a envie d'aller. Et si elle y va, sa vie se terminera peut-être et, vraiment, elle ne le souhaite pas. Elle veut juste qu'elle soit différente. Mais différente dans le genre Tal Bagel ? Elle essaie de deviner ce que dirait sa mère si elle rentrait à la maison en annonçant qu'elle a trouvé un boulot chez Tal Bagel. Ouais. Tu parles d'une institution.

— Pas la peine. Peut-être une autre fois.

Le type s'éloigne. Tillie se lève, prend son portefeuille, et en sort un billet de cent. Son argent de poche pour la semaine.

— Tenez, dit-elle en tapotant sur l'épaule du serveur.

Celui-ci regarde le billet, puis le visage de Tillie.

Elle détourne les yeux.

— Des bagels. Pour les gens. Gardez-en un peu comme pourboire, et puis offrez un bagel à certains clients de ma part, OK ? Je vous fais confiance. Voilà.

— Merci, répond-il troublé, mais pas de façon désagréable.

Lorsque Tillie ressort dans le froid en rejouant la scène dans sa tête, elle comprend qu'elle a fait ça pour que, si jamais elle ne rentre pas chez elle aujourd'hui, si on retrace ses derniers instants, on voie ce geste comme un acte de bonté, on se souvienne qu'elle n'était pas complètement mauvaise.

Elle s'arrête au croisement de Lexington et de la 83e Rue et s'aperçoit qu'elle ne sait pas quoi faire à présent.

Et puis elle a une idée. Elle se dirige d'un pas tranquille vers le sud.

Vers la 80e Rue et Lexington. Elle n'oubliera jamais l'adresse de Molly. C'est le genre de chose dont on se souvient : l'appartement d'un ancien ami qui vous a trahi.

À cause du temps qu'il faut au vieux portier blanc au teint blafard pour donner une réponse à Tillie quand il appelle à l'étage et dit : « Tillie est là, pour Molly », la jeune fille sent un nœud se former dans son estomac.

Elle sait que Molly n'est pas en cours, parce qu'elle a été exclue pour une semaine. Cela ne signifie pas qu'elle est à la maison, mais… c'est probablement le cas.

Et ça. Quelle mauvaise idée. Qui se rend dans l'appartement de la personne qui le harcèle en ligne ? Le visage de Tillie devient cramoisi tandis qu'elle imagine ce que doit dire Molly à l'autre bout de l'interphone et, pire, ce qu'elle doit penser.

Elle est sur le point de prendre ses jambes à son cou quand le portier lui lance : « 8 C ». Tillie, un peu abasourdie du cran dont elle a fait preuve, rejoint l'ascenseur à grands pas.

Une fois dedans, Tillie sent, comme un coup de poignard dans la poitrine, que ce que Molly a fait est mal. Elle ignore complètement quelle sera sa réaction face à Molly, mais l'un des scénarios est vraiment violent.

L'ascenseur s'ouvre. Tillie prend une profonde inspiration et sort. Molly est au bout du couloir, devant sa porte, les bras croisés devant sa poitrine. Elle porte un débardeur turquoise, ses cheveux en bataille frisottent, et elle n'est pas maquillée. Tillie ne l'a pas vue sans maquillage depuis la sixième. Peut-être même le CM2. Elle a vaguement l'air d'avoir la grippe, le nez rouge en moins.

— Qu'est-ce que tu fais ici ? demande Molly d'une voix atone.

La colère se fige dans le ventre et la poitrine de Tillie.

— Salut, marmonne-t-elle en réponse.

C'est comme si elle n'était pas capable. Pas capable de dire ce qu'il faudrait qu'elle dise, et maintenant, plantée au milieu du couloir, elle regrette de ne pas y avoir réfléchi un peu plus en amont. Comme elle est bête ! Elle l'entend d'ici. Voit déjà le tableau. Molly, qui dirige pour ainsi dire la classe de première à Spence, tenant salon à la cantine, décrivant Tillie, cette meuf chelou, qui reste plantée là alors que Molly attend qu'elle dise un truc, parle, comme le font tout le temps les êtres humains.

— Tillie. Qu'est-ce. Que. Tu. Fais. Ici.

— Je ne sais plus trop.

Molly roule des yeux, rentre chez elle en refermant la porte derrière elle. Oui, elle referme la porte. Tillie est sidérée. Elle reste debout sans bouger pendant une minute peut-être. Elle a l'impression d'être un grain de poussière totalement incapable de savoir ce qu'elle doit faire ensuite parce que… merde. Peut-être est-elle dangereuse pour elle-même ? Parce que ces sentiments reviennent, les sentiments flippants, insidieux d'être moins qu'un grain de poussière. Ce truc au ventre qui lui donne la sensation d'être complètement vide à l'intérieur et de ne vouloir qu'une chose : que cela s'arrête. Il faut que ça s'arrête.

La porte s'ouvre. Molly revient, s'adosse au mur à côté de l'entrée de son appartement et croise les bras.

— Tu ne peux pas rester ici toute la journée, tu sais ? Est-ce que je dois appeler les flics et leur dire que tu fais de la violation de propriété privée ? J'en suis capable, tu sais. Tu as déjà gâché ma vie, OK ? Est-ce que tu peux me foutre la paix maintenant, bordel ?

Tillie s'efforce de ne rien montrer de ce qu'elle ressent. Son visage se crispe. Les mots sont si… faux et injustes et… non. Non non non. Elle retient sa respiration et le couloir devient flou.

— Mais bon sang ! Pourquoi t'es aussi bizarre ? Tu peux pas être normale trois minutes ? T'es venue ici ? Sois normale. Comment on a pu être amies un jour ? Qu'est-ce que tu veux ? Parle, espèce de meuf chelou. Dis quelque chose !

Tillie ne sait pas pourquoi Molly n'arrête pas de l'attaquer, ni où elle veut en venir, en fait, et puis soudain, elle est accroupie, ne sent plus ses jambes, et elle a besoin d'être plus bas, et puis elle est le temps, à l'arrêt, et les murs deviennent bizarres, et c'est la folie, folie.

— Merde ! s'exclame Molly.

Elle disparaît et la porte se referme. Tillie est seule dans le couloir et son existence se retourne, se met de côté, et elle se retrouve dans le bac à sable et peut-être à quatre pattes ? Il y avait deux bacs à sable. Un pour les enfants qui voulaient chahuter, un autre pour ceux qui cherchaient le calme. Elle était dans le bac tranquille mais Trevor Rheim n'était pas du tout calme et il a jeté du sable dans les yeux de Tillie, qui s'est mise à pleurer et c'est tout ce dont elle se souvient, tout ce…

Tillie est allongée sur le côté sur un tapis, le bras droit tendu au-dessus de sa tête. Elle a mal à l'épaule dans cette position. Elle ne sait ni où elle est ni pourquoi elle y est. Elle cligne des paupières plusieurs fois, ses yeux s'ajustent à une pièce aux murs couleur crème et pêche. En tournant la tête, elle voit Molly assise par terre, adossée au mur couleur crème et jambes écartées comme une poupée de chiffon. Elle a l'air épuisée.

Tillie cligne encore plusieurs fois des paupières et regarde Molly dans les yeux. Elle n'arrive pas à déchiffrer son expression. Regret ? Rien ? C'est presque vaguement familier mais pas vraiment.

— Bon, ça va mieux maintenant ? demande Molly d'une voix douce qui fend le cœur de Tillie, car celle-ci n'a pas eu droit à ce ton de sa part depuis environ la sixième.

— Euh. Je crois.

Aucune des deux ne dit rien pendant un bon moment, puis, lentement, Tillie se redresse à l'aide de ses bras. Elle regarde autour d'elle et se souvient du salon d'il y a des années. Ce même tapis persan, ses motifs cachemire rouge sang et beige. Ses doigts se promènent dessus.

— Comment je me suis retrouvée ici.

— Je t'ai traînée.

— Ah. Euh. Merci.

Molly hausse les épaules.

— Bon, pourquoi t'es pas au lycée où moi, bien sûr, je n'ai pas le droit d'être ?

Tillie prend une profonde inspiration et décide de ne pas formuler la chose qui pourrait clouer le bec de Molly.

— Je prends juste… du temps pour moi.
— Eh bien, sympa pour toi.
— Oui. Tout ça. Carrément super sympa, dit Tillie d'une voix monocorde.
— Tu sais, faudrait peut-être que t'en aies plus dans le ventre. Je ne dis pas ça pour te vexer, et je ne veux pas te refoutre dans le même état que tout à l'heure… Mais des gens vont ne pas t'aimer. Surtout si t'es… Laisse tomber.
— Surtout si je suis quoi ?
Le cœur de Tillie s'accélère, et elle est tellement fatiguée et à cran qu'elle n'en revient pas.
— T'es différente, d'accord ? Et ouais, c'est bien d'être différent. En fait, je suis plus différente que… Pff. Laisse tomber. Mais bon, en montant sur scène et en livrant ton âme comme ça, tu t'attends à quoi ? C'est le lycée. Tu penses que les gens vont se précipiter vers toi et te sortir genre : « Waouh, c'était ouf ! » ? Non. Les gens vont s'en servir contre toi. Bienvenue dans la vraie vie, Tillie. C'est pour ça que j'ai choisi de ne pas partager le moindre détail me concernant avec le monde entier.
Tillie laisse pendre sa tête et ferme les yeux. C'est quoi, ce monde où les gens cherchent en permanence des munitions ? Et est-ce dans ce monde-là qu'elle a envie de vivre ? Mais a-t-elle un autre choix ? Elle n'a pas envie de mourir. Elle n'a juste pas envie d'être *ici*. Et lorsqu'elle pense à cette contradiction totalement irrémédiable, ses bras deviennent froids, sa tête se met à tourner, et ouais. C'est reparti.
— Tillie.

Son ancienne copine est au-dessus d'elle, et son visage est moitié inquiet, moitié en colère.

— T'as pris des drogues ?

— Je suis allée sur le pont hier, dit Tillie d'une voix douce, l'esprit complètement vaincu.

Les frères guerriers de Michael viennent le voir chez lui.

« C'est ça, être frères », a dit Morris au téléphone un peu plus tôt, et comme de coutume, tous, y compris Reggie, quatre-vingt-onze ans, qui se déplace en déambulateur, se présentent à son domicile et font comme chez eux, même si aucun d'eux, exception faite de Morris, n'a jamais mis les pieds dans son appartement auparavant. Michael est incapable de faire quoi que ce soit d'autre que rester assis sur le canapé en regardant l'Hudson.

Ils ne tardent pas à l'entourer, et Jack allume un bâtonnet de sauge qu'il agite de haut en bas le long du corps de chaque homme présent en guise de rituel purificateur – cela a toujours été la partie du Mankind Project à laquelle Michael a le moins adhéré. Mais il s'y plie car tout le reste lui a sauvé la vie. Et ils vont devoir la lui sauver une nouvelle fois car il ne lui reste plus rien.

Plutôt que d'organiser une réunion formelle, une fois les fumigations accomplies, Morris prend le relais.

— De quoi as-tu besoin ? demande-t-il.

Michael ne répond pas tout de suite. Il en est incapable.

— Nous sommes là. Nous allons être présents pour toi et t'offrir un espace bienveillant, tout simplement, déclare Morris.

C'est une expression qui revient souvent dans leur groupe, et franchement, quatre ans plus tôt, avant ce fameux week-end, Michael se serait moqué de cette terminologie. *Un espace bienveillant*... Mais aujourd'hui, quel soulagement – ces hommes, ses frères, sont là. Présents et bienveillants pour lui.

Des minutes durant. De nombreuses minutes. Il ne sait pas trop si ce sont des minutes ou des heures, et les pensées fusent en tous sens dans son cerveau embrouillé, sans qu'aucune mérite d'être énoncée. Qui viendra à l'enterrement ? À quoi vont ressembler ses échanges avec Fieldston ? Va-t-on le considérer avec une immense pitié ?

Quand ses pensées finissent par franchement ralentir, il répond :

— Je veux qu'on me prenne dans les bras.

Les hommes se lèvent et entourent Michael. Une fois qu'ils l'enveloppent, que leurs mains sont là, fortes, sur ses bras, autour de son dos, il se met à trembler. Comme un tremblement de terre de tout son corps. Sans bruit. Juste des tremblements. Cette horreur le secoue et finit par atteindre sa bouche, et il hurle, et le son qui sort n'est pas à lui. C'est un chagrin brut dont la tonalité semble venue d'ailleurs. D'au-dessus ou d'en dessous, mais pas de quelque part en lui. Cela continue. Et les hommes absorbent ce son, serrent Michael, et pleurent, aussi, un rempart d'hommes qui gémissent, qui prennent soin d'un frère tombé au champ d'honneur.

Molly a du mal à croire ce qu'elle vient d'entendre.

— Quoi ?

— Je suis allée sur le pont. Je ne voulais pas sauter, mais... Je voulais aussi en quelque sorte sauter. J'en sais rien. Je ne voulais plus avoir à assumer le fait d'être moi-même. Être moi-même, c'est pas la joie.

Molly se rassied dos au mur. Sa bouche forme un « o ». Et d'une certaine façon, Tillie est contente d'être enfin parvenue à laisser Molly bouche bée. Et d'une certaine façon aussi, elle est contente qu'elle soit au courant. Comme ça, elle arrêtera de balancer des horreurs.

— Oh là là..., lâche Molly.

Tillie hoche la tête.

— Est-ce que c'est à cause de ma... ?

Tillie secoue la tête.

— Non. Pas vraiment. Enfin. Pas tout à fait. Ma vie est merdique pour plein de raisons. C'est pas parce que t'as fait une vidéo que j'ai sauté d'un pont, OK ? Tu n'as pas ce pouvoir-là sur moi.

— D'accord. Bon sang...

Les filles restent assises comme ça un moment, à respirer comme si elles venaient de courir un marathon. Rien n'a besoin d'être dit et tout a besoin d'être dit. Et, pour la première fois, Tillie commence à avoir l'impression que ce n'est pas si terrible que ça d'être là, comme si le côté bizarre de la chose s'était dissipé à l'instant où elle a tout raconté à Molly, et ouais, une moitié d'elle-même veut s'assurer que Molly n'en parle pas au monde entier, et l'autre se dit qu'elle s'en fout. Vas-y, raconte à tout le monde. Elle s'en moque bien maintenant. Elle contemple les murs pêche et crème, les rayonnages des bibliothèques en bois foncé encastrées dans les murs. Elle fixe des yeux une petite fêlure dans le béton dans un coin du plafond blanc, à quelques centimètres de l'intersections des deux murs d'angle les plus éloignés d'elle. Tandis qu'elle la scrute, on dirait qu'une vision en tunnel prend le contrôle de tout son corps, et la fêlure s'agrandit, sa tête se met à bourdonner, mais pas de façon négative. Tillie se sent presque sereine, presque comme si elle était rentrée chez elle après une longue absence. Ce qui est bizarre, compte tenu qu'elle n'est absolument pas chez elle.

— Ça t'arrive de regarder fixement un mur et que soudain, sa taille augmente ?

Molly rit un peu.

— Hum. Non. Pas vraiment.

Tillie rit aussi.

— Je sais, je suis la personne la plus cheloue sur terre.

— Pas la plus cheloue. La plus « à fond ». T'es la meuf-à-donf.

Cette remarque arrache Tillie à sa drôle de contemplation.

— Quoi ?

— T'as toujours été comme ça. À l'époque où on était copines, y a longtemps, tu disais toujours des trucs du genre : c'est le *meilleur* rouge à lèvres au monde, être privée de sortie, c'est la *pire* chose au monde. La meuf-à-donf.

Tillie scrute le visage de son ancienne amie.

— Tu sais, tu m'apprends quelque chose. Je n'ai jamais, jamais envisagé les choses sous cet angle-là.

Molly sourit un peu.

— Ben, t'es un peu drama-queen. Tu en as conscience, pas vrai ?

— Ça, je l'ai déjà entendu.

— Non pas que ce soit grave. Moi, ça ne me ferait pas de mal d'être plus… Laisse tomber.

Tillie ne lui pose pas de question. Pourtant, une part d'elle aimerait entendre, en a besoin, a besoin de retourner dans le passé, en CM2, et d'être allongée sur le sol de la chambre de Molly à parler de tout et de rien, des lamas qui ne mordent pas mais crachent quand ils se mettent en colère, ou du fait que la longue corne du narval qui ressemble à celle d'une licorne est en réalité une dent en ivoire hypertrophiée pouvant peser jusqu'à dix kilos. Et puis les trucs de mode, par exemple les excursions à SoHo pour s'acheter des écharpes colorées et même, à une période, des bérets, qui allaient carrément bien à Tillie, et des tops qui laissent les épaules nues, qui ne lui allaient pas du tout. Et la fois où Molly était vénère parce qu'on l'avait obligée à nettoyer sa chambre alors que Tillie était là, et Molly s'était exécutée avec rage, elle avait pris ce gros ours en peluche sur son lit, l'avait posé sur sa chaise à bascule et avait crié : « Toi, tu restes là et tu bouges pas ! » Et ensuite elles avaient tellement ri que la colère de Molly s'était évaporée en un quart de seconde, et elles avaient tellement gloussé qu'elles en avaient presque la morve au nez.

C'était avant toute cette dynamique de l'élève populaire, qui avait commencé en sixième. Quand elles étaient allées en colo de tennis et que Molly avait été immédiatement entourée par des filles, blanches pour l'essentiel, qui poussaient des cris aigus en parlant de maquillage et de garçons, et que Tillie avait eu l'impression de débarquer sur une autre planète. Et Molly s'était assurée que Tillie soit intégrée cet été-là, même si, étant une Asiatique boulotte dans un océan de visages en majorité blancs, elle était en périphérie du cool. Mais, une fois en sixième, les choses avaient changé, et les soirées pyjamas aussi. Tillie avait perçu le besoin de Molly d'être ailleurs, comme si leur amitié était de la même matière que ce bonbon à la pastèque dont le rose sucré s'étirait au point de menacer de casser. Et puis ça avait cassé. En sixième, au printemps. Un vendredi soir d'avril, alors que les feuilles des platanes qui bordaient les rues de la ville commençaient tout juste à fleurir. Leur premier bal mixte avec les garçons d'Allen-Stevenson. Elles étaient arrivées ensemble, mais ensuite, Molly avait vu Gretchen, et elles s'étaient tapé dans les mains d'une façon que Tillie voyait pour la première fois, et elles avaient ri, s'étaient prises dans les bras l'une de l'autre, et Molly avait soulevé son pied droit quasiment avec coquetterie tandis qu'elles s'embrassaient, et Tillie avait l'impression d'être devant un film d'horreur parce que Gretchen était de toute évidence hyper méchante. Tillie s'était alors tapie dans un coin pour les observer. Soudain, trois filles et trois garçons dansaient au centre de la salle au son de « XO » de Beyoncé, et Tillie avait senti les larmes monter, et n'avait nulle part où courir se réfugier, mais la mère de Molly était là, qui chaperonnait, alors elle était allée la voir, parce qu'elle était presque comme sa maman, d'une certaine façon, vu le temps qu'elle avait passé chez Molly au fil des années, et elle avait quasi immédiatement compris qu'elle s'était complètement fourvoyée à son sujet. La maman de Molly ne l'avait pas serrée fort dans ses bras, ne l'avait pas consolée, ne lui avait pas dit que ce n'était pas grave d'être exclue, ou d'être différente. Elle avait levé les yeux au ciel et lui avait sorti : « Reprends-toi, Til' ! Ce n'est pas approprié de pleurer pendant un bal. Va aux toilettes des filles et ressaisis-toi. »

Comme suggéré, Tillie s'était rendue aux toilettes. Elle s'était regardée dans le miroir en pensant : *C'est ma vie. Elle sera comme ça à partir de maintenant.* Et c'était vrai. Lundi, en cours, les choses avaient changé. Molly avait de nouvelles amies et il était entendu que Tillie était exclue du groupe. Pas de rupture. Une évolution tacite.

Ces souvenirs donnent envie à Tillie de ramper jusqu'à Molly pour la prendre dans ses bras, et elle ne sait pas quoi en penser. Alors elle se contente de demander :

— Tu pourrais être plus quoi ?

Molly soupire de façon théâtrale.

— J'en sais rien, répond-elle d'un ton exaspéré en regardant le plafond, bras écartés et paumes vers le haut. Vraie, peut-être ? Tu vois, je crois que j'ai la réputation d'être une meuf qui gère. Y a des choses que je ne partage pas, Tillie. La vie, c'est comme un musée. Il faut choisir ce qu'on montre. Et c'est dommage parce que, parfois, on perd certains trucs en route.

— Ah ouais ?

— Ouais. Et te vexe pas, parce que je dis pas que c'est ta faute, exactement, mais l'exclusion ? Si t'avais la moindre idée de ce que faisaient Gretchen et Isabella quelques minutes avant moi, et je suis désolée, d'ailleurs, c'était naze, mais leur truc était carrément plus méchant, pas sur toi, hein, et elles sont en cours en ce moment, alors que moi pas, et c'est gravé dans mon dossier à tout jamais, alors adieu Penn, Brown, et même l'université du Michigan, probablement, parce que, quel genre de personne réalise une vidéo grossophobe sur une camarade de classe ? Va expliquer ça dans une lettre. Et puis bon. Je sais qu'on n'est plus, genre copines, mais sérieux. Je ne mérite pas d'aller dans une bonne université à cause d'une plaisanterie idiote ? Et ne me lance pas sur le sujet de Gretchen et d'Isabella. J'ai juste l'impression qu'elles sont passées à autre chose, alors que moi je suis là, et j'en bave. Ma popularité, mon statut… envolés ! Tout ça à cause d'une erreur. Alors moi non plus, je ne suis pas super optimiste. Je ne vais pas sauter du haut d'un pont, mais bon…

Tillie rit. Que peut-elle faire d'autre ? Et alors une chose très étrange se produit. Molly se met à rire également.

— Trop tôt pour ce genre de blagues ? demande-t-elle.

— Ah bon ?

Molly penche la tête d'un air compatissant.

— Désolée. Je ne sais pas pourquoi j'agis comme ça, ou alors je sais, mais bref. Je pourrais être plus sympa, pas vrai ?

— T'as peut-être une marge de progression dans ce domaine, répond Tillie, et elles rient de nouveau toutes les deux.

Tillie espère que Molly capte. Que ce rire ne signifie pas : *Je passe l'éponge.* Parce que ce n'est pas le cas. Elle a cette fureur dans sa poitrine, et si elle était quelqu'un à qui on prêtait attention, on le remarquerait sûrement. Mais personne ne prend la peine de se demander comment elle va, ce qu'elle ressent. C'est une sorte de rire qui ne sort que quand votre corps ne peut littéralement rien faire d'autre.

— Alors, pourquoi t'es là ? demande Molly en croisant les bras sur sa poitrine. Dans mon salon ? Et pas en cours. Où je n'ai pas le droit d'être alors que j'aimerais vraiment.

Elles sont toujours assises par terre dans le salon. Tillie perçoit l'ironie et voudrait se déchaîner sur Molly, mais il semble qu'elle en soit incapable. Pour une raison qui lui échappe, elle ne se permettrait jamais de faire ça, jamais de la vie.

Peut-être est-ce le ton de Molly, cependant, qui permet au moins à Tillie de lui dire la vérité.

— Bon, ma mère m'a sorti un truc du genre : « Faut qu'on te trouve de l'aide. » Ce que je comprends, d'ailleurs. Je suis déprimée. Clairement. Mais je suis déprimée à cause de certaines choses. Ouais, ta vidéo n'a pas aidé, mais il n'y a pas que ça. C'est... ce type. Celui du monologue. Il s'appelle Amir. J'étais vraiment accro, et il a disparu du jour au lendemain. Et tu fais quoi de ça ? Quand tu laisses un type s'approcher tout près de toi comme ça, que tu lui fais confiance et que, soudain, c'est fini.

Tillie s'essuie les yeux, qui sont complètement secs. Molly contemple le sol devant Tillie, comme s'il y avait là quelque chose à essuyer. Alors que non.

— Et à la maison… Peu importe. Ce n'est rien. C'est dur en ce moment, et je me suis un peu… bref. Alors ma mère m'a emmenée chez un médecin ce matin, et elle veut à tout prix me faire interner dans une clinique dans le Vermont. Pas question ! Du coup, j'ai déguerpi. J'ai pas genre couru pendant qu'elles me criaient de rester. Ma mère était aux toilettes, je pense, quand je suis sortie du cabinet pour lui dire de se joindre à la séance, et j'ai simplement marché. Je ne sais pas pourquoi. Et me voilà. Alors…

Molly continue à regarder fixement le sol, mais son visage paraît de plus en plus insondable à Tillie. La mâchoire crispée, les yeux vitreux. Est-ce qu'elle s'ennuie ? Est inquiète ? Contrariée ?

Quand il est clair que Tillie a fini de parler, Molly lève les yeux, pas au niveau de ceux de Tillie, mais pas loin, au moins. Elle se redresse de sorte que sa colonne se retrouve bien droite contre le mur auquel elle est adossée.

— D'accord, dit-elle.

— Ah, et ouais. Je n'ai plus de téléphone. Parce que après être partie j'ai découvert que ma mère me traçait, alors je l'ai laissé sur la 83e Rue. C'est là qu'il habite maintenant. Dans un trou de la chaussée. Ça prouve à quel point je ne veux pas être internée.

Molly déglutit et pose une main sur sa gorge.

— D'accord. Donc. T'as plus de téléphone, ta mère te cherche et veut te faire interner ?

Interner. Ce mot lui semble tellement inapproprié. Elle n'est clairement pas folle. Elle est triste. Interner, ça lui rappelle les camisoles de force dans *Vol au-dessus d'un nid de coucou*, la pièce qu'ils ont jouée au printemps, en classe de troisième. Là, c'est autre chose. C'est… Tillie.

— Je ne suis pas folle, lâche Tillie, la gorge serrée.

— Est-ce que j'ai dit que tu l'étais ?

— Le ton que tu as employé le sous-entendait, un peu.

— Bon sang. Ce sont les faits. T'es censée être à l'hosto mais, à la place, t'es venue chez moi.

Tillie sent son estomac se nouer à nouveau. Elle a un peu envie de mettre un bon coup de poing dans la figure de Molly, de frapper fort. Elle se mord la lèvre encore plus fort.

— Bon sang, répète Molly, cette fois-ci en marmonnant.

Tillie se rend compte que c'était une mauvaise idée. Elle ne se sent pas mieux. En fait, c'est pire. Parce que, maintenant, c'est dit. Elle est blessée. Et Molly a raison. Quand on déballe des trucs, les gens s'en servent de munitions.

— Allez, dit Molly en se mettant debout.

Tillie lève les yeux vers elle.

— On va où ?

— Dans ma chambre, d'accord ?

Ce n'est pas ce que Tillie s'attendait à entendre dans la bouche de Molly mais, lentement, elle se lève et suit son ancienne copine.

Celle-ci s'excuse et s'absente un instant, et Tillie reste à l'entrée de la chambre sans trop savoir où se mettre.

La chambre de Molly, contrairement à celle de Tillie, est pratiquement méconnaissable par rapport à il y a cinq ans. Tandis que les murs de la sienne sont encore roses – elle se souvient à quel point il était important pour elles deux que le rose de leurs chambres soient assortis –, ceux de Molly sont désormais d'un blanc satiné parsemé de points violets probablement peints par un artiste célèbre – la mère de Molly est très snob. Le plancher en bois sur lequel elles s'asseyaient pour jouer aux osselets est à présent caché par un tapis persan, et sur son lit défait se trouvent des draps turquoise haut de gamme.

— Waouh ! s'exclame Tillie quand Molly revient.

— Quoi, waouh ?

— Ça fait un bail que je ne suis pas venue ici !

— Ouais…

— C'est quoi, ça ? demande Tillie en pointant le doigt vers le livre ouvert qui est retourné contre le lit.

— Rien, répond Molly en s'empressant de récupérer le bouquin qu'elle cache derrière son dos.

Tillie se retient pour ne pas rire.

— Mêle-toi de tes oignons, OK ?

— OK, répond Tillie en sentant une pointe de quelque chose dans la poitrine.

Comme s'il était trop tôt pour être là. Comme s'il y avait quelque chose d'inachevé. Comme si une autre Tillie, une meilleure version d'elle-même, allait se déchaîner – devrait peut-être se déchaîner – contre cet endroit pour se venger de la vidéo qui a gâché sa vie.

Les filles se regardent. Tillie hausse les épaules et s'assied sur l'une des chaises, un meuble signé par un designer qui a visiblement remplacé le fauteuil à bascule de l'ours en peluche. Molly cache le livre sous son matelas comme si c'était un secret, et Tillie se demande : *C'est du porno ou quoi ? Super bizarre.*

— Tu te souviens de Jukebox ? demande Tillie.

Molly rit malgré elle et roule les yeux.

— Oh, bon sang. Ça !

Elles devaient être en CM1. Elles avaient imaginé un petit sketch pour la mère de Molly. Molly s'était faite toute belle et était dans un bar à l'ancienne qu'ils avaient vu dans un film, où il y avait ce vieux jukebox avec toutes ces chansons. Une couverture sur une chaise tenait lieu de jukebox. Elles avaient posé dessus un bout de papier sur lequel Tillie avait écrit UN JUKEBOX.

« Je passe quoi ? » demandait Molly avant d'appuyer sur un bouton.

Ensuite, elle disait « Boop ! » d'une voix aiguë, comme si ça faisait ce bruit-là quand on appuyait sur un bouton, et Tillie se mettait à chanter un morceau de Justin Bieber. Puis Molly disait de nouveau « Boop ! », et Tillie entonnait un autre air.

Tillie entendait la mère de Molly éclater de rire et avait du mal à rester sérieuse. Elles étaient tellement drôles !

— Et de la Ville des poneys ? dit Tillie.

Impossible d'arrêter les souvenirs.

— Hein ?

— La Ville des poneys ?

Molly hausse les épaules.

— Désolée. Ça doit être avec quelqu'un d'autre.

Non, c'était avec elle, et Tillie le sait.

Oh là là. La Ville des poneys. Elle a envie de décrire le jeu, parce qu'elle est quasi certaine que Molly se rappellerait. Ça avait duré jusqu'en CM2, c'était sûr. Mais Tillie sait qu'elle ne doit pas le faire. Jukebox ou pas, Molly est trop sophistiquée pour se souvenir de quelque chose comme ça avec nostalgie.

Les poneys en question étaient censés être des décorations pour gâteaux, mais sa mère ne s'en servait pas. Alors Tillie les avait amenés dans sa chambre, il y en avait une dizaine, et elle avait inventé un monde dans lequel ils étaient les habitants d'une ville. Elle avait dessiné des magasins et d'autres lieux sur des feuilles de papier. Les poneys avaient tous des noms, comme Jackie et Esmeralda. Certains étaient des garçons, d'autres des filles. Et ils allaient au magasin de bonbons, au club de sport, ou à la plage. C'était plus ou moins inspiré des West Hampton, où ils avaient séjourné un été. Son père était entré une fois et avait adoré, alors il avait inventé des voix pour les différents personnages, et ils avaient joué super longtemps ensemble. Tillie aurait aimé que cette journée ne se termine jamais. Et, pendant des années encore, elle avait continué à sortir ses poneys, à faire évoluer l'histoire, même quand elle était devenue un peu grande pour ça, mais elle s'en fichait, et elle se rappelle l'avoir montré à Molly, et que celle-ci avait inventé un scénario dans laquelle toutes les filles craquaient pour Nathan, le poney beau gosse. Tillie ne voulait pas vraiment que ce soit le sujet mais elle avait joué le jeu parce qu'elle était comme ça.

Parfois, pense Tillie, *j'aimerais que le monde ressemble plus à la Ville des poneys. À ma version.*

Voilà encore une chose qu'elle ne dirait jamais à la Molly d'aujourd'hui, dans la chambre de laquelle elle se sent hyper mal à l'aise.

Même à l'époque, se dit Tillie, Molly était déjà celle qui décidait de ce qui était cool ou pas. La Ville des poneys, ce n'était pas cool, et Tillie était une paria dans ce jeu-là aussi.

L'interphone sonne.

Quelque chose dans la façon qu'a Molly de regarder le téléphone puis de regarder Tillie fait immédiatement comprendre à celle-ci de qui il s'agit.

— Tu as prévenu ma mère, pas vrai ?

Molly hoche imperceptiblement la tête et détourne le regard.

— J'ai été obligée, Tillie. Je suis désolée. Je sais que tu n'as pas envie de l'entendre, mais tu veux la vérité ? Je me fais du souci pour toi. D'accord ? Cette vidéo était naze, mais t'as l'air… je ne sais pas. T'as l'air très triste. J'ai presque envie de pleurer en te voyant. Alors j'ai envoyé un texto à ta mère, parce que je ne peux sans doute pas t'aider autant qu'il le faudrait.

Pour la première fois, la colère de Tillie remonte dans ses joues, et elle sent tout son corps se réchauffer et sa poitrine se serrer.

— Tu n'aurais pas dû faire ça.

— Désolée, mais…

— Merde !

La sonnerie retentit, encore et encore.

— Allez. Je vais dire au portier de laisser monter ta mère.

— J'ai compris. J'ai besoin d'aide. Mais j'ai aussi besoin d'une journée. Il fallait que j'arrange les choses avec toi, et je dois parler à Amir aussi. Une fois que je l'aurai fait, si je dois toujours aller dans cette institution, j'irai, d'accord ? Mais j'ai besoin de ça.

— Je ne sais pas...

— Voici ce que je te propose : si tu renvoies ma mère et que tu me laisses sortir d'ici sans qu'elle s'en aperçoive, je te promets d'aller voir la proviseure pour essayer de la convaincre d'effacer l'incident de ton dossier. Je raconterai qu'on s'est rabibochées, que c'était un énorme malentendu.

Tillie sent une partie d'elle-même quitter son corps, et sait que ce n'est pas une bonne chose.

— Tu ferais ça ?

— Oui.

Molly prend une grande inspiration.

— Je sens que je vais le regretter.

— Non.

— Si, mais peu importe. Ça vaut le coup d'essayer. À une condition tout de même.

— Laquelle ?

— Que je vienne avec toi.

— Que tu viennes avec moi !

— Ouais.

— Pourquoi ?

— Parce que. Si je te laisse partir et que tu sautes d'un pont, je ne me le pardonnerai jamais, d'accord ?

Tillie hoche la tête. Cela lui paraît raisonnable. Elle se pose malgré tout une question : comment vont-elles pouvoir rester ensemble plus de cinq minutes sans être mal à l'aise au point de prier pour qu'il y ait une catastrophe nucléaire ?

Molly soupire et sort son téléphone. Elle appuie sur une touche et plaque le portable contre son oreille.

— Bonjour, madame Stanley. Je suis vraiment désolée. J'ai essayé. Non… Elle est partie il y a genre dix minutes et je n'ai pas réussi à l'en empêcher… Oui… C'est vrai, mais… Elle était, comment dire… je ne pense pas qu'elle représente un danger pour elle-même. Je crois qu'elle a juste besoin de temps… OK, bien sûr. Je vous dirai si elle m'appelle ou m'envoie un texto. Oui, au revoir.

Molly raccroche. Elle regarde Tillie en soupirant.

— Alors, on va où ?

— Amir étudie à Browning. Le moment est venu de lui passer un savon. De défoncer cet enfoiré. Enfin, avec des mots. Pas avec de la violence.

Molly affiche un air ahuri.

— On va prendre l'escalier de secours. Si on arrive à y accéder. Maman y entasse de vieux tapis persans. Ça bloque la porte.

— C'est une infraction aux normes de sécurité incendie.

Molly rit.

— Oui. C'est vrai que t'as pas d'autres sujets de préoccupation en ce moment… Pfiou. Bon. Attends-moi une seconde. Hors de question que je sorte dans cette tenue.

Tillie reste plantée là en hochant la tête comme une marionnette. Une fois encore, elle a l'impression d'être un grain de poussière. Parce que c'est implicite dans ce que Molly vient de dire.

Tillie n'est personne.

Si Tillie avait imaginé dix scénarios pour cette journée ? Cent ? Mille ? Jamais elle n'aurait pensé qu'elle marcherait sur Madison Avenue en compagnie de Molly Tobin, *alias* le Diable en personne.

Molly porte son magnifique manteau en tweed rose qui lui donne une allure incroyable, et dans lequel Tillie aurait juste l'air d'une grosse fraise. Tillie n'en revient pas d'une telle injustice. *Stop*. C'est l'une des rares choses que lui ait enseignées la Dr Brown. Quand elle a des pensées négatives, elle est censée dire « stop » tout haut. Parce que les pensées ont un pouvoir bla, bla, bla. Tillie n'a pas suivi ses instructions à la lettre, car sinon elle passerait son temps à dire « stop, stop ». Une vraie source d'inspiration pour les gens qui souhaitent se débarrasser de leur abonnement au câble, peut-être.

— C'est sur la 64e, n'est-ce pas ?

— 62e.

— OK.

Leur conversation ne va pas plus loin. Tillie a envie de s'arracher les cheveux tellement elle est mal à l'aise. Si elle était rapide, elle prendrait ses jambes à son cou, fuirait Molly et annulerait leur accord stupide.

Sur Madison Avenue, froide et venteuse, elles passent devant des boulangeries chic, des bijouteries et des boutiques françaises, Tillie pense à Amir. Son impeccable coiffé/décoiffé sculpté à la brillantine, ses lèvres minces et son nez parfait, son visage, beau en dépit des quelques boutons sur son menton. L'arc presque féminin formé par ses sourcils. Il ferait vraiment une jolie fille. Bizarre de penser à son ex-petit ami en ces termes, mais c'est si douloureusement vrai. Il était bien plus beau qu'elle.

Tillie ne comprend pas du tout ce qu'il lui a trouvé. Pourquoi il l'a choisie.

Ils se sont rencontrés devant Spence à l'heure du déjeuner. C'était visiblement une tradition de Browning, ce qui était étrange, vu que les garçons devaient prendre un Uber pour parcourir les deux kilomètres jusqu'au lycée de Tillie, mais ils étaient devant Spence pratiquement tous les midis. Au début, ils posaient des questions banales aux filles qui sortaient du bâtiment, et Tillie trouvait cela un peu… oppressant. Un peu dégoûtant. Ensuite, ils passaient à la drague lourde, et c'était pire, en fait, parce qu'on les avait déjà entendues quinze mille fois leurs répliques à la noix.

Et puis un jour, Amir. Avec sa chevelure parfaitement sauvage, ses yeux noirs si brillants, et son petit sourire en coin. Elle l'a vu, leurs yeux sont restés scotchés, et il ne l'a pas du tout dégoûtée.

Il n'a pas parlé fort pour attirer son attention. Il a détourné les yeux avant de les poser de nouveau furtivement sur elle puis de les détourner encore. Un garçon timide ! Tillie était mordue. Aussi, lorsqu'elle l'a vu la deuxième fois, elle a fait le premier pas. Elle est restée à l'entrée du bâtiment, a sorti son téléphone et fait semblant d'envoyer un SMS. Elle n'arrêtait pas de le regarder, et chaque fois, il levait les yeux avant de les détourner timidement, jusqu'à ce qu'elle finisse par se dire : *On n'est pas en 1950.* Elle s'est alors dirigée d'un pas décidé vers lui, a ignoré ses amis qui lui donnaient des coups de coude dans les côtes en murmurant presque à coup sûr des choses à propos d'elle puisque, enfin, il soutenait son regard, et elle a sorti la première chose qui lui a traversé l'esprit :

« Je ne pense pas que tu sois basique. T'es basique ?

— Hein ?

— T'es basique ?

— Euh, non. Je ne suis pas… basique. »

Elle a esquissé un petit sourire avant d'ajouter :

« Pourtant, ça. C'est archi basique. »

Elle a alors entendu pour la première fois son rire mélodieux. Il s'est penché tout près d'elle. Son haleine sentait le pepperoni, mais de façon agréable.

« Oui. Tu as raison. C'est très basique. Extrêmement, même.

— Mais toi, tu n'es pas basique.

— Je suis irréfutablement non basique. »

Tillie a un peu rougi. Ses mots venaient de lui dire tout ce qu'elle avait besoin de savoir à son sujet.

Alors elle a souri, croisé les bras sur sa poitrine.

« Mais si tu l'étais. Si t'étais basique, que dirais-tu là, tout de suite ? » lui a-t-elle demandé.

Il a détourné le regard. Bon sang, quel grand timide !

« Je sortirais sans doute un truc débile, genre sur ta peau, tellement douce. »

Il n'aurait pas pu répondre mieux. C'était débile, mais aussi incroyablement gentil, et c'était aussi la première fois qu'un type disait un truc sympa à son sujet. Véridique. L'un des « avantages » fabuleux d'une école pour filles. Quasiment aucune interaction avec le sexe opposé, et par conséquent, du moins pour Tillie, un sentiment de malaise extrême en présence des garçons. Elle s'est sentie rougir et s'est mordu la lèvre comme par coquetterie, ce qui l'a fait un peu rire. Elle lui a demandé :

« Et si tu devais faire un truc basique, qu'est-ce que ce serait ? »

Sa réponse a scellé les choses. Il s'est mis à danser le floss. D'abord doucement, puis il a pris son sac, l'a mis sur son dos et a exécuté les mêmes mouvements super vite, comme Backpack Kid dans Fortnite.

Tout le reste de la journée et le lendemain, Tillie a été quelqu'un à Spence. Des filles sont venues la voir et lui ont posé des questions sur ce garçon trop chou qui avait dansé le floss pour elle, et Tillie a beaucoup haussé les épaules, sans trop savoir comment gérer les choses. Elle a été soulagée que ces questions à la con s'arrêtent.

Au bout de quelques semaines, ils ont commencé à sortir ensemble. Repas, ciné, parc. Ils sont allés voir la collection d'œuvres du Frick Museum, et Amir l'a emmenée admirer les beaux tapis persans et indiens qu'il allait toujours voir quand il était déprimé et, tandis qu'elle admirait les rouges et les bleus luxuriants, les motifs floraux compliqués, elle a senti qu'elle baissait la garde, et pendant leur promenade dans Central Park après, elle l'a laissé voir qui elle était réellement. Ce qui a fait de lui le premier garçon à la voir comme elle était.

Elle lui a raconté comment c'était d'être un enfant adopté, comment, gamine, elle avait eu le sentiment de devoir sourire tout le temps pour montrer sa gratitude, même quand elle était triste. Elle lui a parlé de son malaise et de sa solitude quand elle était à la crèche et que sa mère blanche avait dû lui faire un speech sur le racisme et sur les insultes qu'on lui balançait. Elle lui a dit à quel point elle avait trouvé chouette et réconfortant que ses parents l'emmènent à une réunion de la CACF[1] dans le sud de Manhattan quand elle avait six ans. Il y avait tous ces enfants qui lui ressemblaient et, cette fois-ci, c'étaient sa mère et son père qui étaient différents, mais en même temps elle avait eu le sentiment de devoir les protéger, de les mettre à l'aise, et elle avait été en réalité un peu soulagée qu'ils ne proposent pas d'y retourner la semaine suivante. Elle lui a raconté la fois où, en maternelle, un type avait déboulé avec sa guitare. Il était coréen comme elle. Lorsqu'il avait chanté des comptines traditionnelles, il l'avait regardée en souriant, et c'était vraiment super gênant parce qu'elle avait su, même à l'époque, que sa mère avait demandé à l'école de faire appel à quelqu'un qui ressemblait à sa fille, et elle s'était réconciliée avec son expérience quotidienne de la gratitude et de l'isolement, visiblement logés dans son larynx.

Elle lui a décrit ce qu'elle avait ressenti quand des filles qui ne lui avaient jamais adressé la parole auparavant étaient devenues tout à coup super sympas avec elle et lui avaient demandé des conseils pour préparer l'épreuve de maths du bac, même si elle était plus douée en langues. Amir lui a parlé des blagues

1. Coalition for Asian American Children and Families (CACF) est une organisation à but non lucratif américaine qui permet aux personnes d'ascendance asiatique partageant la même culture de se regrouper et s'occupe aussi de défendre leurs droits.

sur Daech qu'on lui balançait, de ce qu'il ressentait quand on confondait l'Iran avec d'autres pays du Moyen-Orient, comme s'ils étaient tous interchangeables, et que lui et tous les gens originaires du Moyen-Orient étaient pareils, et Tillie a été chagrinée parce que leurs expériences respectives n'étaient pas comparables, et ensuite elle a sorti une blague pour lui signifier clairement qu'elle savait qu'il avait gagné au concours du plus opprimé, mais il a réagi de façon adorable.

« Je comprends, cela dit. C'est rageant d'être réduit à cela alors qu'on est tous tellement plus complexes… »

Tillie s'était arrêtée net. Ils étaient sur la piste pour cavaliers de Central Park.

« Mais grave ! s'est-elle écriée. Quand les gens me voient, j'ai l'impression qu'ils réagissent à mon apparence, comme si on pouvait me résumer à ça. Moi, si je traitais quelqu'un comme ça, je crois que je serais horrifiée pendant des semaines, alors que les gens me le font sans réfléchir en permanence. »

Amir a souri.

« Bienvenue dans mon monde. Pourquoi les gens sont-ils aussi cons entre eux ?

— J'en sais rien. Mais je me pose tout le temps cette question… »

Un mois plus tard, ils étaient dans la chambre d'Amir dont les parents étaient sortis, et le physique s'était joint à l'émotionnel, car elle avait déjà une relation très forte avec lui. Elle avait l'impression qu'il la comprenait vraiment. Elle avait la sensation qu'il pouvait voir son âme. Elle devinait la sienne, si délicate, et la prenait doucement dans ses mains comme une des figurines de poney sur son étagère.

C'était la première fois qu'elle était avec un garçon. Et sans se sentir complexée. Sans se concentrer sur la taille de son derrière ou se demander si son visage était assez beau. Cela n'avait pas de prix.

Alors qu'elle était assise sur le lit à côté de lui, dont la colonne vertébrale était si droite qu'elle aurait aimé la dessiner, elle s'était penchée vers lui et avait posé ses lèvres à côté des siennes, levé les yeux vers lui et lui avait demandé : « Tu veux bien ? » Et il avait hoché presque imperceptiblement la tête, et soudain ils s'embrassaient, cette fois-ci avec un peu plus de passion que dans le cinéma sur la 86e Rue. Un baiser dont elle avait aussi été l'instigatrice, et qui lui avait semblé bizarre, et l'avait poussée à se demander si Amir embrassait mal. Mais là, une fois lancés, elle avait senti qu'ils étaient au diapason, l'avait senti s'ouvrir à elle, et c'était comme si une espèce d'électricité connectait leurs deux poitrines.

— T'es partie où, Tillie ? lui demande Molly.

— Hein ?

— Tu souris et tu fais des grimaces en marchant.

Instinctivement, Tillie serait tentée de faire une sortie sarcastique. *Je suis en train de me dire à quel point c'est génial de passer la journée avec la personne qui a posté une vidéo grossophobe pour se foutre de moi.* Mais à la place, elle décide de répondre avec sincérité.

— Je pensais à Amir.

— C'est le fameux garçon ?

Molly hoche la tête.

— Ton premier amour, hein ?

Tillie hoche la tête à son tour.

— Et ensuite, il t'a ghostée ?

Nouveau hochement de tête.

— Quelle plaie, les mecs. Je veux dire, ça craint, quand même.

Tillie pense : *Merci de t'intéresser à moi.*

— Tu vas lui dire quoi ?

— Alors là, aucune idée…

Amir, Mike et Rich marchent fièrement dans Madison Avenue, en émettant des commentaires sur toutes les filles qu'ils croisent.

Au sujet d'une fille squelettique aux cheveux châtains qui porte un manteau gris, Mike sort :

— Ça passe. Genre à 2 heures du mat' un samedi soir dans un resto de burgers. Sans les lumières, et elle rentre direct chez elle après.

— Grave ! s'exclame Rich.

Amir est ailleurs. Quatre mois, grosso modo. C'est ce qui lui reste avant la fac. Où il pourra trouver de nouveaux potes qui ne soient pas des abrutis.

Et il le sait. Certaines personnes ont du cran. Ne se mettent pas en couple avec des filles dont ils brisent le cœur. Et il le sait : il n'a pas brisé le cœur de Tillie, à proprement parler. Il n'a pas cette prétention-là. Mais il lui a fait du mal.

Il ne peut pas y penser. Trop douloureux.

— On va à Spence ? propose Rich.

— Trop loin, répond Mike en donnant un coup de coude dans les côtes d'Amir.

C'est un code entre mecs. Rich ignore comment ça s'est terminé avec Tillie, et n'a pas à le savoir. Mike est juste un mec qui protège un autre mec. Et Amir lui en est reconnaissant.

— Hewitt, alors ? propose Rich, et Mike valide ce choix.

— Tu devrais peut-être avoir un plan ? dit Molly. Savoir ce que tu vas lui dire avant d'y être ? Prends la journée d'aujourd'hui pour y réfléchir, et passe à l'action demain. Je pense vraiment qu'on devrait aller récupérer ton téléphone et retourner chez toi.

Elles s'arrêtent.

— Quoi ? demande Tillie, soudain livide.

— Til' ?

Sa voix et son ton ont changé. Soudain, ils sont d'une douceur étonnante.

— Pour l'instant, est-ce qu'on peut faire comme si rien de tout cela n'était arrivé, comme si on était des copines de sixième ?

Tillie retient un cri de surprise. Ce que suggère Molly Tobin est tellement inattendu. Et aussi tellement inapproprié ! Parce que tout cela est bel et bien arrivé, et que Molly semble lui dire : *Est-ce qu'on peut oublier un instant toutes les saloperies que je t'ai faites, comme par exemple te virer de ma vie parce que t'étais trop ringarde alors qu'on était meilleures amies, et me foutre de toi avec mes copines, et aussi cette odieuse vidéo ? Est-ce qu'on pourrait mettre de côté ce sac rempli de saloperies ?* Ben non, ce n'est pas possible !

Mais Molly a l'air étonnamment sincère, et Tillie a besoin d'entendre la suite. Alors elle répond :

— Euh. OK.

Molly passe la main dans ses cheveux, regarde d'un côté puis de l'autre comme pour s'assurer que Gretchen et compagnie ne se baladent pas dans cette même rue alors qu'elles sont censées être en cours, et se mord la lèvre inférieure.

— Je me fais du souci pour toi. Beaucoup. Je pense que t'es genre très déprimée.

Tillie regarde le sol fixement en espérant qu'il va l'avaler tout rond, tout en espérant aussi que cet instant ne se termine jamais.

— Et pendant qu'on y est… Je… Je sais que ce que j'ai dit et fait, ce n'était pas bien, et que tu le méritais pas, et…

Tillie attend les prochains mots. Comme ils ne viennent pas, elle lève la tête et regarde Molly dans les yeux. Avant de devoir les détourner, elle demande :

— Pourquoi t'as fait ça ?

Molly ferme les yeux et secoue la tête.

— Ça t'est déjà arrivé d'inventer toute une histoire pour détourner l'attention des gens de la tienne ?

Tillie penche la tête sur le côté et réfléchit. Non, pas vraiment.

— Je ne sais pas. Peut-être, répond-elle malgré tout.

— Je vais être sincère avec toi, d'accord ? Mais parce que tu es quelqu'un de bien, et vraiment, Tillie, je te fais confiance pour ne rien dire à personne. Et si tu le balances ? C'est sûrement que je le mérite.

Tillie hoche la tête.

Molly tourne le cou avant de le pencher d'un côté, puis de l'autre. Ensuite, elle passe de nouveau la main dans ses cheveux.

— J'ai l'impression de déraper.

— De déraper ?

Molly regarde le ciel, sa bouche s'ouvre comme une citrouille d'Halloween.

— Pff. Tu vas pas capter. Peut-être parce qu'il n'y a rien à capter ? J'en sais rien. Laisse tomber, OK ?

— OK, répond Tillie sans grande conviction.

En ce moment, elle n'est plus sûre de grand-chose…

Elles prennent la 75e Rue en direction de l'est. Tillie aperçoit un groupe de filles devant un bâtiment. Hewitt. Une école de filles concurrente.

Et puis elle voit quelque chose qui la met en rage. Là, debout, un peu gauche, à côté d'une jolie voiture rouge, accompagné de deux types blancs en blazer bleus qui interpellent des filles de Hewitt, se trouve Amir Rahimi.

Tillie est plus rapide qu'elle ne le pense parce que, sans réfléchir, elle a laissé Molly derrière elle et charge en direction de la voiture devant laquelle Amir se tient en silence. Elle le saisit par la cravate à rayures rouges et le traîne jusqu'au trottoir. Il halète et se tient la gorge. Tout le monde les regarde. Elle ne relâche pas la pression. Elle le tire brutalement et le pousse contre la façade du bâtiment voisin.

— Tu te…

La voix de Tillie ne sonne pas comme sa voix. Elle est plus perçante, plus dure.

— Tu te fous de ma gueule ou quoi ?

Amir articule mais aucun son ne sort de sa bouche. Sa gorge est toujours étranglée. Quand Tillie le lâche brusquement, sa tête cogne contre le mur. Il pose ses mains sur son crâne et frotte.

Tous les yeux sont rivés sur eux. Tillie n'en a absolument rien à battre.

— Comment t'as pu me faire un truc pareil ?

— Est-ce qu'on peut…

Tillie le tire fort par le bras pour l'entraîner dans la rue.

— Tu sais ce que tu m'as fait ? Tu t'en rends compte ? Tu te rends compte du mal que tu m'as fait ?

— Je suis désolé, je…

— Non. Non. C'est non. C'est moi qui parle ! Tu m'as donné l'impression que je comptais pour toi, Amir. Tu as été le premier garçon pour qui j'aie eu ce genre de sentiments. Jamais je ne retrouverai ça. Tu le sais ? Tu as fait en sorte que… je t'aime, et ensuite tu es parti. Sans un mot, putain ! Quel genre de personne agit comme ça ? Hein ?

Ses nerfs ont complètement lâché. Tout ce qui l'a empêchée de dire à Molly ce qu'il fallait qu'elle lui dise a disparu aussi, et soudain, sa tête est tournée, et Tillie crie à l'attention de Molly.

— Va te faire foutre, toi aussi ! À cause de toi et de toi, dit-elle en se tournant de nouveau vers Amir, le regard empli de fureur, j'ai failli me tuer hier. Alors non ! Tout n'est pas « OK » entre nous ! J'en ai ras le bol des gens qui me chient dessus parce qu'ils le peuvent ! C'est fini. Terminé !

Des larmes se mettent à couler sur le visage d'Amir, si rapidement que ça énerve Tillie. Elle s'attendait à ce qu'il se défende ou prenne ses jambes à son cou. Pas à ce qu'il pleure.

— Tu as failli te tuer ?

La voix de Tillie disparaît de nouveau. Elle hoche la tête, soutient son regard.

— À cause de moi ?

— À cause de toi et d'autres trucs. Ouais. C'était idiot. Clairement, ça n'en vaut pas la peine. Mourir à cause d'un garçon à qui je ne plais pas.

— Tu me plais, s'empresse-t-il de dire.

Tillie se met à rire tout bas au début, puis glousse franchement.

— Tu me plais mais je…

Elle le regarde fixement.

Il baisse le ton et se penche vers elle.

— Je suis gay et ça me terrifie, putain, tu comprends ?

— Ah ! Ce n'était pas… ah.

Dès qu'il le formule, elle le comprend, le voit, sait que c'est vrai, pas juste un truc qu'invente un mec pour couvrir un comportement pourri, quoique, dans le cas présent, son comportement reste malgré tout carrément pourri. Et Tillie pense : *Dieu merci. Pauvre con. Pauvre Amir.* Si seulement il existait un mot pour décrire le mélange de soulagement, de fureur et de tristesse qui s'accumule dans sa gorge.

Amir agite la main pour dire à ses amis qu'il va bien et leur fait signe de partir. Ensuite, il croise les bras et reste planté là, sans prononcer un mot. Le pouvoir a changé de camp, et la part furieuse d'elle-même en est satisfaite. Et l'autre part d'elle-même ne peut pas le laisser une seconde de plus éprouver ce qu'il doit éprouver à l'intérieur de lui.

— Bon, OK, dit-elle.

Elle se rend compte qu'elle incapable, ou alors pas disposée, à terminer sa phrase.

— J'ai failli me tuer parce que mon petit ami gay m'a ghostée. OK.

— Je suis vraiment désolé, Til'. J'ai voulu t'en parler, genre des centaines de fois.

— Pourquoi tu ne l'as pas fait ?

Il regarde des deux côtés.

— Pourquoi je n'en parle à personne ? À l'instant où je le ferai, je me retrouverai sur un chemin qui me mènera à une issue inévitable : ne plus avoir de famille.

— Tu ne… comment tu sais ? Ta mère te l'a dit ?

— Je le sais, c'est tout, d'accord ?

Tillie soupire. L'épuisement pèse sur ses épaules. Elle regarde autour d'elle. Molly se trouve à environ trois mètres d'eux. Trop loin pour entendre leur conversation, mais assez proche pour que Tillie sache qu'elle est là.

Elle lui fait signe de venir.

— Je te présente Molly. Sur qui j'ai aussi crié devant des milliers de gens.

Molly s'avance vers eux d'un pas hésitant et le salue maladroitement.

— Hello.

Tillie se tourne vers Molly, qui lui sourit un peu comme pour s'excuser.

— Merci, dit Molly.

C'est bien la dernière chose que Tillie pensait entendre.

— Merci ?

— Au moins tu as été franche... Je l'ai mérité. Alors, euh. Merci pour ton honnêteté.

Ils restent tous les trois cloués là, mal à l'aise. Tillie regarde le garçon et la fille qui l'ont tous les deux tourmentée, et elle se sent encore en colère, et cette colère est utile et inutile à la fois, et puis elle a faim. Alors elle lance :

— Et maintenant, peut-être que ce serait la moindre des choses de m'inviter au resto ?

Elle ne sait pas trop à qui elle s'adresse, aussi est-elle soulagée qu'ils répondent tous les deux, pratiquement à l'unisson :

— Oui.

Après le départ de tout le monde, excepté Morris, Michael fait la sieste.

— Bien sûr que je reste, a-t-il dit. C'est comme ça qu'on fait. Tu n'as pas à traverser ça tout seul.

Morris a récupéré le téléphone de Michael et lui a dit qu'il répondrait aux appels et aux textos. Il contacterait l'ex de Michael, qui arrivait en train.

Michael peut à peine réagir, et il espère que Morris comprend.

Le sommeil arrive rapidement. Les rêves aussi.

Son fils écrit une chanson. Les paroles flottent au-dessus de sa tête, et Michael n'entend pas ce qu'elles disent. Il interpelle son fils, lui demande de faire en sorte que les paroles soient plus claires afin qu'il puisse les entendre. Il interpelle le monde, demande qu'on baisse le volume, pour qu'il puisse entendre la chanson.

Et puis il y a son fils, assis avec son ordinateur portable, qui sourit.

« J'ai écrit quelque chose de bien, dit-il quand son père entre. J'ai écrit quelque chose de vraiment bien.

— Tout ce que tu écris est bien », souligne Michael.

Son fils sourit. Mais la caméra s'enfonce, encore et encore, dans le système sanguin de son fils. Derrière le sourire. À l'intérieur des rouages.

Il ouvre les yeux. Il le voit, maintenant. Il voit ce qu'il ne voyait pas avant, et c'est terriblement simple. La chose qu'il n'a pas vue. Comment ne l'a-t-il pas vue ?

Cette chose est violette et bleue, bloque la circulation sanguine et s'accompagne d'un son lugubre. Elle est lourde comme du plomb, et elle est… partout.

Je l'ai laissé tomber, pense Michael. *J'aurais dû voir. J'aurais dû savoir. J'aurais dû faire tellement mieux !*

Sachant que c'est potentiellement son dernier déjeuner avant d'être enfermée, et aussi parce que pour une fois, elle se fout complètement de ce que les gens pensent, Tillie commande un croque-monsieur et un croque-madame à la Maison Kayser. Quand les deux sandwichs arrivent, elle les met face à face et dit :

— Regarde ça, Amir. Regarde comment monsieur ne ghoste pas madame. Même s'il préfère les autres messieurs !

— Tous les *croque** sont bons à prendre, marmonne Molly avec un accent français impeccable avant de prendre une petite bouchée de *salade niçoise**.

Tillie éclate presque de rire, mais pas Amir, qui sirote doucement une soupe *gratinée à l'oignon** encore trop chaude pour être dégustée.

Amir a semblé trop content de sécher les cours cet après-midi. Il a dit à ses copains qu'il partait, et Tillie a deviné qu'il était mort de trouille à l'idée qu'ils aient entendu sa confession. Elle était presque sûre que ce n'était pas le cas.

— Bon, explique, dit Tillie. Pourquoi tu ne peux pas faire ton coming out. Pourquoi tu as préféré… tu sais… être incroyablement cruel envers moi.

— J'imagine que je vais devoir présenter des excuses encore un certain nombre de fois ?

Tillie hoche la tête.

— Ouais, genre vingt et une. Ou cent six. Je ne sais pas trop encore.

— Mais, à un moment ou un autre, tu seras capable de… les accepter ? Parce que je suis vraiment désolé.

— On verra. En attendant, amuse-moi. Raconte-moi tout, dit-elle avec un accent français.

La légèreté de son ton est factice, mais quelque chose dans cette journée lui a retiré toute propension à se prendre la tête ou à s'inquiéter. C'est aussi très bizarre. Sa meilleure copine de CM2 et son ex, qui ne se connaissent pas, et ne devraient pas se connaître, à vrai dire. Dans son esprit, ils vont tellement mal ensemble.

— Ma mère, commence Amir.

— Musulmane. Religieuse, lance Molly presque dédaigneusement.

— Euh. Non. Musulmane, oui, corrige Amir. Religieuse, non. Athée, en fait. Et aussi américaine que toi.

Molly se ratatine.

— Désolée.

Amir reste un bon moment les yeux perdus dans le vide.

— Bref, Nava, sa sœur, est lesbienne, et ma mère l'a reniée, en gros. Pendant toute mon enfance, j'ai entendu parler de cette sœur dégoûtante, ma tante dégoûtante. Je ne l'ai pas vue depuis une éternité. Elle habite à Washington. Ma mère ne me l'a pas dit mais c'est tout comme : si je suis gay, pas la peine de rentrer à la maison pour le lui annoncer. Il vaut mieux que je me trouve une nouvelle maison, et une nouvelle famille.

Les filles écoutent attentivement et mangent en silence. Tillie pense aux parents et aux déceptions, sujet sur lequel elle pourrait écrire un livre entier. Mais là… Dire à son enfant de ne pas rentrer à la maison s'il est ci ou ça ? On ne la lui avait jamais faite. Toute cette histoire la fatigue et la perturbe jusqu'à la moelle.

— Parfois, les parents peuvent dire des trucs qu'ils ne pensent pas vraiment ? finit par sortir Molly.

Amir hausse les épaules.

— Dans deux mois, je termine le lycée. Après, c'est la fac. Faut juste que je tienne encore un petit peu. Ensuite, je ne serai plus obligé de vivre chez elle, et je n'aurai plus à faire semblant.

— Alors… les petits amis ? demande Tillie.

C'est dur de prononcer ces mots. Elle ne sait pas trop comment elle réagira lorsqu'il lui parlera de cette dimension de sa vie.

Il secoue fort la tête.

— Oh, là, non…

— Vraiment ? Pourquoi ?

— Tu plaisantes ? Je viens de l'expliquer. Patience. J'attends. Georgetown.

— Je veux aller là-bas ! s'exclame Molly, comme par réflexe, et puis, comme si quelque chose la submergeait, elle ferme les yeux.

— Ou ailleurs, en fait.

— Pourquoi c'est si important pour toi ? demande Tillie avec agacement, parce que Molly ne supporte pas de ne pas être au centre de l'attention plus de deux minutes.

Tillie veut en apprendre davantage sur cette absence de petit ami. Cela confère une certaine noblesse à Amir. Et puis le fait de savoir qu'au moins il ne cachait pas une chose pareille aide un peu.

— Pourquoi l'endroit où tu vas étudier est-il important pour toi ?

Molly embroche un morceau de laitue. Énergiquement.

— Vous pourriez pas comprendre, finit-elle par dire sans mettre le bout de salade dans sa bouche.

— Chiche ! lance Amir avec de la colère dans la voix.

Tillie est contente qu'il s'en aperçoive aussi.

— OK, bon. J'en suis pas à vouloir me foutre en l'… euh, désolée, dit-elle en regardant Tillie. Je…

j'ai bien conscience que vous faites face à des choses bien plus graves, alors j'ai l'impression d'être une privilégiée qui a un problème de riche.

— On étudie tous dans un lycée privé et on déjeune à la Maison Kayser. Je suis quasi sûre qu'en termes de privilèges on est à égalité, souligne Tillie.

— Pouah. Pourquoi est-ce que... OK. Bon, vous savez ce que dit la chanson *New York New York* au sujet de cette ville ? Si j'y arrive ici, j'y arriverai n'importe où ?

Tillie et Amir hochent la tête.

Molly passe sa main dans ses cheveux blonds.

— Eh bien, apparemment, l'inverse est vrai aussi, parce que si vous vous plantez ici ? Bon, il n'y est pas arrivé ici non plus, mais surtout, il n'y est pas arrivé à Baltimore. Mon oncle Bill. Il était élève à Allen-Stevenson. Puis à Horace Mann. Il jouait au football américain. Il était beau. Non pas que moi...

Molly s'arrête et regarde son assiette.

— T'es splendide, oui, on sait, dit Tillie.

Molly lève les yeux au ciel.

— Donc. Oncle Bill. Il est à Baltimore. Il vend des plans de travail en formica. En plus, il n'est même pas doué. C'est tellement glauque. J'ai trop, trop peur que, comme lui, je sois à mon max en ce moment, parce qu'il était carrément au top au lycée. Et Gretchen et Isabella s'éloignent de moi, d'accord ? Gretchen m'écrit des SMS tous les jours, mais c'est de plus en plus rare, et ma place dans le groupe ne tient qu'à un fil. En plus, cette exclusion n'aide pas, parce que maintenant, *bye bye* la bonne université.

— Comment ça ? demande Tillie en penchant la tête. Sérieusement. Tu es constamment le centre de l'attention !

— Ouais, mais en fait, pas vraiment.

— D'accord…

— Elles ne savent pas du tout qui je suis.

— T'es qui ?

— Je suis affreuse.

— T'es affreuse ?

— Oui.

— Comment ça ?

— Je suis une impostrice.

— De quoi tu parles ?

— Je suis une geek ! OK ! J'ai envie de participer à des trucs genre le FanCosCon !

Molly énonce cela avec un tel sérieux, et si fort, qu'ils se regardent tous les trois. Au bout de quelques secondes de malaise, ils éclatent tous de rire.

— Quoi ? demande Tillie.

— C'est tellement pire que ce que tu penses, dit Molly en cachant son visage dans ses mains.

— Mais c'est quand même pas si terrible que ça, si ?

— Pff… C'est terrible et ça ne l'est pas, OK ? Je… Je suis censée respecter certaines règles, et je suis censée m'intéresser à la chaîne YouTube de Jasmine et à son putain d'eyeliner, alors qu'en fait je m'en contrefous. Ce qui m'intéresse, c'est Sarah J. Maas. Ses livres sont tout, et tout ce qui compte pour moi, c'est d'être immergée dans cet univers, et de la rencontrer un jour, sauf qu'il y a des choses qui ne se font pas quand on habite sur Madison Avenue et qu'on a une mère comme la mienne, et ça, c'est clairement dans le lot.

— Oh. Vraiment, je ne vois pas du tout de quoi tu veux parler, lance Amir avec ironie.

En entendant sa remarque, Molly rit un peu d'elle-même.

Tillie est surprise par ce qu'elle ressent en déjeunant avec ce duo bizarre formé par Amir et Molly, les deux personnes qu'elle voulait assassiner quelques heures auparavant. Et elle songe : *Comme c'est étrange. Dire que j'aurais pu mettre un terme à mon existence à cause d'eux, et je ne me doutais pas un instant que... Qu'ils ne le méritent vraiment pas, et qu'ils ont leurs propres problèmes dont j'ignorais tout. Et il y a un truc à en tirer, une espèce de leçon.* Elle pense aussi : *La prochaine fois que je serai dans cet état, je dois me souvenir...* Et alors Molly se met à parler plus, et Tillie oublie ce dont elle était censée se souvenir.

Elle n'entend pas vraiment tout ce que Molly dit, parce qu'elle réfléchit à l'idée d'avoir sa place. Elle se dit qu'en ce moment elle a presque l'impression d'avoir sa place quelque part. Presque.

— Alors ? demande Molly.

Elle pose sur Tillie des yeux emplis d'attente.

— Euh...

— Réponse rapide, sans hésitation : représentes-tu un danger pour toi-même ?

— Quoi ? Non. Non. Pas du tout.

Elle est sincère, et cette pensée la fait un peu sourire. Quelque chose a changé. Rapidement, quelque chose a changé, et elle a l'impression qu'un nuage s'est levé.

— Bien, dit Molly. Et maintenant ? Parce qu'on est assez d'accord. Tu mérites une chance. On va parler tous les deux à ta mère. Parce que je t'ai vue représenter un danger pour toi-même, Tillie Stanley. Et ce que je vois là ? Ce que nous voyons tous les deux ? C'est pas ça. Alors si tu veux, on peut genre aller récupérer ton téléphone. Et puis te raccompagner chez toi, où on expliquera tout. Enfin, on ne peut pas te promettre que ta mère ne va pas t'envoyer dans une clinique, mais ça vaut le coup d'essayer, non ?

Tillie regarde Amir, qui lui sourit timidement. Regarde Molly, dont les yeux sont toujours emplis d'attente, mais presque de gentillesse aussi. Tillie est sur le point de dire oui. Et puis elle se rend compte d'une chose : il reste encore un nuage. Non. Oui. Aujourd'hui, elle fait les choses. Elle doit continuer. Elle est si près.

— Mon père, déclare-t-elle.

— Quoi, ton père ? demande Molly.

— Je dois lui dire certaines choses. Vous viendrez ?

Molly regarde Amir. Amir regarde Molly. Il y a eu communication.

— Tu peux compter sur nous, répond-il. On y va.

Tillie parvient à trouver l'immeuble où travaille son père sans trop de difficultés parmi le chaos d'hommes et de femmes d'affaires pressés qui téléphonent aux abords de la 51e Rue et de la Troisième Avenue. Et, un trajet en ascenseur plus tard, les trois adolescents sont dans le hall très chic du fonds spéculatif de son père.

— Vous dites que vous êtes sa fille ? demande la réceptionniste.

La petite femme blanche menue dotée de beaux cheveux châtains tout lisses la dévisage peut-être une seconde de trop, et quelque chose d'âcre se répand dans la poitrine de Tillie. Qu'est-ce qu'elle ne donnerait pas pour ne plus jamais ressentir cela.

— Oui, répond-elle.

La jeune femme appelle et se tourne à moitié en posant sa main sur le micro du téléphone. Tillie, exaspérée, regarde Amir et Molly. Celle-ci est au téléphone et n'est pas attentive à ce qui se passe. Mais Amir a remarqué.

— C'est incroyable, dit-il.

— N'est-ce pas ? Ils ne me croient jamais du premier coup. C'est insupportable.

Ils entendent la voix nasillarde de la réceptionniste.

— Je suis désolée, dit-elle. Il n'est pas disponible.

Tillie regarde tour à tour Amir puis Molly, comme s'ils étaient susceptibles d'avoir une solution. Comme ils ne lui en apportent pas, elle déclare :

— Eh bien, je peux attendre.

La réceptionniste hoche la tête de manière quasi imperceptible et décroche une nouvelle fois son téléphone. Tillie croise les bras et tape du pied. Quand la femme refait son petit numéro consistant à se tourner à moitié, Tillie regarde le sol.

— Je suis navrée, mais votre père est débordé aujourd'hui, déclare la réceptionniste en raccrochant. Vous n'avez pas choisi le bon jour. Il vous verra ce soir à la maison.

La gorge de Tillie se resserre. Ses épaules s'affaissent.

— D'accord. Eh bien nous n'allons pas rester, dans ce cas.

Lentement, discrètement, elle s'éloigne de la réception et rejoint les ascenseurs, suivie d'Amir et de Molly.

— Les gens sont parfois occupés, dit Molly. Je sais que tu veux lui parler maintenant, mais tu le feras plus tard. On te ramène chez toi, d'accord ?

Tillie ne dit rien. Il n'y a pas grand-chose à dire.

Et puis elle réfléchit à la réalité de la situation.

Au fait que sa mère a complètement pété un plomb quand Tillie s'est enfuie du cabinet.

Au fait qu'elle a abandonné son téléphone, et que sa mère a dû s'en rendre compte.

Au fait que sa mère doit être en train de devenir folle, oui, un peu folle de peur.

Au fait que, bien sûr, son père doit être au courant. Ils se parlent tout le temps. Ils sont ses parents. Évidemment que sa mère l'a prévenu. Il sait donc que Tillie est portée disparue.

Et il vient de dire qu'il n'avait pas de temps pour elle.

Quelque chose de fragile dans son corps en miettes, un bout d'elle-même qu'elle a toujours gardé à l'abri, même à l'instant où elle était debout, une jambe par-dessus la rambarde, à regarder ce garçon, vole en éclats.

Elle sent deux mains l'attraper en même temps. L'une d'elles atterrit sur son épaule droite. L'autre sur son épaule gauche.

Elle se retourne.

Elle court. Court vers le bureau de son père.

Elle est une voiture bélier. Rien ne l'empêchera d'aller là où elle doit aller. Elle se sent dangereusement vivante, et sans filet.

Elle passe en trombe devant la réceptionniste.

— Hé ! lance celle-ci. Excusez-moi ! Excusez…

Mais Tillie a disparu. Elle aperçoit une plaque avec le nom de son père à côté d'une porte qu'elle pousse.

Les cheveux blonds qui commencent à se clairsemer se soulèvent un peu lorsqu'il pivote sur sa chaise, et Tillie devine que ses pieds étaient posés sur son bureau. Il se la coulait douce.

Tout se déverse dans sa gorge d'un coup, et elle se noie dans les mots et les sentiments.

Et ce qu'elle dit d'une voix absolument minuscule quand leurs yeux se croisent, c'est :

— Papa !

Il soutient son regard comme s'il venait d'être surpris dans les bras d'une femme. Il ne dit rien pendant un long moment.

— Salut, Till, lance-t-il d'un ton décontracté.

Elle n'a pas besoin d'en entendre plus pour savoir qu'il sait. Et qu'il a choisi de ne rien faire. Et elle n'a pas besoin d'en savoir plus sur son père.

— Comment t'as pu ? demande-t-elle d'une voix vulnérable et aiguë, et elle veut l'autre voix, celle qui est sortie tout à l'heure avec Amir.

Mais cette voix-là a disparu. En volant en éclats, la chose à côté de son cœur lui a dérobé sa niaque.

— Till.

— Père.

— Qu'est-ce que je suis censé…

— Alors tu sais, en déduit Tillie, et une part de sa niaque revient car sa voix est moins celle d'une gamine de huit ans que celle d'une fille de dix-sept ans.

Il hoche imperceptiblement la tête.

— Tu sais que je suis montée sur le pont. Que je me suis enfuie aujourd'hui. Je suis venue te voir. Et tu as fait comme si tu n'étais pas là.

— Je ne suis pas très doué pour… Je suis désolé.

Tillie expire rapidement, c'est presque un rire. Elle écarte largement les bras sans savoir pourquoi. Comme pour signifier : *C'est moi ! Moi ! Ta Till. Tu ne me reconnais pas ?*

Mais il ne la voit même pas, ou peut-être qu'il ne le peut pas, parce qu'il détourne le regard et répète tout doucement :

— Désolé.

Ses bras retombent. Tillie reste plantée là avec un peu la même impression que quand elle a découvert que le Père Noël n'existait pas.

Elle se retourne et sort, et on jurerait qu'elle ne voit rien, n'entend rien.

Elle a vaguement conscience de la présence d'Amir et de Molly, mais elle passe devant eux sans s'arrêter. Elle les ignore, non pas parce qu'elle le souhaite, mais parce qu'elle n'a pas le choix.

Et ensuite, elle est dans la rue, et elle a vaguement conscience de leur présence derrière elle, qui tirent sur ses bras, et elle a plus ou moins conscience de l'altercation, du « Foutez-moi la paix ! » que quelqu'un d'autre doit dire à travers sa bouche, parce qu'elle n'est plus vraiment aux commandes.

Et le train est silencieux à un détail près.

Son cœur qui bat est la seule bande-son qui reste à sa triste vie, et elle doit mettre un terme à cela.

Lorsque Tillie descend du métro à la 181e Rue, son ouïe est un peu rétablie et les choses semblent s'être calmées dans sa poitrine. Chacun de ses pas semble définitif, irrévocable.

Elle ne peut supporter une seconde de plus cette douleur. Elle n'a pas d'autre choix que d'y mettre fin, une bonne fois pour toutes, et elle en est désolée. Parce qu'elle sait que cela détruira sa mère. Et Britt, pauvre Britt ! Mais elle a essayé encore et encore, et rien n'a fonctionné.

Ça. Ça fonctionnera.

Alors elle marche, doucement, tête baissée, en direction du pont où elle était hier, à peu près à la même heure, en fait.

— Bon, juste une question.

La voix la ramène sur terre. Le vide du son, du silence, se dissipe, et soudain elle est là, dans cette scène urbaine, avec les voitures, les klaxons et tout le tintouin.

Elle se retourne.

La voix est celle de Molly. Amir est avec elle.

— Bon, juste une question, répète Molly, très calme. Quelle est la probabilité que ton père soit un jour celui que tu aimerais qu'il soit ?

Une larme coule de l'œil gauche de Tillie.

Puis une autre, de l'œil droit.

Plus de larmes encore. Un torrent. Et voilà qu'elle sanglote, plus fort que jamais, et se tient le flanc comme si elle venait de recevoir un coup de poing.

Cela fait plus mal que tout ce qu'elle aurait pu imaginer.

Elle pleure, et pleure, et se tient, et elle a conscience qu'ils sont avec elle, debout à ses côtés, mais ils la laissent pleurer.

— Alors, quelle est la probabilité ?

Quand Tillie est enfin en mesure de parler, elle répond :

— Il s'en fichait que j'aie failli me tuer. Il s'en fichait. Il ne voulait même pas me voir.

— Quelle est la probabilité ?

— Il a demandé à sa réceptionniste de me faire partir alors que c'était la pire journée de ma vie. Il savait sûrement que j'étais capable de remonter sur le pont, et il m'a chassée.

— Quelle est la probabilité ?

— Arrête de me poser cette question, OK ? Nulle ! Zéro ! OK ?

— OK, répond Molly.

— C'est un père de merde. Je ne suis pas la fille qu'il veut, j'imagine, ou un truc du genre, et quelqu'un de bien ne ferait jamais ça, évidemment. Alors c'est un père de merde.

— Ouais, dit Molly. Mon père aussi. Il m'aime peut-être à sa façon. J'en sais rien. Il n'est pas là. Et puis un jour, ma psy m'a posé cette question, et moi j'étais bien embêtée.

— Je ne connais pas mon père, dit Amir. Ça me rend dingue, de ne pas le connaître, et de ne pas avoir de père qui m'aime. C'est douloureux.

Tillie a des larmes, encore, mais la houle a disparu pour le moment, et elle fait une chose qui la surprend. Elle écarte les bras. Et ces deux personnes, ces deux personnes qui ont bien failli lui coûter la vie, avancent d'un pas vers elle et la serrent fort.

— Il faut que tu… je sais pas, moi. Quel autre truc tu veux ? demande Molly d'une voix semblable à un baume apaisant. À part ce que tu attends de ton père. Parce qu'il est incapable de répondre à cette attente, visiblement.

Tillie n'a jamais rien entendu d'aussi sensé, et là où avant il n'y avait aucune autre possibilité, là où avant le mot terminal était posté dans son cerveau, quelque chose s'ouvre, des possibilités apparaissent, et le mot s'évanouit.

Ça fait mal. Très mal. C'est insupportable. Mais elle n'est plus aussi seule avec sa douleur. Celle-ci n'est plus fatale.

Elle se retourne, les prend tous les deux par la main et, ensemble, ils marchent jusqu'au métro.

— Ramenez-moi chez moi, leur demande-t-elle, et aucune réponse n'est nécessaire.

Le soleil s'est presque complètement couché sur l'Hudson, mettant fin à la journée la plus horriblement longue de toute sa vie, quand Michael retourne dans le salon et voit Morris, assis sur le siège près de la fenêtre, qui travaille sur son ordinateur portable.

— Salut, lance Michael sans conviction.

— Salut.

Michael s'assied sur le canapé. Morris se dirige vers lui et pointe son doigt vers le canapé en face.

— Là-bas, ou à côté de toi ?

— Là-bas, c'est bien.

Ils restent assis en silence un moment.

— Je n'arrête pas d'attendre. Qu'il rentre de l'école. Chaque fois que j'entends un bruit, je pense que c'est lui qui cherche ses clés. Que la porte est sur le point de s'ouvrir.

— Bien sûr, bien sûr.

Morris regarde Michael avec intensité. Il est présent et bienveillant.

— Il savait que je l'acceptais complètement. Que je l'aimais exactement tel qu'il était. Exactement. Je me fichais qu'il soit gay.

Morris se lève, va dans la cuisine et en revient avec deux verres d'eau. Michael vide le sien et se met à parler avant même d'avoir détaché ses lèvres du rebord du verre.

— Parce que bon. Pendant les treize premières années de sa vie, j'étais accaparé par autre chose, j'en ai conscience. Mais j'ai l'impression de m'être rattrapé. J'ai l'impression que je lui donnais ce dont il avait besoin, et on faisait un point tous les soirs, au cours duquel je lui disais… je lui disais qu'il pouvait tout me dire. Je savais qu'il était un peu déprimé. Moi aussi, je l'ai été, quand j'étais jeune. Je lui laissais de l'espace. Je lui laissais de l'espace pour qu'il puisse expérimenter les choses par lui-même, et regarde ce que je… ce que j'ai fait.

— Tu n'es pas responsable.

Michael secoue la tête, et tout son corps se met à trembler.

— Comment ça a pu m'échapper ? Il faut être stupide pour…

— Non, dit calmement Morris. Non. Je peux rester avec toi dans la tristesse. La colère, ce n'est pas un problème. Mais je ne vais pas cautionner ces conneries.

Michael déglutit. La colère est juste là, prête à frapper. Qui balance un truc pareil à un homme qui a perdu son fils, hein ? Il se prend pour qui, Morris, putain ?

— Quoi ? Dis-le, l'encourage Morris.

— Va te faire foutre !

— D'accord.

— Va te faire foutre, foutre, foutre, toi et tes câlins de merde, et merde, merde, merde, MERDE !

Morris sourit malgré lui, puis s'efforce d'arborer un visage plus neutre.

— Ça va mieux ?

Michael souffle et s'adosse au canapé.

— Un peu. Merci.

— Pas de souci. T'aurais fait pareil pour moi.

La mère de Tillie n'est pas en colère. Ou si elle l'est, elle a trouvé préférable de ne pas se laisser guider par ce sentiment. Elle accueille Tillie en la serrant fort dans ses bras, puis embrasse aussi Amir et Molly.

— Je ne t'ai jamais rencontré, mais j'ai entendu parler de toi, dit la mère de Tillie à Amir en haussant légèrement un sourcil.

— Et toi, je ne t'ai pas vue depuis des années. Comment vas-tu, ma chérie ? demande-t-elle à Molly.

— Bonjour, madame Stanley.

— Merci beaucoup de m'avoir ramené mon adorable fille.

— Et merde, dit Tillie. Mon téléphone. J'ai besoin de...

Sa mère lève les mains.

— Je l'ai !

— Je vais pouvoir le récupérer ?

— On en discutera.

Viennent ensuite des au revoir très embarrassés, d'abord à l'ex-petit ami qui lui a fait du mal mais qui a ses propres problèmes à régler, puis à sa meilleure amie d'il y a cinq ans. Et on ne sait pas trop dans quelle direction iront les choses, ces... amitiés ? Pas exactement. Ils lui ont sauvé la vie. Mais « amitié » n'est peut-être pas le bon terme.

— Reste en contact, dit Molly, et Tillie hoche la tête tout en sachant pertinemment que cela n'arrivera pas.

— Je te dois encore une centaine d'excuses au moins, dit pour sa part Amir.

— Tu me donneras de tes nouvelles quand tu l'auras annoncé à ta mère. Si tu l'annonces.

Et elle se retrouve alors seule avec sa mère. Britt est dans sa chambre. *Tant mieux*, pense Tillie. Elle ne veut pas que sa sœur l'apprenne, jamais.

— Bon, je suis allée voir papa.

— Ah oui ? Il ne m'en a pas parlé.

— Maman, tu me promets de me dire la vérité au sujet de ce que je vais te demander ?

— Bien sûr.

— T'as appelé papa quand je me suis enfuie ? Est-ce qu'il était au courant ?

Sa mère reste muette pendant quelques instants. Et puis elle hoche doucement la tête.

— Oui.

— Je le savais. Et malgré tout, il ne voulait pas me voir.

Le visage de sa mère enregistre l'information en tressaillant et en fermant les paupières.

— Je suis vraiment désolée, Till, finit-elle par dire, les yeux emplis de larmes.

— Ben voyons.

Ça sort tout seul. Mais parfois, trop c'est trop.

Elles ne parlent pas pendant quelques instants, et puis Tillie dit avant de pouvoir s'arrêter :

— J'ai vu un garçon sauter.

— Quoi ?

Tillie prend une grande inspiration et hoche la tête.

— Hier. Quand j'étais sur le pont. Un garçon était là. On s'est regardés. Et…

— Oh, Til' !

Elle l'enlace, la serre, et Tillie ne sait pas trop si c'est une réprimande ou quoi d'autre jusqu'à ce que sa mère ajoute :

— Comme cela a dû être dur pour toi, pendant tout ce temps. De garder ça pour toi !

Tillie n'a pas besoin d'ajouter quoi que ce soit. Elle est contente d'en avoir parlé. Et non, elle ne sait pas si cette information est utile, ou si la police devrait en être informée ou pas, mais elle est sûre d'une chose : sa mère va s'en charger.

Et c'est décidé. Tillie ira dans le Vermont. Non, elle n'a pas son mot à dire, mais oui, quelque chose dans la journée qu'elle vient de passer lui permet d'accepter que cela se produise, et de se dire que c'est sans doute même souhaitable pour elle.

— Je suis désolée, d'ailleurs.

— Ce n'est pas le moment des excuses, dit sa mère. Il faut que tu comprennes… tu es tellement aimée, Tillie. Tellement aimée.

— J'en ai conscience. Je crois. Toi aussi, pour ce que ça vaut.

— Je le sais, répond sa mère avec un sourire plein de douceur sur les lèvres. Je le sais.

L'ex de Michael, Erica, arrive le soir et, tandis qu'ils se tiennent à l'entrée de la chambre d'Aaron toujours en bazar, Michael la regarde observer la pièce d'un air complètement égaré.

Il se souvient d'elle à la fac et songe : *Ce n'est pas à ça que ressemble une fille dont le fils se suicidera un jour.* Il ne sait pas trop à quoi ressemble ce genre de personne, mais pas à cette fille au sourire légèrement asymétrique qui adorait les bonbons acidulés et le groupe Smash Mouth. Cette fille-là a un autre destin.

Elle s'assied sur le lit défait d'Aaron. Son peignoir sale gît sur le sol. Il y a un bol vide à côté de la manette de sa Xbox. Une boîte de nourriture pour poisson ouverte est posée sur le radiateur.

— Tu penses qu'il serait encore vivant si on était toujours ensemble ? demande-t-elle.

Sa posture est parfaite, comme avant.

Michael inspire sa question. Peu importe, vraiment. Il n'est plus là.

— Je pense que oui, dit-elle. Je pense qu'en gros c'est à cause de nous. Je pense…

— S'il te plaît. Je t'en prie. S'il te plaît…

Elle hoche la tête d'un air absent. Et soudain, il doit partir. C'est plus fort que tout ce qu'il a pu ressentir jusqu'à présent. Il comprend. Elle a besoin d'intégrer les choses. Simplement, cela ne peut pas être avec lui. Il en est littéralement incapable.

Il se lève, un peu instable sur ses pieds.

— Reste aussi longtemps que tu le souhaites, dit-il d'une voix nerveuse. Je ne suis pas en colère. J'ai juste besoin…

Et il quitte la pièce.

Il va dans sa chambre et s'effondre sur le lit, laissant son corps s'agiter comme s'il était victime d'une attaque biologique, comme si un produit chimique le traversait et qu'il était impuissant. Ce n'est que le premier jour, se rend-il compte. Il y en aura d'autres, d'autres arrivent, et parfois la pluie tombe et c'est bien, elle vient du Vermont, et d'autres fois, la pluie tombe, encore et encore, et on a l'impression que cela ne s'arrêtera jamais.

Cette pensée le pétrifie, comme s'il faisait de la chute libre mais ne trouvait pas la cordelette de son parachute.

Tillie frappe à la porte de Britt.

— Entre, lui dit sa sœur.

Tillie entre. Britt est allongée sur le lit et joue à Candy Crush. Tillie se demande si sa mère lui a raconté quelque chose. Elle espère que non. Britt ne devrait pas avoir à porter un truc pareil. C'est son fardeau à elle.

— Coucou !

— Coucou, Tillie chérie.

Tillie regarde fixement Britt jusqu'à ce que celle-ci lève les yeux. Elle sourit et pose son téléphone.

— T'as entendu parler du type à qui on a coupé le côté droit ?

— Non.

— Il a passé l'arme à gauche.

Tillie glousse.

— T'es bête !

— Toi-même, rétorque Britt en enfonçant son doigt dans les côtes de sa sœur.

— Bon, j'ai un truc à te dire.

— T'es un lutin ?

— Quoi ? Non, espèce de patate !

Britt glousse.

— Tu vas danser dans le nouveau clip de Cardi B ?

— Je dois te dire que je vais m'absenter un petit moment. Ça va aller. Je dois juste m'en aller un peu, d'accord ?

Les yeux de Britt interrogent la pièce.

— T'es obligée ?

— Oui.

— J'ai pas envie.

— Je sais. Moi non plus. Mais ce ne sera pas long. Et je t'appellerai tout le temps.

Britt hoche la tête.

— OK.

Tillie se penche et embrasse sa sœur.

— Je t'aime beaucoup, tu le sais ?

— Je t'aime, Tillie chérie.

Michael se réveille parce qu'il entend quelqu'un dans sa chambre. Il se retourne et il voit son ex-femme debout en chemise de nuit violette, les bras passés autour d'elle-même comme si elle avait froid.

— Notre fils, dit-elle.

Michael souffle et se frotte les yeux.

— Oui.

— Ce n'est pas censé être comme ça.

— Je sais.

— Pourquoi il a fait une chose pareille ?

— Je ne sais pas.

Elle se frotte le menton. Il se redresse sur le lit.

— Viens là, dit-il.

À peu près un million de questions pourraient être posées, mais ils n'en posent aucune. Il ne sait pas ce que c'est. Il n'a pas à le savoir. Il sait juste qu'il en a besoin comme on a besoin d'oxygène. Elle se glisse sous les draps à ses côtés dans sa chemise de nuit, et il la serre contre lui, l'enlace.

— On peut faire un pacte ? demande-t-il.

Elle hoche la tête. Il sent qu'elle s'essuie l'œil droit.

— Je ne me blâmerai pas si toi tu ne te blâmes pas, OK ?

Elle laisse échapper un rire. Même si elle regarde de l'autre côté, Michael perçoit vaguement son haleine un peu forte, à laquelle se mêle un parfum de dentifrice à la cannelle. Cela le ramène des années en arrière.

— Plus facile à dire qu'à faire.

— Promis ?

— Promis, répond-elle doucement.

Destin 2 : 19 avril

Tillie est assise dans le cabinet d'une autre psy. Le lieu est un peu différent, cependant. Au lieu d'avoir vue sur les chaussures élégantes et les mollets des passants de Park Avenue, elle regarde une porte-fenêtre qui donne sur la campagne du Vermont. Des pins, grands et nobles, se rassemblent au loin pour former une forêt et, au-delà, une chaîne de montagnes brumeuses, grises, bleues et éternelles. Et à la place de la Dr Brown et de ses bras bronzés, elle a devant elle une dame à la peau café au lait, dont les yeux transpercent immédiatement les siens d'une façon énervante. Alors oui, c'est un peu différent, du moins en surface.

— Tillie. Je suis vraiment ravie que vous soyez là.

Tillie hausse les épaules et lève les yeux au ciel, comme pour signifier : *J'ai pas choisi d'être ici.* La femme sourit.

— Je veux que vous profitiez du temps passé ici pour respirer.

Tillie se retient de rire.

— Je veux aussi que vous sachiez que vous n'êtes pas seule. Intégrer notre thérapie de groupe vous permettra de vous sentir entourée. Cela va vous aider à voir que d'autres ressentent tout cela, et que votre souffrance est accueillie, ici. Je voudrais qu'en sortant d'ici, vous vous autorisiez enfin à ressentir toutes les émotions qui vous submergent.

C'est un peu trop New Age au goût de Tillie mais, en même temps, elle sent bien que cette femme est sincère, et c'est assez touchant.

— Alors. Racontez-moi tout.

— Tout ?

— Je veux connaître Tillie Stanley. Ce qu'elle aime. Ce qui l'énerve. Ce qui l'a poussée à se rendre sur le pont George Washington.

— Donc vous êtes au courant.

— Je connais les grandes lignes. Je veux en savoir plus. Est-ce que vous voulez bien me raconter ?

Alors Tillie se met à parler doucement. Elle se rend compte qu'en réalité cela ne lui a pas fait de bien de ne pas parler à la Dr Brown. Et le truc avec Carolyn – car cette dame à un prénom –, c'est qu'elle est expressive. Par exemple, quand Tillie lui dit qu'Amir l'a ghostée, son visage se décompose et ses yeux rougissent exactement comme ceux de Tillie s'embuent de larmes quand elle dit qu'alors que, pour la première fois de sa vie, elle croyait ne pas être seule, elle a compris qu'elle l'était plus que jamais.

Quelque chose dans la façon qu'a cette femme de s'investir dans son histoire pousse Tillie à parler. Plus qu'à la Dr Brown, c'est certain. Plus qu'à Molly et Amir durant l'heure de déjeuner. Plus qu'à sa mère, même lorsque Tillie est d'humeur loquace. Elle confie avoir l'impression d'être une étrangère dans sa propre maison, et explique que son cœur s'est brisé lorsqu'elle est entrée dans le bureau de son père et qu'il était tranquillement installé dans son fauteuil.

Et elle pleure, ce qui n'est pas quelque chose que Tillie fait souvent. Elle laisse jaillir les larmes, et les yeux de Carolyn brillent aussi. Assises l'une en face de l'autre, elles pleurent un bon coup. Tillie sent un changement en elle. Elle n'a plus peur que le chagrin la tue si elle accepte de le ressentir. Toute sa vie, c'est comme si elle avait signé une espèce de contrat. « Ne sois pas triste. Nous t'avons choisie et t'avons donné une belle vie. Tu dois être heureuse tout le temps. »

Elle le dit à Carolyn, et les yeux de celle-ci s'illuminent.

— Oh là, mais c'est impossible !

Tillie hoche la tête.

— C'est bête, hein ?

— Non ! Pas bête du tout. On m'a transmis le même message quand j'étais enfant. Moi aussi, j'ai signé ce genre de contrat. Tillie, savez-vous que je suis venue ici ? Que j'ai été une patiente de cet établissement ? Et ensuite, comme cela m'a aidée, j'ai décidé de revenir en tant que psy pour aider les gens comme on m'a aidée, moi.

Tillie sent une chaleur traverser son ventre. Pour la toute première fois de sa vie, quelqu'un a plongé dans les abysses avec elle. Sa mère l'a fait à sa façon, mais elle a toujours eu la sensation qu'elle risquait de s'y noyer. Avec Carolyn, qui a connu le même genre d'épreuve et dont le visage réagit, Tillie a l'impression d'avoir une partenaire, que quelqu'un lui donne la main. Quand elle mentionne son poème, Carolyn lui demande si elle l'a mémorisé, et si elle accepterait de l'interpréter pour elle. Tillie accepte, et sa performance n'est pas la même qu'au concours de talents, parce qu'elle n'est pas en train de dire : *Tenez, voici ma douleur, regardez comme je souffre.* Elle partage les choses, un peu comme si elle disait : *Tenez, vivez cela,* et Carolyn le vit. Lorsque c'est fini et que Carolyn l'applaudit, Tillie sent que ce n'est pas bidon. Cette femme s'intéresse vraiment à elle.

— Bon, est-ce qu'un jour, j'aurai l'impression d'être normale ? demande Tillie.

Carolyn rit.

— J'espère bien que non !

Michael se dit qu'un peu d'air frais lui fera du bien. Alors il déambule jusqu'à Central Park et se dirige vers le sud, où se trouve la fontaine de Bethesda.

Aaron adorait cet endroit. Les artistes de rue, avec leur musique, leurs danses. Peut-être qu'il s'imaginait parmi eux. Michael l'ignore. Il sait juste que, chaque fois qu'ils venaient ici, Aaron changeait du tout au tout. Michael sait ce qu'il ressentait. Lui ressent cela au travail, quand un patient progresse de manière spectaculaire.

Debout, seul, il écoute un musicien improviser. Un type avec un catogan qui ajoute des boucles enregistrées de divers instruments à une boucle de percussion, et puis sa voix. Debout là, Michael ressent l'absence palpable comme une douleur dans ses côtes, comme si quelqu'un avait extrait chirurgicalement une part de lui, et il retient son souffle pour ne pas hurler face à la douleur atroce causée par l'ablation absurde de son fils, arraché à cet univers.

Dans lequel il aurait vraiment aimé être, à cet instant précis.

— Alors, Tillie est à Homestead ?

Winnie hoche la tête.

— Comment vous vous sentez par rapport à ça ?

Pour la première fois, Winnie s'effondre. Elle se laisse aller. Sa tête tombe entre ses mains et elle pleure comme un bébé.

Marie France attend. Quand Winnie ne tremble plus, elle dit :

— Je suis convaincue que mon couple, c'est fini.

— Ah.

— Il n'a même pas été capable de… la réconforter. Il savait. Il savait ce qu'elle avait traversé et a été incapable de la réconforter. Et ensuite un nouveau voyage d'affaires. Comme ça, sorti de nulle part. Vous imaginez ?

Marie France hoche la tête.

— Un petit break ici, dans un hôtel de la Cinquième Avenue, avec minibar, visiblement. Il ment mais ne prend pas la peine de couvrir ses mensonges, ce qui est à la fois très bien, et un peu insultant. Comme si je ne comptais pas assez pour qu'il se donne un peu plus de mal.

— Peut-être qu'il est tellement malade que cela importe peu à ses yeux, propose Marie France.

Winnie hausse les épaules et s'essuie les yeux. Marie France ne dit rien. Elle n'offre à Winnie qu'une expression placide.

— On va respirer un peu, d'accord ?

Alors les deux femmes s'asseyent l'une en face de l'autre et se partagent l'air de la pièce. Et Winnie nourrit des pensées positives. Pour ses filles. Pour elle-même. Parce que tout ça… cela ne sera pas facile.

Carolyn laisse Tillie consulter une dernière fois son téléphone avant de le lui retirer. Elle lui octroie cinq minutes. Pas de portable à Homestead.

Elle a un SMS.

Qui dit : « Salut ».

C'est un numéro de l'État de New York. Mais elle ne sait pas qui c'est. Généralement, sa mère est la seule personne qui lui envoie des textos.

Tillie répond.

C'est qui ?

Molly.

Oh… salut.

Ta mère dit que t'es dans un hôpital dans le Vermont.

Ouais.

Je suis contente. Je veux dire, je suis contente que tu te fasses aider.

Merci.

Je peux t'avouer un truc bizarre ?

Tillie n'a jamais entendu une question aussi surprenante. « Molly » rime rarement avec « bizarre ».

OK.

Je sais que cela n'a pas été une journée super du tout pour toi, mais ça m'a bien plu qu'on traîne ensemble.

Tillie doit rendre son téléphone. Elle se demande si sa mère paie Molly pour écrire ce genre de messages. C'est un autre canular ? L'objet d'une nouvelle vidéo ?

Mais, au fond d'elle, Tillie sait que ce n'est pas une blague. Et, curieusement, oui, ça a été une journée marrante, d'une certaine façon. Un peu comme quand on se dit : « C'est très probablement le dernier jour de ma vie. » Que c'est bientôt la fin du monde.

Elle ne touche pas son téléphone pendant quelques instants.

Merci. Tu comprends si je te dis qu'il va peut-être me falloir un moment avant de te faire confiance ?

Molly répond par trois smileys qui sourient.

Bien sûr ! Un dernier truc ?

OK.

L'année prochaine, tu m'accompagneras à une convention cosplay ?

Tillie sourit, et c'est un vrai sourire.

Oui, c'est carrément envisageable.

— Qu'est-ce qui se passe, Amir ? Qu'est-ce que tu as de si important à me dire qui justifie de m'arracher à mon rituel du matin ? Tu sais que j'ai besoin de ce temps, le matin. C'est important. Alors quoi ? Dis-moi ? Que se passe-t-il ?

Amir prend la plus profonde inspiration de sa vie. Puis une autre.

— Rien, maman. Ce n'est rien.

Plus tard, Tillie est assise dans une autre pièce avec le même genre de vue, mais plus de chaises. C'est la fin de la journée, alors elle regarde le coucher de soleil couleur pêche sur les montagnes bleu-gris, et la salle commence à se remplir. D'autres adolescents. Quelques adultes aussi. Elle en a vu certains pendant le déjeuner, quand elle était attablée seule à la cafétéria jusqu'à ce que deux dames plus âgées se joignent à elle, ce qui était gentil mais l'a tout de même mise mal à l'aise. Il y en a certains qu'elle n'a jamais vus. John, l'animateur, est un grand type blanc et maigre au crâne rasé qui a dû quitter la fac il y a quelques années seulement.

Il énumère les règles de base – une seule personne parle à la fois, dire la vérité, dire ce que l'on pense, employer des phrases à la première personne – et puis il demande à Tillie de se présenter.

— Je m'appelle Tillie Stanley, j'ai dix-sept ans. Je vis à New York. Je crois que… c'est tout ?

Il sourit et secoue la tête.

— C'est un début. Qui êtes-vous, Tillie Stanley ?

Quelques réponses impertinentes lui viennent. Elle envisage de dire qu'elle aime faire de longues promenades sur la plage et les hommes qui n'ont pas peur des sentiments. Mais, à la place, elle pense à Carolyn et à ses yeux qui encouragent, et elle voit les yeux de ces gens, qui, comme elle, ont tous une raison d'être ici, et elle décide de dire l'épineuse vérité.

— Je m'appelle Tillie Stanley. J'habite à New York, au trente-deuxième étage d'un bel immeuble qui donne sur Central Park. Mes parents sont blancs. Ils m'ont adoptée à la naissance. Je n'ai jamais rencontré mes parents biologiques, mais je sais que ma mère est originaire de Corée. J'ai parfois l'impression que ma famille regrette de m'avoir adoptée parce que j'ai une sœur de dix ans et que mes parents m'ont accueillie parce qu'ils ne pouvaient pas avoir d'enfants et… surprise ! Ma sœur est blonde, jolie et adorable, et moi aucune de ces choses, alors… Parfois, je suis triste. Je crois que j'ai ça dans le sang. Je prends les choses trop à cœur. Bref, ma façon de ressentir les choses n'est pas normale, je pense. Mais je ne sais pas. En tant qu'Asiatique élevée par des parents blancs, je crois que le problème est que c'est franchement épuisant d'avoir conscience à chaque minute de sa vie des différences entre eux et soi.

Tillie cesse de parler.

— Merci, dit John.

Ses yeux parcourent ensuite la salle et il ajoute :

— L'un d'entre vous a-t-il un commentaire à faire sur ce que vient de nous dire Tillie ?

Elle ne s'y attendait pas. Elle en a le cœur retourné et s'agite sur son siège. Elle n'est absolument pas parée pour une critique, là, tout de suite.

Un homme d'un certain âge avec une barbe en piteux état et une voix éraillée du même acabit lance :

— Je t'ai tout de suite bien aimée, Tillie. T'es honnête et sincère. Moi aussi, je prends les choses trop à cœur.

— Merci, Richie, dit John. Quelqu'un d'autre ?

Une adolescente à la peau grise qui a les deux poignets bandés lève la main timidement.

— Je suis contente…

Elle arrête de parler et rentre le menton dans sa poitrine.

Tillie se penche en avant. Comme si elle pouvait sentir la souffrance de cette fille et voulait qu'elle sache que ce n'est pas grave, pas grave. Et, à ce moment-là, Tillie comprend quelque chose. Qu'elle est quelqu'un de bien. Elle fait partie des gens bien. Elle souhaite de bonnes choses aux autres. Et ça, c'est une chose à laquelle se raccrocher, lui semble-t-il, alors elle range l'information dans un coin de sa tête.

— Je suis contente que tu fasses partie du groupe, reprend la fille dans un quasi-murmure.

Tillie se promet de chercher la fille à la cafétéria et de s'asseoir à côté d'elle un de ces quatre. Peut-être demain au petit déjeuner.

— Moi aussi, dit Tillie.

Destin 2 : 21 avril

L'enterrement d'Aaron a lieu un dimanche. La cérémonie se tient à la Riverside Memorial Chapel, et béni soit Morris d'avoir tout organisé. Comme Michael le ferait pour lui si la situation était inversée, à n'en pas douter.

Michael et Erica y vont ensemble. C'est à la fois étrange et pas tant que ça pour Michael de passer du temps avec son ex. Il a hâte qu'elle retourne à Cape Cod, et il a peur de ce qu'il ressentira une fois seul.

Des camarades de classe d'Aaron sont là. Tout un tas de copains, que Michael ne reconnaît pas. Aaron n'invitait pas souvent ses amis à la maison depuis un an et, sincèrement, Michael n'a jamais pensé à l'encourager à le faire parce qu'il se disait que c'était ça, être en première, la fin des goûters à la maison et compagnie.

Mais les gamins sont là, et il en voit certains qui s'embrassent, des larmes, aussi, et il en est infiniment reconnaissant, parce que cela montre que les gens sont touchés, et il y a Kelly Jameson, que Michael reconnaît comme étant la petite amie d'Aaron dans la pièce, et, bon sang, quelle excellente comédienne ! Cette fille ? Future star hollywoodienne.

Il reconnaît Sarah Palmer. Elle venait souvent chez eux à l'époque où Aaron a fait son coming out, et ils mettaient de la musique sur Spotify, bavardaient et riaient. Michael l'aimait bien.

C'est elle qui vient le voir :

— Je suis désolée. Vraiment, vraiment désolée.

— Merci, Sarah.

— Tout le monde appréciait Aaron.

— C'est... bien de le savoir.

Fin de leur conversation. Elle incline maladroitement la tête et s'éloigne. Michael se demande : *C'est vrai ? Ils aimaient bien mon fils ? Dans ce cas, pourquoi était-il tout le temps si seul ?*

Ses frères guerriers sont tous là. Bien sûr. Ils ne font qu'un, une bande d'hommes, les protecteurs de Michael, ses soutiens. Et ils s'asseyent à côté de lui et d'Erica, et Michael est bien content qu'ils soient là, tellement content, comme s'ils étaient un membre de son corps, et quand il voit leur groupe, en veste de costume et cravate, ce qui n'est pas le genre de tenue qu'il a l'habitude de les voir porter, une part de lui revient et il parvient à respirer un peu.

La cérémonie commence avec la chanson « Marcher seul ». La dernière chanson d'Aaron. Parce que c'est précisément ce qu'il aurait voulu.

Les larmes dans mon dimanche matin
ensoleillé
et le vide qui emplit toujours mes soirées,
une nuit de plus à veiller
dans mon lit toujours couché
avec toi dans la tête,
pensées incandescentes comme des allumettes.

Passer du temps en solitaire,
c'est tout ce que j'peux faire.
Marcher, juste moi,
parce que j'peux pas être avec toi.

Le morceau frappe fort. Michael essaie de s'accrocher mais il se sent faible. Morris lui serre l'épaule. Il se demande : *Pour qui ? Pour qui chantait-il cette chanson ? Avec qui ne pouvait-il pas être ?* C'est une part de sa vie qu'il ne connaîtra jamais, et il déteste ça, il déteste, déteste.

Tandis que le rabbin parle, Michael regarde autour de lui et essaie tant bien que mal de voir les obsèques à travers les yeux de son fils. Est-ce que cette cérémonie est à la hauteur ? Est-ce que cela lui aurait fait plaisir que les gens viennent et pleurent ? Aurait-il adoré leur façon de réagir à sa chanson ?

Est-ce que cela aurait suffi à le garder ici ? Pour toujours ? Ou juste un petit moment ?

Et, à ce moment-là, Michael comprend exactement de qui il est question dans la chanson, et cela transperce son corps en plein milieu. Il en a le souffle coupé. Il s'agrippe la tête pour que tout reste en place.

La personne dont il est question dans la chanson, qui lui donnait le sentiment d'être vide ? La personne avec qui il ne pouvait pas marcher ?

Le monde entier.

Tout entier.

Destin 3 : 17 avril, 15 h 57

C'est un très mauvais ballet.

Tels des danseurs amateurs qui suivent la piètre chorégraphie imaginée par un dieu indifférent, ils se penchent vers l'inconnu bleu et perdent l'équilibre.

Et en tombant, ils…

Ce n'est plus l'heure des conjectures. Des rêveries distraites. Pour toujours.

Du vent dans les cheveux, les tympans qui explosent et la fille à l'envers qui essaie de tendre la main derrière elle pour saisir la rambarde mais il est beaucoup trop tard et son corps se brise au moment de l'impact.

Le garçon, à l'envers par rapport au monde, un aperçu rapide du New Jersey – tu parles d'une dernière vision de l'univers –, le mot « voler », suivi du concept incomplet de…

Destin 3 : 18 avril

Michael aimerait qu'il y ait du vent.

Un vent fort qui balayerait la Première Avenue et l'empêcherait d'entrer dans le bâtiment en briques bleues. Un vent qui pourrait le soulever et le transporter jusqu'à hier, jusqu'à avant.

Debout devant le panneau sur lequel on lit VILLE DE NEW YORK, BUREAU CENTRAL DE LA MORGUE, il a envie de se désintégrer.

Il n'appellera pas Morris. Rien de ce qu'une personne pourrait dire ne serait en mesure d'atténuer… Non. Cette douleur, qui le dévore de l'intérieur, est obligatoire, inévitable. Comment faire pour respirer quand la part la plus cruciale de votre vie s'évapore en un instant ?

Une femme blonde d'à peu près son âge sort de la morgue en sanglotant. Tout son être tremble. Sa plainte hérisse les poils sur la nuque de Michael.

Il veut l'aider. C'est son instinct. Mais il en est incapable. Il n'a pas changé. Pas du tout. Le pire reste encore à venir et il aurait aimé pouvoir fuir, mais c'est impossible.

Michael ferme les yeux quand la femme passe à côté de lui.

Sur le coup, Winnie ne voit presque pas l'homme figé devant la morgue. Plus tard, quand elle comprendra qu'il y avait deux sauteurs ce jour-là, elle se souviendra et s'interrogera.

Était-ce le père ?

Comment leurs enfants se connaissaient-ils ? Pourquoi sauter ensemble ?

Mais, pour l'instant, tout ce qu'elle et Michael partagent, c'est la dévastation.

Destin 3 : 30 avril, trois ans plus tard

Britt adore les bals. Ils sont tellement ringards que ce n'est même pas marrant, mais les garçons d'Allen-Stevenson sont carrément mignons.

C'est la première fois qu'elle participe au Goddard Gaieties, et elle est venue avec Carly et Sadie. Elle porte sa robe fleurie préférée de chez Vera Bradley avec des ouvertures sur le côté, et Carly est extra dans sa robe blanche Laura Ashley – tellement normcore ! Sadie a fait péter une robe bandeau noire avec une fermeture Éclair tout le long du dos, très moulante et très courte. Très 1991.

Elles dansent en cercle. Des garçons commencent à les rejoindre et, soudain, ils forment un groupe de sept.

D'abord c'est un jam de Lizzo. Ils lèvent les mains en l'air et chantent en chœur. Et puis c'est le nouveau morceau de Gucci Tra, qui n'est pas le préféré de Britt, mais les garçons deviennent dingues, alors ça passe.

Et puis un son familier, qu'elle n'a pas entendu depuis quelques années.

La bile remonte de son ventre à son œsophage à une vitesse qui la surprend. Elle se précipite aux toilettes et arrive dans une cabine vide quelques secondes avant l'explosion. Le contenu de son estomac atterrit avec un grand « splash » dans la cuvette immaculée.

Elle ferme les yeux et essaie de respirer. Inspiration, expiration. Inspiration, expiration. Le Dr Fitzpatrick lui a appris deux ou trois trucs. Celui-ci marche. Parfois.

Le bruit de la porte qui s'ouvre précipitamment et de quelqu'un qui la retient pour qu'elle ne se referme pas à grand fracas. Britt devine que c'est Carly quelques secondes avant de sentir sa main sur son épaule dénudée.

— Ça va ?

Britt ne peut pas encore parler. Elle hoche la tête en silence.

— C'était quoi, cette fois-ci ?

Britt s'octroie dix secondes supplémentaires pour reprendre son souffle et ressentir le puits de tristesse bouillonner dans sa gorge.

— Cette chanson… Ma sœur et moi, on…

Ce sont toutes les choses d'il y a trois ans qui déclenchent les crises. Une chanson, passer devant la Maison Kayser, l'un des restaurants préférés de Tillie, une fille qui fait un monologue sur scène, ou n'importe quelle série dans laquelle il y a une grande sœur. L'EMDR a un peu aidé, mais clairement pas assez.

Carly dépose un baiser sur son dos et passe ses bras autour de Britt, qui est bien contente d'avoir une amie qui sera à ses côtés quand elle vomira ou tremblera de manière incontrôlable, si jamais cela se reproduit.

Elle se demande si un jour cela s'arrêtera.

Destin 3 : 19 septembre, quatre ans plus tard

C'est le premier événement LGBTQIA+ à Kenyon, et Hal se dit : *Peut-être cette fois-ci...*

Cette pensée le fait soupirer.

Sa vie amoureuse n'a pas été franchement folichonne au cours de ces deux années dans l'Ohio...

Il est venu ici de Boston parce que c'est un campus progressiste avec une forte présence LGBTQIA+ et un département de littérature anglo-saxonne qui dépote. Il sera écrivain. Fiction expérimentale. Et, alors qu'il est loin d'être le seul gay extraverti de Kenyon, trouver la bonne personne est quasiment impossible.

Quelqu'un qui comprendrait ses chansons pop aux paroles satiriques et qu'il fasse toutes les semaines un top 10 des meilleurs morceaux – ce depuis l'âge de huit ans.

Quelqu'un qui ne trouverait pas bizarre qu'il ait un aquarium dans sa chambre de la cité U.

Quelqu'un dont le sens de l'humour ne l'ennuierait pas à crever.

Cela ne paraît pas être la mer à boire et pourtant ça ne court pas les rues.

Les étudiants commencent à entrer, et il regarde autour de lui. Il aime beaucoup, beaucoup Darby et sa poésie féministe radicale. Il aime bien mater Dax et ses jambes outrageusement longues – qui resterait de marbre ? – mais, s'il doit l'entendre raconter encore une fois à quel point il était populaire à Fayetteville, il commettra peut-être un meurtre.

Non. C'est comme s'il manquait un garçon. Quelqu'un qui le comprendrait véritablement. Quelqu'un qui serait son premier. Quelqu'un pour l'étreindre la nuit.

Parce que l'étreinte, ou le manque d'étreinte, voilà ce qui est difficile. Et il ignore combien de temps encore il pourra le supporter.

— Ça va, Hally ?

C'est Darby, le crâne fraîchement rasé. Évidemment, elle a une allure incroyable.

Il se force à sourire pour qu'elle ne sache pas. Personne ne doit savoir à quel point il se sent seul.

— Bien sûr ! Ça va très bien.

Il continue à chercher.

Destin 3 : 17 avril, dix ans plus tard

Michael Boroff grogne quand son réveil sonne dans sa chambre déserte à Brooklyn. Une espèce de terreur se déverse dans ses veines. C'est le dixième anniversaire du suicide d'Aaron, et il est autant préparé que possible à ce qu'il va ressentir. Pourtant sa poitrine lui paraît lourde et un manque palpable ébranle ses membres. En dépit de tout le travail qu'il a fait et du soutien constant de ses frères guerriers, qui sont toujours là à ses côtés, il n'arrive toujours pas à croire que c'est ça, sa vie. Qu'Aaron n'est plus là.

Winnie emmène Britt prendre le petit déjeuner du lundi matin chez Cushman.

Ce week-end à l'UMass Amherst, de nombreux d'étudiants ont reçu de la famille. Winnie et Frank sont venus chacun de leur côté. Frank est parti hier soir. Winnie est restée un jour de plus.

Personne ne le dit, mais tout le monde y pense : aujourd'hui, c'est le dixième anniversaire de la mort de Tillie.

— Je me suis dit que ce serait sympa d'être ici, lance Winnie en sirotant une gorgée de café.

Instinctivement, Britt s'apprête à prendre son téléphone. Elle s'arrête. Le Dr Roberts serait fier d'elle. Il a fallu un moment, mais elle peut enfin *ressentir ses émotions*, pour citer l'éminent médecin.

Ça craint.

— Oui, répond Britt en jouant avec sa fourchette.

— Je propose qu'on dise chacune trois choses. Trois choses pour lesquelles on éprouve de la gratitude. Des souvenirs de Tillie. D'accord ?

Britt ferme les yeux et, pendant un instant, elle déteste Tillie. La déteste, elle et le fait que jamais, jamais elle ne partira. Quelle merde, les émotions. Et ensuite, elle se rend compte. Non. Ce n'est pas vrai. Elle ne pourra pas la haïr, jamais. C'est sa Tillie Ourson.

Quand Britt rouvre les yeux, sa mère lui sourit tristement.

— Je veux juste… je veux la célébrer, soupire Winnie.

Britt hoche la tête. Elle comprend. Vraiment. Seulement, il est difficile de sauter de ce qu'elle éprouve réellement à ça.

Elle n'a pas de mot pour exprimer une chose pareille. Elle n'en aura jamais.

Quand le bateau accoste en Finlande, Amir saisit la main de Devon. Il ne peut pas s'en empêcher à chaque nouveau port. C'est tellement romantique, et il veut mémoriser chacun de ses sentiments.

Il devine que Devon a un petit sourire satisfait à côté de lui. Il entend sa voix :

— On va faire de l'*e-biking* à Helsinki, pas faire l'ascension du mont Everest, mon cœur.

Mais, pour Amir, c'est s'affranchir de toutes les chaînes qui l'ont un jour entravées. Il est marié ! Avec un homme ! Sa mère est même venue au mariage. Et maintenant, il est en lune de miel !

Amir se retourne et regarde son mari. Il est tellement submergé par l'amour que le couple hétéro derrière lui doit se racler la gorge pour lui signaler que la queue avance.

Ce n'est pas qu'il ait oublié Tillie. Il a simplement arrêté de vivre là-bas. Les cinq premières années ont été les pires. Le sentiment de culpabilité. Souhaiter revenir en arrière. Et puis, au fil du temps, il s'est moins attardé à cet endroit du passé. Toujours de la tristesse lorsqu'il songe à la fille la plus cool qu'il ait jamais rencontrée. Et à quel point il a été stupide de ne pas lui avoir tout simplement dit la vérité.

Molly est en réunion quand son téléphone vibre. C'est un rappel d'anniversaire. Il y a des années de cela, elle l'a programmé pour 15 h 30 au lieu d'inclure toute la journée, et elle ne l'a jamais changé. Alors une fois par an, quand elle est occupée à autre chose, on lui rappelle.

Elle a besoin que ce soit comme ça.

Elle s'excuse et se rend aux toilettes, où elle peut avoir quelques minutes pour penser à celle qui fut jadis son amie. Pour réfléchir à ce que serait devenue Tillie aujourd'hui.

Molly passe sa main dans ses cheveux en s'asseyant dans le box, en ressassant pour la millionième fois la même pensée : et si elle avait été plus fidèle à ce qu'elle était ? Et si, tout simplement, elle avait laissé tomber Gretchen et Isabella quand elle avait compris qu'elle n'avait rien en commun avec elles ? Si elle avait tendu la main à Tillie, qui de toute évidence traversait une mauvaise passe, au lieu d'être une partie du problème. Une partie importante, manifestement.

Elle déglutit et cligne plusieurs fois des paupières. Non. Elle ne peut pas. Oui, elle aurait pu faire quelque chose mais non, elle ne l'a pas fait. Ce qui est fait est fait. Et maintenant, elle a une réunion à animer.

Le pont George Washington scintille, le soir, toutes ces années plus tard. Tant d'étoiles luisent le long de ses tours ouest et est. On pense à sa majesté, on s'émerveille de sa beauté.

Ce que ne peuvent voir les flots d'automobilistes qui vont du nord de Manhattan à Fort Lee, dans le New Jersey, c'est le désespoir. Ils ne peuvent le sentir lorsqu'ils passent devant l'endroit où, dix ans plus tôt, deux adolescents ont foutu leurs vies en l'air.

Destin 3 : 17 septembre, dix ans plus tard

Ryan a toujours été un romantique dans l'âme.

Même au lycée, quand il était gothique. Sous l'imperméable noir et l'eyeliner battait un vrai cœur tendre.

En terminale, il s'est déguisé pour aller voir incognito une rediffusion de *Pretty Woman*. Seul.

Et voilà que c'est le matin de son mariage – *tada !* –, et il est sorti du lit en catimini avant l'aube afin d'avoir un petit moment pour méditer au bord du lac de la maison d'hôtes que la famille d'Askia a louée pour l'occasion.

Il s'assied dans l'herbe mouillée et contemple l'air matinal embrumé, observe la surface légèrement scintillante du lac tranquille.

Il a tellement de chance, se dit-il, et un frisson traverse son corps lorsqu'il pense aux ronflements d'Askia, à son sourire légèrement en coin et au fait qu'elle fait systématiquement brûler le bacon de dinde quand elle en prépare.

Et ensuite, c'est comme s'il La voyait. L'autre Elle. Debout dans l'eau. En caban noir et sac à dos rose.

Il secoue la tête et se concentre pour chasser cette vision.

C'est le jour de son mariage, putain. Il ne va pas laisser cette…

Mais oh, ces yeux.

Deux petites billes noires parfaites. Ses longs cheveux presque sous sa taille. Ses traits fins, ses sourcils, toujours en accents circonflexes.

Il l'a vue, sporadiquement, au cours de cette dernière décennie. Elle se contente de rester debout en le regardant avec une expression aussi calme que ce lac tranquille.

Il n'en a jamais parlé à personne. Qui le croirait, de toute façon ? L'apparition d'une fille qui se manifeste quoi, cinq, six fois par an, pour le regarder ? Passé la première fois, il n'a plus vraiment eu peur. Et la première année, à l'époque où il étudiait à Brown, une fois qu'il l'a acceptée comme n'étant pas super flippante, il l'a vue presque tous les jours. Elle était quelqu'un dans sa vie, un secret, et la part romantique de son être ne pouvait s'empêcher de jouer. Elle. Cette fille était celle qu'il épouserait. Un jour il la rencontrerait en personne, et ce serait son petit secret, le fait qu'il l'avait aperçue si souvent, et elle ne le saurait même pas. Ou peut-être que si ? Cette idée lui donnait des frissons dans le dos.

— Je vais me marier, dit-il doucement à l'apparition.

Sa voix transperce l'air matinal silencieux de Stowe. Quand elle lui est apparue pour la première fois, elle avait à peu près son âge, et son visage était plein de vie. Toute petite et dotée de belles courbes. Elle a pris de l'âge en même temps que lui. À présent, elle est… sensationnelle. Ses yeux forcent l'attention, le respect.

Elle ne répond pas. Après tout, elle est une apparition. Mais, peut-être pour la première fois de leur expérience commune, il jurerait voir ses lèvres remuer.

— Je t'ai attendue. Je t'ai cherchée. Mais c'est le bon choix. Askia est la bonne personne.

Ses joues se gonflent légèrement en une esquisse de sourire, et il est stupéfié. C'est réel. C'est forcément réel. Et pourtant, c'est impossible.

— Au revoir, murmure-t-il.

Une larme coule sur la joue de la fille. Elle se retourne et traverse le lac en marchant, s'éloignant de lui à tout jamais.

Destin 3 : 5 mai, douze ans après

Personne n'a le profil pour ce poste.

N'a le sens esthétique qu'il faut.

Le problème de Hung, qui se lance pour la première fois dans une aventure éditoriale depuis qu'il a quitté la fac, est qu'il a un avis très tranché sur le genre de journaliste expérimenté dont *Downbeat* a besoin.

Parfois sarcastique, mais jamais cynique.

Une personne qui ne soit pas au-dessus de la pop rétro sans pour autant être figé dans ce genre. Certainement pas quelqu'un qui la dézinguerait. Et on dirait que chaque candidat pense que sa musique de merde ne pue pas.

Il rêve d'une équipe d'experts de la musique – peut-être avec une expérience de musicien –, mais il faudrait qu'ils soient… est-ce que le mot « sincères » est le bon ?

Hung allait changer le journalisme musical pour toujours. Y ramener l'amour sans pour autant sacrifier l'œil critique.

Est-ce que plus personne n'est capable d'écrire comme ça ?

Il passe en revue les derniers CV. Une fille prénommée Tawny, diplômée de la Wesleyan University, qui s'est employée à décrire dans son mémoire comment le groupe de pop Wilson Phillips a ruiné la musique à tout jamais.

Non ! Foutaises ! Est-ce qu'une personne avec du cœur pourrait postuler, s'il vous plaît ? Pourrait-il recevoir un texte, un seul, sans ironie mais néanmoins raffiné, expliquant en quoi Wilson Phillips a SAUVÉ la musique ?

Il referme le document et ouvre une nouvelle fenêtre dans son navigateur. Il secoue la tête. Il pensait pouvoir y arriver mais, sans cet ingrédient manquant, il lui semble vraiment que c'est impossible.

Alors il ouvre le dossier de candidature pour Browning. Professeur de musique à mi-temps. Ce n'est pas son rêve, mais il faut bien qu'il paie ses factures. Et ce n'est pas son rêve, *Downbeat,* qui le fera.

Destin 3 : 16 juin, seize ans plus tard

Dans les coulisses de son propre mariage, la mariée pleure.

C'est tellement difficile.

Deux pères. Celui qu'elle avait avant que tout s'effondre dans son monde il y a maintenant plus de quinze ans, et qui, depuis, n'est plus grand-chose dans sa vie, qui passe une grande partie de son temps en désintox, et surtout à en sortir. Et l'autre. Celui qui était à ses remises de diplôme, au lycée et à la fac.

Andy coche toutes les cases. Britt comprend pourquoi sa mère l'a choisi. C'est un type tellement solide. Et les sentiments que Britt éprouve pour lui sont à son image. Elle l'apprécie solidement. C'est tout.

Et puis il y a Frank.

Elle le déteste tant.

Elle l'aime tant.

C'est déroutant. Exactement comme avec Sean, son futur mari. Elle aime sa force. Elle déteste sa force.

Elle déteste son incapacité à parler. L'aime aussi. Il la laisse tout le temps s'en tirer.

Et à présent cette querelle.

— Ma chérie, c'est ton jour, dit sa mère. Je ne pensais pas qu'il se manifesterait et demanderait à te conduire jusqu'à l'autel. Tu choisis. Ne laisse pas leur drame devenir le tien, d'accord ?

Britt sourit. Elle sourit toujours. Sa mère la connaît assez pour savoir ce que ce sourire signifie en l'occurrence : *Trop tard. C'est déjà mon drame.*

Si Tillie était là.

Merde. Non. Elle est déjà maquillée. Non. Mais si elle était là. Si Tillie était là, elle interférerait. Elle dirait à Frank d'aller se faire voir. Sa sœur était bien plus douée qu'elle pour la franchise. Britt le savait, même à l'époque. Même avant… non.

Pas possible.

Elle s'éclaircit la voix. Elle regarde sa mère, qui paraît si vieille ces derniers temps. Bien plus qu'elle ne l'est réellement.

— Tu le diras à Andy ? S'il te plaît ?

Elle connaît tellement bien sa mère maintenant. Alors elle sait que sa façon de déglutir signifie : *Tu me mets dans une position très inconfortable, mais je le ferai parce que c'est toi.*

Et Britt sait qu'Andy, pas Frank, mériterait de la conduire jusqu'à l'autel aujourd'hui. Mais cela a beau être vrai, une autre chose l'est également.

Elle ne peut tout simplement pas dire non à son père biologique.

Destin 3 : 16 avril, vingt-quatre ans plus tard

Le garçon en veste polaire à sequins aimerait que quelqu'un le voie.

Les gens qu'il croise ne voient qu'eux-mêmes, et cela leur convient très bien. C'est lui qui a choisi le vêtement sur Bork et qui a cliqué sur « Acheter ». Un nouveau look pour l'école.

Mais tandis qu'il parcourt la 74e Rue, il se rend compte qu'il n'a peut-être pas fait le bon choix…

Quand les gens vous voient, pense-t-il en passant devant le seul véritable bâtiment en grès rouge datant d'avant la Seconde Guerre mondiale, celui entre les deux tours connectées, *ils se voient eux*. Et ça, c'est dans le meilleur des cas. D'une certaine façon, il a acheté cette polaire pour souligner cette réalité, en se disant qu'en attirant l'attention sur ce fait les gens se rendraient peut-être compte qu'ils voyaient très peu les autres. Lui.

Quand il regarde les gens, il les voit vraiment. À l'intérieur. Il aimerait tant que quelqu'un le voie comme lui voit les autres.

Mais, la plupart du temps, ils se recoiffent, vérifient leur maquillage, sourient à leur reflet.

Il aimerait qu'un adulte le regarde bien et dise : « Salut. Ça va ? »

Parce que, pour être honnête, non. Ça ne va pas trop.

Cette rue est un peu différente. Ce n'est pas un axe majeur contrairement à la 72e ou à la 73e, qu'ils venaient de retaper et de surélever, ou à la 75e et même à la 76e, avec ses multiples niveaux.

C'est une rue comme au bon vieux temps, avec ses trottoirs en bitume. Quand il les foule, il a l'impression d'être dans le dernier endroit connecté du quadrilatère qui va de Midtown à l'Upper West Side. C'est ici que l'on a le plus de chances de capter le regard de quelqu'un, ce qui est difficile à faire avec tous les hologrammes sur les voies publiques.

La vie moderne est solitaire, songe-t-il en s'asseyant sur les marches de l'unique bâtiment en grès rouge. Sa façade est beige, et son allure originale. Il réfléchit à qui pourrait bien vivre à l'intérieur. Peut-être un couple ou un trouple gay ? Plus âgé, sage. Sage comme son père, allez savoir.

Sauf que son père a foutu le camp.

Il imagine un type, peut-être de l'âge de son père, qui descend les marches. Il vit là avec son mari. Ils adorent tous les deux courir et lisent des livres en papier, discutent. Chez lui, ça ne se passe pas comme ça.

Il imagine le type entre deux âges s'arrêter, s'asseoir à côté de lui. Lui lancer quelque chose comme : « T'as l'air de quelqu'un qui a besoin de parler. Tu as remarqué que plus personne ne se dit bonjour dans la rue ? »

Et lui répondrait : « Oui, exactement. C'était mieux, avant. »

Le type dirait avec un sourire en coin : « Avant, c'est un truc qui n'a pas existé », ou quelque chose comme ça, débuterait une vraie connexion – quelqu'un qui le verrait.

Le garçon entend une porte s'ouvrir et se refermer derrière lui. Son cœur s'emballe. Peut-être est-ce…

— Sympa, la polaire, dit une voix de femme.

Elle doit être fraîchement sortie de la fac. Elle a une allure branchée et un sourire chaleureux. Il lui rend son sourire.

— Merci.

Elle hoche la tête, grimpe dans sa voiture volante et disparaît, comme ça. C'est chouette, vraiment, mais ce n'est pas l'expérience dont il avait besoin. Ce n'est pas le type qui le verrait réellement, véritablement, qui comprendrait ce besoin, et comprendrait à quel point ce vieux bout de rue est spécial…

Destin 3 : 11 novembre, vingt-neuf ans plus tard

Ce que recherche Enya Martinez, tandis qu'elle entre dans la dernière bibliothèque physique de New York, c'est un livre qui lui dirait quoi faire.

Elle pose son doigt sur le capteur et les portes s'ouvrent en émettant un sifflement. Elle est alors entourée par l'odeur de vieux papier. Un peu de sciure de bois, un peu d'embrun, un peu d'histoire humaine. C'est son odeur préférée et, l'espace d'un instant, elle se sent presque bien à l'intérieur, comme si la noirceur dans sa poitrine refluait l'espace d'une milliseconde.

La bibliothécaire virtuelle l'accueille avec un « Bien le bonjour, comment vous portez-vous ? » sans conviction. Cette vieille expression lui procure normalement de la joie et, d'ordinaire, elle répond : « À la perfection et vous-même ? », mais cette fois-ci, elle se contente de demander : « Y a-t-il un livre pour adolescents sur… » Et puis elle regarde autour d'elle comme si quelqu'un écoutait et la jugeait. L'endroit est quasiment désert hormis les quelques voisins de la rue, ce qui n'a rien de surprenant étant donné que les gens normaux, avec un foyer, se contentent de consulter la Bibliothèque Mondiale dans le confort de leur capsule. Mais elle n'aime pas la Bibliothèque Mondiale autant que cet endroit avec ces odeurs de vieux livres et ses souvenirs.

— … le cyber-harcèlement au sujet de la maigreur ?

L'assistante virtuelle s'éclaircit la voix.

— Pas précisément, répond-elle.

C'est l'une des assistantes virtuelles les plus sympas, son ton est presque gentil.

— Nous avons beaucoup, beaucoup de livres consacrés au cyber-harcèlement. Est-ce que « cyber-harcèlement » et « origine nationale » pourrait vous intéresser ? « Cyber-harcèlement » et « identité de genre » ? « Cyber-harcèlement » et « classe sociale » ? Ce sont les réponses qui correspondent le mieux à votre requête pour l'instant.

Enya soupire. Elle connaît bien la plupart des émotions. Mais être montrée du doigt à cause de qui elle est ? Parce qu'elle n'a que la peau sur les os et n'y peut rien ? Elle est née comme ça. Ses deux parents sont très minces, et elle mange, et mange, mais ne prend pas de poids. Quand elle a raconté ça à sa mère, elle n'a eu droit qu'à un sermon : jadis, ce serait elle qui se serait moquée d'eux parce qu'ils étaient gros. Enya n'en revenait pas : *Quoi ? Pourquoi les gens feraient un truc pareil ?*

Non. Tout ce qu'elle veut, c'est un livre, peut-être en vers, comme ces vieux classiques d'Ellen Hopkins, où une personne comme elle écrit sur ce que l'on ressent quand on est montré du doigt à cause de son apparence. Pour sentir qu'elle n'est pas seule, parce que ça fait vraiment mal. Ça fait très mal, et personne ne semble comprendre ce qu'elle éprouve.

Quelqu'un, quelque part, a bien dû ressentir ça un jour ? Où se trouve le livre dont elle a tant besoin ?

Pourquoi n'a-t-il jamais été écrit ?

Destin 3 : 24 décembre, trente et un ans plus tard

Ajax est subjugué par l'image.

Sa mère a laissé l'hologramme sur la tablette de la salle à manger. C'est une jeune fille aux traits coréens, qui a des pommettes hautes et des yeux profonds, mélancoliques. Elle porte des vêtements rétro, et quelque chose donne l'impression qu'elle vient d'une autre époque.

Parfois, Ajax fantasme qu'un autre adulte est sa mère. Non que la sienne soit une mauvaise mère, à proprement parler, mais iel a le sentiment parfois, même si jamais elle ne l'admettrait, que si sa mère pouvait choisir, elle préférerait qu'Ajax soit cis. Et ce n'est tout simplement pas acceptable.

Quel genre de mère serait cette femme ? C'est bizarre de se poser cette question, mais c'est ce à quoi pense Ajax en se regardant dans les yeux.

— C'est qui ? demande Ajax à sa mère qui se rend dans la cuisine.

Sa mère s'arrête et plisse les lèvres.

— Oh !

— Qui, maman ?

Britt s'assied en face d'Ajax et lui adresse un sourire patient.

— Ce serait ta tante Tillie, répond-elle.

Destin 3 : 26 décembre, trente-cinq ans plus tard

C'est une petite cérémonie, et Mays Jagger est un peu agacé.

Il connaissait à peine ce mec. Certes, c'était un frère guerrier, mais plus âgé, et même s'il a entendu les histoires que ce type, là, Morris, a racontées, comme quoi à une autre époque, ce Michael Boroff était un sacré bonhomme, ils n'étaient pas amis. Ils se sont juste vus à quelques réunions au cours desquelles le gars n'a pas dit grand-chose.

Et où était sa famille ? Lui est venu. Et eux ? Ce type a vécu pendant tout ce temps. Mais il n'y a qu'une poignée de frères guerriers, dont la plupart le connaissaient à peine.

Non. Pas un proche en vue.

Mays se penche vers Morris, assis trois sièges plus loin.

— Il avait de la famille ? demande-t-il en peinant à cacher son agacement.

Le murmure de Morris est accompagné d'une bouffée de mauvaise haleine. Pouah, ces vieux !

— Non, vraiment pas, répond Morris, et Mays se bouche le nez comme si de rien n'était, en faisant semblant d'avoir un petit rhume.

Une chanson d'un autre temps passe. Le genre de truc créé sur un appareil numérique du début du XXIe siècle. Et la personne qui chante doit être un gamin.

Mays s'agite sur son siège. Il ne prête pas vraiment attention.

La chanson est oubliée à l'instant où elle s'achève.

Destin 4 : 17 avril, 15 h 57

À quarante-cinq mètres l'un de l'autre à l'étage supérieur du pont George Washington, le garçon et la fille enjambent la balustrade. Ils se regardent fixement comme s'ils jouaient à une version terrifiante du jeu « Cap ou pas cap ». Les minutes s'écoulent.

La fille égrène silencieusement une litanie d'au revoir. Quand elle arrive à sa petite sœur, elle entend la voix de Britt dire : « Tu me fais rire, Tillie ! » Elle sursaute, tant la voix en son for intérieur paraît réelle.

Le garçon les imagine sauter tous les deux de façon simultanée, et se figure le numéro de natation synchronisée spectaculairement morbide qu'ils pourraient faire dans les profondeurs de l'Hudson. Pour une dernière pensée terrestre, celle-ci lui paraît particulièrement idiote.

Le garçon est le premier à cligner des yeux. Il quitte son perchoir précaire, faisant passer sa jambe squelettique par-dessus le garde-corps, puis descend. Une fois de nouveau sur la terre ferme, il passe une main dans ses cheveux et se dirige de façon hésitante vers elle tandis que le vent effréné le gifle.

À son approche, elle se redresse, détourne le visage et regarde l'eau.

— Ça va ? demande Aaron.

Une bouffée d'air sort des lèvres de Tillie avant qu'elle ait pu l'avaler. Ce n'est ni un rire ni une expression de dédain. Plutôt une espèce d'incrédulité contenue.

— Euh, dit-elle en s'agrippant à la rambarde de toutes ses forces, main gauche devant, main droite derrière.

En silence, ils écoutent la bande-son du pont, le concert assourdissant et constant des moteurs qui grondent, les pneus sur l'asphalte, le vent, et ils sentent les pots d'échappement, et voient le ciel bleu-gris, flou de douleur, et ils goûtent l'huile de moteur et le désespoir.

Elle finit par se tourner vers lui.

— Ça va, toi ?

Et c'est au tour d'Aaron d'émettre un son auquel il ne s'attendait pas. Un rire. Il baisse les yeux vers ses pieds, et le rire s'échappe de ses lèvres, et ensuite elle rit aussi, et c'est le rire le plus inconvenant qui soit.

Elle soupire et descend. Son cœur bat trop fort et trop vite pour son corps.

— Bon, parvient-elle à dire quand elle a repris son souffle et se tient sur la passerelle, les yeux scotchés au sol en béton en dessous d'elle.

— Bon, répond-il.

Ils restent plantés là, et elle s'appuie momentanément au garde-corps avant de reculer. Sans un mot, ils se déplacent à l'autre bout de la voie piétonne, le plus loin possible de la balustrade. Le pont tremble sous leurs pieds.

Ni l'un ni l'autre ne sait quoi faire à présent.

— Tillie, finit-elle par dire.

— Euh, Aaron.

Nouveau blanc.

Une scène d'impro comique vient à l'esprit d'Aaron. *Oui, et…* Comme s'ils étaient au théâtre, et que chacun devait répondre à tout ce que dit l'autre en ajoutant « Oui, et… », ce qui est super difficile parce qu'il n'a qu'une envie : nier la réalité. C'est la scène la plus difficile qu'il ait jamais jouée, et cette difficulté lui coupe le souffle. Trop réelle à son goût.

Dans sa tête, Tillie aussi est sur scène. Elle se visualise sous les projecteurs, en train de déclamer un monologue au sujet de cet instant, et elle est à court de mots. Parce que ce moment ne se passe pas comme prévu. Il n'était pas censé y avoir un après. On saute et c'est fini, plus de douleur, plus rien à ajouter.

— Oui, et…, lance Aaron.

Quoi ? se demande Tillie pendant environ une demi-seconde. Et puis, avec une forme d'effroi, elle comprend exactement ce qu'il veut dire car elle se souvient de ses cours de théâtre de troisième. Elle pense : *Je suis peut-être la seule personne sur mille capable de saisir de quoi tu parles. Quelqu'un d'autre se contenterait sans doute de partir, et tu mourrais. T'as bien de la veine que ce soit moi, là.*

— Tu fais de l'impro, dit-elle d'une voix monotone.

Il hausse les épaules.

— Sans succès, apparemment.

— J'écris des monologues et j'en fais des performances. Que les gens tournent en dérision.

Aaron a l'air de comprendre.

— Oui, et… j'aimerais bien les voir.

Elle secoue la tête.

— Non, mais… sûrement pas si tu étais comme tous les autres gens dans le vrai monde.

Il fronce les sourcils.

— Les règles ! lui rappelle-t-il.

Elle roule des yeux.

— Oui, et… j'en sais rien. Oui, et… je les interpréterais pour toi.

Elle ment. Quelques minutes plus tôt, elle était dedans, mais quelque chose dans le côté artificiel de cette impro la perd. C'est sa dernière prestation. Une fois qu'il sera parti, elle pourra faire ce qu'elle doit faire.

— J'aimerais les entendre, dit-il.

— Oui, et… tu ne vas pas sauter de ce pont. Parce que…

Aaron lève la tête et détourne le regard, et il a la boule au ventre en essayant de trouver une bonne raison de rester.

— Beignets, lâche-t-il.

Ce n'est clairement pas ce que la fille s'attendait à entendre.

— Beignets ? répète-t-elle en écho.

Et voilà ce qui se passe : d'ordinaire, quand il dit quelque chose de bizarre, c'est pour produire un effet. Pour faire rire les gens. Mais là, à cet instant, on dirait que son esprit pousse quelque chose à l'extérieur, n'importe quoi, uniquement pour que la conversation se poursuive. Il veut continuer à parler. Ce qui signifie qu'il n'a pas envie de sauter. *Oui, et…*

Elle ne le sait pas encore, mais cette conversation improbable sur des viennoiseries, simplement parce qu'elle continue, va les éloigner de ce pont.

Il répète son mot, avec plus de conviction cette fois-ci.

— Beignets.

Et explique :

— Parce qu'on va en manger trois chacun dans la boutique la plus proche d'ici.

— Très bien. Des beignets. Je dois d'abord passer un coup de fil. Dis-moi où tu vas. Je te retrouverai.

C'est trop facile. Aaron perçoit le vide juridique dans le nouveau contrat qu'elle vient d'établir.

— Non, dit-il.

— Non ?

— Non, insiste Aaron. On y va ensemble. Maintenant.

Tillie a envie de lui hurler : *Fiche-moi la paix ! Tu ne vois pas que je veux faire ça toute seule ?* Au lieu de quoi, elle lui sort :

— Tu ne me connais pas. Tu n'as pas le droit de me dire quoi faire. J'en ai vraiment marre de laisser les autres me dicter ma conduite.

— Je ne dicte rien, rétorque le garçon. Je dis juste… beignets. C'est… une possibilité.

Elle secoue la tête. Pourquoi ne se rend-il pas compte qu'elle est à court de possibilités ?

Il poursuit.

— Je pense qu'à l'instant où j'aurai le dos tourné tu sauteras. Ce qui me parle puisque, si tu m'avais tourné le dos il y a une minute, j'aurais sauté. Je serais…

Elle déglutit. Il est incapable de dire le mot. Et elle n'a pas envie de l'entendre.

Mais, dans l'immédiat, c'est le seul mot. Il est derrière tous les autres mots.

— Je me trompe ? demande-t-il. Sur ce que tu feras si je pars ?

Elle déglutit de nouveau.

— Donc, beignets, insiste-t-il.

Tillie essaie de trouver une façon de lui dire non. Elle est sûre qu'elle est cachée là, quelque part en elle. Mais elle n'y arrive pas. Quel drôle de moment pour ne pas savoir dire non.

Les possibilités. Ce ne sont pas les beignets qui la convainquent. C'est le mot « possibilité ». Elle a un choix. Tandis qu'elle est encore sonnée par cette incoercible impulsion, elle se demande si elle a vraiment envie de se noyer dans l'Hudson. Tout ça à cause de la méchanceté des autres. Tout ça à cause de gens qui ne le méritent pas.

— Beignets, répète-t-elle doucement. Et pourquoi trois, hein ? Six ! L'heure est grave.

Il tend la main et dit :

— Marché conclu !

C'est tellement absurde – le monde entier est tellement absurde –, pourtant Tillie lui serre la main. Marché conclu pour tous les deux. Les seuls termes de leur accord : ne pas sauter et manger des beignets.

Aucun des deux ne pleure. Aucun ne rit. Ensemble, ils marchent en silence vers Manhattan, le vent les gifle tel un dieu vengeur qui n'en peut plus de leurs conneries.

Le Dunkin' Donuts le plus proche se trouve un peu après Fort Washington Avenue, sur la 181e Rue, en d'autres termes, un endroit où ni l'un ni l'autre n'est jamais allé. À l'intérieur, il fait chaud, comme si la boutique avait mis le chauffage pendant des années sans jamais l'arrêter, et Aaron ôte immédiatement sa doudoune. Tillie pose son caban sur une chaise et va au comptoir, où elle commande un café et six beignets fourrés à la vanille.

— Euh, pareil pour moi, dit Aaron en espérant qu'il lui reste assez d'argent de poche pour se les offrir.

Il ouvre son porte-monnaie et aperçoit un billet de cinq.

— Euh, désolé, plutôt quatre. Et un verre d'eau à la place du café, s'il vous plaît.

Quelques instants plus tard, ils se goinfrent de beignets parsemés de sucre glace et fourrés d'une crème à la vanille tellement sucrée que ça leur fait mal aux dents.

— Bon, voilà, dit Aaron.

— Ouais, dit Tillie, sans rien révéler. Bon, voilà.

Il la scrute mais n'apprend rien. Il décide donc de se lancer :

— J'en déduis qu'on ne va pas parler du pont ?

— Exact.

— À la place, on va…

— Manger des beignets.

Ce n'est que lorsqu'elle entame le troisième et lui son deuxième que Tillie brise le silence inconfortable qui pèse sur leur table.

— Je… Je ne sais pas trop ce qui vient de se passer, et je me dis que, peut-être, si on se contente de manger des beignets pendant un petit moment, je pourrai retrouver le cours de ma vie et réessayer.

Cela le fait rire, et elle le fusille du regard. Il s'empresse de clarifier les choses :

— Je ris avec toi, pas contre toi. Parce que je comprends très bien ce que tu viens de dire. Réessayer même si j'en suis je crois à ma cent trente et unième tentative de tout recommencer.

— Oui, répond-elle comme si elle comprenait sa remarque.

Ensuite, elle regarde à travers la vitrine. Elle semble attendre que quelque chose de mieux se présente.

Et cela le pousse à dire :

— Ouais.

— À ton avis, il se passe quoi ? demande-t-elle en le regardant droit dans les yeux.

— Je me pose tout le temps cette question. Par exemple, est-ce qu'on cesse juste d'exister ?

— Bon sang, ce serait tellement bien, répond-elle, et quelque chose dans sa façon de le dire déclenche cette chose en elle, et des larmes commencent à s'accumuler dans ses yeux.

Elle cligne des paupières pour les chasser.

— Mais trop ! Combien de fois j'ai voulu arrêter de ressentir les choses ?

— Mais…

— Oui, pour toujours.

— Ouais. D'après ma psy, c'est une solution permanente à un problème transitoire. Sauf que, pour l'instant, je ne vois pas vraiment comment ce problème (elle se montre du doigt et trace un grand cercle autour d'elle-même) pourrait être temporaire.

— À mon avis, quand t'es plus là, ben, t'es plus là, dit Aaron.

Tillie se met à rire du nez.

— Profond, se moque-t-elle.

Il hausse les épaules et cligne des yeux à plusieurs reprises, et elle se demande si elle l'a vexé.

— Ouais, mais… et si ce n'était pas le cas ? Et si ton corps mourait mais que ton âme, ou autre, restait en vie et que tu devais vivre pour l'éternité, mais sans corps ?

Aaron mord dans son beignet.

— Ouais. J'y ai pensé, répond-il.

— Et n'empêche que t'as failli… ?

Il hausse de nouveau les épaules.

— Ben, toi aussi.

Aaron trouve surréaliste d'avoir une telle conversation. Comment est-ce possible ? Il a l'habitude qu'elle se passe constamment dans sa tête, sauf que c'est toujours lui qui fait toutes les voix. Et pourtant voilà. Tout haut. Et c'est quelqu'un d'autre qui fournit les répliques.

Cela semble plus réel, de cette façon.

Et parce que cela lui parait si réel, il se rend compte à quel point sa vie lui paraissait irréelle.

Avant.

Ça aussi, c'est réel : l'existence d'un avant.

Tillie passe le dos de sa main sur son menton pour faire partir un soupçon de sucre glace.

— Je suis tellement fatiguée…

Elle est surprise de voir Aaron tendre la main et lui serrer le bras. C'est le geste le plus intime reçu d'une autre personne que sa mère depuis des siècles. À l'exclusion d'Amir, bien sûr, mais il ne compte plus, lui.

— Je comprends carrément.

Tillie garde son bras complètement immobile, même si elle a envie de le bouger.

— Tu crois qu'un jour on ne sera plus fatigués ?

Aaron appuie son front contre la table, qui est bien sale, et reste ainsi un moment.

— La vache, j'espère bien que oui, répond-il au sol. Parce que ça, là, ça marche pas.

— Ouais, confirme Tillie. J'ai l'impression que je suis incapable de supporter une minute de plus de ma vie.

Aaron lève la tête.

— Idem.

Ils restent assis comme ça un moment, occupés à siroter leur boisson et à mastiquer. Tillie a envie de lui demander pourquoi il n'a pris que de l'eau, mais elle se dit que sa question tomberait comme un cheveu dans la soupe. Aaron a envie de lui demander pourquoi elle est là, mais il a peur que ce soit trop personnel.

Au bout d'un moment, Aaron comprend qu'il va exploser s'il continue à se taire. Alors il décide de parler de lui.

— Parfois, j'ai l'impression que mon père est parfait, en tout cas maintenant, depuis qu'il a passé sa crise de la quarantaine. Toute la journée, il a en face de lui des jeunes cassés, déglingués, et il ne devrait pas être obligé de se trouver confronté à la même chose quand il rentre à la maison le soir.

Tillie rit et hoche la tête.

— Je vois. Moi, quand je montre à quel point ça va mal dans ma tête, je ne fais que confirmer ce que ma mère et mon père savent déjà. Et, en réaction, ma mère microgère mon existence, alors que mon père s'en lave complètement les mains.

— Ouah !

Tillie hausse les épaules.

— Certains gamins n'ont pas accès à l'eau potable. Pas juste dans d'autres pays, mais ici, chez nous. Et moi je suis triste parce que mon père ne m'aime pas assez… Ce n'est pas vraiment grave.

Aaron se ronge les cuticules.

— Eh bien si, c'est grave, parce que t'as failli en mourir.

Tillie baisse les yeux vers la table.

— Aïe.

— Ouais, même chose pour moi.

Tous deux gardent le silence le temps d'encaisser cette vérité, et la température de la pièce semble descendre d'un cran, ce qui est une bonne chose. Tillie visualise à nouveau le pont. Elle est frappée par le fait que cette tentative d'intervention ne marche pas. Tôt ou tard, ils vont finir leurs beignets, et rien n'aura changé.

Aaron réfléchit à quoi ressemble le fond de l'Hudson tout en mâchant.

Ils lèvent la tête au même moment et leurs regards se croisent, et c'est comme s'ils se rendaient compte de façon synchrone que la situation est très dangereuse. Deux inconnus suicidaires se gavant de pâte frite tout de suite après ce qui a bien failli être une double mort. Aaron se souvient d'un jour de l'été dernier où il était dans un parc d'attractions avec un camarade du lycée, sur une montagne russe. Blasé, le type chargé de la sécurité n'a vérifié que vaguement la barre de sécurité d'Aaron. Celui-ci voyait bien qu'elle n'était pas assez serrée. Pendant un quart de seconde, il a pensé : *Ne dis rien. Ce sera rapide et facile.* Mais ensuite, il a appelé le type qui est revenu et l'a ajustée en lui jetant des regards noirs, comme si Aaron était casse-pieds de demander ce dont il avait besoin pour rester en vie.

Tillie discerne du chagrin sur le visage d'Aaron, et une vague semblable de désespoir traverse sa poitrine.

— Putain, s'écrie-t-elle.

— Putain, répète-t-il.

— Chacun de mes instincts est cassé. Je suis incapable de fonctionner correctement.

Une larme veut s'échapper de son œil gauche et Tillie se crispe pour l'arrêter, avec succès. Son visage reste sec.

— Merde. J'en ai ras le bol de *moi.*

La porte s'ouvre brutalement. L'air égaré, une fille sans doute un peu plus âgée qu'eux, vêtue d'une vieille doudoune rapiécée, se dirige d'un pas hésitant vers le comptoir.

Ils n'entendent pas ce qu'elle dit à l'homme qui se trouve derrière, mais entendent parfaitement sa réponse à lui.

— Dehors. Ouste.

— S'il vous plaît, implore-t-elle.

— Les gens comme toi ne donnent jamais. Ils prennent, prennent, prennent. Dehors, allez !

— Les gens comme moi ? Je suis une personne. C'est la première fois que je demande de l'aide.

— Dégage ! hurle-t-il.

Elle tourne les talons et sort, tête baissée. La porte claque derrière elle.

Tillie regarde Aaron. Aaron regarde Tillie. C'est elle qui se lève en premier, se rend au comptoir et sort son porte-monnaie.

— Un café, s'il vous plaît.

Aaron la suit et sort à son tour son porte-monnaie. Il lui reste juste la monnaie de tout à l'heure, mais cela suffit.

— Et un beignet, s'il vous plaît. Cannelle ?

Il prononce ce mot sur le ton d'une question. Avec lui, il y a toujours un doute. Mais, cette fois, il y a une réponse. Un discret hochement de tête de Tillie et, soudain, la même pensée idiote et exaspérante leur vient.

Oui, et...

Ils sortent et se retrouvent sur la 181e Rue, bruyante et animée. La fille est debout à côté de l'entrée de la boutique. Elle a la tête basse, les mains posées sur les hanches.

— Excusez-moi, l'interpelle Tillie.

La fille ne bouge pas. Tillie tapote sur son épaule, et l'inconnue bondit en arrière dans un mouvement de défense.

— C'est quoi, ton problème ? balance-t-elle.

Tillie lui tend le café.

— Tiens.

La fille ne le prend pas tout de suite. Elle examine Tillie, puis Aaron, d'un air légèrement suspicieux.

— T'as mis du sucre dedans ? Je prends pas de cette merde.

— Non.

Aaron lui tend doucement le sachet.

— Un beignet ?

Elle secoue la tête.

— Tu te fous de moi ? Tu veux me tuer ou quoi ?

— Ah, répond Aaron. D'accord, désolé.

La fille secoue la tête comme si elle était déçue.

— Faut pas toucher à ce truc. Cette merde finit par te tuer.

Elle hoche la tête en les regardant puis remonte Fort Avenue. Tillie et Aaron se retrouvent dans la rue sans trop savoir quoi faire à présent.

Pendant quelques instants, ils regardent la fille marcher vers le nord, et puis, quand elle n'est plus dans leur champ de vision, ils se retournent et prennent la direction du sud. Ni l'un ni l'autre ne sait où ils vont.

Aaron se dit qu'il aimerait vraiment être à la maison, assis sur son radiateur à écouter de la musique, à regarder ses poissons nager dans leur aquarium. Et pourtant, une part de lui sait qu'il ne peut pas faire ça. Parce qu'il y a quelques heures, il a choisi de monter sur le pont et que depuis, rien n'a vraiment changé. Ce qui signifie que rester seul n'est pas prudent. Sans compter qu'il ne sait même pas trop quand son père rentrera mais, à l'idée de parler à son père tout de suite, une terreur l'envahit parce qu'il devra faire comme si tout allait bien, or tout ne va pas bien. Il le sent en lui, comme une présence physique.

Tillie se dit que cela ne suffit pas. Qu'un café et des beignets en compagnie de quelqu'un rencontré par hasard ne suffit pas. Elle espère à moitié qu'il dira : « Bon, c'était sympa de faire ta connaissance, j'espère qu'on se recroisera », afin de pouvoir retourner sur le pont terminer ce qu'elle a commencé. Et elle est à moitié pétrifiée à l'idée qu'il lui dise qu'elle va devoir réfléchir maintenant à comment ne pas passer à l'acte. La tentation est tellement, tellement forte, mais il y a cette petite part farouche en elle qui ne veut pas mourir. Qui sait que ce n'est pas possible, tout simplement. Si elle mourait, cela tuerait Britt.

Ils marchent sans but sur Fort Washington Avenue, et rebroussent chemin vers le pont. Tandis qu'ils traversent le souterrain de la gare routière, un horrible pressentiment écrase Aaron. Voilà. On y est. Il a essayé, il a échoué. Il est temps de quitter cette terre. Il s'arrête.

— Bon, dit-il.

Tillie regarde le sol et enfonce ses mains dans les poches de son manteau.

— Bon, dit-elle.

— Je crois…

Tillie déglutit. Elle ignore ce qu'il croit, mais elle sait que c'est la fin. De quoi, elle n'en est pas très sûre. De leur relation ? Du monde ? Vont-ils tous les deux remonter sur le pont ? Ensemble. Vont-ils le faire chacun son tour ? En même temps ? Eau froide,

froide. Elle frémit. Elle n'est absolument pas prête pour une fin.

Quelqu'un les interrompt.

— Vous avez entendu la bonne nouvelle ? leur demande une femme blanche d'un certain âge dont le rouge à lèvres tire un peu trop sur l'orange.

Elle porte un bonnet en laine rouge et marron tellement bas qu'on a l'impression qu'elle n'a pas d'yeux. Elle empeste le parfum.

Tillie et Aaron se regardent et éclatent de rire.

La femme tique, et son sourire timide s'efface de son visage.

Aaron s'avance vers la femme et tend les bras en ouvrant les mains, comme s'il voulait attraper quelque chose que la femme était sur le point de lui lancer et qui pourrait changer sa vie.

— Dites-moi ! Pitié, j'ai carrément besoin d'une bonne nouvelle.

La femme sourit poliment.

— Bon, eh bien, bafouille la femme qui bat en retraite. Inutile de…

— Non, je suis sérieux, insiste Aaron. Aujourd'hui, il ne faut pas juste une bonne nouvelle. Il faut un truc incroyable. Et oui, je veux dire incroyable, incroyable, putain, et je me moque d'être vulgaire. Alors, allez-y, adorable dame qui annonce des bonnes nouvelles. Dites-moi. Je vous en prie.

La dame s'éloigne en secouant la tête.

Tillie dévisage Aaron comme si elle le voyait pour la première fois.

— Ça sort d'où ?

— J'en sais rien. Sur le coup, ça m'a juste paru le truc à dire. D'ailleurs, j'avais vraiment envie d'une bonne nouvelle. Je voulais vraiment entendre la bonne parole, amen. Et ensuite, j'ai eu envie de lui dire que j'étais un gay impénitent pour voir sa tête exploser.

Tillie rit.

— OK. Je comprends.

— Ça te dit de marcher ? Tout à coup, j'ai envie de marcher jusqu'à Manhattan. Ou plus au sud encore. T'habites où ?

Ils se mettent en route.

— Dans l'Upper East Side.

— Moi, dans l'Upper West. Remercions le seigneur, bordel !

— T'es un peu chelou, toi, non ?

— Je suis *carrément* chelou, répond Aaron.

— Impec, moi aussi.

— Amen ! Soyons donc deux personnes cheloues qui traversent Washington Heights en n'abordant que des sujets légers. Je n'ai plus rien de grave en moi.

— Ça me va.

Tandis qu'ils marchent, Tillie songe que l'existence est terriblement arbitraire. Pas juste en ce qui concerne Aaron, mais aussi parce qu'elle ignore complètement comment elle a atterri dans l'Upper East Side de Manhattan. Il lui semble parfois qu'elle a en quelque sorte gagné à la même loterie que dans l'histoire de Shirley Jackson[1] dans laquelle le gagnant est lapidé à mort. Parce qu'elle a assurément de la chance, et elle a assurément été lapidée,

1. *La loterie et autres contes noirs*, « Rivages/Noir », Payot & Rivages, 2019.

émotionnellement, depuis tellement longtemps, et ce quartier, ces rues tranquilles bordées d'arbres pourraient très bien être davantage chez elle. En réalité, elle ne sait pas où est sa place, car elle ne sait pas d'où elle vient. Elle sait qu'elle est née dans la province de Gyeongsangnam-do, mais elle ignore ce que cela lui apprend sur ses parents, ni pourquoi ils l'ont abandonnée. Et vivre une vie dont vous ne connaissez pas le point de départ, c'est juste... parfois, elle a le sentiment de n'avoir aucune base. Aucune racine.

Aaron songe à la musique. Se demande comment ce serait de participer à un concours de talents en ayant l'impression que les gens qui le félicitent pour sa prestation mentent, qu'ils se moquent de lui, et pourtant. Il est incapable de s'en empêcher. C'est dans son ADN. Le besoin de dire certaines choses, de faire certaines choses. Parfois, il déteste, et parfois, il adore. C'est ce qui lui permet de rester en vie.

Fort Washington fait un coude et devient Broadway au niveau de la 159e Rue, et le décor paraît enfin davantage conforme à l'image qu'Aaron se fait de New York. Les échafaudages verts, les magasins de chaussures discount, les bodegas aux devantures ornées d'oranges, de mangues et de tomates en papier mâché. Aaron demande à Tillie quel est son groupe préféré, et elle répond qu'elle aime tout. « Ah », répond-il. Tillie demande alors à Aaron quel est le truc qu'il attend avec impatience, et il lui faut un moment avant de répondre.

— Serrer mon père dans mes bras, je dirais.

Cette réponse frappe tellement Tillie qu'elle en reste sans voix. Elle marche et laisse le vent froid du soir garder ses yeux complètement secs.

Tandis qu'ils passent devant l'entrée de l'université de Columbia sur la 116e Rue, Aaron demande :

— Quelle est ta bactérie préférée ?

Et Tillie, plus à cause de la tension accumulée dans sa gorge que parce que cela l'amuse, ricane. Aaron sourit avec gratitude. Faire rire les autres, il met ça au même niveau que la masturbation, les Froot Loops et le fait que les gens aiment ses chansons.

— J'aime les bonnes bactéries.

— Ah oui. Mais plus précisément. Quel genre ?

— Euh, le genre qu'on trouve dans les yaourts probiotiques ?

— Hum, oui. Des bactéries délicieusement bonnes.

Le temps d'arriver à la 96e Rue, les lampadaires sont allumés. Le temps d'arriver à la 79e, ils ont mal aux pieds, et Tillie se rend parfaitement compte que cette promenade lui a probablement sauvé la vie, parce qu'elle est maintenant trop épuisée pour sauter du pont.

Même chose pour Aaron. Il se rend compte qu'il n'a qu'une envie : dormir.

Ils se tiennent debout, sans se regarder, dans une espèce de confort silencieux.

— Bon, est-ce que ça… ? commence Aaron.

— Je crois bien, répond Tillie.

— Moi aussi.

Ce n'est pas comme s'ils venaient de prendre un traitement magique contre les pensées suicidaires, et ils le savent tous les deux. Mais, au moins, ils sont toujours là.

— Bon, on devrait peut-être s'envoyer un SMS demain matin ? suggère Aaron.

Tillie prend le téléphone d'Aaron et y entre son numéro.

— Ouais, répond-elle.

— Merci de… euh…

— Ouais, répète-t-elle.

Ils se regardent.

Aucun des deux n'ajoute « de m'avoir sauvé la vie », mais ils le pensent très fort.

Destin 4 : 18 avril

À son réveil, Aaron retrouve son vieux pote, son meilleur pire ami, cette sensation de vide à l'intérieur, comme si on lui broyait les os. Il sait qu'il est censé sortir de son lit et continuer à faire ce qu'il a toujours fait comme si tout était normal. Mais il n'a pas envie de bouger, absolument pas. Au cours d'une journée normale, il y a des milliers de décisions à prendre, et il sent qu'il est incapable d'appréhender ne serait-ce qu'une seule d'entre elles.

Son père l'arrache à sa semi-torpeur en toquant à la porte selon son rythme caractéristique : toc-pause-toc-toc-pause-toc-toc-toc.

— Comment va Aaron ? demande-t-il derrière la porte.

Aaron est incapable de jouer le jeu… *Comment les gens parviennent-ils à faire quoi que ce soit ?* se demande-t-il. Mais il sait qu'il ne peut pas poser la question à son père : cette conversation serait insupportable. Alors, à la place, il pousse un gémissement théâtral, parce que c'est leur rituel.

— Aaron va vaguement bien, marmonne-t-il. Entre.

Son père ouvre la porte. Il a l'air prêt à conquérir l'univers. Il porte un polo beige légèrement trop court pour sa bedaine naissante. Comme c'est triste, le corps humain, pense Aaron. Voilà à quoi il ressemblera un jour, et ça, c'est dans le meilleur des cas.

Aaron bâille et s'étire.

— Tu as conscience, évidemment, d'avoir une longueur d'avance sur moi ? Qu'en te levant plus tôt que moi, tu as le temps de synchroniser ton cerveau et ta bouche ? Moi, je n'ai pas eu ce luxe.

Son père se gratte la tête de façon moqueuse.

— Eh ben, je me demande bien comment tu as fait pour prendre une plus grande longueur d'avance encore pour pouvoir t'engager dans une joute verbale avec ton père ?

Aaron a un petit sourire en coin.

— Si seulement je savais d'où je peux bien tenir mon sarcasme ! dit-il.

Son père fait une petite révérence, du Aaron pur jus.

Il hausse ensuite un sourcil et demande :

— Y a-t-il quelque chose que tu ne me dis pas, Aaron ?

Aaron rit. Il est vraiment bon acteur, et l'Aaron nonchalant et irrévérencieux est l'un de ses meilleurs personnages.

Son père se fait toujours avoir.

À son réveil, Tillie regarde sa chambre très rose et se dit qu'elle est bien trop rose à son goût.

Parfois, Tillie est deux personnes différentes. Il y a la vraie Tillie, celle dans son cerveau, celle dont elle entend la voix. La chambre de cette Tillie-là devrait carrément être noire. Et il y a la personne qui essaie toujours, hormis quand elle est sur scène, d'être ce que les autres veulent qu'elle soit. En observant sa chambre rose, qui n'a pratiquement pas changé depuis l'époque d'avant la puberté, elle se rend compte que cette absence de mise à jour dans la déco est sa façon d'essayer de préserver l'image qu'elle renvoie, au cas où son père déciderait d'entrer une nuit et de traîner un peu pour discuter avec elle comme au bon vieux temps.

Tout en se douchant, alors que l'eau bombarde son dos, elle se dit que les fois où elle a le plus souffert sont celles où elle a baissé la garde. Avec Amir, par exemple. Il s'est ouvert à elle, l'a appâtée pour qu'elle lui montre la vraie Tillie. Il a dansé le floss pour elle le jour de leur rencontre. Quand un type est prêt à faire ça, eh bien, oui, Tillie va direct être en confiance elle aussi, et c'est ce qui s'est passé. Elle lui a laissé voir qui elle était vraiment, le rose et le noir, et elle lui a confié ce que cela faisait d'être adoptée, chose qu'en général elle garde pour elle. Et il lui a dit : « Je comprends. C'est rageant d'être réduit à ça alors qu'on est tous tellement complexes. »

OUI. *Ça,* pense Tillie en rinçant le savon sur ses jambes. Quand les gens la voient, elle a parfois l'impression qu'ils réagissent à son apparence, comme si son apparence *était* elle. Ce qui est vraiment, vraiment n'importe quoi. Elle ne ferait jamais un truc pareil à quelqu'un, mais les gens se permettent tout le temps de la traiter de cette façon comme si ce n'était pas grave du tout.

Elle s'applique sa crème contre l'acné en se regardant dans le miroir.

Je suis Tillie Stanley. Aujourd'hui, j'ai décidé que les choses seraient différentes. Je ne me prendrai pas la tête à cause des préjugés des gens. Je vais laisser toute cette histoire de vidéo me glisser dessus comme si elle n'était jamais arrivée. Et je ne vais pas penser à mon père, parce que cela n'en vaut pas la peine.

Elle contemple son reflet dans le miroir et sourit timidement.

Ouais, je vais faire ça.

Dans le métro, Aaron est assis à côté de Topher Flaherty. Topher est intarissable sur un groupe qui s'appelle Rage, the Flower, et d'une rave apparemment démente. Aaron écoute à moitié, il essaie de se rappeler si Topher faisait partie des destinataires de l'e-mail qu'il a envoyé il y a deux jours avec « Marcher seul ». Topher est une espèce de pote périphérique. Ils ont pas mal de connaissances en commun, mais n'ont jamais traîné ensemble en dehors de l'école. Il n'était probablement pas dans sa liste de diffusion. Aaron ne veut pas avoir à se demander si Topher a détesté sa chanson. Elle n'est sûrement pas très Rage, the Flower à son goût. Sûrement. En fait, il n'en sait rien.

Il pourrait poser la question, mais non. Il a retenu la leçon. Hier, il a posé trop de questions et s'est retrouvé sur un pont. Le vide dans ses tripes est encore là aujourd'hui, mais il a revêtu une autre forme. Parce que hier le fait de ne *pas* marcher seul, ça a aidé.

Il pense à Tillie. Il espère qu'elle ressent également un léger mieux.

— Ça va ? demande Topher.

— Oui. Je pensais juste à un truc.

— Cool, répond Topher qui, en réalité, s'en moque. Tout le monde s'en fiche à vrai dire.

Sarah, qui s'est assise à côté de lui quand elle est rentrée à la 86e Rue, lui pose des questions sur les devoirs d'espagnol, qu'il n'a pas faits.

— *No hice nada,* répond-il.

— Et en quoi ça m'aide ?

— D'aucune façon que je sois en mesure d'expliquer à ce stade.

— Peut-être que Mlle Higuera ne vérifiera pas.

— Peut-être. Du moment qu'elle porte une tenue florale, ça me va.

Sarah rit.

— Je parie que oui.

— Ah, bien ! dit Aaron. Je vais peut-être devoir quitter le lycée à cause de mes mauvais résultats mais, au moins, j'aurai l'occasion de voir un nouveau motif floral charmant sur Mlle Higuera.

En se rendant en salle commune avant les cours, Aaron vérifie rapidement si la liste des acteurs retenus pour *Avenue Q* est affichée. Toujours rien. Il y a en revanche une feuille pour s'inscrire au concours de talents dans deux semaines à compter de samedi. Il grogne. Ces gens ne sont même pas foutus d'écouter une seule chanson…

Il s'arrête. *Cela ne signifie pas qu'ils ne l'ont pas aimée. Cela veut dire qu'ils ne l'ont pas écoutée.*

Il regarde fixement le marqueur qui pend au bout d'un fil accroché en bas de la feuille d'inscription, et il a le délicieux fantasme de chanter « Marcher seul » devant toute l'école, et les applaudissements, les applaudissements, et comment, après, les élèves le féliciteront et le verront sous un jour différent. Et Evan Hanson. Il viendra lui parler une fois tous les autres partis, avec un cadeau spécial pour Aaron, un auteur-compositeur au talent fou qui mérite des cadeaux extrêmement spéciaux.

Aaron sourit bêtement et ajoute son nom au bas de la liste.

Winnie met deux tranches de pain multigraines à griller et va chercher le yaourt grec. Elle ne dit pas bonjour. Elle ne dit rien. Tillie a la boule au ventre. C'est toujours pareil quand elles se disputent. Elle a l'impression qu'une part d'elle-même, une part dont elle a besoin pour respirer, a disparu et, en même temps, elle ne peut s'en prendre qu'à elle-même.

C'est arrivé quand elle rentrée à la maison hier soir.

« Tu étais où ? » lui a demandé sa mère.

Elle était assise sur le canapé du salon, et Tillie a vu la colère et la peur sur son front plissé.

« Dehors. »

Et elle savait que ce n'était pas la bonne réponse. Elle savait qu'il fallait qu'elle ait une histoire, qu'elle ne reste pas évasive, parce que ça ne marchait jamais avec sa mère.

« Tillie. Il est 20 h 15. Tu étais où ? »

Tillie a regardé autour d'elle, espérant, alors que c'est sans espoir, que son père aussi, s'était inquiété. Il n'était pas dans les parages. Sûrement planqué dans sa pièce.

« Je… suis allée me promener, d'accord ?

— Tu es allée te promener pendant quatre heures.

— Fallait que je réfléchisse à des trucs.

— Till. Est-ce que ça va ? Je me fais du souci pour toi… »

La vérité était coincée dans sa gorge. Habituellement, elle se serait confiée à sa mère, qui sait qu'elle traverse une période difficile, qui est au courant dans les grandes lignes pour Amir, la vidéo, et aussi ce qui s'est passé entre son père et elle – en version simplifiée. Mais quelque chose l'a mise en garde. C'était le genre d'histoire qui pousserait sa mère à prendre le contrôle sur sa vie, et Tillie n'en avait pas la force dans l'immédiat.

Alors Tillie lui a répondu :

« Mêle-toi de tes oignons. »

À l'instant où ces mots sont sortis de sa bouche, elle a su qu'elle avait déconné. Elle a eu envie de se couvrir la bouche avec les mains. Au lieu de quoi, elle est restée parfaitement immobile.

« Je rêve ou tu viens de… ?

— Maman. S'il te plaît. Je vais bien, OK ? Je suis désolée. J'ai juste besoin d'un peu d'espace, d'accord ? »

En réaction, Winnie s'était précipitée hors du salon, et ce matin, apparemment, sa colère n'est pas passée. Il est arrivé que Tillie aille embrasser sa mère après une chamaillerie, même si elle n'était pas d'humeur. Mais, cette fois-ci, sa mère ne marchera pas.

Britt surgit dans la cuisine, se faufile discrètement derrière Tillie, et serre fort la chaise et son occupante. Ses bras parviennent à peine à atteindre les biceps de Tillie.

Britt hurle :

— Poulet tandoori au déjeuner aujourd'hui ! Et cette fois-ci, j'essaie la soupe mulligatawny[1].

Tillie ravale un sourire.

— Cool ! dit-elle.

— Cool, répète Britt, qui va ensuite embrasser Winnie.

Et pour Tillie, c'est comme si elles s'étaient embrassées par un truchement joyeux, et elle se sent un petit peu mieux.

Le cours d'écriture créative dégénère complètement pour Aaron. Tout commence plutôt bien, puisque Mlle Hooper le complimente sur « Marcher seul », ce à quoi Aaron répond qu'il sait que la chanson est assez mauvaise, réplique qui, dans le dictionnaire Google-Aaron signifie : « Plus de compliments, je vous en supplie ! » Mais ensuite, parce que c'est sa journée, il se retrouve à lire l'histoire qui est sur son ordinateur parce qu'il n'a rien écrit de nouveau pour l'instant. Cela ne se

1. Soupe au poulet, spécialité du sud de l'Inde.

passe pas bien. Et Aaron pense : *J'aurais dû sauter hier. Je suis une mauvaise personne et je ne mérite pas d'être en vie.*

À midi, il s'installe seul à une table. Il a l'impression que l'immense vide en lui pourrait faire exploser son abdomen. Ensuite, Kwan vient s'installer avec lui et, alors qu'il manque de partir en courant du lycée pour ne jamais revenir, il se rend compte qu'il est coincé dans une situation que son corps et son cerveau ne peuvent vraiment pas gérer aujourd'hui.

Ratiya, Ebony et Josh se joignent à eux, puis il se retrouve à dire désolé environ soixante-sept fois et, quand ils quittent la table, Aaron songe qu'il ne s'est sans doute jamais senti aussi peu à la hauteur de sa vie.

Difficile pour Aaron d'être attentif en cours de physique, et la différence entre centripète et centrifuge lui passe au-dessus de la tête. Il se rend compte que, malgré son aventure d'hier, il n'est ni sensiblement différent ni meilleur. Les choses ne s'améliorent pas. Il essaie d'écouter M. Sengupta répéter à n'en plus finir que la force centrifuge résulte de l'inertie, alors que la force centripète est une véritable force. Allez comprendre. Et Aaron se dit que sa vie relève en réalité de l'inertie, c'est d'ailleurs son état naturel à lui, sa véritable force, et il en sera toujours ainsi, et c'est dur à encaisser, en fait, cette idée que rien ne bouge, rien ne change, et que jamais, jamais, il n'en ira autrement, et un froid se forme dans son ventre et le congèle direct sur sa chaise.

Quand la sonnerie retentit, un phénomène vraiment étrange se produit.

Aaron ne bouge pas. Il en est incapable.

Il regarde fixement une fissure dans le quart en haut à gauche du tableau blanc, une fissure qui s'étend presque jusqu'au coin en haut à gauche mais pas tout à fait, et il essaie de la déplacer par la force de son esprit afin qu'elle ne soit pas aussi imparfaite et aléatoire.

— Aaron ? l'appelle M. Sengupta à l'entrée de la classe.

La salle est peut-être déserte ou en train de se vider. Aaron n'en sait rien. Il n'arrive pas à bouger la tête.

Hmm, pense-t-il. *C'est nouveau, ça. C'est intéressant.* Quelle angoisse : il n'arrive littéralement pas à bouger et, s'il lui restait des sentiments, il serait très profondément terrifié.

— Aaron ? répète Sengupta.

Et Aaron a l'impression de regarder un film sur un garçon dont la vie s'effondre. À en croire la bande-son, on se trouve au moment pivot de l'histoire, moment après lequel les dés sont jetés et aucun retour en arrière n'est possible. Ce constat remue la part de lui encore douée de sensations, et le ramène sur terre.

— Oui, répond-il.

— Est-ce que ça va, Aaron ?

— Très bien. Oui, je vais très bien.

Il se lève et se rend au cours de maths en pensant : *Bon, c'est pas génial.* A-t-il réellement été paralysé ? Aurait-il pu bouger s'il avait vraiment essayé ? Il a finalement réussi à se déplacer, mais il lui a semblé devoir mobiliser toutes ses forces pour y parvenir… La veille d'aller sur le pont, il se rappelle avoir regardé fixement le mur de sa chambre, comme si quelque chose avait pris le contrôle de son corps. Était-ce le même phénomène ? C'est le genre d'incident dont il est censé faire part à son père, qui est le prototype du père à l'écoute. Mais Aaron est naze et stupide, alors il le gardera pour lui.

Avant d'entrer en cours d'espagnol, il envoie un texto à Tillie.

Ça t'arrive de ne plus parvenir à bouger ?

La réponse ne tarde pas à arriver.

Euh. Non. Ça va ?

À toi de me dire. En gros,
je me suis retrouvé paralysé.

De quoi tu parles ?

Laisse tomber.

Non. Sérieux. Explique-moi.

J'étais en physique
et à la fin du cours j'ai été...
Je suis resté assis là. Impossible de bouger.

Oh là là. Tu crois
que c'est dû à ta dépression ?

Je sais pas. Je pense
que je suis juste paumé et triste.

Ouais, c'est bien la dépression.
On se retrouve ?

Genre on sèche ?
Tu ferais ça pour moi ?

Est-ce que je partirais de l'endroit
où tout le monde me déteste ? Grave.

Magasin de beignets ?

Lol mauvaise idée.
Mieux vaut aller le plus loin possible
d'un pont !

Alors le point le plus bas de la ville.

Lol t vraiment chelou.

Merci, c'est exactement
ce que j'ai besoin d'entendre
en ce moment.

Je dis ça comme un compliment.
OK. C quoi le point le plus bas
de la ville ?

Aaron est hébété, mais parvient quand même à faire une recherche sur Internet.

**L'océan Atlantique.
Un endroit où l'océan
et la terre se rejoignent.**

Alors la plage ?

Euh oui.

RDV à Coney Island ?

**Tout de suite ? On va vraiment sécher
les cours pour aller à Coney Island ?**

T'as une meilleure idée ?

Non, il n'en a pas.

Aaron retrouve Tillie devant le fast-food Nathan's Famous de Surf Avenue. Il se sent trop boulet en la saluant timidement de la main. Elle lui répond en agitant elle aussi la main, comme quelqu'un qui se rend au pire rencard à l'aveugle de tous les temps.

— Je sens qu'il y a un thème… lance-t-il maladroitement en montrant du doigt l'enseigne.

— Lequel ?

— Malbouffe ?

Elle le fixe avec un regard vide, impossible à déchiffrer.

— Ha ! répond-elle.

La froideur qu'il perçoit chez elle affaiblit la couche qui entoure son vide intérieur, l'éreintement dans ses tripes. Aaron regarde ses pieds et invente une histoire.

Elle doit se dire : Dans combien de temps je vais pouvoir laisser tomber cet abruti ? J'ai aucune patience envers les mecs chelous… Je suis venue ici uniquement parce qu'il est super pathétique et qu'il va se tuer, et que je ne veux pas avoir sa mort sur la conscience. Vous y croyez, vous, qu'il m'a obligée à faire un trajet d'une heure juste à cause d'une blague sur le point le plus bas de New York ? Pitié, je veux me casser d'ici ! Ce type ne mérite pas que je gâche mon temps pour lui…

La gorge de Tillie est tellement serrée que, si elle ouvrait la bouche, elle pourrait hurler. À un moment de son trajet sur la ligne Q du métro, elle s'est représenté Amir, et il est resté coincé dans sa tête. Même si Aaron lui a dit qu'il était gay et qu'Amir est… Amir, Tillie ne comprend pas ce qui l'a poussée à s'ouvrir même un tout petit peu hier. La dernière fois qu'elle a fait ça, cela ne s'est pas bien passé, et quand Aaron balance ce commentaire rageant sur la malbouffe qui blesse la « vache » qui sommeille en elle, elle part en vrille.

Mais elle se souvient alors de la journée d'hier. De la façon dont ils ont semblé se comprendre sans se juger. Son cœur s'attendrit un chouïa.

Elle lève les yeux au ciel et le conduit dans le restaurant en disant :

— Oui…

Il sourit d'un air soulagé et ajoute :

— … et.

Devant le comptoir, ils étudient le menu. Aaron semble déçu quand leur commande arrive.

— Alors en fait, ce sont juste des hot-dogs, lance-t-il une fois qu'ils sont installés.

Tillie regarde leurs hot-dogs et se demande ce que cela pourrait être d'autre.

— Euh. Quoi ?

— « Les célèbres hot-dogs de Nathan », promet l'enseigne. Ils essaient de nous faire croire qu'ils sont spéciaux, alors qu'à tous les coups c'est juste des tripes rendues plus présentables comme n'importe quel hot-dog.

— OK, parlons d'autre chose…

Il rit.

— Je dis ça comme ça. Je déteste ce genre de trucs. Les trucs qui ont l'air spéciaux mais qui ne le sont pas.

Ils mangent en silence pendant un moment, et puis Tillie finit par sortir :

— Comme les gens.

— Comme les gens ?

— Les gens qui ont l'air spéciaux mais qui ne le sont pas.

— Oui, répond-il, absolument pas sûr de comprendre ce qu'elle veut dire, mais convaincu que cela a un sens.

— Oui.

Après le déjeuner, ils marchent sur la promenade en silence. Aaron veut lui demander pourquoi elle est venue. Aurait-il fait la même chose pour elle ?

Il aimerait croire que oui, mais ne sait pas trop, en fait. Une fille rencontrée seulement la veille lui écrit alors qu'il est en cours d'espagnol : « Hé, j'ai besoin de toi. RDV à Brooklyn ? » Quelle serait sa réaction ? Et pourtant il comprend. Le lien insondable du pont. Ça vous pousse à faire des trucs chelous.

— Bon, tu te souviens d'hier, quand on a dit qu'il valait peut-être mieux ne pas parler de certaines choses ? demande Aaron.

— Ouais ?

— Et si à la place… on en parlait ? Parce que tout à l'heure, j'étais sérieux. J'étais incapable de bouger. Une part de moi me regardait d'en haut et je crois bien que, si je n'avais pas bougé au moment où je l'ai fait, j'aurais été paralysé. Ce qui me fout grave les jetons. Et pour être honnête…

Il s'arrête de marcher. Elle l'imite.

Il laisse tomber sa tête et se met à pleurer. Pour de vrai.

Tillie le regarde pleurer, médusée. Elle déteste ça, chez elle. Cette contradiction manifeste, le fait qu'elle soit féministe et absolument opposée à l'idée que les hommes doivent se montrer forts à tout prix, alors qu'en réalité elle n'a pas envie de voir un garçon ou un homme pleurer à moins qu'il se soit pris un piano sur la tête. Mais elle perçoit la douleur sur le visage d'Aaron.

Ils sont seuls sur la promenade. Les autres passants cessent d'exister. Aaron pleure. Tillie regarde. Elle finit par marmonner : « Merde », tend la main, attrape le bras d'Aaron et l'attire vers un banc face à la mer et à la plage, déserte à l'exception des mouettes qui cherchent désespérément à becqueter des restes de hot-dogs abandonnés sur le sable.

Ils s'asseyent et Aaron pleure presque sans bruit. Tillie regarde l'océan en s'interrogeant sur la connexion entre cette étendue d'eau, l'Atlantique, et l'Hudson, dans lequel elle a failli se retrouver noyée hier. Elle frissonne.

— Désolé, dit Aaron.

Il sèche ses yeux, et fixe la mer.

— Je suis vraiment au bout du bout…

— Ouais, c'est sûr qu'on peut pas aller plus loin.

— Donc, euh, si t'as envie de partir. Si t'as pas envie d'être là. Avec un crétin doublé d'un tocard qui chiale devant des inconnus, qui est si pathétique que…

— Oh, bon sang, arrête ! T'es pas comme ça. Ou si tu l'es, moi aussi. J'ai envie d'être ici, OK ?

— Désolé, répète-t-il.

Elle soupire, et il rit.

— C'est vrai que t'es désolant, comme mec.

Aaron se remet à rire, et le rire devient convulsif, puis se transforme en flot de larmes.

— Oui ! finit-il par répondre. Je suis vraiment, vraiment désolant. Tu as résumé toute ma vie.

Une femme en tenue d'agent de nettoyage se penche pour ramasser des détritus de petits pains à hot-dog qu'elle place dans son sac poubelle noir. Deux ou trois mouettes battent des ailes, impuissantes.

— Le lobby des mouettes va sûrement s'insurger contre ces gens de l'hygiène qui volent leur nourriture, lance Aaron.

— Le lobby des mouettes ?

— Tu sais. « Amoi ! Amoi ! » comme dans *Némo*.

Tillie sourit. Même déprimé, ce garçon aime raconter des bêtises. Elle pense à Britt, qui partage aussi cette passion. Mais contrairement à Aaron, sa sœur n'a jamais éprouvé le besoin de s'excuser d'exister. Tillie ne peut s'empêcher de la jalouser pour ça.

Aaron prend une inspiration et résume son existence à l'océan :

— Parfois, honnêtement, je ne peux même pas expliquer ce que c'est. C'est simplement ce sentiment au creux de mon estomac. C'est la déception que j'éprouve à mon propre égard. Parce que je ne suis pas quelqu'un de meilleur. Parce que je ne suis pas quelqu'un que les gens adorent, ou de plus talentueux, qui mérite l'attention dont j'ai l'air d'avoir besoin pour survivre. J'aimerais être plus comme mes poissons, mais en version humaine.

— Comme un poisson humain ?

Il se frotte le front.

— J'adore mes poissons. J'ai un aquarium de 225 litres, et, en ce moment, sept poissons rouges. Il y a Britraie Spears, Tina Thoner…

— Oh la vache, s'exclame-t-elle en roulant des yeux.

Son visage s'anime un peu.

Un sourire se dessine sur le visage d'Aaron.

— Là, c'est le moment où je te fais fuir pour de bon, n'est-ce pas ?

Elle se lève et fait mine de partir, puis se rassied.

— Bref… Ils se contentent de nager dans leur bocal tout le temps. Je trouve qu'il y a une forme de noblesse chez le poisson.

— La noblesse des poissons.

— Ils ne nagent pas en rond en se disant : « Oh, achevez-moi ! Tout cela est tellement barbant. » Exactement ce que, moi, je penserais.

Tillie croise les jambes et s'adosse contre le banc.

— Tu sais quoi ? Je comprends carrément.

— Sérieux ?

— Sérieux.

Aaron poursuit.

— Je n'ai pas de vrais problèmes. Mon père a assez d'argent pour survivre, même depuis qu'il a lâché son boulot à la banque pour travailler dans le social après sa crise de la quarantaine. J'ai une bourse qui me permet d'étudier à Fieldston. On ne me harcèle pas, et… je ne sais pas. C'est comme si je savais que j'étais supposé être heureux, mais sans y parvenir.

Elle fait alors quelque chose qui la surprend. Elle lui touche légèrement le genou du bout des doigts. Puis elle enlève ses mains et détourne les yeux, gênée. Elle n'aurait pas dû le toucher. Elle déteste que les gens la touchent sans sa permission. Mais ouais. Elle a eu comme l'impression qu'il fallait qu'elle entre un peu en contact.

— Et le fait d'être gay ?

— Euh, ben quoi ?

— Ça t'attire des ennuis ? Genre, c'est un problème ?

Il hausse les épaules.

— Peut-être pour les autres. Je veux dire, à Fieldston, c'est un non-problème. Les types susceptibles de désapprouver ou je ne sais quoi encore ? Moi non plus, je ne les aime pas. Ils me foutent la paix parce qu'ils savent que, sinon, ils auraient des emmerdes. Alors je me sens en sécurité. À la maison, j'ai mon père, qui est le mec hétéro le plus gay que je connaisse. Il retrouve d'autres types et, ensemble, ils font un travail sur eux-mêmes, je crois, et ça le rend… eh bien, ça l'a rendu meilleur, sûrement.

— Faudrait que j'envoie mon père là-bas, dit Tillie tristement.

En entendant cela, Aaron sait d'instinct qu'il y a une histoire derrière cette remarque. Il la regarde dans les yeux et elle détourne la tête.

Au lieu d'essayer de remplir le silence, Aaron patiente.

Tillie finit par demander :

— Bon, qu'est-ce qu'on va faire ?

Aaron entend ce « on ». Voilà bien longtemps, ou peut-être est-ce la première fois, que quelqu'un d'autre que son père parle de lui en l'incluant dans un « on ». Il lève les yeux au ciel.

— Aucune idée.

— Qu'est-ce que t'as fait jusqu'à présent ? Vu que ça ne marche pas… fais peut-être tout le contraire ?

— Très bon conseil.

Aaron se frotte les yeux.

— Je suis super douée quand il s'agit de réparer les autres. En revanche, pas du tout quand il s'agit de moi.

— Oui. Je suis un peu pareil.

Tillie croise les jambes.

— Bon. Je vais lancer une idée hyper saine que la plupart des psychologues valideraient : et si je te réparais et que, toi, tu me réparais ?

— Ah. Carrément. On va se réparer mutuellement. Aucun risque de codépendance là-dedans.

Il espère que Tillie rira aussi, ou sortira un truc aussi sarcastique. Au lieu de quoi, elle le regarde droit dans les yeux et dit :

— Bon, tu es conscient que tu es dépressif, pas vrai ?

Il tourne la tête pour contempler l'océan. Ce mouvement bleu-vert qui monte et qui descend, les fines gouttelettes d'écume qui se projettent des vagues. C'est tellement beau, et c'est comme s'il ne pouvait pas accéder à cette beauté. Il n'arrive pas à la ressentir, à l'internaliser. Elle fait partie d'un décor auquel il n'appartient pas. Et quelque chose là-dedans le pousse à ne pas faire ce qu'il ferait en temps normal : expliquer la différence complexe entre la dépression et ce qu'il a, lui. Parce qu'il est différent. Il n'est ni une statistique ni un cas. Il est Aaron, et aucun manuel ne peut réellement expliquer ce qu'a Aaron, en tout cas pas en un seul mot.

Au lieu de dire cela, il soupire et lâche :

— Je n'en sais rien. Peut-être. Désolé.

Tillie s'affaisse sur le banc.

— C'est quoi le contraire de ce que tu as fait jusqu'à présent ?

— Aucune idée. Je vais en cours, je rentre à la maison. J'écris des chansons que personne n'écoute.

Je mens à mon père. Bon, en fait, c'est plutôt que je ne lui dis pas ce qui se passe.

— Alors, le contraire serait de ne pas aller en cours, de ne pas rentrer à la maison, de ne pas écrire de chansons, ou bien peut-être qu'il faut que les gens écoutent tes chansons. Et que tu racontes à ton père ce qui se passe.

— Ouais, eh ben, le dernier truc, ça n'arrivera pas. Peut-être ne pas aller en cours ? À la place, je…

— On, le corrige-t-elle. *On* va vivre des aventures. Explorer la vie. Dès demain. Tu te sens comment ?

Aaron réfléchit en regardant le ciel.

— Pas génial. Mais je n'ai plus l'impression que je vais me retrouver paralysé, alors c'est déjà quelque chose. Et puis, c'est plutôt cool de discuter comme on le fait là. Je ne parle jamais comme ça à qui que ce soit, jamais.

— Parfois, je le fais avec ma mère, mais… il faudrait peut-être que je grandisse un peu, putain, et que je discute avec un ami plutôt qu'avec ma maman ?

— Alors. Parle. Et toi ? T'es déprimée ?

Tillie se mord la lèvre et la mâchonne.

— Eh ben, ouais, un peu. Je veux dire, les gens pas déprimés ne se balancent pas presque du haut d'un pont, pas vrai ? Mais bon, j'ai des raisons de l'être. Je me sens naze parce que… Laisse tomber.

— Quoi ?

— T'as pas besoin de ça, en plus de tout le reste…

Elle fait un geste englobant tout le corps d'Aaron.

— En fait, si. Ça me ferait grave des vacances de penser à autre chose qu'à mes propres merdes.

Elle sourit, baisse les yeux et secoue la tête.

— C'est marrant. Quand je crée, j'arrive à dire les choses. Mais dans la vie ? J'ai tendance à garder ma chambre bien rose.

— J'imagine que tes propos ont un sens pour toi. Tu pourrais peut-être m'éclairer ?

Elle donne un coup de pied dans le sol et dit :

— La prochaine fois. Carrément.

Destin 4 : 19 avril

Vendredi matin, Tillie se retrouve à penser que le compromis est un concept dangereux et mal avisé. Elle y songe alors qu'elle gravit un escalier en colimaçon étroit et raide tout en essayant de détourner autant que possible les yeux du vieux popotin inconnu qu'elle a sous le nez et de tirer son étui à tuba derrière elle.

Dans le métro qui les ramenait chez eux hier soir, Aaron et elle ont élaboré un plan pour faire le contraire de ce qu'ils ont fait jusqu'à présent dans leur vie. Les détails ont été négociés après discussion par textos aux alentours de minuit.

Bon, Tillie, rappelle-moi
en quoi être exclu du bahut deux mois
avant la fin de la première
est une bonne idée ?

OK. Va en cours. Ça t'a bien réussi hier.

Je flippe, d'accord ? J'ai pas l'habitude de faire ce genre de trucs.

C'est bien pour ça qu'il faut qu'on le fasse. Parfois, faut tout envoyer balader, point barre.

T'as trouvé cette phrase dans un film de série B des années 1990 ?

Peut-être. C'est pas pour ça que ce n'est pas une bonne idée. Je ne pense pas pouvoir tenir une journée de plus à Spence, honnêtement. À ce stade, je m'en fous presque de ne pas passer en terminale. Vraiment, je m'en contrefous.

Alors on fait quoi à la place ?

En un sens, la réponse est un compromis. Ou peut-être illustre-t-elle simplement leur folie, parce que les détails qui ont émergé quand ils ont décidé que, simultanément, Aaron enverrait par SMS l'activité, et Tillie, le lieu où celle-ci se déroulerait, ne sont pas très sensés.

C'est pour cette raison que Tillie traîne son tuba tout en haut de la plus haute tour de Belvedere Castle en plein Central Park un vendredi matin. Quand elle arrive sur la plateforme d'observation en plein air,

Aaron est déjà là. Il tient son ordinateur portable comme si c'était un ballon de foot.

— Salut, dit-il avec un grand sourire.

Son air radieux agace Tillie. Lui ne vient pas de traîner un encombrant étui à tuba jusqu'en haut d'un escalier en colimaçon étroit et raide. Elle pose l'instrument à ses pieds et essuie la sueur sur son front.

— Bon, finissons-en.

Aaron hausse un sourcil.

— C'est pas… Le but de l'opération, c'est d'être heureux.

Elle a envie de lui mettre un coup de pied. Ou autre. Les mecs font tout le temps pareil. Ils interprètent mal ses humeurs et disent pile ce qu'il ne faut pas. Bien sûr que les filles aussi sont nazes. Pourquoi est-ce que tout le monde est naze ?

Cette dernière pensée lui arrache un sourire.

— Quoi ? demande Aaron en lui rendant son sourire.

— Difficile à expliquer. Je suis accaparée par des pensées sur lesquelles mon abominable nature profonde n'a aucune prise.

Aaron hausse les épaules car il ne sait pas trop comment interpréter ce commentaire. Tandis qu'elle sort son tuba, il ouvre son ordinateur portable et le pose au bord de la plateforme nord qui donne sur les terrains de softball déserts de la grande pelouse. Il tripatouille des fenêtres et finit par trouver l'appli Guitar Pro, où l'attend « La paume de ta belle main ».

Hors de question de rejouer « Marcher seul ». Trop tôt. « La paume » est un choix plus sûr. Il l'a interprété au concours de talents l'année dernière, et des élèves qu'il ne connaissait pas sont venus le voir pour lui dire que le morceau leur avait vraiment plu, que son côté rétro était cool.

Aaron regarde Tillie placer l'embouchure de son tuba sur le receveur.

— Bon, je ne sais pas vraiment comment faire un duo avec un tuba, dit-il, mais étant donné que tu sais jouer de cet instrument...

— Je suis mauvaise, vraiment.

— Étant donné que tu ne peux pas être plus mauvaise au tuba que moi au... bref, j'ai pensé que j'allais te passer cette chanson que j'ai écrite, et que tu pourrais trouver comment jouer des harmonies dessus.

Tillie souffle tout bas dans son tuba et sort un *mi* funèbre en réponse.

Il rit.

— Quoi ? demande-t-elle.

Il secoue la tête. Il y a quelque chose de désopilant dans le son qui vient de sortir de cet instrument pratiquement aussi grand que Tillie, mais Aaron est quasi convaincu qu'il vaut mieux garder cette remarque pour lui.

— Non. C'est bien, dit-il.

Elle penche la tête sur le côté.

— Ouais, c'est ça.

— Bon, je peux te passer le morceau ? demande-t-il avec un peu trop d'enthousiasme.

Elle hoche la tête, le visage impassible. Il marque un petit temps d'arrêt et la regarde comme pour déterminer si ce n'est pas dangereux. Puis il appuie sur la touche « Play ». Il ferme les yeux pour se concentrer, tête baissée.

Tillie écoute attentivement l'intro. Elle entend alors un type qui joue des accords sur un clavier, pas des notes, et elle ne sait pas trop s'il le fait volontairement ou parce qu'il est limité par ses capacités. Son instinct lui souffle que c'est plus une question de limitation. Il semble faire du mieux qu'il peut et, quand la rythmique arrive, elle est soulagée.

Ensuite, il lève la tête et chante, et cela surprend Tillie de l'entendre chanter en *live*.

Assis face à face, on se dévisage,
mais nos yeux sont attirés par un mirage.
On cherche dans les abysses, trop loin,
et dans nos poches, plus rien.

Les paroles sont assez cérébrales. Sa voix… comment la décrire ? Ni plaisante ni déplaisante. Ce que Tillie entend, c'est quelqu'un capable de chanter juste, mais dont la voix manque d'inflexion. On dirait que les paroles et la voix ne se connectent pas. Au lieu de mettre du sentiment dans ce qu'il chante, il semble avoir très, très envie que les gens apprécient son morceau. Ou l'apprécient lui. Ou les deux. Et Tillie ne l'en estime que davantage, parce qu'elle connaît ça, cette envie d'être vue et aimée, et elle comprend en un quart de seconde qu'il n'a probablement pas eu souvent droit à ce genre de réaction parce que, soyons honnête, la chanson n'est pas terrible, loin de là… Elle est… potable. Aaron y met son cœur à nu, ce qui est charmant, mais les paroles ne sont pas inspirées, et puis la chanson a quelque chose de vaguement ringard. Aaron entonne un couplet dans lequel il dit littéralement avoir des « papillons dans le ventre », et cela évoque à Tillie une pièce de théâtre de boulevard. Mais il y a tant de sincérité dans sa démarche, Tillie ne peut qu'aimer Aaron.

Je peux être plus bidon que toi
avec une position morale à la noix ?
Ou bien tu m'connais aussi bien
que la paume de ta belle main ?

C'est le refrain, devine-t-elle. Aaron s'arrête de chanter et regarde le sol comme s'il était bouleversé, mais en réalité, il n'en est rien. Il mime le bouleversement. Comme s'il voulait qu'elle croie qu'il a vécu les choses dont il parle, or Tillie ne pense pas qu'il ait jamais connu ça avec un mec. Elle en est certaine, en fait. Ce qu'il décrit n'a rien de vrai, et elle a envie de lui tendre la main pour lui dire que ce n'est pas grave.

Quand la musique s'évanouit, Tillie applaudit avec enthousiasme. Un couple de gens âgés, les seules autres personnes présentes sur la plateforme, applaudissent également. Tillie le rejoint et, pour la première fois, elle le serre dans ses bras. Elle sent son corps fondre un peu contre elle.

— Oh, mon Dieu ! C'était tellement… vrai.

— Vrai, répète-t-il dans l'épaule de Tillie.

— Ben, oui. Vrai comme dans la vie. Genre, on peut s'identifier.

— Faut que je le bosse.

— Non. Enfin, je sais pas. On peut toujours améliorer les choses. Mais… merci, Aaron. Merci d'avoir partagé ça avec moi. J'ai… adoré.

Et elle ne ment pas, pas vraiment. Quelque chose lui a plu. Peut-être pas la chanson. Mais elle a aimé qu'Aaron s'expose. Voilà un garçon sans défenses. Alors oui, le dernier garçon du même genre lui a bien bousillé la tête, mais celui-ci est différent, et quelque chose là-dedans fait qu'elle est contente d'être tout en haut de Belvedere Castle un vendredi matin avec lui.

Tandis que Tillie le serre dans ses bras, Aaron passe en revue chaque détail de sa prestation. Sa voix est-elle devenue monotone quand il a chanté : « Tu me regardes quand j'écris » ? Parfois, ça lui arrive. Est-ce qu'il a réussi à communiquer l'émotion dans le refrain ? Il ne pense à personne en particulier quand il chante ce morceau. Ça parle plutôt de connexion potentielle. De ce moment où vous espérez que quelqu'un vous comprenne, que quelqu'un écoute votre chanson et voie l'intérieur de votre âme, mais l'autre n'a peut-être qu'une idée de vous, une idée qui peut même être erronée. Un moment assez similaire à celui qu'il est en train de vivre.

Est-ce que Tillie capte vraiment ? Son étreinte lui en donne l'impression. Le mot « vrai » qu'elle a employé pour décrire le morceau aussi. Mais elle n'a rien dit au sujet de sa voix. Est-ce qu'elle lui a plu ? A-t-il les qualités nécessaires pour devenir chanteur professionnel ?

Il le faut. Parce qu'il n'a rien d'autre.

Il s'avère à leur visite à Central Park que le tuba est superflu, car les talents musicaux d'Aaron et de Tillie ne s'accordent pas. Aaron semble toucher sa bille sur Guitar Pro, juste assez pour créer des chansons avec un clavier, des percussions et des voix. Tillie a vaguement l'oreille musicale, mais elle a tendance à trouver les harmonies une fois les notes passées.

Du coup, ils font un saut chez Tillie et laissent son tuba dans le couloir – elle est censée être en cours, alors ils passent en coup de vent –, puis ils prennent Lexington Avenue en direction du sud, sans trop savoir quelle sera la suite, mais convaincus de devoir poursuivre ce qu'ils font. Une nouvelle façon de vivre, en quelque sorte.

Tout en marchant, Aaron parle de ses rêves de carrière musicale.

— L'idée, c'est un peu un mix d'Ed Sheeran et de Julien Baker[1] ?

— Ouais ?

— Ou comme Rufus Wainwright, si tu connais ? Tout dans les paroles et à fond dans les sentiments, sans… sans compromission. Sans fausse pudeur !

— Je vois.

— Je vais peut-être étudier la composition à la fac. Ou au moins le chant. J'ai pris des cours, mais c'était il y a quelques années. Je crois que j'ai plus

1. Julien Rose Baker est une auteure-compositrice-interprète et guitariste et pianiste américaine de Memphis, Tennessee.

ou moins appris tout seul. Je sais que je ne suis pas Sam Smith. Plutôt un genre de Bob Dylan.

— C'est ça.

— Bref, je pense que ce que les gens veulent vraiment, c'est du « vrai », pour reprendre ton adjectif.

Tillie ne répond rien, même s'il y a deux choses qu'il faudrait absolument dire, d'après elle. Tout d'abord, qu'être vrai, c'est bien, et qu'elle aussi essaie de véhiculer le vrai. Mais le problème, c'est que les gens sont cruels. Et quand on se montre vrai et que les gens critiquent cette sincérité, ça fait très mal. Le deuxième point est que le vrai passe mieux quand il est associé au savoir-faire. Idéalement, il faudrait qu'Aaron fasse un peu plus que « toucher sa bille sur Guitar Pro ». Parce que ce qu'elle a aimé dans cette chanson, ce n'est pas le savoir-faire d'Aaron, plutôt sa vulnérabilité. Mais elle-même est spéciale, différente, alors elle saisit. Le monde mangera Aaron tout cru. Sauf que Tillie ne peut pas lui dire ça, parce que qui dit à un garçon rencontré sur un pont, à un garçon qui a failli sauter deux jours plus tôt : « Je dois être honnête avec toi. Cette chanson est sympa mais va falloir la bosser » ? Non, alors elle se tait.

Ils prennent le métro jusqu'à Grand Central en empruntant la ligne 6. C'est le milieu de matinée, et leur rame est à moitié vide. À la 51e Rue, la porte s'ouvre, et là, tel un passager lisant son journal et attendant le train express, se trouve non pas une personne mais un rat.

— Ça t'arrive pas de vouloir quitter New York ? demande Aaron quand les portes se sont refermées sans que le rat soit monté à bord. Genre fuir pour rejoindre un endroit chaud, joli et propre sans jamais te retourner ?

— Pas vraiment.

Le train couine dans un virage comme s'il avait besoin d'huile et n'avait pas été entretenu depuis un siècle. Aaron s'agrippe à une barre que des millions d'autres gens ont probablement touchée en une semaine.

— Ouais, moi non plus.

Ils prennent ensuite la ligne 7 en direction de l'est et se retrouvent sur la High Line – une idée d'Aaron. Ils veulent s'asseoir et glander – une idée de Tillie, parce qu'elle est fatiguée et que ça fait vraiment déjà beaucoup.

Ils prennent la High Line au niveau de la 33e Rue, et marchent sans but vers le sud sur la mince bande de cette ancienne voie ferrée surélevée transformée en splendide parc public, une étroite voie verte dont les sentiers mènent à d'impeccables jardins et à des œuvres d'art éclectiques.

Aaron est sur le point de demander où ils peuvent s'asseoir quand un type ventripotent au crâne dégarni vêtu d'un tee-shirt représentant l'Empire State Building leur lance : « Ça vous embête ? » en tendant son téléphone. Aaron se prête de bon cœur à l'exercice et réalise quelques clichés avec l'Hudson en toile de fond.

Ils passent devant un amphithéâtre clos avec des marches et des sièges en bois gris, devant un jardinet clos également parsemé de fleurs violettes qui évoquent à Tillie de petits sapins de Noël couleur lavande. Aaron repère un banc installé en face de l'eau. Lorsqu'il se tourne vers Tillie pour lui demander si l'endroit lui convient, il entre presque en collision avec deux femmes qui essaient de manœuvrer une perche à selfie.

— Très désolée, dit l'une d'elles.

Elle a un accent, peut-être russe.

Tillie fait des gestes maladroits dans l'espoir de leur faire comprendre qu'elle serait ravie de les débarrasser de leur gadget et de prendre la photo pour elles. Les deux femmes paraissent perplexes jusqu'à ce qu'elle sorte son téléphone et mime quelqu'un qui photographie quelque chose. Les deux inconnues sourient en hochant la tête. Tillie les immortalise sous des angles variés.

— Est-ce qu'il arrive que des New-Yorkais viennent ici ? demande Aaron au moment même où une dame chinoise tape sur l'épaule de Tillie en souriant et lui tend son appareil photo.

— Pas sûr, répond-elle avant de se plier à la requête de la touriste.

Une fois leurs devoirs d'ambassadeurs de la ville remplis, Tillie s'allonge de tout son long sur le banc le plus proche et contemple le ciel bleu. Aaron s'allonge dans l'autre direction. Le haut de sa tête est à quelques centimètres de celle de Tillie. À eux deux, ils occupent presque parfaitement le banc.

— Tu sais, en fait, je ne me sens pas déprimé, là, confie Aaron.

— Moi non plus.

— Y a peut-être une leçon à en tirer ?

— Carrément. La prochaine fois que je serai sur le point de sauter du haut d'un pont, je m'assurerai de photographier des touristes avant.

— Oui, c'est exactement ce que je voulais dire.

Ils font une pause et observent le ciel pendant quelques minutes.

— Bon. On est la prochaine fois.

— Hein ?

— Hier, tu as dit que tu me raconterais ton problème la prochaine fois.

— Euh. Je préfère pas…

— Vraiment ?

Tillie réfléchit quelques instants. Elle se gratte le crâne. L'arrière de ses doigts effleure en chemin l'avant-bras d'Aaron. Elle songe : *Non. Pas vraiment. En fait, j'ai assez envie d'en parler.* Et elle sent qu'elle a le souffle court, mais perçoit aussi une tension dans sa gorge. *Je me trouve à un endroit dangereux. S'il part, s'il finit par me ghoster, je ne le supporterai peut-être pas.*

Elle s'assied, et lui aussi. Elle commence à lui parler d'Amir avec hésitation, et tandis qu'elle parle, elle sent l'énergie d'Aaron à sa droite, et regarde occasionnellement dans sa direction. Elle le regarde absorber ses propos, et voit son visage changer, son expression. Il comprend, il comprend parfaitement. Et constater qu'il comprend ce que c'est d'être aussi ouverte et de voir un garçon disparaître de la sorte lui donne du courage, alors elle commence à lui livrer plus de détails, ce qui ne lui ressemble pas beaucoup. Elle lui confie à quel point elle se sent seule, lui explique qu'Amir a semblé saisir ce qu'elle voulait dire, ce qui lui a donné une toute petite lueur d'espoir, laquelle lui a été par la suite retirée. Soudain, elle partage ses secrets et sentiments les plus intimes avec ce garçon qui est encore un quasi-inconnu, et elle sent les larmes, là, à l'intérieur de ses paupières, mais elle ne les laissera pas couler, non, elle ne les laissera pas couler, et elle tend son menton et parle de la vidéo, de ce qu'elle a éprouvé quand une fille squelettique a mis un oreiller sous son tee-shirt pour l'imiter et la traiter de grosse vache, quand elle a entendu d'autres filles rire sur la vidéo, et puis tous les commentaires en ligne disant à quel point c'était fendard, et comme Aaron semble comprendre, elle revit un peu les choses et, bon sang, la première larme coule, sort de son œil droit, et elle veut la ravaler mais en est incapable et, une fois la première sortie, d'autres suivent, et elle comprend maintenant d'où Aaron a tiré toutes ses larmes hier, parce qu'elle verse plus de larmes qu'elle ne pensait en avoir en elle. Il tend le bras pour lui toucher l'épaule, et elle a un mouvement de recul. Il range son bras, l'éloigne d'elle, et elle continue à lui parler d'Amir, de Molly. Pas de son père, cependant. Comme si, aux abords de ce sujet, elle était trop épuisée pour poursuivre.

Aaron pleure parce qu'elle pleure, et il se demande si c'est la première fois que des inconnus pleurent ensemble sur ce banc de la High Line. Probablement pas. L'endroit semble propice à ce genre de situations.

Quand Tillie a fini de lui parler de ce qu'elle souhaite partager avec lui, ils restent assis un moment en silence, sans malaise. Et puis Tillie se tourne, regarde

Aaron dans les yeux et sort quelque chose qui le surprend. Et qui la surprend aussi un peu.

— Je ne voudrais pas être trop je ne sais quoi, mais si tu me ghostes après ça, soit je te tuerai, soit je me suiciderai et je hanterai tes rêves pour toujours. Je ne plaisante pas. Compris ?

Dans sa tête, il oscille entre « waouh ! » et « Ouais, compris ». Il hoche la tête.

— Je dis ça je dis rien.

— Je dis rien, mais j'ai compris.

À l'heure du déjeuner, Tillie plaide en faveur de délicieuses crêpes au restaurant La Bergamote, au croisement de la Neuvième Avenue et de la 21e Rue. Aaron, qui ne veut pas susciter sa pitié, est sur le point de pipeauter qu'il a une véritable aversion pour la cuisine française quand Tillie le sauve.

— C'est moi qui régale.

Il éprouve un mélange de soulagement et de honte. En général, il déteste recevoir la charité, mais le fait que Tillie ne fasse pas toute une histoire des questions d'argent le met à l'aise.

Il la remercie tout en pensant que, plus tard, il lui paiera un hot-dog chez Papaya King, ce qui est plus sa came et dans son budget.

Ensuite, Tillie et Aaron se promènent sur la Neuvième Avenue, drôle de mélange de vieux immeubles défraîchis et de restaurants chics, puis sur Hudson Street, où le maillage efficace des rues de Manhattan se disloque pour donner le chaos de Greenwich Village, avec ses ruelles pavées qui partent dans tous les sens et sont à peine assez larges pour permettre le passage d'une seule voiture. Il arrive à Aaron de prendre le métro jusqu'au Village pour déambuler dans ces petites rues bordées d'arbres en imaginant qu'il est un chanteur célèbre habitant dans l'un de ces immeubles en grès qui valent des millions de dollars. Cette fois-ci, il pense à l'histoire de Tillie, au fait que, lorsqu'elle lui a raconté ce qui se passait dans sa vie, il a senti son cœur se briser un peu. Il sait qu'il ne comprend pas vraiment ce que c'est que de se sentir aussi seule chez soi. De tomber amoureuse d'un type qui vous ghoste alors que vous êtes plus ouverte et vulnérable que jamais. Mais si quelqu'un au lycée faisait une vidéo pour se moquer de lui et que tout le monde la regardait… ce genre d'humiliation, il comprend parfaitement.

Une fois la journée de cours terminée, ils descendent dans le métro à West Fourth, où Tillie a prévu de prendre la ligne E jusqu'à l'Upper East Side, alors qu'Aaron prendra la C jusqu'à Central Park West. Alors que le moment de se dire au revoir se rapproche, Tillie ressent un pincement de chagrin dans sa poitrine. Debout sur le quai, ils entendent une cacophonie assourdissante un peu plus loin, une mélodie retentissante qui se réverbère, comme si elle sortait d'un piano à queue. Peu probable, pense Tillie, car il serait pratiquement impossible de faire descendre un piano à queue dans le métro.

Mais, oh surprise, c'est exactement ça. En approchant, ils voient un jeune homme noir jouer un air qui ressemble à un concerto de Bach, et la mélodie touche Tillie en plein cœur. Elle regarde Aaron et s'aperçoit que lui aussi semble ému par cette étrange juxtaposition de musique classique et de station de métro, et ils ne sont pas les seuls. Une foule bigarrée de New-Yorkais s'est formée pour écouter et voir, et Aaron et Tillie se regardent en souriant. Aaron passe son bras sous celui de Tillie, et ils se rapprochent. À cet instant précis, leur amitié est consolidée. Ils le savent tous les deux, Tillie devine que c'est une histoire qu'ils partageront à tout jamais, et que ce tout jamais pourrait bien durer plus que quelques jours supplémentaires. Allez savoir comment, leur connexion s'est allongée à tout jamais pour eux deux.

La foule offre une salve d'applaudissements au pianiste une fois que celui-ci a terminé son concerto, les métros vont et viennent, et Aaron et Tillie ne montent à bord d'aucune rame en direction du nord. Ils restent écouter la musique. Et puis Tillie regarde Aaron qui farfouille dans sa poche, et constate avec joie qu'il va donner des pièces au type, ce qui est bien mérité, pas juste pour la musique, mais pour avoir descendu un vrai piano à queue dans le métro.

Aaron s'approche et s'agenouille pour murmurer quelque chose au pianiste qui se prépare à commencer le morceau suivant. Le type lui répond, hausse un sourcil. S'ensuit une conversation. Tillie ressent comme un malaise dans son ventre. Son instinct la pousserait bien à aller récupérer son nouvel ami.

Le type se lève et Aaron s'assied à sa place. *Ne fais pas ça,* pense Tillie.

Aaron crie à ceux qui le regardent qu'il aimerait chanter une chanson qu'il a écrite. Il dit qu'il a été triste dernièrement, mais qu'aujourd'hui il l'est moins. Il pointe alors le doigt vers Tillie, qui le salue timidement. Il dit que c'est le fait de l'avoir rencontrée qui a aidé à le « détrister ». Une poignée de gens applaudissent. Dans sa poitrine, Tillie a l'impression d'avoir un train fou, et elle n'a qu'une envie : l'arracher à cet endroit, le protéger, mais elle est incapable de bouger.

Aaron se met à jouer ses accords maladroits et sans nuances qui, après le magnifique concerto, paraissent particulièrement décevants. Ensuite, il ajoute sa voix éraillée de Bob Dylan jeune. Les paroles gazouillent et se tortillent et, pour tout dire, elles sonnent creux dans la station de métro caverneuse.

Hier je t'ai appelé.
J'ai laissé sonner
même si je savais
que tu pouvais pas décrocher.

Tout le temps je dois m'obliger
à ne pas oublier
que je dois me contenter
du souvenir que t'as laissé.

La foule commence à se disperser. Certains s'en vont. Pas forcément avec dédain. Plus comme s'ils étaient attendus quelque part et que cette prestation ne méritait pas de leur prendre leur temps au même titre que le concerto. Le cœur de Tillie se brise pour Aaron. Elle voit qu'il se rend compte que les gens partent. Malgré tout, il persévère, en poussant sa voix comme si peut-être ils ne l'entendaient pas bien, ce qui demande une immense bravoure. Elle essaie de lui transmettre ce message par télépathie – qu'il est carrément courageux.

Une fois sa chanson terminée, quelques applaudissements polis retentissent, et sont noyés par un train de la ligne E qui va vers le nord. Hors de question que Tillie monte dans ce train. Elle crie, siffle et acclame son ami, en donnant tout ce qu'elle a pour donner l'impression que cela vient de plusieurs personnes. Et c'est ridicule, mais elle recommencera et le fera plus longtemps si cela permet à Aaron de ne pas éprouver de tristesse.

Mais il sera triste, comprend-elle. Cela semble être exactement le genre de chose susceptible de le rendre très, très triste.

Tête baissée, il vient vers elle, l'air défait.

Tillie a beau ne pas aimer les embrassades, elle enlace Aaron et le serre fort.

Elle sent son corps se dégager.

— J'ai juste…

— T'as été génial, dit-elle tandis que la musique du piano retentit à nouveau.

Il s'assied au milieu du quai grouillant de monde, se prend la tête entre les mains et, même si les gens se pressent autour d'eux, Tillie n'a pas d'autre choix que de le rejoindre sur le sol crasseux du métro, alors qu'elle préférerait le tirer par le bras pour l'emmener quelque part ailleurs – n'importe où ailleurs. Belvedere Castle. Sur la High Line. Un endroit où l'on respire et relativement calme. Elle perçoit chez lui un abattement qui la surprend. C'est lourd, c'est fort.

Il reste assis sans bouger. Sa tête n'est pas baissée, il se contente de regarder les rails, mais Tillie est quasi convaincue qu'il ne voit rien. Elle a envie de le secouer, de l'extraire de ce qu'il vit, quelle que soit cette expérience. Mais elle sait aussi que cela ne fonctionnera pas.

Elle pose doucement une main sur son dos, mais hurle les mots par-dessus la cacophonie des sons du piano et du métro.

— Est-ce que ça ressemble à ce qui t'est arrivé en cours de physique ?

Il hoche presque imperceptiblement la tête.

— Tu peux bouger ?

Il ne bouge pas.

Elle inspire profondément.

— Alors, qu'est-ce qu'on fait ?

Il prend tellement de temps pour répondre que, quand les mots sortent, ils sont couverts par un train express qui arrive en gare. Alors elle répète sa question, et elle l'entend dire d'un ton monotone :

— Ramène-moi à la maison, s'il te plaît.

Tillie s'exécute. Elle l'aide à se lever, porte son sac et lui donne la main. Ils prennent le métro C. Ils se tiennent à une barre en se heurtant à des inconnus. En voyant ses yeux de plus en plus hagards, Tillie le sait : il n'est pas là. Aaron a disparu. Ça lui fiche vraiment la trouille.

Elle parvient à le ramener chez lui avec un minimum de mots. Il lui tend la clé et la laisse l'emmener dans sa chambre, où il se couche d'un air hébété sans ôter ses chaussures ni ses vêtements. Il s'allonge sur le dos et regarde le plafond fixement. Tillie tire la chaise de son bureau et reste assise en silence à ses côtés.

Elle envoie un texto à sa mère :

J'aide un ami qui va mal.
Je t'expliquerai plus tard. Je t'aime.
Moi ça va, mais ce n'était pas le cas
il y a deux jours, et je n'ai pas envie
d'en parler, mais je le ferai
quand je serai prête. OK ?
Je rentre tard. Je dois rester
avec lui le temps que son père revienne.
Il ne va pas bien du tout.

Sa mère lui répond immédiatement.

Tu veux que je vienne ? Oh, Till.
Je sais que c'est dur pour toi
et je veux faire en sorte que tout
aille mieux sauf que je ne peux pas
et je me sens impuissante.

Je sais. Je t'aime. Te tiens au courant.

Je t'aime tellement.
Appelle si tu as besoin de renfort.

Ils restent assis en silence de 19 heures à 20 h 29. Tillie entend alors la porte s'ouvrir. Elle hurle :

— Monsieur… le père d'Aaron ?

Il accourt.

— Que… Que se passe-t-il ?

— Je m'appelle Tillie. Une amie d'Aaron. Il ne va pas bien.

— OK, OK. Merci. Bonjour. Aar… Aar ?

Aaron ne bouge pas.

— Aaron, répète son père, dont la voix est plus calme que ne le serait celle de la mère de Tillie. Parle-moi, fiston. Je suis là. Je t'en prie, dis quelque chose, fiston.

Aaron marmonne quelque chose. Ni Tillie ni son père n'entendent ce qu'il dit. Ils se rapprochent tous les deux.

— Je ne mérite pas de vivre, dit Aaron, et son père se baisse pour envelopper son fils, qui ne bouge pas.

Tillie se lève alors pour leur laisser de l'espace.

Elle leur laisse tellement d'espace qu'elle n'entend pas le reste de la conversation. Puis, pensant que cela peut être utile, elle profite d'un silence pour glisser :

— Bon. Avez-vous besoin de moi ? Je peux rester…

Elle raconte un peu plus au père d'Aaron ce qui s'est passé, comment Aaron s'est figé sur le quai. Elle ne mentionne pas le pont, pas plus que l'école buissonnière. Ce sera à Aaron d'en parler. Mais, vu la situation, elle doit apporter son aide. Elle confie au père d'Aaron qu'il est arrivé la même chose à son fils hier en cours, que ce n'est pas la première fois.

— Merci infiniment, dit le père en lui offrant un sourire sympathique. Si tu savais comme je te suis reconnaissant. Je vais prendre le relais.

— Bye, Aaron. Je t'aime, OK ?

Pas de réponse. Tillie sort de la chambre et de l'appartement en pensant : *Je n'en sais rien, mais je crois bien que je lui ai sauvé la vie.* Ce qu'elle devrait trouver formidable. En réalité, elle trouve ça épuisant...

À son retour, sa mère l'attend près de la porte. Elle l'embrasse si fort qu'elle manque de l'étouffer, la prend par la main et la guide jusqu'au canapé.

Britt a une soirée pyjama. Son père... Allez savoir où il se trouve. Dans son bureau, en train de se planquer ? De dormir ? Ce serait comment, d'avoir un père qui s'inquiète vraiment pour elle ? Qui, à des moments comme celui-ci, viendrait la consoler ?

Mais il ne le fait pas, alors quand la mère de Tillie l'interroge sur ce qui s'est passé, Tillie lui raconte. Tout. Même le pont.

La mère de Tillie a la larme facile, et l'histoire lui arrache des sanglots.

— Til' ! Qu'est-ce que je vais faire de toi ?

Tillie n'a pas de réponse à cela.

— Est-ce qu'on doit t'envoyer quelque part ?

— Non, s'empresse-t-elle un peu trop de répondre. Enfin, faudrait sans doute que je voie la Dr Brown, genre, rapido.

— Je vais voir si je peux t'avoir un rendez-vous demain. On fera tout le nécessaire.

Tillie frotte ses yeux fatigués.

— Je sais que tu ne vas pas comprendre, mais traîner avec Aaron ces derniers jours m'a en fait beaucoup aidée. Je sais que je ne le verrai probablement pas pendant un bon bout de temps, mais j'avais besoin d'un ami, maman.

— Je comprends. Ma chérie ? Je peux te demander quelque chose ?

— Bien sûr, maman.

— Peux-tu me promettre que, si les choses vont de nouveau aussi mal, tu m'en parleras ? Est-ce que tu me donnes ta parole ? Je ne serais tout simplement pas capable de le supporter si tu… Je ne peux même pas le formuler.

Tillie est tellement soulagée que sa mère dise cela. Il y a quelques jours, cela l'aurait peut-être agacée. Mais quelque chose dans la prise de conscience qu'elle a eue avec Aaron fait que c'est la chose parfaite à dire.

— Je te le promets.

Destin 4 : 20 avril

Le temps qu'Aaron se réveille samedi matin, son père a déjà tout organisé. Il a pris un rendez-vous chez un psychiatre qui s'appelle le Dr Laudner. Il a le projet de mettre Aaron sous antidépresseurs. Et Aaron ignore comment c'est arrivé, mais un sommet avec Tillie Stanley et sa mère est prévu dans leur salon à 16 heures.

— C'est genre le G4 ? demande Aaron, qui joue un rôle, car à vrai dire il n'a pas de grandes réserves d'humour en lui ce matin. On va parler désarmement nucléaire avec les Russes, les Chinois et les Allemands ?

Son père porte la chaise à bascule bleue sur laquelle il est assis pour la placer en face du lit d'Aaron. Le siège grince méchamment sur le sol.

— Eh bien, si veiller à ce que toi et ton amie vous soyez en sécurité tient du désarmement nucléaire, alors oui. Pas sûr que les Allemands fassent le déplacement, cela dit. Comment ça va, la tête ?

— Toujours sur mes épaules…

Le père d'Aaron n'a pas d'autres questions.

Samedi matin, blotties au fond du canapé, Tillie et sa mère regardent sur TCM un film horriblement vieux sur un policier qui escorte un gangster pendant un trajet en train. Le visage de Winnie est beaucoup plus ridé que d'ordinaire, et Tillie aimerait pouvoir lui dire simplement : « Je te libère de tout le poids que je représente pour toi », et autoriser sa mère à être une personne heureuse sans le fardeau de sa fille aînée, ce désastre. Et Tillie sait que, si elle disait cela, sa mère lui rétorquerait d'arrêter ses bêtises, qu'elle est très aimée, et il y a bien des choses que Tillie est en mesure d'accepter tout de suite, mais avec son père qui n'est toujours pas là et sa sœur qui doit se réveiller chez Carly comme si de rien n'était, entendre qu'elle est très aimée et très normale la convainc moyennement.

— On ne fait plus de films comme ça, lance sa mère.

— Qu'avec des hommes blancs tu veux dire ?

Sa mère éclate de rire.

— Ah non, des comme ça, on en fait toujours !

— J'aimerais pouvoir réaliser un film…

Tillie pose la tête sur les genoux de sa mère. Celle-ci lui caresse l'épaule.

— Il parlerait de quoi ?

— Du caractère abominable des gens.

— Un vrai blockbuster pour l'été !

Tillie poursuit.

— Aaron est genre… Tu sais quand les gens ont le cœur tellement à vif que vivre est probablement impossible ? C'était comme ça. Il a chanté dans le métro, maman. C'était comme s'il mettait son cœur à nu et voulait vraiment que tout le monde l'aime. Et les gens ne l'ont pas aimé, parce que les gens sont affreux. Ça m'a brisé le cœur.

Sa mère se penche et lui embrasse l'oreille.

— Étonnant, je ne connais aucun ado qui ait ce genre de problème, dit-elle.

Le cabinet du Dr Laudner est sur West End Avenue, au niveau de la 91e Rue. Le psychiatre est un barbu blond avec des yeux doux et une calvitie naissante, et il y a trop de plantes dans la pièce où il reçoit, comme s'il avait aussi un doctorat en horticulture.

Le médecin pose à Aaron toutes sortes de questions auquel le garçon répond de façon très laconique parce qu'il ne veut pas énerver le médecin, mais n'a pas vraiment le courage de discuter.

— Bien, Aaron, sur une échelle de un à dix, dix signifiant plus heureux que jamais et un, plus déprimé que jamais, où vous situez-vous aujourd'hui ?

Aaron regarde par la fenêtre du premier étage. Les feuilles à nouveau vertes des arbres gracieux s'agitent tranquillement dans la brise de ce début de printemps.

— On peut répondre moins six ?

— Oh, mon Dieu, s'exclame le Dr Laudner.

Aaron ne peut s'empêcher de se demander s'il est gay. Il l'espère. Si Aaron avait une libido, le Dr Laudner serait carrément un objet de fantasme. Mais sa libido est clairement en berne. Ce serait chouette de parler à un adulte gay de temps à autre, peut-être.

Aaron se voit remettre un questionnaire à choix multiples visant à sonder l'étendue de sa dépression. Il y répond aussi honnêtement que possible.

— 76, dit le médecin.

— C'est bien ?

Le médecin sourit avec empathie.

— Tout ce qui dépasse 54 signifie gravement dépressif.

Aaron ferme les yeux.

— J'ai choisi le bon moment pour avoir de bonnes notes, plaisante-t-il.

Au moins, sa remarque fait un peu rire le médecin.

Le rendez-vous de Tillie avec la Dr Brown est à 13 heures. Tillie a envisagé de demander à sa mère si elle pouvait voir quelqu'un d'autre, quelqu'un de moins… balai dans le cul. La Dr Brown est le genre de blonde très mince qui envoie ses enfants à Spence. Ceux-ci doivent d'ailleurs encore rire de la vidéo de Molly… Mais, en fin de compte, Tillie a décidé de ne pas en faire toute une histoire. Après tout, elle cause déjà bien assez de soucis comme ça.

— Alors, qu'est-ce qui se passe sous le capot ? demande le médecin.

Tillie a envie de souligner qu'elle n'a pas de capot. Mais elle sait que ce genre de réaction ne l'aidera pas dans l'immédiat.

— Ça va, dans l'ensemble.

— Votre mère m'a parlé du pont.

— C'était idiot.

— Idiot ? Comment ça ?

— Je ne sais pas.

— Et si vous le saviez ?

Parmi les grands tubes de la Dr Brown, cette réplique est celle que Tillie aime le moins. C'est une espèce de façon mignonne de dire : « On arrête les conneries. »

Tillie hausse les épaules et commence à tirer sur un bout de tissu marron qui dépasse du canapé. Elle imagine effilocher le canapé entier et se retrouver sur une pile de tissu marron et un coussin couleur crème.

— Ne faites pas ça, s'il vous plaît, demande la Dr Brown en pointant le doigt.

— Désolée.

Une heure avant la réunion au sommet, Aaron envoie un texto rapide à Tillie.

Argh. Désolé. Je crois que je nous ai attiré des ennuis. Vraiment désolé.

C'est rien. Comment tu vas ?

Je viens de prendre mon premier Petralor (antidépresseur).

Je suis guéri. Le monde
est un endroit merveilleux. Youhou.

Y a un émoji pour exprimer
le sarcasme ?

Je vais consacrer ma vie à en créer un.
Comme de toute façon
ma carrière musicale est finie…

Arrête.

Désolé. On se voit tout à l'heure
pour l'horrible châtiment d'usage
pour deux jeunes tristes qui ont eu
des rendez-vous d'urgence chez leur psy.

T'as entendu parler de la mienne.

Juste que t'y es allée.
T'as des médocs aussi ?

Nan, on verra.

C'est rigolo. Pas autant qu'une journée
à Disney, mais presque.

Émoji sarcasme.

Énorme émoji sarcasme.

À l'entrée de l'appartement, Aaron et Tillie se serrent maladroitement dans les bras pour se saluer, ce qui leur donne envie à tous les deux de mourir un peu. Aaron serre la main de la mère de Tillie. Tillie salue le père d'Aaron comme s'ils se connaissaient depuis plus longtemps que les deux minutes embarrassantes d'hier soir.

Les deux familles s'installent l'une en face de l'autre sur deux canapés couleur pêche du salon. Tandis que Tillie contemple la vue sur le New Jersey et l'Hudson, elle ne peut s'empêcher de se demander combien de fois Aaron a observé ce spectacle, peut-être depuis les banquettes des immenses fenêtres panoramiques, en se demandant si la vie valait d'être vécue. Elle ne peut pas non plus s'empêcher d'imaginer la froideur de l'eau dans laquelle, trois jours auparavant, elle a failli sauter.

— Bon, tout ça peut paraître un peu étrange, mais j'ai imaginé cette réunion comme une occasion de discuter de ce qui s'est passé cette semaine, déclare le père d'Aaron. Je ne veux pas parler à la place de Mme Stanley, mais moi, je suis vraiment inquiet, et j'ai pensé que la meilleure chose à faire était d'avoir une discussion franche.

Aaron se crispe. Il regarde Tillie, qui lui rend son regard. Elle a l'air tendu, elle aussi, la mâchoire crispée.

Le père d'Aaron poursuit.

— Tout d'abord, je souhaite dire que je suis très content que…

Il déglutit et détourne les yeux avant de les essuyer, même s'ils sont secs. Mais pas pour longtemps. Les larmes viennent, puis la rougeur, et Aaron a envie de mourir parce qu'il fait pleurer son père et que celui-ci est le genre de père à pleurer devant les autres, et ouais, lui aussi, il le ferait, et ce devrait être le genre de choses dont on est fier. Pourtant, à l'instant présent, il a juste envie de disparaître.

— Tillie. Je suis terriblement navré que tu te sois retrouvée là-haut, parce que cela signifie que tu traverses une très mauvaise passe. Mais je te suis aussi reconnaissant à jamais parce que tu… as sauvé la vie de mon garçon.

À ce moment-là, le père d'Aaron se met à renifler. Aaron jette un coup d'œil à la dérobée à Mme Stanley qui elle aussi pleure, et Aaron imagine attraper Tillie par la main, dévaler les onze étages avant de foncer dans la rue et dans le monde sans jamais se retourner parce que c'est trop réel, trop affreux, et que c'est sa faute, en tout cas à moitié, et qu'il pourrait disparaître à tout jamais.

Tillie aussi baisse la tête, comme si en regardant ses genoux et en clignant plusieurs fois des yeux elle pouvait se téléporter.

La mère de Tillie sèche ses larmes, se mouche dans un Kleenex et prend le relais.

— Bon, ce qu'il nous faut, c'est un plan. Je ne sais pas trop si vous en êtes au même point tous les deux, mais en tout cas vous êtes tous les deux en difficulté en ce moment. Donc. Est-ce qu'on peut vous poser quelques questions ?

Les deux jeunes hochent la tête. Les parents se regardent. Eux aussi partagent un hochement de tête, mais subliminal.

La mère de Tillie poursuit.

— Bon, il n'y a qu'une seule règle : vous devez vous montrer totalement honnêtes envers nous. Vous n'allez pas avoir d'ennuis. Bien au contraire. L'idée est de vous aider du mieux que nous pouvons, OK ?

Aaron et Tillie hochent de nouveau la tête.

La mère de Tillie se tourne vers Aaron.

— Aaron, est-ce qu'en ce moment tu es susceptible de te mettre en danger ?

Aaron réfléchit.

— Hum. Pas là, tout de suite, non. Il vaut mieux que je ne reste pas trop seul, j'imagine. J'ai peur de la prochaine fois où je me retrouverai seul.

— D'accord. Merci pour ton honnêteté. Tillie ? demande le père d'Aaron.

— Euh. Non.

Ils restent assis en silence tous les quatre pendant un moment.

Mme Stanley finit par prendre la parole.

— Aaron, que ferais-tu si vous étiez ensemble et que Tillie était soudain en danger ?

— Je... euh... Je ne la laisserais pas...

— Pourrais-je être sûre à cent pour cent que tu m'appellerais ? Même si Tillie te demandais de ne pas le faire ?

Aaron regarde Tillie. Oui, il le ferait absolument, sans l'ombre d'un doute.

— Oui, répond-il à sa mère.

— Tillie, même question, lui demande le père d'Aaron.

Tillie n'hésite pas.

— Je ferais pareil qu'hier.

— Bien.

— Je pense que, dans l'immédiat, vous avez manifestement besoin que nous soyons proches et disponibles. Vous avez également besoin l'un de l'autre, résume la mère de Tillie. Je pense aussi que nous avons tous les deux peur.

Elle montre le père d'Aaron du doigt.

— Mais nous avons moins peur quand nous sommes avec vous ou quand vous êtes ensemble. Bref, tout ça pour dire que nous sommes là, et que nous sommes disponibles pour vous à tout moment. Vous êtes notre priorité. Et qu'aussi, si vous en avez marre de nous, vous êtes là l'un pour l'autre.

Bouche bée, Tillie et Aaron échangent un regard.

La mère de Tillie poursuit.

— Mais nous devons tout savoir. Où vous êtes quand vous n'êtes pas avec nous. Où vous allez. Si vous avez besoin de nous. Si vous ne vous sentez pas en sécurité au lycée, dites-le-nous, nous réglerons le problème. Mais pas de secrets, OK ? Nous allons vous confier mutuellement l'un à l'autre, mais nous saurons où vous êtes à tout moment. Qu'en pensez-vous ?

Tillie a l'impression d'avoir été envoyée dans le bureau de la proviseure pour des félicitations et non pour une mise au point. Quelque chose dans le fait que sa mère accepte qu'elle n'aille pas parfaitement bien sans pour autant essayer de tout réparer libère Tillie.

Aaron, pour sa part, a le sentiment que les parents, à force de se lamenter derrière le dos de leurs enfants, ont fini par décider de les mettre par paire et de voir ce qui se passe en espérant que cela fonctionne. Mais en même temps, c'est aussi vraiment, vraiment positif.

— Ça me paraît pas mal, répond-il.

— Ouais, dit Tillie.

Ils éclatent tous les deux de rire au même moment parce qu'il y a là-dedans quelque chose de carrément gênant mais aussi marrant, et que ni l'un ni l'autre n'est capable de décrire ce que c'est, ni pourquoi c'est drôle.

Destin 4 : 21 avril

Libérés à condition de se surveiller mutuellement, Aaron et Tillie se retrouvent à la station de bus de la 79e Rue sur Broadway et errent sans but dans Manhattan. Ils marchent même si Tillie laisse entendre de façon pas très subtile que prendre un Uber, c'est marrant et instructif, et que ce serait peut-être une bonne idée.

— Tu sais ce qui serait super cool ? S'il y avait une espèce de voiture qui pouvait passer te prendre pour te déposer au cinéma ou là où t'as envie d'aller. Ils devraient inventer ça, dit-elle tandis qu'ils passent devant le Lincoln Center.

— Qu'est-ce qui presse ? Le film ne commence que dans une heure.

— Je dis ça comme ça. Ça pourrait être marrant. Rien à voir, mais j'ai aussi un peu mal aux pieds.

Aaron s'arrête net.

— Ha. OK. C'est pénible ? On peut prendre un taxi. Désolé.

Elle réfléchit un peu à sa proposition.

— Nan, je pleurniche, c'est tout.

Il rit et se remet en route.

— Ça, c'est mon truc à moi. Ne me pique pas mes manies, lance-t-il.

— Je vais essayer.

Ils traversent dans un silence gêné le quartier de la mode puis Chelsea, et Aaron se demande s'il est possible qu'ils aient égaré à jamais leur rythme de conversation.

Tillie trouve bizarre qu'ils aient choisi un film grave et *arty*, parce qu'elle a beau être elle-même assez étrange et sombre, elle a tendance à s'endormir devant ce genre d'œuvres. Mais quand Aaron lui a demandé ce qu'elle souhaitait faire, elle a eu l'impression qu'elle avait le choix entre dire la vérité – *aucune idée parce que je déteste la plupart des gens, que je vais devenir une ermite et que j'ai des capacités sociales démesurément limitées* – ou inventer un truc. Elle a choisi la seconde option.

C'est un film chinois sous-titré en anglais dont l'atmosphère sombre et le paysage désolé de Mandchourie aux teintes monochromes ne font qu'accentuer le malaise profond qu'ils ont tous les deux ressenti au cours de leur promenade. Et puis, environ une heure après le début de leur film sans fin, un énorme éléphant apparaît et emplit tout l'écran. La caméra reste arrêtée dessus pendant un temps douloureusement long.

Aaron rit et Tillie, d'abord agacée, finit par l'imiter parce qu'ils sont là, tous les deux déprimés, à regarder un éléphant mandchourien immobile.

Leurs yeux se croisent et Tillie gesticule pour signifier qu'il faut qu'ils se ressaisissent. Aaron aspire ses joues et hoche la tête.

Et l'éléphant. Reste là. Sans bouger. Pendant une éternité.

Cette fois-ci, c'est Tillie qui pouffe de rire, et c'est comme quand vous êtes à un enterrement et que vous savez qu'il ne faut surtout pas le faire, mais cette pensée fait remonter l'hilarité dans votre gorge et, soudain, vous voilà incapable de respirer, de bouger, parce que, sinon, vous allez glousser, et vous ne devez surtout pas, sauf que c'est exactement ce qui se passe, et ensuite votre famille vous déteste à tout jamais. Et Aaron pouffe également, ils sont pliés en deux, et chaque « chut ! » qui leur est adressé ne fait qu'aggraver la situation, et Tillie est finalement celle qui laisse échapper un rire tonitruant, et on dirait que tout ce qu'elle a retenu en elle depuis Dieu sait combien de temps s'échappe de sa bouche, et puis Aaron aussi se lâche et, peu après, l'ouvreur, un prototype de hipster qui a le même âge qu'eux, les escorte vers la sortie, et ils rient encore et encore jusqu'à ce que le fou rire se calme enfin.

— Oh là là, dit Tillie. Qui a eu l'idée de merde d'aller voir un film étranger déprimant alors qu'on est tous les deux aux portes de la mort ?

— Toi, répond Aaron.

Et c'est reparti pour un fou rire.

— Je te propose un pacte : on ne fait plus que des trucs marrants jusqu'à la fin de la journée.
— Vendu !
Tillie leur achète à chacun un cookie et un verre de lait chez Chip NYC. Aaron écarquille les yeux quand il voit que ce cookie monstrueux est recouvert de glaçage et de marshmallows. Avant de l'entamer, il s'excuse et va aux toilettes.
Une fois installé sur la cuvette, il sort son téléphone et envoie un texto à son père.

Je suis sorti avec mon coquin.
Chez Chip NYC. On a commandé
deux cookies avec du lait. Je suis aux toilettes
histoire de faire de la place
pour le cookie en question.

Soupir. Pourquoi ça ne me surprend pas
que tu donnes de tes nouvelles
de façon beaucoup trop détaillée ?

Une seconde.
Je pousse.
En ce moment.
Même.

Double soupir. Je t'aime, mon fils.

Reçu 5/5.

Quand il regagne la table, Tillie ne l'a pas attendu.
— Hum. Fais comme si je n'étais pas là.

— Tu ne peux pas partir en me laissant à table avec des cookies et t'attendre à ce que je n'en mange pas. C'est de la torture. Tu te rends compte, ils mettent du marshmallow à l'intérieur !

Il mord dedans et sa bouche est assaillie par les textures qui se mélangent. Il écarquille les yeux et mâche, incrédule.

— Oh, mon Dieu ! On s'installe ici. Je passerai le restant de mes jours à me nourrir de cookies et je serai heureux pour toujours. Heureux et gros.

L'expression de Tillie change et Aaron, qui ne s'en rend pas compte, continue de parler.

— J'écrirai des chansons sur les cookies, un blog sur les cookies, peut-être même une pièce de théâtre. Et ensuite, quand j'en aurai assez, je me noierai dans une baignoire remplie de pâte de marshmallow. Ce qui a toujours été le but de ma vie.

Tillie reste muette un bon bout de temps, et Aaron la regarde en s'attendant à ce qu'elle parle.

— Quoi ? Qu'est-ce que j'ai dit ?

— T'es tout maigre, Aaron.

— Sans déc.

— Et moi, non. Je suis pas toute maigre. Et ça m'énerve que tu, euh, parles du fait de grossir comme si… Je ne sais pas. Ça m'énerve.

— Et zut ! Je suis désolé. Je ne sais pas si tu le sais mais, avant, on m'appelait le coton-tige. Les gens se foutent de moi à cause de mon poids depuis toujours.

Elle secoue la tête.

— Pas pareil.

— Ah bon ?

— Être tout maigre, c'est considéré comme un truc bien. Être gros, c'est mal. C'est comme ça.

— Pour les filles, peut-être.

— Quoi ?

— Ben. Les garçons sont censés être, je sais pas… musclés.

Tillie y réfléchit un moment.

— Donc tu préférerais être gros plutôt que tout maigre ?

Aaron hausse les épaules.

— Être gros, c'est réel. C'est prendre toute sa place dans le réel.

Tillie sirote son lait en levant les yeux au ciel.

— Ben voyons…

— Mais t'es grave belle, en vrai.

Tillie soupire.

— Bien sûr…

— C'est la vérité. Si j'étais hétéro ? Je voudrais carrément sortir avec toi. T'es belle, intelligente, drôle et magnétique.

Tillie passe sa main dans ses cheveux, se ratatine et glousse, avant de se détester complètement d'avoir gloussé parce qu'un garçon lui a fait un compliment. Aaron s'en aperçoit et se met à rire. Elle capte son regard et rit aussi.

— On est ridicules, pas vrai ? demande-t-elle.

— Mais tellement !

Après s'être gavés de cookies géants, ils vont au musée du Sexe sur la Cinquième Avenue. Là, il y a un sein gigantesque dans lequel on peut sauter. Seule une poignée de gens sont autorisés à y aller en même temps.

— Essaie l'aréole ! hurle Tillie en rebondissant contre la protubérance rose au centre de l'un des sept ou huit nichons à l'intérieur de la structure gonflable.

— Ce sera certainement la seule fois où cela m'arrivera, dit Aaron, en se laissant tomber bras grands ouverts.

L'étrange vérité pour Aaron, celle qu'il perçoit dans son corps alors qu'il saute de haut en bas, de haut en bas, est que le sentiment amusant et libérateur qu'il ressent en cet instant pousse contre cette impression de côte broyée qui est pour lui la dépression, et c'est bizarre d'être momentanément heureux, très heureux même, alors que la chose qui l'a presque tué est toujours présente.

Après leur aventure mammaire, ils vont boire un chocolat chaud chez Max Brenner à côté d'Union Square, puis marchent vers le sud au coucher du soleil.

— J'ai l'impression d'être en dehors du temps, dit Aaron alors qu'ils sont dans Spring Street à SoHo, parmi des gens à la mode auxquels il ne ressemblera jamais. Le temps est suspendu, la vie est suspendue. On est dimanche après-midi, on a cours demain, ou peut-être pas, et je n'en sais rien. Tout à coup, cette fenêtre s'est ouverte, tu es apparue, et je n'arrête pas de me demander… où je serais si tu… Laisse tomber.

— Je comprends. J'ai pensé à la même chose hier soir. À ce qui aurait pu se passer sur le pont.

— Ouais.

— J'ai jamais pensé à un truc aussi flippant.

Tandis qu'ils se baladent, Aaron pose sa tête contre l'épaule de Tillie. Ils marchent comme ça pendant un moment, connectés par la tête et l'épaule, comme si leur vie en dépendait.

Destin 4 : 22 avril

— Bon, je crois que je simule, dit Aaron au Dr Laudner le lendemain matin.

Tillie et lui ont convaincu leurs parents que la thérapie, et non l'école, était la meilleure façon de passer leur lundi.

Le Dr Laudner penche la tête sur le côté.

— Je crois que c'est comme quand j'étais en CE2 et que j'ai décidé de faire semblant d'être malade pour ne pas avoir à aller à l'école. J'ai mis le thermomètre sur le radiateur et ça n'a pas marché, ensuite je l'ai mis sous l'eau chaude et pareil, parce que je crois que c'était le genre de thermomètre qu'on pose sur le front. Alors j'ai eu l'idée d'appliquer une serviette chaude et humide sur mon front et de le faire, et soudain, j'avais 60 de fièvre.

Le Dr Laudner rit.

— Mon père a dit qu'il allait me choisir une tombe parce que, clairement, j'étais à l'article de la mort, ce qui m'a semblé méchant à l'époque alors qu'aujourd'hui je trouve ça plutôt drôle. Et, finalement, je suis quand même allé en cours.

— Et vous avez l'impression que c'est ce qui se passe en ce moment ?

— Eh bien, je ne sais pas ce que cela pourrait être sinon, parce que hier j'ai traîné toute la journée avec Tillie et ça a sûrement été la meilleure journée de ma vie. On s'est tellement amusés, ça n'arrive pas aux gens déprimés, ça… Alors qu'est-ce qui se passe, bon sang ?

— Vous avez passé une bonne journée. Et c'est formidable. Et il y a deux jours, vous aviez du mal à sortir du lit. On peut éprouver de la joie tout en étant dépressif. Les deux peuvent être concomitants.

Aaron roule des yeux à l'extrême.

— Je ne veux que les bons trucs. Est-ce que tous les jours peuvent être comme hier ?

— Eh bien je vais vous poser une question. Qu'est-ce qui était différent, hier ?

Aaron lui parle un peu de Tillie et de leur connexion. Et aussi du fait qu'il était content d'avoir du temps pour lui ce matin, parce que être avec une amie, ça lui a demandé de l'énergie.

Le Dr Laudner hoche la tête.

— Bien sûr. Alors peut-être que la clé, c'est de se connecter davantage tout en ayant parfois du temps pour vous ?

Aaron déteste la façon qu'a le Dr Laudner de donner l'impression que c'est facile.

Tillie passe la matinée en compagnie de sa mère, qui lui a trouvé un psychiatre à qui parler. Même si cela pourrait impliquer des médicaments, Tillie accepte de prendre rendez-vous avec lui, parce qu'au moins ce n'est pas la Dr Brown.

Tillie sait qu'elle ne pourra pas indéfiniment ne pas aller en cours. Sa mère se plie à sa demande pour lui faire plaisir, mais cela ne durera pas éternellement. Elle sait aussi qu'elle ne peut pas se cacher de la vie. Elle doit composer avec. Elle a envie d'aller voir Amir pour lui dire ce qu'il peut faire de son… bref. Et Molly aussi. Qu'ils aillent au diable. Maintenant, elle s'en fiche, de ce qu'ils pensent.

Une fois que les cours sont finis et qu'elle sait qu'Amir sera à la maison, elle envoie un texto à Aaron pour lui demander de venir la surveiller pendant qu'elle tente pour la première fois de régler certaines choses. Ils se retrouvent devant l'immeuble de Tillie. Aaron porte une veste digne d'un clown, une extravagance en flanelle qu'aucun garçon gay qui se respecte ne porterait à moins d'y être contraint, elle en est certaine.

— T'es sûre de vouloir faire ça ?

Tillie regarde au bout de la rue avec envie, ce qui pousse Aaron à se demander si elle sera jamais vraiment heureuse un jour.

— Oui, sûre de sûre.

Tandis qu'ils se dirigent en silence vers chez Amir, Tillie passe en revue toutes les choses qu'il est susceptible de dire, et travaille ses réponses pour chaque cas de figure. Percevant son sentiment de désespoir, Aaron passe un bras autour d'elle.

Quand ils arrivent, Tillie s'arrête et prend une profonde inspiration.

— Je le fais vraiment ?

— C'est bien parti, constate Aaron.

— Je dois le faire seule. Est-ce que tu peux rester un peu en retrait ?

Aaron commence à reculer un peu.

— On devrait pas avoir un code, au cas où ? Un mot si jamais t'as besoin que je me précipite à l'intérieur pour te sauver ?

Elle soupire.

— Ouais, je crois que ça va aller.

— Bonne chance. Je suis là en cas de besoin. Et le code pourrait être « Hé, Aaron », ou un truc du genre.

— Grave. Notre plan est imparable.

Aaron recule de sept ou huit mètres. Il se tient devant une Volvo stationnée. Il a l'impression d'attirer l'attention et n'est pas très à l'aise.

Tillie a toujours trouvé que l'immeuble dans lequel habite Amir avait de la personnalité. Grand, beige, il semble prompt à la critique et lui évoque un homme politique du XIXe siècle, qui ne verrait pas d'un bon œil les gens comme elle. Une fois devant l'interphone, alors qu'elle s'apprête à sonner au 5A, elle ne peut s'empêcher de penser que le bâtiment est du côté d'Amir, qu'il la trouve bête et pathétique aussi. Elle ressent un besoin pressant de prendre ses jambes à son cou. Malgré tout, elle s'obstine. Elle se lève et bloque sa respiration et appuie sur le bouton.

— Oui ?

— Salut, Amir. C'est Tillie.

Silence de l'autre côté. Pendant un bon moment. Sa poitrine se recroqueville tandis qu'une minute s'écoule, puis une minute et demie, et elle revit une nouvelle fois le traumatisme – être rendue invisible, s'entendre dire qu'elle est insignifiante et qu'on se fout de ce qu'elle ressent, de tout ce qui compose le monde dans lequel elle vit, un monde où elle n'a vraiment pas sa place. Elle a envie de crier : « Hé, Aaron » pour qu'il vienne la prendre dans ses bras, et…

— Je descends, dit Amir.

Tillie revient sur terre et répond : « Merci » tellement bas qu'elle s'entend à peine.

Elle jette un regard en direction d'Aaron, qui lève timidement un pouce. Malgré la situation, Tillie sourit un peu en le voyant à ses côtés, dégingandé, dans sa monstrueuse veste en flanelle.

Deux minutes plus tard, Amir apparaît avec ses belles boucles bien sculptées, ses lèvres fines et son nez parfait, son visage toujours beau en dépit de quelques boutons sur la joue. Il lui semble plus petit que dans son souvenir, comme s'il avait perdu au moins huit centimètres. Ses épaules tombent et il a l'air timide, ce qui ne lui ressemble pas, et sensible, ce qui lui ressemble – raison pour laquelle toute cette affaire est franchement… tordue. Se faire ghoster par une personne sensible ? Des milliards de fois pire que par un connard notoire.

— Salut, dit-il.

Sa voix est ténue, comme s'il était gêné, et désolé, et la part de Tillie qu'elle déteste accourt et oublie pourquoi elle est là, et ce qu'elle a ressenti, et ce que tout cela lui a fait. Si Amir ne l'avait pas ghostée, elle n'aurait jamais écrit le poème, ne l'aurait jamais interprété, n'aurait jamais été obligée de voir Molly Tobin mettre un oreiller sous son tee-shirt pour se moquer d'elle et de ses mots, n'aurait jamais fait l'expérience d'avoir tout un lycée qui rit de sa douleur nue.

— Salut, répond-elle, les yeux rivés sur le torse d'Amir.

Alors qu'il traînait tranquillement à la maison, il porte une chemise bleue Brooks Brothers, un jean et des mocassins. Tandis qu'elle, qui a délibérément choisi d'aller le voir pour ce face à face, elle porte un jogging noir, un sweat gris à capuche, et est coiffée d'une queue-de-cheval brouillonne.

Elle est la personne la moins présentable sur terre. Il lui aurait fallu des heures pour avoir une allure équivalente à celle d'Amir, qui s'est probablement contenté d'enfiler les vêtements qu'il avait sous la main. Ça craint.

— Je voulais t'envoyer un texto.

La seule réponse possible pour Tillie est le rire.

— Non. Vraiment. Je suis désolé, Tillie.

— Tu es désolé.

Il hoche la tête, détourne le regard, puis pose de nouveau les yeux sur elle.

— Y a un type chelou là-bas, qui fait semblant de ne pas nous regarder.

— Ah bon ?

— Ouais. On marche ? Va pas croire que j'ai la phobie des SDF, mais…

— C'est pas un SDF. C'est mon pote Aaron.

Tillie se retourne et lui adresse un salut de la main, qu'Aaron lui rend avec hésitation, comme s'il se demandait si c'était grave d'avoir été démasqué.

— T'es venu avec un pote ?

— Ben, pas le choix. Depuis que j'ai failli sauter du haut d'un pont, je n'ai plus le droit de rester seule. Il me chaperonne, en quelque sorte.

Amir est cloué sur place. On dirait qu'il s'est pris un coup de poing en pleine figure. Il semble ne pas avoir de mots. Il se transforme en statue figée d'Amir, sous le choc.

— On peut… marcher ? finit-il par sortir. J'ai quelque chose à te dire. Je vais t'expliquer. Mais pas ici. Je ne peux pas.

— Pourquoi pas ?

— Ma mère.

Tillie ne voit pas trop quels mots on pourrait ajouter à cette phrase pour qu'elle ait un sens. « Ma mère… ne veut pas que je te présente des excuses » ?

Ils se dirigent en silence vers le parc. Aaron les suit en restant à une centaine de mètres d'eux.

Ils entrent dans le parc au niveau de la 89e Rue et prennent le sentier équestre à gauche, qu'ils ont déjà emprunté plusieurs fois tous les deux. Quand ils se retrouvent sur le chemin de terre, Amir s'arrête.

— Je suis vraiment désolé.

— De quoi, exactement ?

Il croise les bras sur sa poitrine avant de les décroiser.

— Si t'es sérieuse quand tu dis que t'as failli sauter du haut d'un pont… Je suis désolé d'avoir joué un rôle là-dedans. Parce que j'imagine que j'y suis pour quelque chose.

Tillie regarde le ciel.

— Hum. En quelque sorte. C'est compliqué. Mais ouais. Je croyais que tu m'aimais. Je croyais que je t'aimais. Tu m'as encouragée à baisser la garde et puis tu m'as ghostée.

À présent, c'est Amir qui a l'air d'être prêt à sauter du haut d'un pont.

— Oh, mon Dieu… Je suis quelqu'un d'horrible.

Elle le regarde fixement.

Amir jette un coup d'œil autour de lui pour s'assurer qu'ils sont seuls – ce qui n'est pas le cas, vu qu'Aaron est à cinq mètres d'eux environ, appuyé à un poteau. Amir parle malgré tout, d'une voix douce, contrôlée, apeurée. Tillie perçoit des tremblements. Elle le déteste à cause de ça.

— J'ai pas mal réfléchi ces derniers temps, et je savais qu'à un moment ou un autre il faudrait que… je t'en parle.

Son alter ego imaginaire, celui qui réagit aux choses du cœur, lui assène un coup de poubelle en métal vert, l'objet lourd le plus proche qu'elle trouve.

Son vrai moi, cependant, hoche la tête et dit :

— D'accord.

— Bon, déjà, je suis vraiment désolé. Pour tout. Pour mon comportement. Je suis profondément désolé et peut-être que je ne me le pardonnerai jamais, en fait. C'est ma faute. Et ce que je vais te dire ensuite… je ne sais pas trop comment tu vas réagir. Ou si tu vas réagir. Tu vas peut-être partir et ne plus jamais me parler, et je ne t'en voudrai pas parce que je ferais probablement pareil à ta place. Et tu pourrais le raconter à tout le monde et gâcher ma vie. Ça craindrait, mais je vais prendre le risque, malgré tout. Donc. Voilà : je suis gay, Tillie. Mais pas genre : je t'ai embrassée et j'ai compris que je l'étais. Rien à voir.

C'est plutôt : je suis gay, je l'ai toujours été, et j'ai été complètement, absolument incapable d'en parler parce que je suis presque sûr que cela ne va pas bien se passer. Au lycée ou à la maison. Ma mère m'a dit en gros que, si j'étais gay, je n'avais plus qu'à trouver un autre endroit où vivre.

Il se tord les mains, regarde sa chemise et s'assure que personne alentour ne l'a entendu prononcer ces mots.

Tillie le regarde fixement. Elle se mord la lèvre. Elle ressent tant de choses en même temps. *Quoi ? Putain ? Hein ? Oh ! Euh, quoi ?*

Amir passe ses bras autour de lui-même comme pour se protéger tandis que Tillie reste plantée devant lui sans répondre. Le pouvoir a changé de camp, et la part furieuse de son être est contente. Cependant, l'autre part ne peut pas laisser Amir ressentir une seconde de plus ce qu'il ressent.

— OK, donc…, commence-t-elle.

Elle se retrouve incapable de terminer sa phrase, à moins qu'elle n'en ait simplement pas envie. Ils restent tous les deux plantés là comme deux idiots sur le sentier équestre à côté de l'entrée de la 89e Rue de Central Park, immobiles, à regarder défiler les enfants mignons avec leurs parents, les joggers, les cyclistes et les chevaux.

Au bout d'un moment, Tillie se met à rire. Ce qui prend Amir de court. Elle voit son corps réagir, ériger une barrière.

— Donc mon père m'a raconté une histoire un jour. À l'époque où… il me parlait. Ça remontait au temps où il était au lycée. En cours de lettres, ils ont lu la Bible et parlé de paraboles, et on leur a demandé d'en écrire une. Alors mon père est rentré à la maison et a écrit une histoire sur un homme et sa femme qui n'étaient pas heureux ensemble. Du coup, ils ont décidé d'avoir un enfant, et en ont eu un. Un fils, qui leur donnait du fil à retordre et leur causait toujours des soucis. Il crevait les pneus de leur voiture, faisait des soirées chez eux quand ils étaient absents. Un jour, il a poussé le bouchon trop loin, et a vidé le compte en banque de son père. Alors celui-ci a emmené son fils aux abords de la ville, la poussé du haut d'une falaise et le garçon est mort. Fin de l'histoire. Mon père remet sa rédaction. Quand le prof rend les copies, il regarde mon père avec une expression perplexe en lui tendant la sienne. Le professeur lui dit : « Eh bien je ne vois pas en quoi c'est une parabole. Quelle est la morale de l'histoire ? » Et mon père lui répond : « Ne jamais avoir d'enfants. »

— Hum. Et donc, quelle est la morale de cette histoire ? demande Amir.

Il a l'air complètement perdu.

— J'en sais rien. T'as un problème. Ne te comporte pas en connard ! Ne te sers pas de quelqu'un d'autre pour essayer de résoudre ton problème si c'est pour ensuite le précipiter du haut d'une falaise !

Amir regarde Tillie. Et rit. Franchement, Tillie le prend bien, car elle en a sa claque, de la colère. Et alors qu'elle est sur le point de l'imiter, le petit rire d'Amir se mue en fou rire, ses épaules tremblent, puis, bien sûr, viennent ensuite ces putain de larmes – tant de gens pleurent dans sa vie ces derniers temps, y compris elle – et elle envisage de poser une main quelque part sur lui pour le réconforter avant de décider de ne pas le faire. Mais elle dit quelque chose.

— Primo, c'est intolérable que ta mère dise un truc pareil. C'est du grand n'importe quoi. Et... je suis navrée que ce soit dur pour toi.

Il hoche la tête et murmure :

— Merci.

— Deuxio : reprends-toi, Amir. Cela ne me pose aucun problème que tu sois gay. Contrairement au fait de me ghoster. Ça, c'était absolument, magnifiquement inacceptable.

Amir la serre fort dans ses bras. Elle n'est pas prête à ça, pas plus qu'elle n'est prête à ne pas l'être. Alors elle lui rend plus ou moins son étreinte. À l'intérieur d'elle, ça mouline sérieusement.

— Je suis tellement, tellement désolé.

— C'est pas grave. Enfin, un peu quand même.

— Je comprends. J'ai une sacrée dette envers toi.

— Carrément. Suis-moi.

Elle se dirige vers Aaron, qui a les mains dans les poches de sa veste. Elle secoue la tête.

— Tu trouves qu'il fait trop froid pour ne pas porter de veste ?

Aaron hausse les épaules.

— Pas vraiment. J'ai plutôt chaud, à vrai dire.

— Parfait.

Sur ce, Tillie lui enlève sa veste en tirant dessus, d'abord côté gauche, puis côté droit. Ensuite, elle trouve une poubelle et y jette le vêtement.

— Hé !

— Bozo voulait récupérer sa veste.

— Je l'aimais bien !

— Je te rends un service. Et hors de question que je te présente un mec alors que tu portes cette horreur.

— Hé, intervient Amir, c'est pas…

— Oh ! s'exclame Aaron.

— Ouais. Gay, lance Tillie d'un air impassible. Comme dirait ma mère : « Les meilleurs sont toujours gays. »

— Attends ? Tu penses vraiment que je fais partie des meilleurs ? demande Aaron.

Elle ignore sa question.

— Aaron, Amir. Amir, Aaron. Vous avez les garçons en commun, apparemment. Si j'ai l'air en colère et amère, c'est parce que je le suis.

Elle se dirige vers le réservoir et les laisse seuls tous les deux.

— Salut, alors ? avance Amir.

— Euh, salut.

Aaron regarde par-dessus son épaule.

— Je crois que je dois la suivre.

— Oui. Je t'en prie, dis-lui de nouveau que je suis désolé, et que je veux lui parler et lui présenter mes excuses des tas de fois encore. Et aussi, je t'en prie, demande-lui, pitié, de n'en parler à personne, OK ? Je ne suis pas prêt.

— Ça marche, répond Aaron.

Ensuite, il rejoint Tillie, qui pleure sur un banc, face au réservoir.

Les coureurs passent à tout allure sans se rendre compte du drame qu'elle vit. Elle aussi aimerait ne pas s'en apercevoir.

— Voilà. Ça, c'est fait.

— Bon sang, répond Tillie.
— Désolé. Ça va ?
— Est-ce que ça a l'air d'aller ?
— Désolé.
— Je ne suis pas en colère contre toi. Je suis juste… Comment tu ghostes quelqu'un qui compte pour toi ? Même quand tu as un secret comme celui-là…
— Il m'a dit de te dire qu'il était désolé et qu'il te demanderait pardon un million de fois de plus si tu le veux.
— Ouais, ouais. On peut ne pas parler de lui ? Je crois que j'ai besoin d'oublier. Genre en me soûlant ou quelque chose comme ça.
Aaron rit.
— Ça m'a tout l'air d'une idée de génie ! Tout le monde dit que les gens déprimés devraient ajouter l'alcool à leurs problèmes.
Elle rit malgré elle.
— La ferme.
Il se penche et dépose un baiser sur son épaule.
— Alors comme ça, je fais partie des meilleurs, hein ?
— Si tu répètes ça encore une fois, non, ce ne sera plus le cas.
— Noté.
Tillie regarde le réservoir et pense au pouvoir de l'eau, à la fois la vie et la mort. Nous subsistons grâce à l'eau, et, sans elle pour nous abreuver, nous mourrions. Pourtant elle peut tuer, comme l'impétueux Hudson.
Les gens sont comme ça aussi. Ils peuvent vous sauver la vie et vous l'ôter – surtout quand il s'agit d'amour. Alors comment naviguer quand il existe cette

chose dont vous avez tant besoin, mais qui vous blesse et vous détruit à ce point ?

Elle aimerait qu'Aaron lui demande à quoi elle pense. Mais elle est aussi soulagée qu'il ne le fasse pas, parce qu'elle pourrait crier.

Et s'il y a bien une personne dans ce monde qui comprendrait pourquoi, elle est assise à côté d'elle.

Destin 4 : 23 avril

Comment ça va, Til' ?

J'ai connu mieux.

Je peux te poser une question bizarre ?

Je n'accepte QUE les questions bizarres

**Ha ! Est-ce que le fait qu'il soit gay
empire les choses ou te soulage ?**

**J'en sais rien. Ça me soulage un peu,
sûrement, mais je reste vénère.
Qu'une personne puisse agir comme ça
pour une raison aussi bête…
Il aurait pu me le dire, juste.**

Ouais, pourquoi il ne l'a pas fait ?

Sa mère est très homophobe, je crois.

Ah.

Et maintenant, une part de moi
a envie de lui envoyer un texto
et de lui en parler et une autre
a la sensation de revivre tout ce cauchemar.

T'as besoin que je vienne ?

Nan. Merci quand même.
Comment tu vas, toi ?

Super chelou. Moitié pas mal,
moitié bof.

Tu sens les effets du médicament ?

Y a des moments où j'ai l'impression
que je peux entendre ma tête

Quoi ?!?

C'est comme si je sentais
les neurotransmetteurs changer. Rien à voir,
mais je ne devrais probablement pas regarder
ce qui se dit sur Internet
sur les médicaments que je prends.

Je plussoie.

**Ouais, genre, je prenais du Petralor
et tout allait bien, et puis,
je lis des trucs sur ce médicament et genre,
ouais, J'AI carrément la bouche sèche !**

Je crois que je t'aime.

**Tu m'as l'air d'aimer
un type d'hommes très précis.**

Grrr !

Trop tôt ?

Yep.

Plus tard :

**Alors, à ton avis,
pourquoi les adultes deviennent-ils psys ?**

**J'en sais rien, Aaron.
Pourquoi les adultes deviennent-ils psys ?**

**Je crois qu'ils sont sadiques.
Comme si le but de leur vie, c'était qu'un
gamin dise le truc qui va le rendre
tellement triste qu'il aura envie de mourir.**

**Oh, waouh. La mienne aussi vient
de faire ça.**

Sérieux.

Ah ouais. C'était atroce.

J'ai l'impression que, si je disais enfin
ce qu'ils ont envie d'entendre, des alarmes
retentiraient, une pluie de ballons tomberait
peut-être du ciel et ils sortiraient un truc
comme : Félicitations, Aaron,
vous venez de prononcer le mot magique !
Vous avez gagné ! Et ensuite
j'irais me trancher les veines ou autre.

T trop chelou.

C.Q.F.D.

La mienne veut que je dise LA chose,
et moi, je pense : stop. Non.
Je ne te fais pas confiance.
Je n'ai pas envie de parler de ça.

Tu crois qu'on devrait le faire ici ?

Quoi ?

Genre juste pour les vexer ?
On écrit dans un texto le truc
qu'ils veulent qu'on dise
mais qu'on ne dira jamais et ensuite
on n'en parle plus jamais.

Hum.

Hum ?

Hum ça veut dire que c'est la pire idée au monde. Mais si je le fais et toi non, je ne t'adresserai plus jamais la parole et je viendrai découper ton corps en petits morceaux.

Tu crois pas que tu devrais
parler de tes tendances violentes
en thérapie

Je vais ignorer ce que tu viens de dire…
alors, on le fait ?

Oui.

Prêt ?

Plus que jamais.

1… 2… 3…
Mon père me déteste.

Je n'ai rien de spécial.
Bon, on va s'arrêter là-dessus, OK ?

C'étaient les règles.

OK. Je t'aime.

Je t'aime aussi.

Destin 4 : 24 avril

Je reprends les cours demain.

☹

Je crois que je suis prête.

C'est génial. J'ai juste peur que par relation transitive je sois obligé d'y retourner demain, aussi.

Comment tu te sens ?

C'est bizarre. Je rigole devant des émissions de télé et je me dis que je vais peut-être bien. À d'autres moments, j'ai envie de me rouler en boule. Mon psy me dit qu'on peut être heureux et déprimé en même temps. J'en sais rien.

Amir n'arrête pas de m'envoyer
des textos.

!!! T'as fait quoi ? T'as répondu ??

Ouais un truc vraiment passif agressif.

Quoi ?

« J'accuse réception de ton message
pour que tu ne deviennes pas fou
en te demandant pourquoi je ne t'ai pas
répondu. Accorde-moi stp deux
ou trois jours ouvrés pour te répondre.
Cordialement, Tillie »

Ahahah, t'es littéralement la meilleure.

☺

Sauf quand t'as jeté ma veste.
C'était méchant.

Honnêtement je pense qu'il faudrait
te soumettre à l'expertise d'un gay.
Genre demander à un gay de t'emmener
faire du shopping.

Ça pourrait être Amir ?
Il est plutôt mignon.

On a dit quoi sur le fait
que c'était trop tôt, Aaron Boroff ?

Désolé, pas pu résister.

Plus tard :

… je fais quoi de Molly ?

La fille de la vidéo ?

Ouais.

Quelles sont tes options ?

Je vais la voir en cours demain.
Je suis quasi sûre qu'elle n'est plus exclue.

Tu penses faire quoi ?

Une part de moi veut tourner la page.
Genre lui dire que je suis passée à autre
chose et lui faire savoir qu'elle n'a plus
de pouvoir sur moi.

Génial. C'est vrai ?

Non. Oui. J'en sais rien. Je veux dire,
je comprends, c'est elle le problème.
Elle est comme cette chanson de Brandi
Carlile. Tu sais où finalement le karma

rattrape son ex ? Bah voilà,
sa blague va se retourner contre elle.

J'adore cette chanson.

Je l'ai écoutée toute la journée.

2 s
OK. Voilà, je l'ai mise en ton honneur.

Merci. Bon, si la blague
s'est retournée contre elle,
pourquoi ça me fait toujours mal ?

C'est la question à un million de dollars.
Trouve la réponse et les nerds
du monde entier vont t'acheter
des chocolats chauds Max Brenner
pour le restant de ta vie. Pour toi et un ami.

Je préférerais des cookies.

Ah oui ! Merci, Tillie Stanley.
Maintenant, moi aussi j'ai envie
de cookies.

Tu veux retourner en cours ?

Pas demain, mais sûrement bientôt.
Je me sens bien aujourd'hui, honnêtement.

☺

☺ Bonne chance demain. Envoie-moi un SMS toutes les 5 minutes.

OK.

Destin 4 : 25 avril

Le jour où Tillie revient au lycée est pour le moins décevant.

Savanya la serre dans ses bras en lui demandant où elle était, mais autrement, c'est comme s'il ne s'était rien passé. Ce qui est une bonne chose, mais pas tant que ça : si Tillie tombe dans la forêt et que personne n'en entend plus jamais parler, est-ce que Tillie a existé un jour ?

Elle se demande ce qui se serait passé si elle avait sauté. Si elle était morte. Est-ce que cela aurait affecté quelqu'un ?

Aucune de ces pensées n'aide vraiment Tillie, alors elle essaie de les chasser de son esprit. Sous son bureau, elle envoie un SMS à sa bouée de sauvetage.

Ça fait cinq minutes.

Pronostic ?

Personne ne s'est aperçu que j'étais partie. C'est positif, j'imagine…

Je devine qu'une part de toi pense le contraire.

« Les questionnements existentiels de Tillie Stanley. »

On les emmerde s'ils ne comprennent pas à quel point t'es géniale.

Ouais, je suis formidable.

T'es ma chouchoute. Ne critique pas ma chouchoute, stp.

Tillie sourit malgré elle. Être la chouchoute de quelqu'un, c'est pas rien, se dit-elle.

La sonnerie retentit et elle se dirige en cours.

— Meuuuh, bouuuge ! dit Samantha Quinn alors que Tillie essaie de se frayer un chemin dans le couloir bondé.

La paume de Tillie frappe le front de Samantha sous les yeux ébahis des élèves présentes. Tillie regarde sa main, qui est repliée comme une serre. Sa paume, rouge à cause du contact, semble appartenir à quelqu'un d'autre. Samantha fait une de ces têtes : être frappée au visage par Tillie est manifestement la dernière chose à laquelle elle s'attendait. Les filles qui ont assisté à l'agression échangent des regards qui vont d'horrifié à impressionné, et quand Mme Steinke attrape la main de Tillie avant de la conduire dans le bureau de la proviseure, la jeune fille se demande si cela sera le retour en cours le plus bref de l'histoire humaine.

Les nuages ont commencé à se lever. Aaron dit à son père qu'il pourra se rendre seul à son rendez-vous. Son père, qui travaille à la maison cette semaine pour rester avec Aaron, sourit en entendant cela.

— Je le vois, tu sais.

Le sourire qui traverse le visage de Michael paraît sincère et profondément positif au garçon, et Aaron flotte presque tandis qu'il remonte West End Avenue en écoutant Robyn, qu'il n'a pas écouté depuis un moment. Ce matin, il a besoin d'un tempo enjoué.

Au cabinet, le Dr Laudner remarque également une différence dans l'attitude d'Aaron. Il se demande si les médicaments n'auraient pas commencé à faire effet.

— Vous voulez dire que ça va aller encore mieux ? s'exclame Aaron avant de brandir son poing comme s'il venait de marquer un point.

Le Dr Laudner rit et tend à Aaron le questionnaire auquel celui-ci doit répondre tous les jours. Des petites bulles à remplir. Tout résultat au-delà de 54 signifie sévèrement dépressif. Aujourd'hui, son résultat est à 31.

— Dépression légère à modérée, dit le médecin. C'est un grand changement en peu de temps. Cinq jours. Félicitations !

Eh oui, c'est bizarre de fêter le fait d'être modérément déprimé. Mais Aaron perçoit la différence dans son cerveau. Réellement. Alors, c'est un peu difficile de ne pas sourire de nouveau.

— Honnêtement, je n'avais pas l'intention de faire cela, dit Tillie à Mme Pembree. Je vous assure. J'ai eu l'impression que ma main agissait sans mon consentement.

La proviseure penche la tête sur le côté et se gratte le menton.

— C'est à cause de la vidéo ?

Tillie hoche la tête.

— Qu'est-ce que Samantha vous a dit ?

— Elle a dit : « Meuh, bouuuge ! »

Mme Pembree plisse le front.

— Je trouve cela très grave.

Tillie reste immobile.

— Ce genre de commentaire n'est pas acceptable. Les coups non plus mais, franchement, je comprends, même si je ne cautionne pas le geste. Est-ce que ça va, Tillie ?

La semaine dernière, Tillie aurait hoché la tête, aurait parlé très peu, et aurait été soulagée qu'on la laisse retourner en cours. Mais aujourd'hui, non.

— Non. Pas vraiment. Enfin, je vais mieux et je ne représente pas un danger pour moi-même, mais ça n'a pas été facile du tout. En gros, tout le monde pense que Molly a été renvoyée par ma faute et semble me détester à cause de ça. Et la semaine dernière a sans doute été la pire de ma vie.

La proviseure hoche la tête.

— J'ai entendu dire que vous avez dû prendre quelques jours pour vous reposer. Avez-vous besoin de jours supplémentaires ?

Tillie s'efforce de ne pas hausser le ton.

— Ce dont j'ai besoin, c'est de savoir que j'ai le soutien de l'établissement.

— Vous l'avez !

Tillie a l'impression que son visage chauffe.

— Je vous en remercie, mais… Vous avez renvoyé Molly sans me consulter. Pourquoi n'en avons-nous pas parlé tous ensemble ?

— D'accord. Merci, Tillie. Vous êtes toujours si discrète d'ordinaire. Je ne vous ai jamais entendue parler autant.

— Eh bien, c'est fini, tout ça. Le temps où je ne m'exprimais pas est révolu, parce que ça a bien failli…

Le visage de la proviseure change, comme si les non-dits étaient passés malgré tout.

— Vous sentez-vous pleine de courage ? demande-t-elle.

— Quoi ? Pourquoi ? demande Tillie.

— Juste une idée que j'aimerais vous soumettre. Vous avez le droit de dire non…

Aaron se surprend à chanter tandis qu'il rentre chez lui à pied. Il tournoie une fois sur lui-même aussi. Il a l'impression d'être fraîchement sorti de prison. Ce nouveau truc est en train de se produire, et c'est comme si le soleil venait de se montrer après un long hiver sans fin. Il chante « Comment oublier ton sourire » tout haut, sans se soucier le moins du monde de ce que pensent les gens. Il est enfin libre ! Ou en train de se libérer de l'enfer de la dépression.

Quand il arrive à la maison, son père est sorti faire des courses, alors il ouvre le carnet que ce dernier lui a offert. Il écrit son nom sur la couverture en grandes lettres, et intitule ensuite le cahier : *Pensées de tout là-haut, qui jamais ne chuteront.* Il contemple les mots en souriant.

Il se sent bien, c'est un fait. Étonnamment bien. Le stupide « pas assez bien » mis de côté. Et il l'a mis de côté parce qu'à quoi bon se concentrer là-dessus toute la journée ? Les nuages au-dessus de sa tête se sont écartés, le ciel est d'un beau bleu étincelant, et il n'a pas senti ses épaules aussi légères depuis un long moment. On lui avait dit qu'il faudrait des semaines avant que le médicament agisse, mais voilà, au bout de cinq jours, il est pratiquement guéri.

Il devrait écrire une chanson ! Oui. Il a écrit pas mal de chansons quand il était triste. Et s'il écrivait une chanson quand il est heureux ? Cette idée le fait sourire. Oui. Une chanson joyeuse.

Il ferme les yeux et réfléchit. C'est quoi, être heureux ? Qu'est-ce qu'il aime faire ?

Il aime marcher. Il aime être en communion avec la nature ou, eh bien, avec ce qu'est New York. Un endroit adjacent à la nature. Central Park ? Nan. Quel est le lieu où il préfère se promener ?

Il pense à la portion entre Amsterdam et Colombus Avenue, au niveau de la 74e Rue. Les bâtiments en grès gris, en une seule rangée, les fenêtres incurvées, le calme. Il imagine les gens sourire, marcher dans la rue, comme si la rue était l'antidote à toutes les mauvaises choses de cette civilisation infernale que nous avons créée.

Il écrit.

Sur la 74e Rue
ils se tiennent tous la main,
une étincelle dans les yeux.
Et personne n'est vicieux
ni malsain
sur la 74e, la 74e Rue.

Il lit ce qu'il vient d'écrire. Intéressant. De nos jours, les gens n'expriment pas ouvertement le bonheur. Tout le monde est tellement blasé. Ce genre de chansons exprime la joie et l'espoir. C'est nouveau. Le monde a besoin de plus de ça !

Allongé dans son lit, il ferme ses yeux et se dit : *Je serai peut-être cette personne-là. La personne qui ramènera le bonheur. Le bonheur.*

Ouais. Ce sera peut-être moi.

Tillie plane un peu en marchant dans le couloir pour se rendre en cours de chimie après être sortie du bureau de la proviseure. Les choses fonctionnent bizarrement. On l'a convoquée parce qu'elle avait frappé Samantha Quinn, et elle en est ressortie avec la possibilité d'animer une réunion sur le thème du harcèlement en ligne. Et elle ne sait pas trop ce que cela va donner, ni si elle décidera de le faire. Elle n'a pas le meilleur palmarès quand il s'agit d'être ouverte et vulnérable au lycée, et certaines filles vont certainement redoubler de cruauté. C'est ce qui arrive quand on est sincère.

Une pensée l'arrête net.

Je préfère être sincère et qu'on se moque de moi que bidon et en sécurité.

Le plus grand sourire qu'elle ait jamais eu traverse son visage, et elle est contente qu'il y ait des cours en ce moment pour pouvoir être seule, quoique, en y réfléchissant un peu, elle aurait aimé que tout le monde le voie, parce que c'est elle, c'est Tillie Stanley, et elle a failli ne pas s'en sortir mais elle y est arrivée, et à présent, elle sait. Elle sait ! Ce n'est pas d'elle que se moque la blague. C'est d'eux.

Elle sent ses yeux s'emplir de larmes. Même si personne n'est dans le couloir, elle se faufile dans les toilettes tranquilles que personne n'utilise presque jamais parce qu'elles sont planquées dans l'aile des sciences, le long d'un couloir moins fréquenté.

Elle ouvre la porte. Debout, les yeux rivés sur le miroir, se trouve Molly Tobin.

Tillie s'arrête net, comme si elle était tombée sur un ours en faisant son jogging.

Molly se tourne vers elle. Elle a les yeux tout rouges et fronce les sourcils d'un air exaspéré.

— Quoi ? Bon sang. Tu veux quoi, hein ?

Sidérée, Tillie est incapable de parler. Elle reste plantée là, sans voix.

Molly souffle.

— Oh, tu dois adorer.

Et une part de Tillie adore. Mais elle l'enfouit au fond d'elle, parce qu'une fille est en train de pleurer dans les toilettes que les gens n'empruntent presque jamais dans le couloir des sciences.

— Ça va ? demande Tillie, se surprenant elle-même.

— Impec. Je me sens parfaitement bien. Formidablement bien. Tu peux partir, s'il te plaît ? T'as déjà gâché ma vie.

Mais Tillie ne part pas.

— Non.

— Non, tu ne vas pas partir ?

— Non. Je ne pars pas.

— Alors tu vas rester là à jubiler ? Très bien. Génial.

— Molly. La ferme. Arrête de parler.

L'expression de Molly est peut-être encore plus choquée que celle de Samantha tout à l'heure.

Tillie poursuit.

— Bon, qu'est-ce qui ne va pas ?

Molly passe ses doigts dans ses cheveux et détourne le regard.

— Pourquoi ça t'intéresserait ?

Tillie s'appuie contre le lavabo.

— Parce que tu es une personne.

— Une personne qui a fait une vidéo sur toi.

— Ouais, à ce propos. Putain. Pourquoi faire un…

Molly pose ses mains sur ses yeux.

— J'en sais rien. Vraiment, je n'en ai aucune idée. Tu peux partir, s'il te plaît ? Je ne me sens vraiment pas…

— J'ai failli me suicider, Molly.

— À cause de…

— Pas vraiment. Enfin. Pas totalement. Ma vie était déjà merdique à bien des égards. C'était pas genre, « j'ai vu ta méchante vidéo et j'ai décidé de me jeter du haut d'un pont », OK ? Tu n'as pas ce genre de pouvoir sur moi. Mais, ouais. Ce n'était pas marrant. Comment tu le prendrais si quelqu'un faisait ce genre de vidéo sur toi ?

Molly se laisse glisser le long du mur et se retrouve assise par terre.

— Putain.

— Honnêtement, je n'arrive pas à imaginer pourquoi quelqu'un ferait un truc pareil, mais tu l'as fait. Alors…

— Je suis désolée, murmure-t-elle.

En entendant ces mots, Tillie en a presque le souffle coupé. Elle a imaginé sa confrontation avec Molly des milliards de fois, et jamais dans ses scénarios Molly ne disait simplement qu'elle était désolée.

— Merci.

— C'est normal. Je suis nulle. C'est plus ou moins ce que tout le monde pense en ce moment.

— Qu'est-ce qui s'est passé ?

— C'est fini.

— Quoi ?

— Le règne de Molly Tobin, répond-elle en étouffant un rire amer. Fini. Je suis partie une semaine et quand je reviens, tout a disparu.

Tillie s'appuie au lavabo le plus proche de Molly.

— Et c'est vraiment une mauvaise chose ?

Molly grimace, et Tillie a l'impression de voir la fracture. Entre la Molly d'avant et la nouvelle Molly.

Celle-ci regarde dans le vide. Un point, à quelques centimètres de Tillie.

— Je ne sais pas.

— Je suis désolée. Ça doit être craignos, j'imagine.

— Pourquoi tu te montres si gentille ?

Molly replie les genoux et y appuie le menton.

— C'est ce que font les gens sympas quand ils voient qu'une personne est en galère. Ils ne se paient pas sa tête.

— Je mérite ce blâme.

— Oui. Carrément.

Molly s'essuie les yeux.

— Désolée. Vraiment.

— Merci. Je vais mieux, maintenant. Je veux dire, pas à cent pour cent, mais j'ai compris certaines choses. C'est terminé, de me la boucler quand on m'emmerde. J'ai frappé Samantha Quinn il y a une vingtaine de minutes.

Molly tressaille.

— T'as fait ça ?

Tillie hoche la tête.

— Waouh, dit Molly. Que s'est-il passé ? Avant, tu étais heureuse !

Tillie se repasse son année de sixième, et les samedis matin avec Molly. Elle se souvient du magasin de bonbons Dylan et des orgies de sucreries. Un truc sur les narvals et les lamas. Des barres de rires. Ça lui paraît remonter à une éternité.

— Vraiment ? Je ne m'en souviens pas.

— Tu étais plus joyeuse. À un moment, vers la troisième, t'es devenue un peu… sévère. Niveau mode, c'est sûr, mais ton expression aussi. Ta façon de fusiller les gens du regard. Moi je me disais : *Cette fille, je ne la reconnais plus.*

— Eh bien, toi aussi, tu as changé.

Molly glousse discrètement.

— Peut-être pas assez.

— Quoi ?

— Rien. C'est dur, d'accord ? Essaie d'être Molly Tobin alors que tu aimes…

— Que tu aimes quoi ?

Molly se redresse.

— Bon, alors, je sais que ça va pas nous mettre au même niveau ni rien. Mais… et si je te confiais un secret ? Et tu sais quoi ? Si tu en as envie, ben, tu pourras le répéter à tout le monde. Je m'en contrefous. Ce n'est pas comme si Gretchen et Isabella me calculaient encore…

— Molly, si tu t'apprêtes à me dire que t'es lesbienne, tu seras la deuxième personne en deux jours à me faire son coming out pour s'excuser de s'être trop mal comportée avec moi…

Le sourire de Molly ramène Tillie des années plus tôt ; cet adorable sourire enjoué avec ses grandes fossettes.

— T'as déjà entendu parler de la série de bouquins *Keleana* ?

Tillie hoche la tête.

— Ben, je suis obsédée.

— Vraiment ?

— Ouais. Keleana Sardothien est tout pour moi. J'ai lu intégralement la série genre douze fois. Je passe ma vie sur le compte Instagram de Sarah J. Maas en espérant qu'un jour elle me répondra. Mon plus grand rêve de tous les temps serait d'aller à une convention cosplay déguisée en Keleana et de rencontrer Sarah Maas.

Tillie éclate de rire. Molly la regarde fixement pendant quelques instants, avant de se rendre compte que ce n'est rien. Elle se met alors à rire aussi.

— C'est débile, dit-elle.

— Non, pas du tout. À ce stade, c'est sans doute ce que je préfère chez toi.

— Tu kiffes la *fantasy* ?

— Pas spécialement. Mais ça me plaît que toi, tu kiffes. Que tu ne sois pas une espèce de robot comme d'autres filles de ce lycée. Sans vouloir te vexer.

— Ça me vexe un peu. Mais, ouais. Je comprends. Bon, on n'est plus fâchées ?

Tillie pouffe de rire.

— Ouais, Molly. Tout baigne entre nous. Tout est complètement oublié ! Ben non, c'est pas aussi simple que ça.

Molly adresse un sourire triste à Tillie.

— Mais est-ce que, quand même, on est un peu moins fâchées ?

Tillie ne se souvient pas de la dernière fois où ça lui est arrivé. D'avoir du pouvoir. De quelque nature que ce soit.

— On verra, répond-elle.

Destin 4 : 26 avril

Bonjour, ma chéééériiie !

Euh… salut ?

Ça te gêne pas que je t'appelle comme ça ?

Hors de question. Qui êtes-vous
et qu'avez-vous fait à mon ami Aaron ?

Je suis heureux aujourd'hui !
Je sais que c'est bizarre mais on dirait
que les oiseaux chantent,
que les grenouilles pépient
et que les vaches bêlent etc., etc.

OK, donc là, c'est toi en version joyeuse.

Oui ! Ça te plaît ? Ça te plaît ?

Euh. Ouais ?

Top ! Je trouve que le monde devrait être rempli de gens joyeux. On devrait genre lancer un mouvement dans la rue dans lequel on dirait coucou aux gens et s'ils ne répondent pas on les pourrit mais ils répondront parce que les gens aiment intrinsèquement être joyeux.

OK…

C'est le début d'un truc ÉNORME !

Youpi, vive les trucs énormes !

Aaron est assis dans le métro avec Sarah Palmer, celle-là même qui a eu une opinion fort peu charitable sur sa prestation dans *Rent* le jour où il a failli mourir. Mais, cette fois-ci, ils ne parlent pas de jeu d'acteur. Aaron a d'autres choses en tête.

— J'ai écrit une chanson hier, lui dit-il. Elle s'intitule « 74e Rue » et je ne sais pas si elle est bien mais, bref, elle m'a amené à réfléchir. Tu penses qu'on pourrait commencer un mouvement, un mouvement de gens qui se disent bonjour dans la rue ?

— Euh. Pourquoi on ferait un truc pareil ?

— Pour être sympas les uns envers les autres ! C'est peut-être la leçon à retenir de tout ça. Je crois que j'étais déprimé ou genre…

Sarah appuie ses baskets contre le bas de la barre à laquelle les gens se tiennent quand le métro est bondé.

— Ouais, on me l'a dit. Comment tu vas ? On était nombreux à être vraiment inquiets.

Aaron s'arrête presque pour lui demander comment elle sait, comment les gens savent, mais c'est tellement hors sujet, là tout de suite, qu'il zappe.

— Je vais bien, et c'est ce que je suis en train de dire. J'étais déprimé, et puis j'ai ouvert les yeux et je me suis rendu compte qu'une part importante de la dépression est liée au fait d'être fermé. J'étais je pense fermé à la gentillesse parce que j'étais… je ne sais pas, mais maintenant, j'ai juste l'impression qu'on devrait tous être sympas les uns envers les autres, tu vois ce que je veux dire ?

— Ben, oui.

— Mais t'imagines un peu ? Et si on portait tous des étiquettes et que les gens nous appelaient par notre prénom ?

— Genre au lycée ?

— Non ! Genre sur la 74e Rue ! C'est ça, la vision que j'ai eue. D'une rue où tout le monde est sympa. Les gens dans la rue décident de faire ça comme si c'était une expérience.

Sarah jette un regard en coin à Aaron.

— Attends, quoi ?

— Ça pourrait être un arrêté municipal ou une proclamation…

— Ça va ? J'avoue que tu me fais un peu peur.

Sarah prend son sac rempli de livre et le serre contre sa poitrine.

Aaron ricane.

— Je te fais peur ? Parce que parler de gens sympas, ça fait peur maintenant ?

Elle ouvre son sac.

— Je vais… je vais potasser pour mon contrôle d'espagnol.

— Allez, Sarah. Je dis plus ou moins ça pour blaguer, OK ?

Sarah regarde Aaron de côté mais évite de le regarder dans les yeux.

— D'accord. Mais, ouais. Je vais étudier.

— C'est toi qui vois !

Quand Tillie approche du bureau de la proviseure, elle est en proie à des sentiments contradictoires. Tout est nouveau, et tout est balbutiant. Ce qui l'interroge. Pas de grandes décisions : voilà ce que lui a conseillé sa mère ce matin. Elle est en train de changer de façon spectaculaire, et sa vie est nouvelle, différente et balbutiante. Elle devrait peut-être passer son tour pour l'assemblée, et s'efforcer d'être la Tillie qui refuse d'avaler des couleuvres. Elle devrait peut-être se concentrer sur le fait que Molly l'a saluée ce matin en passant devant elle.

C'était carrément surprenant.

Tillie s'assied en attendant que Mme Pembree soit disponible, et en profite pour peser le pour et le contre.

Pour : Elle s'exprimera. Elle sera sincère.

Contre : La sincérité n'a pas toujours donné lieu à des choses positives à l'école, et est-ce qu'elle doit quelque chose à ces gens ?

Ouais, non. Ce n'est pas son boulot. Ils peuvent certainement trouver un expert pour venir parler du harcèlement en ligne, et tout le monde pourra l'ignorer comme toutes les autres fois où un intervenant extérieur est venu parler du sujet à l'ordre du jour. Et tout restera à jamais inchangé.

— Tillie ! Est-ce que cela signifie que vous avez réfléchi à ce dont je vous ai parlé hier ? demande la proviseure.

Tillie déglutit péniblement.

— Oui. Vous pouvez compter sur moi. Allons-y.

La proviseure sourit, et Tillie a bien l'impression de ressentir une sensation nouvelle qui remonte le long de sa colonne vertébrale : la fierté.

Au déjeuner, Aaron se dirige vers sa tablée habituelle de camarades, essentiellement des musicos et des théâtreux. Wylie Jones et Marissa Jones, qui sortent ensemble, et ne sont pas frère et sœur, lui font signe de les rejoindre.

— Aaron ! s'exclame Marissa. Je suis tellement contente que tu sois revenu !

— Ouais, me revoilà, bébé.

Marissa grimace, l'air de dire : « Quoi ? » Et puis elle émet un rire gêné.

— Alors, comment ça va ? demande Wylie.

— Très bien, figure-toi. Je crois que ce petit break m'a bien éclairci les idées, et puis on m'a prescrit un médicament ! Il paraît qu'il faut parfois des mois pour que ça agisse mais, sur moi, ça a marché vraiment, vraiment, vraiment vite, parce que c'est le sixième jour et je me sens vraiment net, genre fondamentalement net, genre net dans mon essence. Du coup je m'interroge : est-ce que j'étais vraiment déprimé au départ ? C'est peut-être juste dans ma tête ? Haha, dans ma tête. Mais tu me suis, pas vrai ? Comme si j'avais tout inventé. J'ai peut-être exagéré mes sentiments, parce qu'honnêtement je ne me souviens même plus de ce qui m'a poussé à monter sur le pont. Oh ! Le pont ! Je ne sais même pas si les gens sont au courant. Tu étais au courant ? Mercredi de la semaine dernière. Ouais. Je suis monté sur le pont George Washington. Mais, honnêtement, je ne pense pas que j'aurais vraiment sauté parce que… ta-da ! Une semaine plus tard, je suis là, et je vais très bien, très, très bien !

Marissa, qui a rarement entendu Aaron prononcer plus d'une phrase en dehors d'une pièce de théâtre ou d'une comédie musicale, dit :

— Oh, mon Dieu, Aaron. Oh là là. D'accord.

— On est contents que tu sois revenu, ajoute Wylie, aussi calmement que possible.

— Moi aussi ! Moi aussi !

Tillie ignore les textos d'Amir, mais vendredi après-midi, elle décide de lui répondre. Amir a écrit :

Est-ce que je peux t'offrir un café
après les cours, stp ?
Juste pour me faire pardonner. Promis.

Elle répond :

**OK. Midnight Express Diner,
à la demie. Et je mange aussi un truc
si j'ai envie.**

Amir l'attend dans un box, et même si elle donnerait tout pour que ce ne soit pas le cas, elle a des petits papillons dans le ventre lorsqu'elle le voit.

Leur échange verbal est limité, et Tillie est soulagée quand le serveur arrive enfin. Amir commande un panini au poulet façon cubaine et Tillie prend son plat préféré, un burger avec des frites.

— Bon, quoi de neuf dans ta vie ? demande Amir.

Tillie déglutit et prend son burger pour gagner du temps. Elle mastique méthodiquement et, quand elle s'en sent capable, elle répond :

— Pas grand-chose. Je vais animer une réunion sur le harcèlement en ligne.

— Ah. Cool. T'as été harcelée en ligne ?

Il faut beaucoup d'énergie à Tillie pour ne pas le gifler, mais elle se rend compte que, bien sûr, il n'est pas au courant. Alors elle se montre clémente.

— Ouais !

Amir pousse son sandwich dans son assiette.

— Je suis vraiment désolé. Et c'est marrant, j'ai eu envie de t'écrire plein de fois parce que tu es Tillie et que je t'aime bien. Mais je ne savais pas comment m'y prendre avec ce truc.

Tillie grimace. « Ce truc », c'est la nouvelle façon de dire « sortir avec elle », maintenant ?

— Ouais. Tout ça, ça craint.

— Mais tu comprends, pas vrai ? Que le problème, ce n'était pas toi ? Que t'es géniale ? Parce que…

Amir regarde autour de lui et se met à parler plus bas.

— Si j'étais bi ? Je sortirais carrément avec toi. Et je ne dis pas ça en mode connard. Je te dis ça parce que c'est indéniablement vrai.

— Ah, eh ben, merci, dit Tillie d'une voix plate.

Mais, en réalité, elle se sent plus légère qu'il ait formulé les choses aussi clairement.

— C'est bon de savoir que mon ex-mec gay trouve que je tiens la route comme petite amie.

Amir regarde autour de lui comme s'il avait peur que quelqu'un ait entendu.

— Ouais, tu pourrais éviter de dire ça tout haut ?

— Bon sang, ta mère a des espions partout ?

— C'est une possibilité.

— Ben ça craint.

— Oui.

Tillie écrase son pain sur les frites jadis croustillantes devenues toutes molles.

— Bon, mettons que je te pardonne un jour, est-ce que c'est ce que ton esprit tortueux veut vraiment ? Qu'on devienne amis ?

Amir lui adresse un drôle de regard.

— J'aimerais bien, oui.

Tillie descend son Coca.

— Eh bien, on verra. D'abord, tu me paies plusieurs repas...

Il a un petit sourire satisfait. Le téléphone de Tillie vibre.

Tillie ! Urgence !
J'ai besoin de toi immédiatement !

— Merde, marmonne Tillie.

Est-il à nouveau suicidaire ? Il a repris les cours aujourd'hui. La journée a-t-elle été vraiment mauvaise ?

— Qu'est-ce qui se passe ? demande Amir.

— C'est une longue histoire. Un ami en détresse.

T'es où ?

Je viens te retrouver. Impossible de rester à la maison en attendant que les choses se passent. Je te raconte en arrivant. Je vais où ?

Elle lui donne l'adresse et il lui répond par une icône de pouce levé.

Quand elle pose de nouveau les yeux sur Amir pour lui expliquer, une drôle de vague de quelque chose s'apparentant à de la jalousie traverse son ventre. Non. Non, elle n'est pas prête à ce qu'Aaron et Amir se revoient. Elle n'est pas prête à partager Aaron. Ni Amir.

— On devrait peut-être en rester là pour aujourd'hui ?

Amir rit et hausse un sourcil.

— Ça te dérange si je termine d'abord mon panini, ou bien le fait de ne manger mon repas qu'à moitié fait partie de ma pénitence ?

— Dépêche, OK ?

Il mord dans son sandwich avec une lenteur comique et Tillie émet un grognement.

— J'ai l'impression que tu ne me dis pas tout, lâche-t-il tout en mastiquant.

— Non. Oui. En quelque sorte. C'est compliqué. Aaron et moi. On est compliqués.

— Oh, attends ! Il est gay aussi, pas vrai ?

— Tout ce qui est compliqué ne concerne pas les relations amoureuses.

— T'as un peu changé, observe-t-il. Maintenant, tu dis plus ou moins tout ce que tu penses.

Elle soutient son regard.

— Quand je ne le fais pas, je me retrouve en haut d'un pont, alors…

— Je vois, répond-il, et il recommence à manger.

Cinq minutes plus tard environ, ça s'agite dans le restaurant, où l'atmosphère change. La porte s'est juste ouverte, et c'est arrivé à de nombreuses reprises depuis qu'ils sont installés dans ce box qui se trouve dans le passage. Mais quelque chose dans cette entrée aspire l'énergie du box. Amir et Tillie regardent vers la porte.

— Hé, hé, hé, lance Aaron en se précipitant à l'intérieur et en s'asseyant juste à côté de Tillie.

Il dépose ensuite un baiser sur son front. Elle grimace et s'essuie avec le dos de sa main.

— Beurk, s'exclame-t-elle.

Aaron rit.

— Désolé. Essoufflé et assoiffé. J'ai l'impression d'avoir couru un million de kilomètres pour arriver vite ici. J'ai été plus rapide que le bus, en fait, eh ouais, depuis la 79e. De l'eau, s'il vous plaît !

Il hurle sa commande sans s'adresser à quelqu'un en particulier, et Tillie écarquille les yeux.

— Euh, salut, dit-elle doucement.

— Oh, mon Dieu. Je ne pensais pas qu'IL serait ici. Est-ce qu'il s'est excusé genre un milliard de fois ? Tu l'as frappé comme l'autre meuf, là ?

— Aaron ! proteste Tillie, choquée.

Aaron se tourne vers Amir.

— Et je ne l'ai pas dit plus tôt, mais waouh. T'es sublime.

Amir baisse la tête.

— Hum ! s'interpose Tillie.

Aaron glousse.

— Je veux dire, regarde-moi. En fait, j'arrive pas à détacher les yeux de toi. Je t'assure. Pas de blague.

— Aaron !

Tillie lui tape sur l'épaule.

— Arrête ! Pour de vrai !

— Juste… waouh.

Il finit par faire le nécessaire pour détourner le regard d'Amir.

— Ça a été une sacrée journée, dit-il. Je ne sais même pas par où commencer.

— Ben commence. Tu vas bien ? T'as l'air… quelque chose.

— J'ai l'impression de renaître ! crie-t-il presque. Les médocs fonctionnent comme par magie et je ne me suis jamais senti aussi bien de toute ma vie !

— C'est génial, dit Tillie en baissant d'un ton dans l'espoir qu'Aaron comprendra et l'imitera.

Loupé. Aaron se tourne vers Amir et déclare, suffisamment fort pour que les tables voisines l'entendent.

— Bon j'ai commencé les antidépresseurs il y a genre six jours. Il paraît qu'il faut quelques mois et BAM ! Pas si long. Je me sens tellement vivant et c'est pour ça que je suis ici. Pour vous parler de cette idée !

— T'as dit que c'était une urgence, souligne Tillie.

— Ben c'est le cas ! Je ne sais pas par où commencer, j'ai fait des recherches et tu peux déposer une idée, tu sais, alors j'ai pensé peut-être juste déposer le copyright sur cette chanson, ou appeler le collectif « 74e Rue », parce que c'est le titre du morceau, enfin pour l'instant c'est juste une strophe. Je…

Pendant un court instant, Tillie envisage de l'attraper par les épaules et de l'obliger à la regarder dans les yeux pour voir s'il plane ou quoi. À la place, elle lève les deux mains.

— Aaron, ralentis. De quoi tu parles ?

— L'idée ! Une rue. Il y a une rue, et on instaure une loi, une règle ou autre selon laquelle tout le monde doit porter une étiquette avec son nom et saluer les autres en les appelant par leur nom, et donc la loi, c'est que les gens doivent être gentils entre eux. C'est ça. C'est ça qui va me rendre célèbre !

Il regarde Tillie, puis Amir. Et de nouveau Tillie.

— Tu piges ? Ça va changer le monde !

— Sérieux ? Mais qu'est-ce que tu racontes, Aaron ?

— Ne me dis pas que tu ne le vois pas. L'autre jour, on parlait de faire le contraire de tout parce que, visiblement, avec le pont…

— OK, dit Tillie, en obligeant Aaron à se lever.

Même si Amir est au courant pour le pont, elle a le sentiment qu'il n'a pas à entendre la suite.

— Est-ce qu'on peut parler une minute, rien que nous deux ?

— Carrément ! s'exclame Aaron.

— Tu nous laisses une seconde, s'il te plaît, demande Tillie à Amir.

Ensuite, elle pousse Aaron à travers le restaurant et l'entraîne à l'extérieur en deux temps trois mouvements.

Une fois sur le trottoir, Aaron dit :

— Il est canon ! Je suis grave amoureux.

— Oublie. Sérieux. Je n'ai pas tourné la page complètement, et t'es mon…

— Quoi ? demande-t-il, les yeux écarquillés.

— … ami. Alors draguer mon ex, t'oublie. Je vais faire comme si je n'avais rien vu, pigé ?

— Pigé. Mais ces pommettes ! Oh, mon Dieu. C'est quoi le nom de famille d'Amir ?

Tillie lui donne un petit coup de poing dans l'épaule.

— Stop.

— C'est comment ?

— Rahimi. Maintenant, arrête. Tu me fais flipper.

Aaron se reprend.

— OK. Très bien. Je suis tellement excité !

Il se met à sauter sur place.

Tillie appuie sur ses épaules jusqu'à ce qu'il arrête.

— Qu'est-ce qui t'arrive ? T'es défoncé ? T'es super chelou.

Aaron a un petit sourire en coin et son visage s'anime. Ses yeux bougent dans tous les sens.

— Je suis heureux, c'est tout. Soulagé. Jamais je n'aurais cru me sentir à nouveau aussi bien un jour et…

Il cesse de parler et se frotte les yeux.

— Pitié, ne pleure pas dans la 89e Rue, dit Tillie, mais Aaron pleure quand même.

— Je me sens neuf ! Je me sens juste incroyablement heureux et, ouais, je vais faire ce truc. Je ne sais pas comment m'y prendre, mais quelqu'un a gravi le mont Everest, pas vrai ? Des tas de gens.

— Certains choppent une hypothermie et meurent en tentant l'ascension.

— Oui, c'est ça, le bon état d'esprit !

Ils discutent encore un peu et, quand Tillie serre Aaron dans ses bras pour lui dire au revoir, ses larmes ont séché, il a un grand sourire, et elle accepte un peu plus le fait qu'Aaron soit dans un trip post-dépression qu'elle ne comprend pas.

— C'était quoi, ça ? lui demande Amir quand Tillie revient à table.

— Alors là, aucune idée.

Dans son lit ce soir-là, Aaron regarde fixement le mur, paralysé. Mais, contrairement à la semaine dernière, quand il ne pouvait pas s'arrêter de regarder le mur, cette fois-ci c'est une contemplation heureuse, une contemplation enjouée, qui dit que la vie a un vrai goût comme le meilleur faux-filet au monde.

Il pense aux yeux d'Amir. Si profondément noirs, tel l'onyx. Dans ces yeux, il a vu un glorieux soleil et son avenir, comme s'il se jouait dans ces deux magnifiques orbites nichés au-dessus de ses pommettes sculptées.

C'est son amour pour la vie. Il l'a attendu. Il a été patient – enfin, soyons honnête, il n'y a pas eu beaucoup de candidats jusqu'à aujourd'hui –, mais il a tout de même tenu bon, et à présent il voit l'horizon de sa vie et il n'arrive pas à croire qu'il soit si bon, et si parfait, et il pourrait sortir de sa peau en se tortillant, et il se tourne d'un côté puis de l'autre et fait tout son possible pour ne pas crier de joie.

Son père frappe à la porte. Toc-pause-toc-toc-pause-toc-toc-toc. Aaron se redresse d'un bond sur son lit, marche d'un air détaché jusqu'à la porte qu'il ouvre d'un grand geste.

— Holà !

Son père sourit et hausse un sourcil.

— Eh bien, voici quelqu'un de bien enjoué à cette heure avancée ! Désolé de travailler si tard en ce moment.

— Ce n'est rien ! En fait, c'est bien. Il s'est passé pas mal de choses. Ça me laisse le temps de savourer ma nouvelle vie.

— Ah ? Quelle nouvelle vie ?

Je suis amoureux ! a envie de crier Aaron, mais il ne veut pas non plus se porter la poisse. Pas encore. Quand ce sera du sérieux entre eux, alors ouais, bien sûr. Il le criera du haut des toits de Manhattan à minuit.

Il ouvre grand ses paumes de part et d'autre de son visage et annonce :

— Je ne suis plus déprimé, papa ! C'est formidable ! Ce truc ! Ce que je ressens ! Est-ce que c'est ce que ressentent les gens normaux ?

Son père rit.

— Tu es plutôt normal. Oui, la joie est une émotion normale et, franchement, j'aurais dû la voir. Je l'ai vue et je ne l'ai pas vue. Ta dépression. Je suis désolé, fiston. Tellement désolé.

— De l'eau a coulé sous le pont.

Son père paraît affecté par ce mot, et Aaron rit un peu.

— Désolé. Mauvais choix. Alors il faut que je te parle du projet 74e Rue à un moment ou un autre, et il y a un autre truc que je ne peux pas encore te raconter mais bientôt j'espère. À partir de maintenant, je vais être très différent.

— Houla, s'exclame son père. Qui est cet être énergique, et qu'avez-vous fait à mon fils ?

Aaron rit.

— Il est là. Le nouveau moi ! Multitâche, et qui s'apprête à changer le monde parce que le monde a vraiment besoin qu'on le change, et je suis carrément certain que je suis né pour le faire. Né pour ça.

Son père l'étudie. Il lui faut un petit moment, mais un sourire irradie son visage.

— Eh bien, c'est un sacré changement.

— Et ce n'est que le début ! s'exclame Aaron. Que le début !

Quand son père va se coucher, Aaron retourne se tortiller sous ses draps en envisageant toutes les façons de prononcer ce nom. A-MIIR, Ra-HI-MI. AAAm-ir Ra-hi-MI. Quel nom mélodieux. Un jour, Aaron écrira une chanson sur lui.

Toute sa vie, Aaron a voulu un petit ami – c'était même plutôt un besoin. A voulu quelqu'un qui le connaisse vraiment et l'aime malgré tout et, plus encore, une sorte d'âme sœur qui partage ce besoin, ce désir. Son père lui a fait son laïus – c'est naturel, bla-bla –, mais comment trouver cette personne ? Franchir une telle montagne ? Parce que toute sa vie, ou toute sa vie depuis ses quatorze ans n'a été que désir, désir, besoin, et cela lui paraît une chose difficile à exprimer, et une chose difficile à demander. Et si on lui dit non ? Et si on lui dit oui ? Il ne sait pas ce qui l'effraie le plus.

Mais ça. Cela va tout changer. Amir. C'est la première fois de sa vie – de toute sa vie ! – qu'il peut imaginer aborder ce sujet avec un autre garçon. Lui dire quelque chose. Qu'il lui plaît. Qu'il veut être avec lui.

On ne choisit pas qui on aime. Et Tillie ne le comprendra pas tout de suite, mais avec le temps ? Elle comprendra ? Il est gay, pas hétéro. Quoi, elle devrait attendre qu'Amir tombe amoureux de quelqu'un qu'ils ne connaissent même pas ? C'est gâcher un type parfait.

Destin 4 : 27 avril

Aaron se réveille samedi à 5 h 26 animé d'une passion pour la vie et avec dans la tête à fond la caisse la chanson « History Has Its Eyes on You[1] ».

Certaines personnes sont destinées à des choses spéciales. Comment ne le savait-il pas ? Qu'il était spécial ? Que ces idées changeraient le monde ?

Et Amir ! Oui, il y a clairement eu quelque chose. On oublie le petit ami. Là, c'est d'un amant qu'on parle. D'un mari. Ces yeux, ces pommettes…

Que faire à 5 h 28 ? Qu'est-ce qui peut être accompli concernant la nouvelle mission de sa vie, concernant son besoin de dire à Amir qu'il est le bon, d'une façon spéciale, vraiment spéciale ? Oh ! Petit déj au lit ! Son père !

Il bondit hors du lit en se disant, la vache, si ne pas être déprimé, c'est ça, pourquoi ne l'a-t-il pas fait

1. « L'Histoire a les yeux braqués sur toi ». Chanson tirée de la comédie musicale *Hamilton* de Lin-Manuel Miranda.

il y a des années ? Bon sang, il aurait été la personne la plus heureuse au monde parce qu'il a le sentiment qu'il pourrait sauter hors de sa peau, tout semble tellement électrique.

Il a des paroles dans la tête. Pourquoi pas un rap ? Il aime bien le rap. Serait-il capable d'écrire un rap ?

J'suis comme j'suis
et c'est important, tu vois.
Ton avis sur moi
passe grave après ça.

Et il est sérieux. Il ne vivra plus sa vie comme les autres veulent qu'il la vive. Il a passé suffisamment de jours dans une espèce de prison mentale et, à présent, son cerveau est libre et son corps aussi, et – est-ce qu'on a un vélo à la cave ? Avant, il avait un vélo en bas.

Alors il s'habille – tee-shirt rose moulant parce que, et pourquoi pas ? Il se regarde dans le miroir, voit sa maigre silhouette et pense : *Suis-je efféminé ? Suis-je sexy ?* Il glousse à cette idée. Toute sa vie il s'est trouvé laid. Toute sa vie s'est passée sans qu'il sache à quel point il est spécial, mais plus maintenant. Cette merde est finie, finie !

Il prend l'ascenseur et descend à la cave, où il ne reconnaît aucun vélo, et il rit parce qu'il aurait dû demander à son père mais son père dort et – il passe les autres vélos en revue et, minute, est-ce que celui-ci… –, quand il se rapproche il voit que le cadenas est ouvert, alors il détache le câble enroulé du vélo, hisse celui-ci par-dessus le box où il se trouvait et le sort du sous-sol en le faisant rouler.

Il emprunte un vélo. Il se trouve que celui-ci est vraiment bien : *Soyons honnête, j'ai des goûts de luxe.*

Dehors, dans les rues au petit matin, le ciel est encore noir, la 78e Rue est calme et Aaron se demande s'il est seul. Pourquoi ne se lève-t-il pas toujours de bonne heure pour profiter de ce moment parfait ? Aucune voiture ne circule dans les rues, il a le cœur léger et sa peau renaît, et il pense : *J'ai envie d'aller chez Zabar !* Oui ! Imaginez la tête de son père quand il rentrera à la maison avec des bagels, du saumon fumé et du jus d'orange fraîchement pressé de cette épicerie, et c'est cher mais il devrait pouvoir se le permettre. Où est ce plateau ? Celui que Magda utilisait quand elle mangeait sur son lit dans la petite chambre ? Aucune idée. Il devra chercher quand il rentrera à la maison avec son butin.

Mais Zabar est fermé. D'après le panneau, le magasin ouvre à 8 heures, or sa montre indique 5 h 41. Il rit, fort. C'est vraiment drôle, quand on y pense. Il est là, sur un vélo qui n'est pas le sien, et, ah oui, il aurait dû emprunter un casque aussi, mais il a oublié, et l'épicerie n'ouvrira que dans deux heures et demie. C'est pratiquement un cycle entier de sommeil. Un homme à l'air décrépit en jean rapiécé et coiffé d'un collant super serré passe à côté de lui et lui lance :

— C'est quoi, ton problème ?

Le cœur d'Aaron s'emballe alors qu'il pense à sa chanson « 74e Rue », alors il hurle en réponse :

— Bonjour !

Le type s'arrête comme si Aaron venait de le mettre au défi, et Aaron dit :

— Non, non ! Je n'ai que de bonnes pensées dans la tête pour vous.

Et il sort son portefeuille, et tend au type son seul billet de vingt, et le type se contente de regarder le billet qu'il a dans la main avant de prendre l'argent et de s'éloigner en secouant la tête. *Voilà comment on change le monde,* pense Aaron.

Et il pourrait changer le monde, carrément. La dépression s'est levée – et pas qu'un peu – et, s'il se sent comme ça tout le temps, il pourrait créer une nouvelle façon d'être dans le monde. Il parlera à des inconnus et donnera aux gens tout ce qu'il possède parce que, franchement, papa a de l'argent, ça ne lui manquera pas, et papa sera fier parce que lui aussi aime donner, et lui aussi souhaite de bonnes choses pour le monde et, à présent, ils peuvent œuvrer ensemble, et pour l'instant, peut-être un tour de la boucle de Central Park ? Oui. Un tour de parc sur ce beau vélo, dans le splendide air du matin, pendant qu'il réfléchit à ce plan tout neuf pour réparer le monde, un geste à la fois.

Tandis qu'il gravit la pente de la 110e Rue en direction du sud côté ouest du parc en terminant son premier tour, il entend sa respiration, baisse les yeux vers ses bras pâles et maigres et son tee-shirt rose, il pense : *Je devrais faire de la muscu.* L'intérieur doit correspondre à l'extérieur. Il crie : « Ouais ! » au monde autour de lui. Quelques cyclistes devant lui jettent un coup d'œil dans sa direction avec une pointe de peur dans le regard.

Une dame entre deux âges avec un casque jaune qui pédale rapidement se retourne et lui lance :

— Sympa, le tee-shirt !

— Merci ! crie-t-il.

Il commence alors à pédaler aussi vite qu'il peut pour la rattraper. Mais elle est plus rapide, et Aaron se met à rire parce qu'il n'arrive pas à rattraper une femme entre deux âges avec un casque jaune, et pourtant, tout va bien dans le monde. Super bien, en fait.

Il se retrouve devant l'immeuble d'Amir. Parfois, la vie est étonnante, parce que ce n'était pas prévu, mais cela rend les choses plus romantiques, comme un signe, ce à quoi Amir ne manquera pas d'être sensible, c'est certain.

Il ne sait pas trop à quel appartement sonner. Il aurait dû faire plus attention quand Tillie l'a fait. Momentanément, il pense : *Essaie toutes les sonnettes.* Cette idée le fait rire, l'idée que tous ces gens pourraient répondre en disant : « Quoi ? Qu'est-ce que vous voulez, espèce de personne bizarre ? » Et puis il se dit : *Envoie un SMS à Tillie !* Mais non, elle ne cautionne pas vraiment tout ça – pas encore, ça viendra, mais pas tout de suite – donc non.

Alors il se plante devant l'immeuble, regarde le bâtiment qui se dresse au-dessus de lui – peut-être douze étages, peut-être huit –, et en pensant à *Un tramway nommé désir* et à Kowalski qui braille « STELLA ! », il écarte les bras et hurle :

— AMIR !

Ça fait tellement de bien de prononcer son nom. Les noms qui commencent par une voyelle sont… Ah ! Le sien ! Ah !

— AMIR ! AMIR ! AMIR !

Une fenêtre s'ouvre au deuxième étage. Une tête se montre. Une dame avec un visage terreux et des yeux de raton laveur.

— La ferme, abruti ! hurle-t-elle.

— Désolé ! Bonne journée à vous !

Elle lui fait un doigt d'honneur, ce qui le blesse un peu au cœur. Pas très sympa. Il est un peu… non. C'est un acte romantique. Les gens perdent le sommeil pour des choses moins importantes.

— AMIR ! JE TE VEUX !

Une autre fenêtre, au quatrième, et cette tête est sans conteste celle d'Amir. Aaron est trop loin pour discerner son émotion, mais il voit bien Amir lever un doigt qui n'est pas le majeur, ce qu'Aaron interprète comme une façon de lui signifier : « Je descends tout de suite », et le cœur d'Aaron bat la chamade parce qu'il s'est mis à nu, et ça ? C'est un progrès. C'est un garçon qui réalise ses rêves, qui devient sa meilleure version de lui-même, qui massacre des démons à gauche, à droite, et le monde serait fier de lui s'il savait, et peut-être que le monde sait ? On dirait plus ou moins que… argh, stop. On dirait *carrément* que le monde sait. Aaron en a marre des « plus ou moins ». Il en a marre des « désolé ». Il en a marre de tant de choses. D'autres paroles lui viennent.

Donc t'aimes pas ce que tu vois.
Ben balaie-moi,
j'm'en balance.
Pas besoin de toi, mon pote.
j't'appartiens pas,

Je m'en fous de toi, c'qui compte c'est moi.
Tout seul ? Fini
Seulement ? Folklore.
Après-guerre.
Tient encore.
On est au rez-de-chaussée.
Ce truc va exploser
comme un code source.

Son cœur bat à tout rompre. Est-ce qu'il y a un rappeur blanc ouvertement gay ? Il n'a jamais rappé mais ce truc qui est en train de se passer, c'est dans ses chaussettes, c'est dans ses cuisses, c'est dans son entrejambe, c'est pour de vrai.

Aaron appuie son vélo contre une voiture garée et marche. Ses pensées fusent magnifiquement – *74e Rue, Amir, Amir, rappeur, Amir.* Il arpente le trottoir devant l'entrée de l'immeuble pendant plusieurs minutes et commence à s'inquiéter, commence à se dire que, peut-être, il faut qu'il l'appelle de nouveau, mais voilà qu'Amir, en jogging et tee-shirt jaune taché dans lesquels il a dû dormir, les cheveux hérissés par endroits, se précipite dehors, attrape Aaron par l'épaule, et l'entraîne plus loin dans la rue.

Tandis qu'Amir l'oblige pratiquement à courir, Aaron pense « scène de comédie romantique ». Il réfléchit à la réplique parfaite qu'il pourrait sortir, celle qu'ils répéteront à leurs enfants pour leur raconter cet instant.

Il est sur le point de partir sur « Ça alors, toi ici ! » quand Amir se tourne vers lui, le visage crispé, le front plissé, la panique dans le regard.

— Qu'est-ce que tu fous ? C'est quoi, ce bordel ?

— Je t'aime ! Voilà, c'est dit. Je t'aime vraiment. Je ne pouvais pas attendre pour te le dire.

— Quoi ? Qu'est-ce que… Aaron, c'est ça ?

Aaron rit. Amir ne connaît pas son nom ? Pu… Aaron hoche la tête, une boule se forme dans sa gorge, sa bouche se dessèche tel un désert en un clin d'œil.

Amir poursuit :

— Ce que tu fais est déplacé, tu entends ? Ma mère ne sait même pas que je suis…

Il regarde plus loin dans la rue. Ils sont seuls.

— … gay, d'accord ? T'as failli me griller. T'as bien failli gâcher ma vie, espèce d'abruti.

Aaron sent son corps faire quelque chose d'inédit. Il s'éteint. Se recroqueville.

Il se retourne et se met à courir dans la rue. Il court plus vite que jamais. Il ne s'arrête pas sur la Cinquième Avenue et, heureusement, il n'y a qu'une seule voiture, et Aaron stoppe net pour ne pas être renversé, puis il se précipite dans le parc au niveau de la 79e Rue et s'effondre au pied d'un arbre.

Tillie se réveille, prête à conquérir le monde, elle aussi.

C'est le grand jour. Le jour où elle est prête à le faire. Affronter son père. Elle en parlera lors de sa prochaine séance. Elle en est capable. Elle peut affronter son dernier, plus gros, plus triste démon. Dire à son père, ou plutôt lui demander : « Pourquoi est-ce que tu ne m'aimes plus ? Qu'ai-je donc fait pour que tu me laisses complètement tomber ? »

Son cœur fait une embardée et elle ferme les yeux. Bon sang. Toutes ces histoires avec Amir et Molly l'ont beaucoup blessée, mais ce n'est rien, comparé à ça.

Comment va-t-elle…

Un SMS l'interrompt. Amir.

Ton ami Aaron était là y a deux minutes.
Il a gueulé sous ma fenêtre.
C'est quoi, son problème ?

De quoi tu parles ? C'est une blague ?

Absolument pas.

??? T'es sérieux ???

Pas de réponse.

Son corps est comme ébranlé. Comme attaqué. L'élan qui la poussait à régler son problème avec son père ? Disparu. Elle ne sait pas quoi faire. À moins que…

Ses doigts pourraient presque casser son téléphone tellement elle pianote fort en écrivant un texto à Aaron.

Qu'est-ce que t'as foutu ?
Appelle-moi tout de suite.

Pas de réponse. Elle grogne. Que se passe-t-il, comment c'est arrivé, et qu'est-ce qu'elle peut faire ? Elle se laisse tomber sur son lit et cache son corps et son visage sous la couverture.

Sa mère frappe à la porte.

— Ça va ?

— Super.

Comment expliquer quelque chose qu'on ne comprend pas soi-même ?

Tillie va dans la cuisine pour se prendre un soda parce qu'une boisson gazeuse pourrait l'aider à réfléchir, à assembler les pièces du puzzle. Amir furax. Aaron qui se comporte bizarrement et qui… quoi ? Pourquoi est-ce qu'il…

Son père entre dans la cuisine vêtu d'un short de nuit bleu et d'un vieux tee-shirt gris.

Tillie s'arrête devant le frigo, inspire et se tourne vers lui. Soudain elle a presque le tournis. Mauvais moment. Mais aussi bon moment, parce que… c'est ici. C'est en train de se produire.

Son père ouvre un placard, en sort une barre protéinée et reste debout devant le plan de travail qu'il contemple, ignorant totalement l'existence de Tillie.

C'est un tel affront… Elle en a marre de son silence. Elle ne hurlera pas. Mais elle mettra un terme à tout ça. Tout de suite.

— Bon, alors, commence-t-elle doucement.

Il ne lève pas les yeux.

— Papa.

Il tourne lentement la tête vers elle.

— Salut, lance-t-il.

Comme s'il n'y avait aucun problème, qu'il n'y en avait jamais eu – comme s'ils n'avaient jamais cessé de se parler.

— Bon, est-ce qu'on pourrait juste… discuter ? De ce qui se passe ? Je déteste ça.

Il déchire l'emballage de sa barre protéinée et mord dedans à pleines dents.

— Bien sûr, répond-il.

Comme s'il était complètement innocent, comme si rien n'était jamais arrivé. Comme s'il ne l'avait pas ignorée.

Il s'assied, hésitant, sur un tabouret en bois à la table de la cuisine. Elle s'assied à l'autre bout, le cœur battant.

— Pourquoi est-ce que tu m'ignores ?

— Je ne t'ignore pas.

— Papa.

— Ne pas parler, ce n'est pas la même chose qu...

— Papa. C'est quoi ? Sérieusement. Tu ne m'as plus adressé la parole depuis cette dispute.

Il se gratte l'oreille.

— Que voudrais-tu que je te dise exactement ?

Elle a envie de lui hurler dessus, mais elle sait que cela n'aidera pas. Elle doit juste combler ce drôle de fossé qui s'est creusé entre eux. Avant, il n'y en avait pas. Il faut juste qu'elle rétablisse un contact. Alors elle rassemble toutes ses forces et formule la difficile vérité.

— J'ai l'impression que tu ne m'aimes plus. Comme si, avant, tu m'aimais, et qu'ensuite tu avais juste... Que j'étais de trop pour toi, ou quelque chose du genre. On dirait que je ne suis plus ta fille. Tu as Britt, elle est facile à vivre, alors que c'est super compliqué d'échanger avec moi, je m'en rends bien compte.

Il ne bouge pas d'un iota. Des larmes commencent à se former au coin des yeux de Tillie et, contrairement à d'habitude, elle n'essaie même pas de le masquer. Parce que c'est vrai. C'est réel, c'est vrai, et il faut qu'il le sache.

— Je t'aime tellement, papa. Je suis ta fille, et je sais que je grandis mais j'ai toujours besoin de toi, et que tu ne sembles plus vouloir me voir dans les parages… ça me blesse. Alors, désolée d'être aussi dure. Mais je t'en prie, papa. Parle-moi à nouveau.

Tillie enfouit sa tête dans ses mains et sanglote. Tout sort d'elle précipitamment, et c'est à la fois terrible et merveilleux, parce que, enfin, elle le lui a dit, et il sait. Et il ne bouge pas. Il ne vient pas vers elle mais il ne bouge pas non plus. Il lui laisse de l'espace. Ce qui est sympa.

Elle réussit à lever la tête pour le regarder et sèche ses larmes. Il la considère avec dans les yeux un sentiment qu'elle n'a jamais vu : du regret. Elle a envie de le serrer dans ses bras.

— Tillie. Je suis…

— Dis-le juste, papa. S'il te plaît.

— Je ne suis pas à l'aise avec les émotions. Je déteste la faiblesse. Et je ne comprends pas pourquoi tu… éprouves un tel besoin de déballer tes failles devant tout le monde…

Coup de poignard dans l'estomac. Ce mot. Faiblesse. Il la trouve faible. Il la trouve fragile. Et elle est devant lui, complètement exposée, et lui reste là, les bras ballants.

Oh, mon Dieu. Comment ça a pu m'échapper ?

Son père est irréparable. Il a une forme de déficience et ne changera jamais. C'est lui, le problème, pas elle, et elle aura toujours l'impression qu'il lui manque quelque chose d'essentiel, parce que c'est le cas.

Il lui manque un père capable d'être là pour de vrai.

Tillie se lève, à la fois tremblante et absolument calme, et rejoint sa chambre, sans soda. Il la regarde quitter la cuisine comme s'il regardait un film, bon sang, et elle regrette simplement qu'il ne soit pas capable de dire quelque chose pour arranger la situation et elle regrette de ne pouvoir le réparer.

Elle s'arrête sur le seuil de la cuisine et jette un regard derrière elle. L'expression qu'elle lui adresse ressemble à une grimace. Elle espère qu'elle lui communique tout. La compréhension. Le fossé qui les sépare.

Le naufrage.

Aaron, à plat ventre sous un arbre, comprend deux choses tandis que son cerveau mouline.

Primo, il a oublié le vélo. Merde.

Deuxio, ce n'est qu'un mensonge.

Merde. Il n'a pas envie d'assumer. Amir avait raison ; quel abruti il fait. C'est quoi, son problème ? Que se passe-t-il ? Son corps semble vidé de son énergie, il a l'impression de ne pas pouvoir bouger.

Son téléphone vibre dans sa poche. Il n'y arrive même pas. Il en a marre de parler. Peut-être pour toujours. Ce degré de honte. Et si les gens le découvrent ? La 74e Rue – quelle blague. Mais quel crétin. Pire que ça, en fait. Quelque chose qui ne mérite pas d'exister.

Il a failli gâcher la vie d'Amir. Avec son idée stupide. Qu'est-ce qui lui est passé par la tête ?

Son téléphone vibre de nouveau. Il plonge la main dans sa poche.

C'est Tillie.

Qu'est-ce que t'as, putain ?
Appelle-moi tout de suite.

Merde. Merde, merde, merde.

Aaron se met à pleurer. Il veut sa mère. Il ne sait pas trop pourquoi. Et peut-être pas sa mère. Juste une mère. Quelqu'un pour faire table rase et tout arranger. Quelqu'un qui le serrera dans ses bras, l'étreindra sans le juger.

Sa main tremble quand il répond.

Désolé.

Désolé ? T'as fait quoi ? Putain ???

Désolé

T'es vraiment allé là-bas ?
C'est exactement ce que je t'avais dit
de pas faire !

Aaron meurt un peu à l'intérieur. Il sent une part de son corps devenir insensible, peut-être de façon permanente.

Tu ne peux pas m'en vouloir
plus que je m'en veux. Honnêtement,
je ne sais pas ce qui s'est passé là-bas.

Eh bien, si. Et juste pour info
je viens de comprendre que mon père

ne m'aimera jamais inconditionnellement.
Il en est incapable. Ça, c'est fait.

Je suis vraiment désolé. Prends soin de toi,
Tillie. Tu as de la valeur.
Moi je n'en ai aucune. Je ne vaux rien.

Bienvenue au club, alors, merde.
J'en ai marre. Vraiment.

Aaron éteint son téléphone et le range, peut-être pour la dernière fois.

L'instinct de Tillie lui dicte de sortir, sans trop savoir si elle reviendra un jour. Elle a l'impression que son corps pourrait prendre feu. Elle en a tellement ras le bol des gens.

Elle se dirige vers la porte et s'arrête.

Parce qu'elle a promis. Et ouais. Elle se sent soudain très… quelque chose. En danger.

Alors elle soupire profondément, fait demi-tour et frappe à la porte de sa mère.

— Ça va, ma chérie ?

Tillie fond en larmes.

— Non. Ça va vraiment pas.

Le fait de parler à sa mère la réconforte un peu. Pas énormément, mais assez pour descendre du parapet imaginaire sur lequel elle se trouvait. Elle lui raconte qu'Aaron a fait exactement ce qu'elle lui avait dit de ne pas faire. Et ce que son père lui a sorti sur la faiblesse. Et elles pleurent un bon coup ensemble.

— Tu n'es pas faible. Tu es tout le contraire, même.

— Ouais, c'est ça…

— Non, je t'assure. Tu es très courageuse. Tu n'en as pas encore conscience, mais c'est vrai.

Tillie appuie sa tête contre sa mère :

— Merci.

— Tu me promets que ça va ? Que tu ne vas pas te faire de mal ?

— Je ne te promets pas que je ne ferai pas de mal à quelqu'un d'autre.

— Eh bien, ce n'est pas idéal non plus. J'avoue que le comportement d'Aaron me déboussole. Cela ne lui ressemble pas du tout. Est-ce qu'on ne devrait pas appeler son père ?

— Fais ce que tu veux, concernant Aaron, honnêtement, je m'en moque. J'en ai marre de lui. Je ne lui ferai plus jamais confiance.

Sa mère la serre fort dans ses bras. Elles sont assises sur la banquette dans le coin de la chambre de ses parents.

— Je sais que tu es blessée, mais « plus jamais », c'est très, très long.

— Et papa ? Je ne suis plus sa fille. Ce n'est plus possible.

Sa mère soupire et lui caresse les cheveux.

— Ton père est limité, malheureusement. Et le fait qu'il te fasse du mal ne me convient pas du tout. Je ne sais pas comment réparer ça, mais ça ne va pas. Et tu veux savoir un truc ? Là, tout de suite ? Si tu me demandais de choisir ? Je te choisirais toi. Sans hésiter.

Tillie n'a pas serré sa mère aussi fort dans ses bras depuis longtemps.

— Merci, maman.

Elle a du mal à convaincre sa mère qu'elle va assez bien pour aller faire un tour. Mais c'est vrai. Elle a juste besoin de se vider la tête, de réfléchir un peu.

Et quand elle marche sur la Cinquième Avenue en longeant le parc, elle se sent légèrement mieux. Toujours en colère, bien sûr. Triste, aussi. Mais, au moins, sa mère sait, et ça change la donne, d'une certaine façon.

Elle pense à Aaron en passant la 86e Rue. On aurait dit qu'il n'était plus lui-même. Soudain, ses textos, c'est devenu n'importe quoi, et il s'est comporté de façon tellement déplacée au *diner*, et…

Oh.

Elle s'arrête de marcher. Au milieu de la rue, elle stoppe net. Comment n'y a-t-elle pas pensé ? Même quand elle a raconté à sa mère ce qu'Aaron avait fait avec Amir, cela ne lui a pas traversé l'esprit.

Quelque chose chez Aaron cloche vraiment. Elle regarde son dernier texto. « Prends soin de toi, Tillie. »

Elle lui envoie un SMS.

Pas de réponse.

Elle appelle.

Direct sur messagerie.

Elle commande un Uber. Elle n'est pas sûre qu'il soit là-bas, mais ça vaut le coup d'essayer.

Sous l'arbre, Aaron comprend.

Il s'est trompé. S'est complètement trompé, vraiment. Quelque chose l'a submergé, et il se sent humilié, il a un peu l'impression que c'est *game over*. Mais il sait surtout que ça va. Il peut aller voir son père, qui est à la maison. Qui l'aimera quoi qu'il arrive, même ça. Et ouais, c'est probablement le médicament, et non, ce n'est sûrement pas normal, genre, pas normal pour une dépression – il a vu comment les Jones-Jones ont réagi au déjeuner hier ? Comment n'a-t-il pas remarqué ? Et puis avec Amir, et le vélo, et Tillie.

Pauvre Tillie. Qui a dit qu'elle en avait marre dans son texto avant qu'il éteigne son téléphone.

Il s'assied soudain.

J'en ai marre. Vraiment. Il pensait qu'elle parlait de leur amitié, et il était parti en mode pitié. Mais le truc avec son père, et le truc avec Amir, et le truc avec lui...

Oh merde.

Il n'a pas d'argent. Il a donné son dernier billet de vingt à un SDF devant Zabar. Mais le temps manque. Parfois, il faut agir, c'est tout. Et ça veut dire resquiller s'il le faut, parce qu'il n'est pas sûr à cent pour cent, mais pas loin.

Il sait où se trouve Tillie.

Le pont est aussi affreux qu'il y a dix jours. Tillie gravit les marches à la hâte en ignorant à quel point elle est essoufflée. Tout en montant, elle sent les fantômes de tous les gens qui ont sauté hurler dans son crâne, et elle regrette de ne pas être rapide comme l'éclair, elle est prête à se ruer vers lui en espérant qu'il ne soit pas trop tard. C'est comme si elle savait. Elle sent sa présence, là, bizarrement.

Mais il n'y est pas.

Elle se précipite quand même, elle a besoin de toucher la balustrade tout du long en espérant malgré tout qu'elle sera froide au toucher.

Elle était en colère, oui, mais comment avoir à ce point manqué de discernement ? Comment ne pas avoir deviné que quelque chose chez lui ne tournait pas rond ?

Pitié. Pourvu que je n'arrive pas trop tard.

— Tillie !

Tillie se retourne rapidement. Aaron est derrière elle, court vers elle, désespérément.

— Ne fais pas ça ! Je t'en prie !

Elle se retourne et se précipite vers lui.

— Je suis vraiment désolée ! Tellement désolée, Aaron !

Ils se ruent dans les bras l'un de l'autre, s'embrassent, laissent les larmes couler.

— Mon Dieu. Je t'en prie. Non ! s'écrie Aaron.

Tillie se détache de lui.

— Attends. Toi. Toi, non.

— Attends, quoi ?

— Je suis venue ici pour être sûre que tu ne…

Les yeux d'Aaron s'illuminent.

— Moi aussi.

Ils s'asseyent sur le sol en ciment, jambes écartées, le dos appuyé en toute sécurité contre la barrière, et regardent la rambarde en métal devant eux et au-delà, le bleu infini du ciel et la masse des gratte-ciels qui composent New York.

Ils se tiennent la main, fort, comme si se lâcher pouvait leur être fatal.

Ils ne parlent pas un long moment.

Aaron pense à l'imperfection, à toutes les choses qu'il ignore visiblement à son propre sujet, et au fait qu'il a vécu sa vie jusqu'à présent comme s'il savait tout. À comment la dépression l'a surpris et cette autre chose, ce truc, qui l'a fait monter si haut qu'il était devenu quelqu'un d'autre. Et comment se fier à son cerveau quand il est si dépourvu de connaissance, si peu conscient de ce qui est réel ? Et est-ce qu'un jour ça partira, ou bien est-ce que la vie sera toujours ainsi ?

Et sera-t-elle toujours aussi précaire ? Si effrayante ? Est-ce que « tout pourrait disparaître demain » ? Parce que c'est ce que le pont symbolise à ses yeux. Le sentiment d'impermanence. Parce que tout aurait pu s'achever ici. Ça aurait pu.

Mais tout ce qui est réel pour l'instant, semble-t-il, est le béton moucheté de noir et de marron sous leurs pieds, avec ses petits morceaux de pierre grise et blanche qui brillent par intermittence au moment où le soleil perce à travers les nuages, et l'air légèrement glacé qui balaie ses cheveux, et le son frénétique et l'odeur désagréable des véhicules qui foncent entre New York et le New Jersey, et son amie, qui lui serre encore si fort la main. Elle est réelle. Et en sécurité. Et il en est profondément reconnaissant. Et tellement disposé à faire tout le nécessaire pour arranger les choses après avoir bien failli tout gâcher. Si elle l'y autorise.

Tillie réfléchit au concept de faiblesse tandis que le pont gronde et vibre à travers son corps. Ce mot, et comment son père l'a employé ; mais sa mère a dit courageuse. Est-elle faible ou courageuse ? Que diraient les autres gens de sa vie à ce propos ?

Et on s'en fiche, non ? Et elle, que dirait-elle ?

Elle vient de se ruer en haut de l'escalier du pont George Washington pour s'assurer qu'un ami contre lequel elle était très en colère ne saute pas. Est-ce que c'est ça, être faible ?

Elle contemple le métal rouillé qui a failli être la dernière chose qu'elle aurait touchée en ce bas monde un peu plus d'une semaine auparavant, et pense au fait qu'elle n'a pas sauté, et que c'est courageux. Rester alors que tout paraît si désespéré, c'est courageux.

Cela la fait sourire. Car c'est probablement la première fois de sa vie qu'elle se sent courageuse.

— Ça va être horrible, finit par déclarer Aaron en regardant fixement un point de rouille sur la rambarde.

Tillie n'a même pas à lui demander ce qu'il veut dire.

— Oui. En partie. Mais il y aura aussi des choses bien.

— Tout ce qui touche aux médicaments, ça va être affreux. Et recroiser les gens qui m'ont vu dans cet état. Comme toi, par exemple. Je suis vraiment désolé, Tillie. Jamais, jamais je ne referai un truc pareil.

— Ouais. Je sais. Tu n'étais pas toi-même.

Il pose sa tête sur l'épaule de Tillie et se blottit contre elle.

— Et là, tu es toi-même ?

— Plus ou moins. Je me suis réveillé. Mais je n'ai aucune confiance en mon jugement, et je ne l'aurai peut-être plus jamais. Tu sais que j'ai volé un vélo aujourd'hui ?

Elle se tourne légèrement vers lui et la tête d'Aaron glisse de ses épaules. Il se redresse. Le pont tremble sous eux et autour d'eux.

— Sur le coup, je ne m'en suis même pas rendu compte.

— Ah ouais !

— Ah ouais. Ça va aller, toi ? Avec ton père ?

— Non. Je pense que cela n'ira jamais, jamais bien.

Il n'a pas besoin de répondre à ça.

— Alors on continue, c'est tout ?

— J'imagine. Est-ce qu'on a le choix ?

Et ils regardent le ciel, conscients que l'autre choix est si dangereusement proche qu'il ne peut même pas être énoncé.

Destin 4 : 28 avril

Le lendemain matin, le Dr Laudner tend à Aaron un questionnaire complètement différent.

Toujours les mêmes choix de réponse : *Vraiment beaucoup*, *Pas du tout*, etc. Mais cette fois-ci, en lisant les questions, Aaron a l'impression que quelqu'un a écouté ses pensées.

A-t-il des projets personnels pour le monde ?

Son esprit est-il plus affûté que jamais ?

Alors il ne donne que des réponses ultra positives, et sait que ce n'est pas la meilleure nouvelle qui soit.

Le Dr Laudner fait le total, écrit une note en haut de la feuille, et ne communique même pas à Aaron le résultat. C'est dire si c'est mauvais…

— Donc, manifestement, le Petralor vous a déclenché un épisode maniaque. Cela peut arriver.

Aaron le regarde fixement. N'aurait-il pas été judicieux de l'en informer avant que cela se produise ?

— Nous allons vous prescrire quelque chose de plus approprié aux troubles bipolaires.

— Alors c'est, genre, un truc que j'ai maintenant ? Comme si j'avais attrapé un virus incurable ?

Le Dr Laudner secoue la tête.

— Je ne sais pas clairement si c'est un épisode isolé ou si cela pouvait devenir récurrent. Nous pouvons en parler et nous finirons par y voir plus clair.

Aaron regarde par la fenêtre. Bipolaire. Ce mot n'a jamais eu véritablement de sens pour lui. Soudain, tout paraît plus clair.

— Donc ça pourrait m'arriver n'importe quand ?

— Il est primordial de savoir si cela vous est déjà arrivé sans que vous ni personne de votre entourage ne l'ait remarqué ?

Aaron passe en revue sa vie en essayant de retrouver des moments où il s'est senti aussi débordant d'énergie qu'hier et la veille. Rien ne lui vient à l'esprit.

— Vraiment, je ne crois pas.

— C'est donc sans doute un épisode isolé, certainement en lien avec le médicament. Mais nous allons rester vigilants et continuer à en parler, d'accord ? Parfois, les gens ne sont pas aussi lucides sur leur vie qu'ils le pensent.

Cette vérité frappe Aaron en pleine figure, et il se referme complètement. Il n'a pas vraiment envie de parler de quoi que ce soit en ce moment. Il a envie de son lit. Envie de pouvoir effacer les dernières quarante-huit heures.

— Comment je saurai, alors ? finit par demander Aaron.

— De quoi parlez-vous ?

— Si ma joie, mon bonheur sont réels ?

Sa voix est douce, hésitante.

— Eh bien, je pense qu'au fond de vous vous le saurez, c'est tout.

Aaron ne sait pas trop quoi faire de cette réponse. Comment pourra-t-il se faire de nouveau confiance un jour ?

Après bien des tergiversations, Amir accepte de voir Tillie. Cette fois-ci, c'est elle qui est mal à l'aise et désolée.

Ils se retrouvent dans Central Park, pas très loin de l'endroit où, ils l'ignorent, Aaron s'est effondré hier. Ils s'asseyent sur un banc, assez loin l'un de l'autre pour qu'on puisse caser un colosse entre eux.

— Bon, je suis désolée.

— J'ai comme une impression de déjà-vu.

— Je ne suis pas désolée parce que je me sens coupable. Je n'ai rien fait de mal. Je lui ai demandé de ne pas t'approcher. Il a agi de son propre chef. Je suis désolée que cela soit arrivé, et c'est tout.

Amir lève les bras.

— Eh bien, j'imagine que t'es disculpée. Désolé d'avoir tiré des conclusions hâtives.

— Ca fait bien trop de « désolé », dit Tillie, et Amir hoche la tête.

— Alors, il se fait aider ? Parce qu'il en a vraiment besoin. Tu savais qu'il était complètement fou ou bien est-ce que tu viens de le découvrir toi aussi ?

Tillie fronce les sourcils et regarde Amir dans les yeux.

— Arrête peut-être d'employer ce mot.

— OK. Désolé. Je sais pas comment le qualifier. Maniaque ?

— Peut-être. Je ne savais pas qu'il avait un côté maniaque. Je pense qu'il l'ignorait aussi. C'est un médicament qui a déclenché ça.

— Ah. Bon, ça fait beaucoup de trucs à gérer…

Tillie rit.

— C'est un peu le thème de ces dernières semaines, oui…

— Est-ce que toi et moi, on peut se demander pardon une bonne fois pour toutes ?

— Je ne suis pas certaine que cela change grand-chose à l'affaire. Je pense que ce qui va se passer, c'est qu'on va apprendre à se refaire confiance. Ou pas.

— Mais tu as envie d'essayer.

Tillie lui adresse un demi-sourire.

— Je crois que oui.

Aaron écrit dans son journal intime quand son père frappe à la porte à l'approche de l'heure du déjeuner.

— Comment tu tiens le coup ?

Aaron soupire.

— J'ai connu mieux.

Voilà une heure qu'il a pris son nouveau médicament. Il savait bien que les effets ne seraient pas immédiats, mais une pointe de tristesse se mêle à son soulagement. Ce traitement aidera son cerveau à ne plus trébucher sur lui-même et mettra un terme aux vagues incessantes de pensées et d'excitation.

Tristesse parce que… l'excitation. Cela lui manquera, en quelque sorte. Même maintenant, alors qu'il ressort d'un profond cratère qu'il a lui-même creusé, il en a conscience. La façon qu'a eue son cerveau de tourner à plein régime lui manquera.

— Qu'est-ce que tu fais de beau ?

— J'écris dans le journal intime que tu m'as donné. Je l'ai intitulé : *Pensées de tout là-haut, qui jamais ne chuteront*. Attention, ironie en vue.

Son père s'assied sur le fauteuil à bascule bleu et se balance jusqu'à ce qu'il oscille régulièrement d'avant en arrière.

— Personne n'aurait pu deviner…

— J'y ai réfléchi toute la matinée. Est-ce que les chansons que j'écris sont un peu… embarrassantes ?

Son père arrête le fauteuil avec ses orteils.

— Tu plaisantes ? J'adore tes chansons !

— Oui, mais…

— Pas de mais. Tes chansons sont géniales. C'est incroyable que tu aies réussi à les mettre en musique sans avoir pris de cours. Je raconte toujours à mes potes du Mankind Project…

— Oui, mais justement. Je n'ai jamais pris de cours. Et je pense tout le temps que je vais être super connu !

Son père recommence à se balancer.

— Ah. D'accord. C'est autre chose.

— Alors, c'est maniaque, ça ?

— Pourquoi veux-tu être connu ?

— Simplement pour que les gens… J'en sais rien. Me connaissent. M'entendent. M'aiment. Me respectent.

— Donc être connu serait une façon d'être aimé et respecté ? J'ai en tête des tas d'anciens enfants acteurs ou chanteurs qui pourraient soutenir le contraire.

Aaron rit.

— C'est bizarre, je n'avais jamais vu les choses sous cet angle-là. J'ai juste l'impression que j'ai besoin d'être une espèce d'étoile filante. Comme si j'avais besoin de grandes victoires pour…

— Pour quoi ?

Aaron pose ses mains sur son visage et plaque ses cheveux en arrière.

— J'en sais rien. Je n'ai pas envie d'en parler.

— D'accord.

Mais Aaron sait. Voilà ce qu'il n'a pas dit : *Pour justifier mon existence.*

Ces dernières vingt-quatre heures ont été éprouvantes. On dirait que son cerveau a couru un marathon et a besoin d'une bonne dose d'électrolytes. Il a honte. Et pas qu'un peu. Ce qu'il a fait à Amir lui a semblé normal sur le coup. Il n'y a pas réfléchi à deux fois. Et le vélo, dont il n'a même pas parlé à son père, parce que, bon… Il n'est pas en mesure de gérer. Avec un peu de chance, il n'y a pas de caméra en bas, ni dans le hall d'entrée. Sauf que si… Merde.

— Bon, j'ai peut-être volé un vélo à la cave.

— Ah, dit son père en arrêtant une nouvelle fois de se balancer.

— Sur le coup, je ne me suis même pas dit un seul instant que c'était bizarre de faire ça. J'étais tellement… déterminé. Je me disais tellement : « Faut que je fasse ce truc. »

— C'était quoi, d'ailleurs, ce truc que tu devais faire ? Tu as essayé de m'expliquer mais je n'ai pas compris.

Aaron soupire de nouveau et se cache sous la couverture.

— Ça n'a pas d'importance. Ce n'était pas réel. Et c'est ce qui craint. Ce n'était pas réel. Rien de tout ça ne l'était. Et j'ai agi pareil au lycée, la honte.

Son père vient s'asseoir à côté de lui.

— Tu sais quoi ? Mon ancien moi t'aurait dit que non. Mais t'as raison. C'est carrément la honte.

Aaron laisse échapper un rire triste.

— Merci, papa.

— Non, je veux juste dire que ce serait peut-être mieux de te retrouver dans le monde réel plutôt que d'essayer de te ménager. Tu étais en phase maniaque. Tu as probablement agi d'une façon que les gens ont remarquée. C'est embarrassant, oui. Mais tu peux te sortir de tout ça. Les gens se foutent la honte en permanence. Et puis ils s'en sortent et gèrent. Ils présentent leurs excuses aux autres s'ils les ont blessés.

Aaron se blottit sous la couverture. Son père poursuit.

— Je sais que tu n'as pas toujours envie de me parler, parce que je suis ton père et que c'est un crime ou quelque chose du même ordre d'être sincère avec son daron. Mais je te vois, Aaron. Et tu n'as vraiment pas à avoir honte avec moi, d'accord ? Je n'ai jamais éprouvé autre chose que de la fierté à ton égard. Je n'ai qu'amour et admiration pour toi. Tu m'entends ?

Aaron sent les mots, et leur chaleur traverse tout son corps pour se loger dans sa poitrine. Il ferme les yeux et les accepte.

— Je t'entends, dit-il.

Le texto provient d'un numéro inconnu. Il dit juste : **Salut.**

Tillie répond : **C'est qui ?**

Molly.

Ah. Salut.

J'ai pensé que ça te ferait plaisir d'apprendre que j'ai révélé ma vraie nature.

Quoi ?

J'ai décidé d'aller à une convention cosplay. Ma mère m'a surprise.

Tillie étouffe un rire. Un vrai problème de riche.

Oh, non.

Oh si. Elle a hurlé.

OK bon ça m'a fait rire. Désolée.

Pourquoi tu penses que je te raconte ça ?
C'est marrant. Parce que bon,
quand même !

Donc elle a crié ?

Elle était tellement déçue…

Pauvre, pauvre Molly.

Sans déc. Elle a été encore plus triste quand elle a découvert que je me rendais à une convention Cosplay déguisée en Keleana Sardothien.

Ah, euh. Elle croyait que tu faisais quoi ?

Que je faisais le tapin !

Là, Tillie glousse carrément de rire.

Toute cette histoire me laisse… sans voix. Je ne sais pas trop comment réagir.

Peut-être que tu pourrais passer me voir plus tard pour compatir ? Et je pourrais aussi te parler de la convention parce que je vais y aller quoi qu'il arrive.

Tillie n'a pas éprouvé un tel étonnement depuis longtemps. Et ces dernières semaines ont été relativement surprenantes.

Je dois aller voir mon pote dépressif, mais peut-être plus tard ?

Pas de souci. Je me couche tard.

Je ramène du pop-corn.

Oui !

Aaron n'a pas l'habitude d'avoir de la compagnie le dimanche soir. Il n'a pas non plus l'habitude de recevoir du monde en pyjama. Mais avec Tillie, et vu son moral, il ouvre en effet la porte en pyjama. Un pyjama Scoubidou.

— T'es pas sérieux, lance Tillie.

— Qu'est-ce qui t'a mise sur la piste ?

Elle rit.

— Je le trouve pas mal, en fait. Il te… ressemble beaucoup.

— Et ça veut dire quoi exactement ? Je t'en prie, éclaire-moi.

— Tu es très « Je traîne beaucoup chez moi mais je suis aussi super chou et si seulement les gens savaient à quel point je suis formidable, je ne traînerais pas tant à la maison. » Un peu comme moi, en super chou.

Aaron rougit.

— Tout d'abord, c'est le truc le plus gentil qu'on m'ait dit de toute ma vie. Et ensuite, t'es chou de ouf. Ça sonne bien ?

— Euh, chou de ouf, ça pourra jamais sonner bien.

— Tu trouverais mieux, toi ?

— Trop pas.

Ils vont dans sa chambre et Aaron autorise Tillie à nourrir Carpi B et Britraie Spears. Ensuite, il met la playlist de son père, celle avec la chanson de Wilson Phillips.

— C'est ma nouvelle chanson préférée.

— De façon ironique ?

Il secoue la tête.

— Mon père me l'a jouée cet après-midi, après qu'on a parlé de sincérité entre nous. Et ce morceau m'a vraiment frappé, comme le fait parfois une chanson, tu sais ? J'ai trouvé que ça ressemblait à ma vie, ou au moins à une possibilité de ce que ma vie pouvait être. Alors non. Sans ironie aucune.

Tillie écoute le morceau. Aaron ne sait pas trop si elle comprend, mais à la fin de la chanson, elle s'écrie :

— J'adore aussi. Elle est douce.

— Comme la 74e Rue. J'ai tellement honte de ça. De tout. Vraiment. Je…

— Non, on va pas faire dans le désolé. Je comprends, Aaron. T'étais pas complètement toi-même. Inutile de t'excuser, OK ?

— Merci. Tu veux un whiskey ou autre chose pour chasser ta peine ?

Elle hausse un sourcil.

— C'est ce que j'appelle un LaCroix Seltzer. Ça m'aide à me sentir moins ridicule d'être un garçon de seize ans qui boit de l'eau de Seltz dans sa chambre.

Elle rit.

— Je veux bien, s'il te plaît.

Pendant qu'Aaron va chercher deux cannettes d'eau de Seltz, le père d'Aaron passe une tête dans la chambre.

— Merci pour tout. Ce que tu as fait hier, quand tu es montée sur le pont, c'était héroïque, tu sais ? Tu as mérité de te retrouver sur ma liste de gens envers qui j'ai une dette éternelle.

Tillie rougit.

— Il a fait la même chose pour moi.

— Non. Merci. Merci beaucoup, insiste le père d'Aaron.

Il lève un pouce et sort.

— Ton père déchire grave, dit Tillie quand Aaron revient dans la chambre.

Il lui tend une cannette couleur pêche sur laquelle est écrit *pamplemousse**, un mot français dont elle connaît le sens.

Aaron descend son eau de seltz à la noix de coco.

— Je suis jalouse.

— J'aimerais pouvoir t'aider pour ton problème. Avec ton père. Il a l'air craignos.

— Il l'est vraiment. Tu sais qu'il n'a pas bougé ? Moi, je sanglotais, et tu sais ce qu'il a dit ?

— Quoi ?

— Rien. Pas un mot.

— Ah ouais.

— Ouais.

— Bon et qu'est-ce que tu vas faire pour y remédier ? Tu as été extra avec la fille et le mec dont on doit taire le nom. Pourquoi pas avec ton père ?

Tillie pince la peau de sa paume droite entre son pouce et son index.

— Je ne pense pas qu'on puisse faire quoi que ce soit. Il est comme ça, c'est tout. Je pourrais le renier, j'imagine. Ou je pourrais... J'en sais rien... J'en ai tellement ma claque de devoir tout faire, tu comprends ? J'aimerais bien être en mode automatique.

— En quoi ?

— Ouais. Tu sais les gens qui conduisent des automatiques passent les vitesses comme ça, sans effort. Mais, chez moi, ça ne se fait pas tout seul. Je dois utiliser le levier de vitesse. Et ça me demande tellement d'efforts…

Une chose des plus étranges se produit alors. Elle commence à sentir les larmes le long de sa joue et elle les laisse couler. Elle ne s'en doutait absolument pas. Que des câbles… lui faisaient un tel effet.

— J'aimerais juste que les choses se passent sans moi, tu vois ?

— Waouh.

— Surtout avec mon père, tu comprends ? Il devrait savoir. Il devrait être différent, mais il ne l'est pas. Et c'est… triste, je trouve.

— C'est triste en effet.

Tillie s'essuie les yeux.

— Je crois que c'est son approche.

— Comment ça marche jusqu'à présent ?

— Comment ça marche ?

— Le fait d'attendre que ton père fasse quelque chose que tu as envie qu'il fasse ?

Tillie se mord la lèvre, fort.

— Je te déteste, tu sais.

— Je te déteste aussi.

— Comment tu peux y voir aussi clair quand il s'agit de mes merdes, mais ne rien capter quand ce sont les tiennes ?

Aaron, tel un yogi, s'enroule sur le dos, puis se remet en position assise.

— C'est un don, rétorque-t-il.

Ses parents et Britt dorment, alors Tillie est super discrète quand elle rentre à la maison après avoir traîné avec Aaron, puis avec Molly.

C'est nouveau, ce truc de rentrer tard le soir. De passer du temps avec plusieurs amis. Elle ne peut même pas compter le nombre de soirées qu'elle a passées seule à la maison, et en seulement quelques semaines, tout a changé.

Elle sourit. Elle pense à Aaron, qui est un vrai ami réel, déjà. Elle pense à Molly. Elles ont beaucoup ri ce soir. C'était un peu surréaliste. À Amir, avec qui elle a de sacrées casseroles, mais aussi que ça va aller pour eux. Ça va aller pour elle. Et elle est fière d'elle-même rien que parce qu'elle pense ça. Elle est courageuse. Très.

Elle sort des cœurs en chocolat d'un sac en plastique. Elle espère que son père se concentrera sur le message plutôt que sur le chocolat, parce que c'est une promo spéciale du magasin CVS et qu'elle est quasiment convaincue que ce sont des invendus de la Saint-Valentin qui remonte à plus de deux mois.

Tillie attrape un post-it et un stylo et écrit de sa plus belle plume :

Papa,
je serai toujours ta fille, toujours,
quoi qu'il arrive.

Elle repense au silence de son père, à quel point c'était une réaction nulle. Elle se dit aussi que cela ne lui ressemble pas, de lui offrir ce cœur en chocolat. Elle songe à combien elle va souffrir s'il continue à se comporter ainsi… Car c'est le pire scénario… quand on se livre autant, on court le risque d'être blessé. Mais Tillie est faite ainsi, et elle reste fidèle à elle-même.

Alors elle forme un gros cœur avec les chocolats enveloppés dans de l'aluminium rouge. En dessous, elle signe de son nom.

En éteignant les lumières et en allant se coucher, elle prie pour que son père voie le message et comprenne pourquoi il est là. Elle espère que son cœur fermé contient encore assez de sentiments pour digérer ses mots.

Destin 4 : 4 mai

Son père accepte qu'Aaron aille au concours de talents, à une condition : que lui ou Tillie y aille aussi. Ou les deux. Aaron a choisi Tillie.

C'est bizarre de se retrouver sur le campus de Fieldston pour la première fois depuis plus d'une semaine, et ce n'est même pas un jour de classe. Il a l'impression d'être un de ces sportifs imbéciles qui a un match de foot le samedi et joue alors que son rhume l'empêchait d'aller en cours le vendredi.

— C'est chicos, dit Tillie quand ils sortent du Uber et remontent l'allée qui mène au bâtiment principal.

— Vraiment ? Plus chicos que Spence ? Tu trouves ?

— Ben c'est plus… tourné vers le plein air. Plus banlieue, peut-être. Je suis un peu jalouse. Ça doit être sympa de s'asseoir sur ces tables de pique-nique pour déjeuner. T'as le droit ?

— Carrément, si t'as envie de regarder Archie et Veronica échanger de la salive pendant que tu manges ta pizza sans gluten, dit-il.

Tillie esquisse une grimace tandis qu'ils se dirigent vers le théâtre.

Il est toujours prévu qu'Aaron chante, mais… Non. À un moment donné, dans le Uber, il a eu cette pensée : *Et si je décidais de chanter quand même à la dernière minute ?* Il sait que Tillie pense que c'est une mauvaise idée, mais, et si cette fois-ci…

Non. Cette époque est révolue pour lui. Pas nécessairement celle où il chantait. Il chantera peut-être de nouveau à un moment ou un autre. Ce qui est révolu, c'est le monde imaginaire dans lequel il devient une star. Il n'a pas l'étoffe d'une star. Ça lui fait mal quand il y pense, mais tout ce qu'Aaron sera jamais, musicalement ou autre, c'est Aaron.

Tillie dit que ce n'est pas plus mal.

Donc Aaron va voir Sasha Turner, qui tient le porte-bloc sur lequel est inscrit le programme.

— Salut, Sasha.

Ses yeux s'illuminent.

— Oh, mon Dieu, Aaron ! Je ne savais pas trop si tu allais…

— Non. Je ne suis pas prêt. C'est comme si j'avais grandi, d'une certaine façon, toute cette expérience…

— OK, dit-elle pour l'interrompre. Désolée. Sous l'eau.

Il hoche la tête et s'éloigne avec un petit sourire.

Oui, il est toujours un peu trop « Aaronesque », sans doute. Et ce n'est peut-être pas si mal.

— Alors, prêt pour cet abominable spectacle ? demande-t-il, et Tillie hoche la tête.

— Tu sais, ma performance sur Amir, je l'ai faite à un concours de talents.

— Ben, maintenant que je l'ai vu…

— Non. Stop.

Il sourit pour lui signifier qu'il plaisante. Ce qui est vraiment le cas. Il comprend maintenant. Amir n'est pas dans le champ des possibles et ne le sera jamais.

— Alors, comment va papounet ? lui demande-t-il tandis qu'ils prennent place.

— Il va bien. Tout va… très bien.

Tillie n'a toujours pas très envie de parler de ça. Lundi matin, en se réveillant, alors que son père était dans la cuisine en train de se faire un café, elle a passé une tête et il l'a remarquée. Il s'est retourné. Lui a souri.

« Tu es quelqu'un de vraiment spécial, Tillie », lui a-t-il dit.

Ses épaules se sont soulevées. Elle a baissé la tête et ajusté sa bouche afin que son sourire ne soit pas trop enthousiaste.

« Parfois, les gens, et je m'inclus dedans, sont des connards. Je ne sais pas pourquoi. Et il y a les gens comme toi. Tu ne devrais pas avoir à faire ça, à prendre autant sur toi. »

Il s'est remis à préparer son café et Tillie est restée plantée là, sans trop savoir quoi dire, car elle ne voulait pas perturber l'équilibre fragile qui avait soudain été atteint.

Mais ensuite son père a pris son café et lui a souri alors qu'il la frôlait en passant, et a tendu la main pour lui chatouiller le bas du dos, un geste qu'il avait l'habitude de faire avant.

Ça a été tout. La conversation s'est arrêtée là. Et en est restée là ce jour-là, le lendemain et depuis.

Elle ne savait pas trop si la guerre froide était terminée, si c'était juste… comme avant, entre elle et son père.

Et bizarrement, ça l'embêtait moins maintenant. Les mots simples qu'il lui avait dits avaient eu un effet, au moins.

— Ça te fait quoi de revenir ici ? demande Tillie à Aaron plutôt que de lui répondre.

Aaron lui sourit gentiment. Il sait que sa question a touché un point sensible. Il sait aussi que Tillie n'est pas prête à en parler.

— C'est super chelou. En fait, tu veux pas qu'on y aille ?

Il se lève et se dirige vers la sortie. Le spectacle est sur le point de commencer, et Tillie ne comprend pas mais le suit. Aaron va peut-être mal, il était peut-être trop tôt pour revenir.

Dehors, il se précipite vers une table de pique-nique. Elle court pour le rejoindre, un peu inquiète. Il s'allonge sur la table et tapote sur la place à côté de lui.

— D'accord.

Elle grimpe sur la table et pose sa tête à côté de la sienne.

— J'ai toujours voulu faire ça, dit-il.

— Partir en vrille, sombrer dans la dépression, rater les cours et revenir à un concours de talents sans y chanter ?

Il soupire profondément.

— J'ai toujours voulu m'allonger comme ça, sur cette table, pour admirer cet arbre avec un ami. Mais je n'en ai jamais eu d'assez proche pour demander un truc pareil.

— Oh, dit-elle tout bas.

Son corps se réchauffe en entendant ce compliment.

— Et voilà que toi, tu trouves que c'est le bon moment pour te moquer de moi ! Quand je donne libre court à mes émotions et que je m'ouvre à toi !

Il fait en sorte que son ton montre à Tillie qu'il en fait exprès des caisses. Elle aussi fait ça, parfois. Le mélodrame, c'est plus facile que la vraie émotion constante.

Tillie lève les yeux vers l'arbre et pense à des branches. Leur interconnexion, et la base, l'arbre, leur source commune. Comment une décision, une branche, peut paraître déconnectée des autres alors qu'elles sont toutes liées. Une décision d'apparence simple en entraîne une autre, et ainsi de suite, et elle est tellement contente de ne pas avoir sauté ce jour-là. Si elle avait sauté, elle n'aurait jamais vécu… ça. Un drôle de moment de sérénité dont elle se souviendra sans doute toujours. Et Aaron. Et tout. Elle n'aurait jamais appris qu'elle est plus forte qu'elle ne le croyait.

— J'ai décidé de repeindre ma chambre, annonce Tillie.

— Ah ouais ? Quelle couleur ?

— J'en sais rien pour l'instant. Elle est rose, et ça, c'est fini.

— T'as besoin d'aide ?

— Carrément !

Et ils profitent de l'air nocturne. Des sons en provenance du concours de talents leur parviennent, portés par la brise.

— C'est plutôt marrant, ajoute Tillie.

— Ouais.

— Ça te plaît ?

Il prend sa question dans un sens plus global. *Est-ce que ce qui vient de se passer me plaît, ces dernières semaines ? Toutes les choses que j'ai traversées – qu'on a traversées,* se corrige-t-il. *Non, bien sûr que non.* Ça ne va pas encore très bien dans sa tête. Mais il va mieux. Mieux qu'avant, c'est sûr. Et il a Tillie. Et elle l'a, lui, et elle va clairement mieux. Et ça, c'est énorme.

Il tourne la tête sur le côté et l'embrasse, et même si le baiser atterrit au-dessus de sa tête, il sait qu'elle le sent.

— Ça me plaît vraiment beaucoup, répond-il.

Note de l'auteur

Il a de cela quelques années, alors que j'étais en tournée, j'ai été réprimandé. C'était l'une des premières fois que j'abordais publiquement la question du suicide, et même si les organisateurs de la rencontre savaient que je représentais le Trevor Project[1], après mon intervention, j'ai été convoqué dans un bureau par la personne chargée du groupe de jeunes.

Elle m'a dit qu'il était profondément irresponsable de ma part de parler de suicide à des jeunes gens LGBTQIA+. Qu'en abordant ce sujet, j'avais peut-être causé des dommages importants.

Sa remarque m'a interloqué. Nous en sommes finalement restés là, et nous nous sommes quittés en très mauvais termes. Une fois dans ma voiture, je me suis demandé si j'avais réellement fait quelque chose

1. Organisation à but non lucratif américaine qui mène des opérations de prévention du suicide auprès des jeunes LGBTQIA+.

d'irresponsable. Était-il possible que j'aie contribué sans le savoir à la descente aux enfers d'un adolescent en évoquant mon propre combat contre la dépression sévère, ma tentative de suicide à vingt-sept ans et ma gratitude d'avoir pu bénéficier d'une deuxième chance dans la vie ?

Finalement, j'en ai conclu deux choses. Tout d'abord, je ne suis pas psychologue et je n'ai pas toutes les réponses, alors tout est possible ; je me méprends peut-être. Cela étant dit, en mon for intérieur, je crois que cette personne se méprenait. Je sais qu'elle avait à cœur l'intérêt des jeunes de cette association, mais je pense qu'elle se trompait sur l'impact que pouvait avoir une personne qui parlait de dépression et de suicide à des adolescents.

J'ai la conviction que parler de suicide ne pousse pas, en général, les jeunes à passer à l'acte. En réalité, il faut que nous en parlions d'avantage afin de démystifier le suicide. Il faut que nous abordions plus facilement les sentiments de désespoir et de dépression, que nous parlions du suicide dans sa globalité, en incluant ses impacts. En incluant les autres possibilités. Il faut que cette discussion soit exhaustive. Lorsque nous parlons de suicide, nous devons prendre garde à ne pas le rendre séduisant. À ne pas créer de fantasmes ni de pensée magique au sujet du suicide en le présentant en quelque sorte comme une réponse aux difficultés des gens.

Dans ce livre, je m'efforce de proposer une discussion exhaustive autour du suicide. De montrer aussi objectivement que possible dans un environnement fictionnel toutes les possibilités qui s'offrent à deux jeunes en proie à des idées suicidaires. Ce qui pourrait se passer s'ils sautent, et ce qui pourrait se passer s'ils ne sautent pas. Les impacts potentiels d'un tel geste sur les gens que nous connaissons et sur ceux que nous ne connaissons pas. Je sais que, lorsque j'étais au plus mal, je croyais que, si je devais perdre la vie, personne n'en souffrirait.

C'est bien le problème, avec la dépression. Elle pousse nos cerveaux à nous mentir. Je croyais que cela n'aurait aucune importance que je sois là ou pas, et je ne pense pas que quiconque aurait pu me convaincre du contraire. Quand j'y réfléchis aujourd'hui, je me rends compte avec émerveillement que le monde serait différent si je n'avais pas vécu au-delà de mes vingt-sept ans. Le livre que vous tenez entre vos mains ne serait pas là, par exemple.

Ce phénomène est connu sous le nom d'effet papillon et, dans un moment de dépression sévère, il est assez difficile de penser aux impacts de votre absence, qui peuvent en outre s'aggraver au fil du temps. À vingt-sept ans, j'aurais été incapable de comprendre ce que ma mort par suicide aurait réellement signifié.

Pour celles et ceux d'entre vous qui luttent contre la dépression, la tristesse, des sentiments de désespoir profond : vous n'êtes pas seul·e·s. Vous n'êtes jamais seul·e·s. Il n'y a pas de sentiments nouveaux dans le monde. Si vous ressentez quelque chose, quelqu'un d'autre l'a ressenti avant, et quelqu'un d'autre est probablement en train de le ressentir au même moment.

Si vous vous sentez déprimé et désespéré, je vous en supplie : parlez-en ! NE LE GARDEZ PAS pour vous. La dépression se complaît dans l'obscurité et le silence. Trouvez une personne en qui vous avez confiance pour parler, chez vous ou à l'école. Un parent, un professeur, un thérapeute, un ami. Si une telle personne n'existe pas, sachez que des structures spécialisées existent (vous trouverez d'ailleurs une liste en fin d'ouvrage).

Si un·e ami·e ou un être cher vous confie être déprimé·e, écoutez cette personne. On peut aisément qualifier la dépression de phase ou de « quelque chose dont il faut se remettre ». Étant moi-même concerné par la dépression chimique, je peux vous dire que les choses ne fonctionnent pas ainsi. L'aide d'un professionnel est souvent requise. J'ai passé du temps avec des jeunes dans tout le pays, et les histoires que j'ai entendues m'ont fait froid dans le dos. Un de ces jeunes a confié à son père qu'il était en détresse. Le père a répondu : « Tu n'as aucune raison d'être déprimé. »

Le fonctionnement de la dépression est fondamentalement incompris. Elle peut avoir une cause comme ne pas en avoir du tout. Parfois, elle est le résultat d'un dysfonctionnement au niveau des neurotransmetteurs, et il y a alors de quoi désespérer quand on s'entend dire qu'il suffit juste de ne pas ressentir ce que l'on ressent. Pis encore, le déni de dépression conduit fréquemment à une dépression non traitée, laquelle peut se révéler fatale.

Dernier point, cependant crucial : vous comptez. Vous comptez vraiment. Vous avez votre place ici.

Nous voulons que vous restiez là, avec nous, même lorsque vous avez le sentiment contraire. Il m'a fallu beaucoup d'années pour comprendre que je comptais, et je suis extrêmement reconnaissant d'être resté suffisamment longtemps dans les parages pour apprendre cette leçon.

Remerciements

Écrire ce livre a été pour moi une entreprise colossale et, à l'heure où j'essaie de déterminer qui remercier, je me sens tout aussi intimidé. Il m'a fallu plus de deux ans pour écrire ce roman et, au cours de cette période, un nombre incalculable de gens m'ont apporté leur aide.

Tout d'abord, j'éprouve le besoin de remercier celles et ceux qui étaient là pour moi quand j'ai bien failli ne pas m'en sortir. Je commencerai par eux. Merci à Rhonda Ross, Brigit Beyea, Sonia Pinto-Torres, Adam Strassburg, Joanna Gajewski, Telisa Fowlkes, Josh Singer, Alain Silverio, Ratiya Ruangsuwana, Jebeze Alexander, Vagnes De La Rosa, Terry Mullane, Justin Blake, Peter Flamm, Samera Nasereddin, Eliza Mason, et à tous les gens de mon incroyable système de soutien à l'époque où j'étais adolescent. Sans vous, je ne serais plus ici. C'est un fait.

Merci à ma famille de cœur dans le présent. Vous savez qui vous êtes, et je m'en voudrais affreusement si j'oubliais des noms. Un remerciement spécial à Lisa McMann, qui est toujours là pour moi. Je t'aime.

À ma famille : Chuck Cahoy, mon Homme. Je n'en reviens pas de la chance que j'ai eue de te trouver. Pour citer la chanson de Patti LaBelle : « Je t'ai cherché partout et tu étais là depuis le début. » À ma mère, Shelley Doctors ; mon père, Bob Konigsberg ; ma belle-mère, Roz Konigsberg, ma sœur, Pam Yoss, et mon frère, Dan Konigsberg : je vous aime tous énormément.

À Nick Thomas, qui a été à mes côté pour le premier et le deuxième jet, et qui a soutenu ce roman. Ton empreinte brillante est partout dans ce livre. Tu es et seras toujours une part de ce roman. Merci.

À David Levithan, qui a accepté la mission gargantuesque d'éditer ce monstre : je te serai à jamais reconnaissant pour ton œil aguerri et ton intelligence.

Linda Epstein, mon agente, amie et plus grande fan : merci pour ton amour et ton soutien.

Merci à Annika Browne et Kate Moehler de m'avoir parlé de questions de santé mentale, notamment de manie et d'hypomanie. Merci à Miguel Guillon de m'avoir hébergé à Washington Heights au cours de mes recherches. Un grand merci à Lisa Athan et Scotty Fried de m'avoir parlé du chagrin du point de vue des thérapeutes. Merci à Laila Fowlkes, Helen Pinto-Scherstuhl, Bree Irvin et Rosalyn Collings Eve pour les renseignements de l'intérieur sur les filles de CM2. L'agent Trever Sweeney m'a aidé à comprendre comment la police annonce un suicide aux familles.

Imi Jackson m'a initié à l'univers de *Keleana* et des fans de Sarah J. Maas.

J'ai une reconnaissance immense envers les lecteurs de mon premier jet, qui ont dû patauger dans pas mal de bazar avant de voir les prémices d'une histoire : Pamela Kirkland, Cindy Minnich, Travis Reyes, Alice Hayes, Jaymie Theissen, Francine Rockney, Brigid Kemmerer, Chris Unger, Dave Hughes, Julie Stokes et Wendy Poteet.

Et en dernier, mais en aucun cas relégué à cette place dans mon cœur : ma famille chez Scholastic. Je ne sais pas où je serais sans votre soutien immense, mais certainement pas en train de faire ce que j'aime tant.

Aide & conseils

Aaron et Tillie ont beau être des personnages de fiction, les problèmes qu'iels rencontrent sont bien réels. Si vous vous retrouvez dans cette situation, voici quelques pistes pour obtenir de l'aide.

Enfance en danger :

Le 119 est un numéro gratuit disponible 24 heures sur 24 et 7 jours sur 7, géré par le service national d'accueil téléphonique de l'enfance en danger.

Santé mentale :

Il existe des centres médico-psychologiques dans tous les départements, plusieurs dans les grandes villes. Ils regroupent des spécialistes de la santé proposant une offre de soins mentaux prise en charge par la sécurité sociale.

En cas d'idées noires :

S.O.S Amitié est un service d'écoute par téléphone, messagerie et chat, destiné à accueillir la parole de celles et ceux qui, à un moment de leur vie, traversent une période difficile.

L'association offre à tous ceux qui choisissent d'appeler la possibilité de mettre des mots sur leur souffrance, et ainsi, de prendre le recul nécessaire pour retrouver le goût de vivre.

www.sos-amitie.com dispose d'une messagerie et d'un chat.

09 72 39 40 50 appel anonyme, 24 h/24 7 j/7

Ouvrage composé par
FACOMPO – 14100 Lisieux

Imprimé en France
par Normandie Roto Impression s.a.s.
61250 Lonrai
N° d'impression : 2201540
S31562/01

FSC
www.fsc.org
MIXTE
Papier issu de sources responsables
FSC® C003309

L'éditeur de cet ouvrage s'engage dans une démarche de certification FSC® qui contribue à la préservation des forêts pour les générations futures.

Pour en savoir plus :
www.editis.com/engagement-rse/

PKJ• www.pocketjeunesse.fr
POCKET JEUNESSE

92, avenue de France – 75013 Paris